1933 年，梁思成、林徽因、费慰梅摄于北平

他
没有
等到这一天

林洙与费正清、费慰梅
20 年书信往来

林　洙　费慰梅／著
张昊媛／译

中国青年出版社

目录

序 | 他没有等到这一天

1972 年 1 月 9 日，建筑学家梁思成在北京逝世。四个月后，他的好友、阔别中国 25 年的美国汉学家费正清和夫人费慰梅，应周恩来总理之邀来到中国访问。此时，他们的“身份”已不再是美国“老牌特务”了。

在费氏到来之前的 1972 年 2 月 21 日，美国总统尼克松乘专机抵达北京。这是美国总统第一次访问一个与美国没有正式外交关系的国家。世界政治格局由此发生巨变。

在这之前，大约是 1967 年或 1968 年的某一天，一次偶然的机会，在由纽约开往波士顿的东行列车上，费正清与后来相继出任尼克松总统国家安全事务助理、国务卿之职的基辛格博士邂逅，他们就中美关系怎样才能恢复正常化交换了意见。

费正清向基辛格提到了中国的纳贡制度。他说，按照这种制度，凡是到北京参拜的外国君主都是皇帝的贵宾，美国的总统可以毫无顾忌地来往于世界各地，但毛泽东就不同了，他可以在家里接见任何国家元首，但他自己决不会轻易到国外去访问。后来，基辛格含蓄地告诉他，这次谈话改变了历史的进程。

1971 年 3 月，在日本名古屋举办的第三十一届世界乒乓球锦标赛期间，美国选手科恩无意中登上中国乒乓球队的专车，陷入了沉默。这时，中国运动员庄则栋热情地赠给科恩一块杭州织锦，并与他握手。下车时，科恩手持织锦的场景被记者抓拍，成为爆炸性新闻。

毛泽东趁热打铁，做出邀请美国乒乓球队访华的决定。1971 年 4 月 10 日，美国运动员来到中国，开始为期一周的访问。隔绝了 22 年的中美交往大门由此打开。7 月，基辛格秘密访华。小球拨动了大球。

就在美国乒乓球队访华期间，4 月 16 日，费慰梅给梁思成写去一信，表达她与费正清重访中国的强烈愿望。病重中的梁思成接信后将其翻译，托夫人林洙送清华大学建工系革委会。彼时，在“文化大革命”风暴中，梁思成已被打成“反动学术权威”，幸得周恩来关照，被送至北京医院住院治疗，仍须不断交代自己的“罪行”。

1968 年 10 月，梁思成在一篇题为《检查我的“爱国心”》的交代材料中，谈到毛泽东在 1949 年 8 月至 9 月针对美国国务院对华关系白皮书发表的五篇文章——《丢掉幻想，准备斗争》《别了，司徒雷登》《为什么要讨论白皮书》《“友谊”，还是侵略？》《唯心历史观的破产》。梁思成说，读到这些文章后，自己才“如梦方醒”，“但在当时，我并不懂得，因而也没有深入地联系到自己的思想检查自己，而认为自己从清华园解放的那一天看到了纪律严明、和蔼可亲的人民解放军始，就已衷心拥护共产党，热爱毛主席。我绝不是‘胡适、傅斯年、钱穆之类’，而是‘和工农兵学生等人一道喊口号、讲革命’的。尽管过去我对美帝国主义完全没有认识，但读了这几篇文章，已经豁然开朗，有了明确的认识了。我对美帝绝无什么幻想，有‘和美国帝国主义（以及英国帝国主义）作长期斗争的决心。’抗美援朝运动更坚定了我这信念”。

在这份交代材料里，梁思成提到了他和亡妻林徽因的好友——费正清及其夫人费慰梅。梁思成写道，大约在 1951 年秋，费氏夫妇来信称，在朝鲜战争中，中国方面是“侵略者”，“我当即复信义正辞严地予以驳斥，并正告他们：从今以后，他们和我已是敌人，和他们绝交了。1955 年，我妻林徽因逝世，他们又来信吊唁，我就根本没有理他们”。

梁思成将费信译出后，给清华大学建工系革委会附上一信，托林洙一并交付，信中介绍了他与费氏夫妇自 1930 年代在北平相识之后的交往情况，又提到“绝交”之事：“抗美援朝时，他们曾来信说什么‘联合国军’是在联合国大会上正式通过由三十多个国家组成的，反而诬蔑我们是‘侵略者’。我怒不可遏，回信把他们痛骂一顿，并说，‘以往你们曾是我的朋友，今后，你们已是我的敌人了’，与之绝交。1955 年，先妻林徽因去世后，（不知他们怎么知道了），曾来信吊唁，我也根本没有理他们。”

与费氏“划清界限”之后，梁思成接着写道：“费慰梅在重庆时和我们党可能也有些接触。我和林徽因认识龚澎同志，竟是费慰梅在重庆介绍的。（龚澎同志不久前已去世，估计乔冠华同志当时也随周总理在重庆，可能对他们有更多的了解。）断交廿余年后，在今天新的形势下，特别是在总理接见了美国乒乓球运动员之后，她又来信，并流露想来的意思。应如何处理？是否要答复他们？请指示。”

信递了过去，杳无音信。在北京医院，林洙与梁思成的“病友”华罗庚说到此事。华罗庚说，这么重要的事情，你应该把信直接交给周恩来总理，信只要交到中南海北门的门卫处，总理当天就可看到。林洙闻罢，执信而去。

梁思成没有等到中美建交的那一天。逝世前，他对林洙说：“等到中美建交的时候，你一定代我向费正清先生和夫人祝贺。”1979 年 1 月 1 日，中美两国正式建立外交关系。当月，林洙致信费慰梅：“我怀着极其激动的心情，向你和你的全家热烈的祝贺中美两国建交。同时我也有些悲哀地想到我亲爱的丈夫梁思成，他没有等到这一天就离开了我们……没有想到这一天竟等了 7 年才到来。”

从此，林洙与费慰梅保持了近二十年的书信往来，直至费慰梅因病不能执笔。

据梁思成晚年回忆，他与林徽因大约是在 1933 年，在“北京美术俱乐部”的一个画展上，认识了 John Fairbank 和他的新婚妻子 Wilma Fairbank。

后来，梁思成分别给他们取了中国名字——费正清、费慰梅。

当时，费正清在清华大学任教，并为自己的博士论文（1953年出版为《中国沿海的贸易与外交：1842~1854年通商口岸的开埠》）收集资料；费慰梅刚从拉德克利夫学院（Radcliffe College）艺术史系毕业。费氏与梁氏从此结下深厚友谊。

费氏夫妇就住在西总布胡同，离北总布胡同的梁宅不远，他们经常参加梁家的朋友聚会。费慰梅晚年在《梁与林》一书中回忆道："徐志摩的朋友、哲学家金岳霖，大家都叫他'老金'，实际上是被梁家接纳的一位成员，就住在邻近的一座小房里。从梁家客厅的侧门，走过一个狭小的院子，就到了老金的住处。通过这扇门，他经常被找来参加梁家的聚会。一到星期六下午，流向就倒过来了，老金在自己的家里与老友们相聚。那时，梁氏夫妇就穿过老金的小院，来到他的内室，与客人们打成一片，在座的都是他们亲密的朋友。"

这些朋友，包括张奚若、钱端升、李济、周培源、陶孟和、陈岱孙等著名学者。"张奚若，一个讲原则的人，快人快语而富感染力。"费慰梅追忆，"钱端升，尖锐的中国政府分析家，痴迷于国际问题。陈岱孙，一位高贵而不苟言笑的经济学家，大高个儿。还有两位年长一些的教授，在中国他们都是各自学术领域的带头人。李济，受教于哈佛人类学和考古学专业，领导着中央研究院的殷墟发掘。社会学家陶孟和，曾在伦敦留学，领导着很有影响力的社会研究所。他们与建筑史家梁思成、哲学家老金一样，拥有全新的观念，致力于用科学的方法研究中国的昨与今。"

1934年夏的一次古建筑考察是梁氏与费氏最为难忘的经历。他们结伴调查了山西汾阳至赵城（今洪洞）的三四十处建筑，行程三百余里。其旅途之艰辛，如梁氏所言："因同蒲铁路正在炸山兴筑，公路多段被毁，故大半竟至徒步，滋味尤为浓厚。"费慰梅则为她和费正清客串了一次"古建筑测绘员"而兴趣盎然："四个人欢欢喜喜徒步或骑毛驴考察了附近的寺庙，远一些的地方，我们就租传教士的汽车去。正清和我很快就熟悉了丈量等较简单的活儿，思成拍照和做记录，徽因则从寺庙的石刻上抄录重要的碑文。"

这是1928年梁思成与林徽因从美国留学归来之后，进行的无数次古建筑调查之一。此前一年，赵城广胜寺宋版藏经之发现，轰动学术界，梁氏顺此线索，邀费氏同往，欲探查广胜寺建筑是否也为宋构，到后方知，元大德七年（公元1303年）的一次地震致“古刹毁”，现存建筑为元代重建，“不过梁架的做法，极为奇特，在近数年寻求所得，这还是唯一的一个孤例，极值得我们研究的”。

那些年，为读通宋《营造法式》，梁氏竭力寻找、调查、测绘中国早期建筑，并在1937年六七月间发现了唐代木构佛光寺东大殿。也正是在那时，日本全面侵华，打断了他们的工作，二人流亡至中国西南，双双病倒。此前已回国的费氏夫妇来信建议他们到美国避难，梁思成复信：“我的祖国正在灾难之中，我不能离开她；假使我必须死在刺刀或炸弹下，我也要死在祖国的土地上。”

1942年9月，费正清抵达重庆，参加美国驻华使馆的工作。11月，他到四川李庄看望避居在那里的梁氏夫妇。眼前的一切，使他震惊了：“我深深被我这两位朋友的坚毅精神所感动。在那样艰苦的条件下，他们仍继续做学问。倘若是美国人，我相信他们早已丢开书本，把精力放在改善生活境遇上去了。然而这些受过高等教育的中国人却能完全安于过这种农民的原始生活，坚持从事他们的工作。”

在抗战烽火之中，在吃不饱、穿不暖、缺医少药的恶劣环境下，病入膏肓的林徽因协助梁思成完成了《中国建筑史》、英文《图像中国建筑史》的书写。这两部里程碑式的著作，在梁思成逝世之后才得以出版，为让后者能够在美国面世，费慰梅在晚年倾尽全力。

很难知道梁思成在前述交代材料中写下与费氏夫妇绝交字样的心境。事实上，在与费氏“绝交”之后，林徽因逝世次年，费慰梅来信吊唁，梁思成并未“根本没有理他们”。1956年12月30日，梁思成在给费慰梅的回信中说：“亲爱的慰梅：时隔这么多年收到你的来信是意外之喜……我知道你愿意分担我因徽因逝世的悲痛，你的同情与悼念让我深深感动。已过去逾一年半的时间了。徽因勇敢地与恶化的健康状况战斗，直至生命的最后一刻。”

不过，在这封信里，梁思成没有提到1951年他在思想改造运动中的处境，也没有提到他和林徽因关于保护北京古城的建议未获采纳之后的处境，更没有提到1955年他在中共高层发动的“对以梁思成为首的复古主义建筑理论的批判”中的处境——正是在那场批判中，1955年4月1日，林徽因永别人世。

“也许可以稍稍告慰你的是，在生命最后的6年半时间里，在生活与工作中，徽因从来没有如此快乐过。”梁思成在信中写道，“和今天中国所有知识分子一样，她怀着坚定不移的信念与绝对的自信，看到了她的国家和人民伟大而辉煌的前景。尽管健康状态十分糟糕，她却自豪地与其他建筑师们一道，分担着重建国家和培养未来建筑师的责任，她被任命为北京市高级建筑师和都市计划委员会委员，同时在清华大学执教，被选举为北京市人大代表。她甚至找到机会改进景泰蓝的设计（记得它们曾经是多么丑陋吗？！），日复一日地‘浸泡’在车间里，紧张地与工匠们一起工作，创造了精美的作品……也许她唯一的遗憾是，她没有活着看到自己在生命的最后几年里为之倾尽全力的光明未来。”

以上这些文字，揭示了1948年12月清华园解放之后，林徽因生命最后6年半的时光里，梁与林内心世界之一面。而在那些年里，他们所承受的冲击与心灵困惑，无一字提起。

在梁思成接受思想改造的时候，大洋彼岸的费正清也陷入人生的低谷。1950年6月，朝鲜战争爆发；10月，中国人民志愿军入朝参战。这之后，费正清被卷入1950年代对美国政坛震动最大的事件——麦卡锡主义风波之中。

1950年2月，美国共和党参议员约瑟夫·麦卡锡宣称，美国政府尤其在国务院里有大量的共产党人和共产党特务。这如同晴天霹雳，美国上下一片哗然。美国国会众议院和参议院立即组成专门机构进行空前广泛的“忠诚调查”，在近4年时间里，闹得天翻地覆，祸水横流。费正清因为对美中关系和中国革命这样的重大问题发表过许多非纯学术性的言论，自然难逃此劫。

中国的“抗美援朝”，使中美进入战争状态，原来企图跟中国共产党打交道的美国朝野人士希望破灭，这对费正清这样的美国学者来说无异于重大打击，麦卡锡们则获得攻击对手的炮弹。

1951年8月，费正清访日申请被拒绝。随后，他受到麦卡锡主义者的指控，称他对中国共产党有“无可怀疑的同情”，直到朝鲜战争爆发后还是中国共产党“坚定的支持者”。有人甚至发誓说费正清1940年代加入了共产党。

最使费正清震惊的是他的朋友——历史学家卡尔·威特福格尔也将他“出卖”，故弄玄虚地说：最紧要的不是费正清是否是共产党员，而在于他是否帮了共产党的忙。

费正清与当年梁家茶座上的朋友、法学家钱端升良好的私人关系也被列为一大“罪证”——“1943年，你妻子曾要求付给钱端升稿酬，并由她寄送给中国的钱端升。”

费正清诧异道：“人如果被列为怀疑的对象，那么他的一切活动均可能被视为可疑的行为。所谓的罪名一经株连，便会不间断地蔓延，一个小小的污点可能会被放大成谋叛，足使你有口难辩。”

在这场政治闹剧中，有人丢掉饭碗，有人沦落海外，有人被判有罪……共产主义人士罗森堡夫妇甚至被处以极刑。费正清被迫证明自己是“清白”的，终因麦卡锡歇斯底里树敌太多身败名裂，而得到“平反昭雪”。

美国海波因特大学历史学教授邓鹏，在《费正清评传》一书中，对这段历史发表评论：“有些时候，民主政治离愚民政治实在只有一步之遥。”

可以想象，梁与费若能重逢，心中有多少话语需要倾诉。可是，在“文化大革命”那样的氛围里，梁即使见到了费，触及自己的坎坷遭遇，多半只会无语——1950年代以来，在中国大陆此起彼伏的政治运动中，时常在《参考消息》上出现大名的费正清，可没少让他的中国朋友受罪。

“必须交代同美帝国主义分子的密切关系”，1957年8月，《北京日报》载文揭发“右派分子”、北京政法学院院长钱端升，“一九四七年到一九四八年，钱端升到美国哈佛大学教书，住在费正清家里十一个月。费正清这个老牌特务这样看得起钱端升，把他请到家里去住，关系之密可想而知。钱端升与费正清是什么关系？接受了费正清的什么任务？替费正清做了哪些反共反人民的事情？”

钱端升被迫写出《我的罪行》，被登在《北京日报》上示众，其中交代了他与费正清的关系：“我还和披着‘教授外衣’的美国特务费正清有过长期的关系。自一九三七年起，我到美国必去访问他。在一九四七年冬到一九四八年冬，我到了现在看来是敌国的哈佛大学。当时我就住在他家中。这还不够，解放后，在一九四九年和一九五〇年，为了促成我用英文写的一本关于旧中国政府的书的出版，并为了要他代购一些书籍和代领应退的一部分所得税，我去过二十封信，他来过十八封信。信中还讲到许多一个爱国的中国人所决不会讲的话。一九四九年三月九日去信有这样一段：‘作为一个要求合乎时代的中国人，我诚意地钦佩新秩序的缔造者，尽管我本人可以遭受一些不方便和不谅解，而且在今后还会遭受’。九月六日去信有这样一段：‘我的在贝克莱（加州大学所在地）和伦敦的中国朋友告诉我说，他们知道一些关于我的广为流传的信，我想这一定是指我给你的信。请将此信留给你自己（就是不要流传之意），因为，有时可以有复杂的事情发生。’这件事他于十月四日来信也承认了。在一九五〇年六月三十日的去信中介绍了国家经济好转情况，写这些信，不但是敌我不分，丧失了民族的立场，而且使敌人可从中取得情报，从而加以渲染曲解，以达到诬蔑我们党、我们人民的企图。……费正清披着‘中国近代史专家’的外衣，长期为美国国务院服务，抗战期间内更往来于中美两国之间，在高级知识分子中间有意识地为美国帝国主义培养一批白皮书中所谓的‘民主个人主义者’，而我就是其中最突出的一个。”

钱端升哪里想得到，十年后的一天，费正清这个“老牌特务”与钱端升在哈佛大学教书时的学生——基辛格，作了一次推心置腹的交谈，竟“改变了历史的进程”。

1972 年 5 月，作为中美关系史上的功臣，费正清偕夫人费慰梅在周恩来的邀请下来到北京。“对于我和慰梅来说，1972 年重返北京仿佛是我们毕业 40 年之后的一次同学的聚会。”费正清晚年在自传中写道。但是，在这次“同学聚会”上，他们再也不能看到梁思成了，仅仅因为迟到了一百多天。

在中方安排的晚宴上，费正清致辞：“这次回来，我们失去了一半的中国！我们最好的朋友梁思成、林徽因都已经去世了，他们在我们的心中就等于中国的一半。可是，这一半，我们永远地失去了！”

费正清、费慰梅见到了金岳霖、钱端升、张奚若、周培源、陈岱孙这些1930年代在梁家茶座上的老友，兴奋之余，多少有些失望。

在当年的朋友圈中，执教于清华大学政治学系的张奚若与费正清很谈得来，在梁家雅聚，他们坐下来一聊，往往就是几个小时。可是，那般倾心的交谈，在这一次久别重逢中，成为明日黄花。费正清在自传中写道：“昆明时期的自由主义人士张奚若，第二次世界大战期间他曾极力鼓吹过盎格鲁撒克逊式的绝对个人主义思想，令人奇怪的是，他现在摇身一变成了一位极力捍卫集体主义的官僚，并曾一度主管过高等教育工作。他由他那位漂亮的妻子和一名护士陪同，特意前来探望我们，那位护士不时地为他量着血压（有护士在场，看来他不会出什么问题的）。能在这里再一次见到他，我们感到非常高兴，张讲话最多，但没讲出什么内容。他怎么晋升得这么快？其中的奥秘我们一无所知。”

他以复杂的心情追述了与金岳霖、钱端升的相聚：“在乔冠华为我们准备的晚宴上，我们见到了他的老师、逻辑学家金岳霖，参加宴会的还有钱端升，他们身上穿着新制服，是用轿车接来的。他们两人一直过着幽居独处的生活。钱在1957年被打成‘右派’，从此便与大众生活隔离开来。他坐在一个非常不显眼的角落，离宴会主持人相距甚远。我想，他几乎要变成端汤上菜的佣人了。乔冠华建议说，希望金先生和钱先生常能来宾馆探望我们，他说话的声音很大，人人都能听到。这显然是在向公安人员打招呼，委托他们安排办理此事。后来他们一起来到了我们房间，我们有如久别重逢的知己一样，促膝交谈，叙旧话新，但他俩对他们个人的经历却只字未提。在谈到我因与钱的联系而遭起诉的时候，我把我个人与麦卡锡主义斗争的经历一股脑儿地倾诉出来，可当提到他因与我通信而遭指控的时候，钱端升对他此后的遭遇却闭口不言。”

费正清很想知道朋友们后来的境况，却一无所获。这种情况在1979年1

月林洙遵梁思成遗嘱给费慰梅写去第一封信之后，发生了变化。

在“文化大革命”刚刚结束的那个年代，林洙与费慰梅通信仍冒着极大的风险。但怀着对梁思成、林徽因与费正清、费慰梅伟大友谊的敬意，和对梁思成深深的爱，林洙义无反顾。

如今，这些信件已是无比珍贵的史料，让人常读常新。

王军

2015 年 9 月 7 日

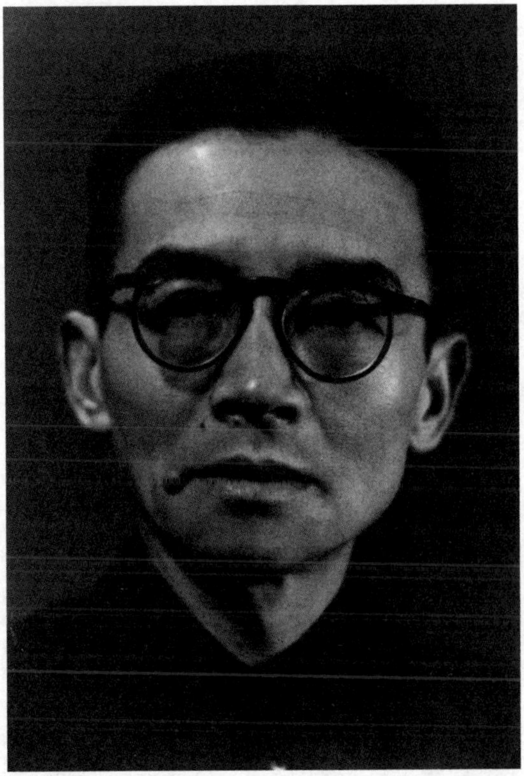

梁思成（1901 年 4 月 20 日~ 1972 年 1 月 9 日）

1947 年，梁思成在美国建筑学会

抗日战争时期，林徽因摄于昆明

林徽因之墓

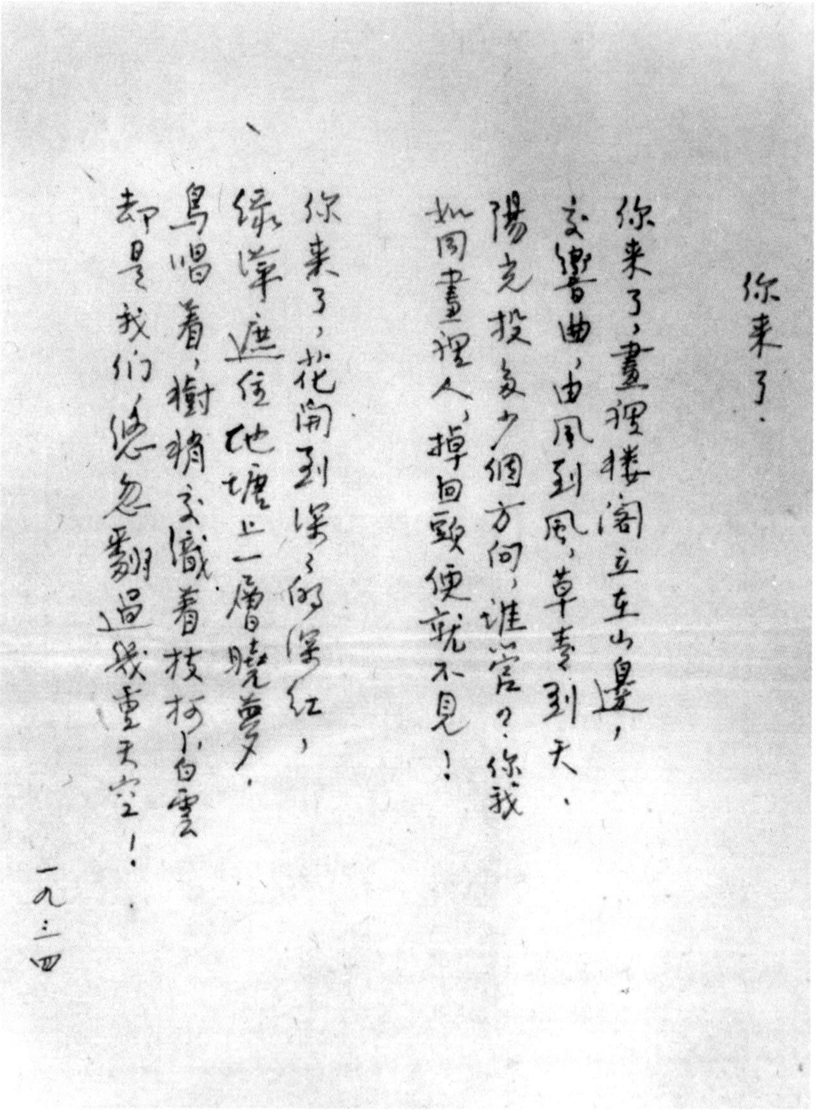

你来了，

你来了，畫裡樓閣立在山邊，
交響曲，由風到風，草青到天，
陽光投多少個方向，誰管？你我
如同畫裡人，掉回頭便就不見！

你来了，花開到深深的深紅，
綠萍遮住池塘上一層曉夢，
鳥唱着，樹梢交織着枝柯，白雲
却是我们，悠忽翻過幾重天空！

一九三四

《你来了》诗歌手稿——林徽因

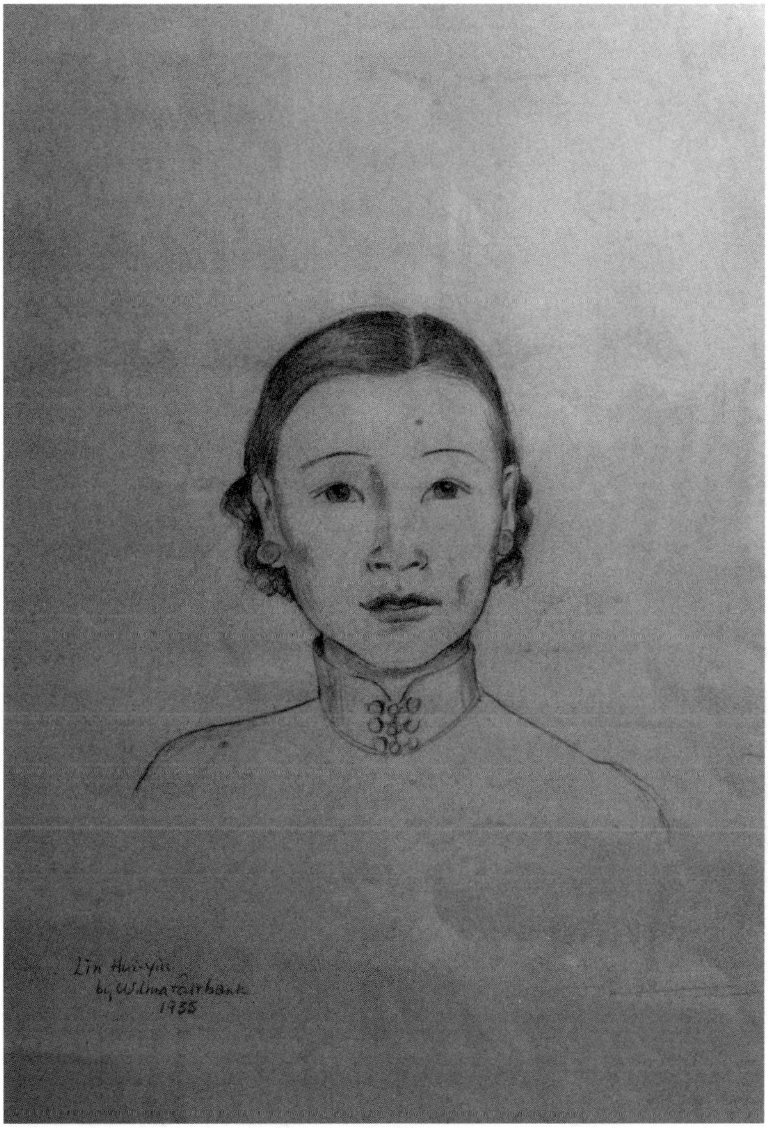

费慰梅所绘的林徽因素描

抗日战争时期，林徽因与费慰梅

梁思成（左二）、林徽因（右二）与费正清、费慰梅等友人在一起

1933 年，林徽因、费慰梅与梁再冰于北平

1930 年代的费慰梅

青年时期的费慰梅

美国汉学家费正清

1947 年梁思成与费正清、费慰梅在美国相会

1956.12.30

Tsing Hua, Peking
December 30, 1956.

Dear Wilma:

It is a pleasent surprise to hear from you again after all these long years. I was away in Poland and Germany when T.S. came back with your warm letter which reached me only after my return to Peking a few days ago.

Yes, Wilma, I know that you will share with me my grief over P.'s death & I am deeply touched by your sympathy & condolescence. It is more than a year & a half now. She fought most courageously against her poor health and was undaunted till the last moment. It may console you a little to know that she was never so happy over life & work as in her last 6½ years. Like all the intelligentia in China today, she had already seen with unshakable conviction & absolute self-confidence a picture of the great & bright future for her country & her people. In spite of her very poor health, she proudly shared with other architects the responsibility & burden of reconstructing the country and the training of future generations of architects. She was appointed a top-rank architect of the Municipality of Peking and a member of the City Planning Commission,

1956年12月30日，梁思成写给费慰梅的英文原信与翻译稿

concurrently teaching in Tsing Hua, and was elected a representative to the People's Representatives' Congress of Peking. She even found opportunities in improving the designs of cloisonné (remember how ugly they could be?!) and "soaked" herself in the work shops for days on a stretch, working together with the artisans and created articles of exquisite beauty.

She was still bending over her drawing board, sitting in bed, against the advice of doctors and disregarding the protests of the family & friends, till a few days before she was taken to the hospital on Feb. 12, '55. She was fifty, and ill, but her enthusiasm was as high as ever, as you knew her years ago. She was confident that she would recover soon and be back to work again. But in spite of all the efforts of the doctors, she lost her last battle on April 1st. Perhaps her only regret is that she did not live to see the radiant future for which she contributed every ounce of strength of her last few years' life.

Ever since 1949, she was given the best medical care by the Government (all free of charge, of course) and, after her death, in recognition of her service to the people, was buried in the People's Revolutionary Cemetery near 八寶山. Only if she had such care a few years earlier, she would have a much better chance to recover, and would be able to do much, much more.

Yes, Wilma, P.'s death is a terrible blow to me & an irretreavable loss to many of our friends, Lao Chin, Hsi-jo & T.S. especially, and to many younger members of the teaching staff in Tsing Hua. I found work difficult without her cooperation to which I was so accustomed for nearly 30 years. It took me considerable length of time to pull myself together again & proceed with work. But, you can well imagine, how limped I am without her guiding wisdom & never failing encouragement to which I was almost completely dependent.

As to myself, I can only tell you that, like every architect, no, like almost every body in China today, I have been very, very busy for the last eight years. In 1949, architects were transformed overnight from a mere social ornament to the post of vanguard of the country's reconstruction. Ever since 1949, I have been working on the planning of Peking, but did comparatively little in the designing of individual buildings. If you come today, you will find Peking very much changed. Hundreds of new buildings have sprung up, most of them in the suburbs — enormous cotton mills with their workers' dormitories in the East Suburb where you used to go riding with P.; the north & N.-W. suburbs covered with numerous new buildings of new institutions of higher education. All these connected by miles & miles of new roads. And by the way, talking about roads, the road from 西直门 to the Summer Palace is now a double drive way. and on Sundays & holidays, when the Summer Palace (usually) gets as crowded as the Tung-an Shih-chang (unimaginable?), the traffic flow on the driveway presents a sight unthinkable a few years ago, and of course the parking probem in front of the entrance to the Summer Palace duly become a headache for the city planner. The area around the former race-course & the 八宝山 is now almost completely urbanized. In short, you will find Peking very much different from what you know of it from your memories.

It may also interest you to know that the architectural department in Tsing Hua has grown to more than ten times its original size and by 1958, it will be expanded to about 600 undergraduate, (plus about 50-60 graduate students). These boys & girls are all so eager to learn & so confident & aware of their responsibilities in the future that it is a joy to teach them. In spite of these vast expansions, but still, how they clamour for more & more architects.

Engaged principally in planning & teaching, I did comparatively little field work in Chinese architecture since 1949. But many of my former colleagues, who are now working in the Ministry of Culture, had done a great, great deal. Besides many important discoveries, they also did much in repairs & restorations of ancient edifices, including the Sui dynasty bridge at Chao-chou. Batches of archaeological workers from all over the country were given courses in Chinese architecture in successive summer training ~~courses~~ classes in which I gave series of lectures almost every summer. But recently, the Government decided to establish an Institute of Research in the History & Theory of Architecture, starting with a staff much bigger than that of the Ying-

Tsao Hsüeh-shê and I expect to devote at least half of my time to it. Perhaps you've already read about it in the 光明日報.

Perhaps it will be a surprise (or no surprise?) to you if I tell you that P. was already a grandma before she died. and that now I have already three grand children!! Tsai-ping (Bao-bao) has a son & a daughter and Chung-chieh (Hsiao-ti), a son. Chung-chieh's wife is Chou Ju-mei (May), Pei-yuan's daughter. Enclosed are a few snap-shots introducing the new members of the family.

About your old friends, all I need to tell you is that they are all well & happy. They are happy in their work & very busy. I hope you & John will come and pay us a visit. (The door of New China is always wide open & many Americans have already been here.) You'll find great changes here. They are worthwhile seeing. And of your old friends, with the single exception of myself, the most noticeable change in their appearance is perhaps in their hair, especially Lao Chin & Hsi-jo, who are now almost completely white, but in spirit, as young as ever. In health, the only one who should be ashamed of himself is myself. I had a rather bad relapse of T.B. last year and was in the hospital for 6 month & later in the Summer Palace rest-curing for five months. But I have only myself to blame because I still insisted on working with such gusto as I did in the young days, a little too disproportinate to my age & present state of health. Now I have learnt to be wiser & promise to go slow & to apply my brake more diligently. I am determined to keep on going, moderato but con spirito, for at least another 25 years, because New China needs every architect — every single person's strength, no matter how meagre his contribution.

In closing — One request & Three wishes:

Request :— Will it be too much trouble for you to mail the drawings & photographs of Chinese architecture which I left with you back in '47 to "Miss Chen Lau 劉慧真, Methodist International House, 76, Osborne Rd., Newcastle-on-Tyne, 2, England"? I wish to make many revisions & additions to those drawings.

Wishes :— (1) that you will write again; (2) That you & J. will come and pay us a visit soon; (3) [much belated] A very Merry Xmas & a Happy New Year!

Yours,

Ssu-ch'eng.

亲爱的威尔玛：

多年以后再次收到你的来信，真令我感到惊喜。（钱）端升带回来你热情洋溢的信件的时候，我正在波兰和德国（译者注：即民主德国）。几天前，我刚结束访问回到北京，就收到了你的来信。

是的，威尔玛。我对徽因的死痛不欲生，我想你也会和我一样悲伤。你的同情和慰问让我非常感动。徽因的离去已经超过一年半时间了。她非常勇敢地同病魔战斗，直到最后一刻也没有畏缩。她从来没有像生命中最后六年半时间里那样，为生活和工作而如此幸福，我想这会使你感到稍许宽慰。像今天中国的知识精英一样，徽因对她的祖国和人民伟大光明的前途有着坚定不移的自信。她拖着病体，与其他建筑师一起非常自豪地承担重建国家和训练下一代建筑师的责任和重担。她被任命为北京市高级建筑师和北京市都市计划委员会委员，被推选为北京市人大代表；同时，她一边还在清华教课。她甚至觅得良机去改进景泰蓝的设计（你还记得它们是多么地不堪入目么？！），整天绷紧了弦泡在车间里，与工匠们一起工作，创造精美的款式。

她不听从医生的忠告和家人朋友的反对，即使卧病在床仍然离不开画板，直到 1955 年 2 月 12 日被送往医院的前几天。她当时已经有 50 岁了，病魔缠身，但是她的激情与你多年前认识她的时候一样高昂。她相信将会很快康复，并重新工作。尽管医生们竭尽全力，在 4 月 1 日她结束了人生的这场战斗。她在最后几年光阴里殚精竭虑为之奋斗的事业，其未来是如何的光辉，这个她没有亲眼见到，也许是她唯一的遗憾。

1949 年以来，她一直受到政府最好的医疗护理（当然所有都是免费的）；在她去世以后，为肯定徽因对人民的贡献，她被葬在八宝山附近的人民革命公墓。哪怕更早几年是这种情况，她将会有更好的机会康复，也将会做多得多的事情。

是的，威尔玛，徽因的死是对我的一个重大的打击，对我们的许多朋友以及清华大学的许多年轻教师而言也意味着不可挽回的损失，特别是老金（金岳霖）、（张）奚若和（钱）端升。缺少了她的合作，我感到工作寸步难行，近 30 年来我都对此习以为常。我过了很长时间才使自己恢复平静、重新振作起来投入工作。但是，你能想象得到，她的睿智引导和从未间断的鼓励，是我所完全依赖的；缺少了这个，我就如同跛行夜路一般。

至于我自己，我只能告诉你，像每一个建筑师，不，像今天的大多数中国人，我在这 8 年非常繁忙。1949 年，建筑师从仅仅是社会的装饰品，转变为国家重建的急先锋。1949 年以来，我一直在忙于北京城市的规划，在单体建筑的设计上所作相对甚少。如果你今天来到北京，会发现北京发生了翻天覆地的变化。成百上千的新建筑如雨后春笋般出现，它们大部分在郊区。在你从前经常和徽因一起骑马的东郊建起了大片的棉纺厂和工人的宿舍。北郊和西北郊满是高校的新建筑。穿连其中的则是新的公路。说到道路，从西直门到颐和园的公路现在是双向车道。在周日和节日，颐和园像东安市场一般拥挤（不能想象？），车流呈现几年前根本无法想象的景象，颐和园入口处停车的问题令城市的规划者颇为头疼。过去的赛马场和八宝山附近的区域今天已经几乎完全城市化了。简而言之，北京与你记忆中的印象大为不同了。

这个消息也许会令你感兴趣：清华大学营建系的规模已相当于初建之时的10多倍，到1958年它将扩展到拥有600名本科生（以及50至60位研究生）。这些男孩女孩非常热切地投入学习，非常清楚他们未来的责任，并对此充满信心，作为他们的老师我感到非常愉快。尽管（清华营建系）扩展得很快，但仍然需要越来越多的建筑师。

1949年以后，我主要精力放在城市规划和教学工作上，对中国建筑的实地调查相较而言为之甚少。但是我之前的很多同事，他们现在在文化部工作，在这方面做了很多很多。除了一些重大的发现，他们还在修复包括隋代赵州桥在内的古建筑方面贡献颇多。连续几个暑期的训练班上，全国各地的考古工作者分批接受中国建筑方面的课程培训，几乎每个暑期我都为此做了一系列讲座。而就在最近，政府决定重新建立建筑历史与理论研究室，人员的数量要比营造学社大很多。我希望能把至少一半的时间奉献于此。也许你已经在《光明日报》上看到了这一消息。

如果我告诉你徽因在去世之前已经成为祖母，我也已经有了三个孙儿了，你也许会感到惊讶（或者不惊讶？）！！再冰（宝宝）生了一个儿子和一个女儿，从诫（小弟）有了一个儿子。从诫的妻子是周如枚（May），是（周）培源的女儿。信里面还有几张介绍我家新成员的快照。

关于你的老朋友们，我要告诉你的是，他们都身体很好，也都非常幸福。他们非常开心地投入工作，也非常繁忙。我希望你和约翰（译者注：即费正清）早点来看看我们。（新中国的大门永远是打开的，很多美国人已经来过这里。）你将会发现这里发生了巨大的变化。这些都值得看看。除了我以外，你的老朋友在外貌上最显著的变化就是他们的头发，特别是老金和奚若，头发几乎全白了，但是跟年轻时一样显得非常有精神。在健康上，只有我将为此惭愧。去年，我因为肺结核住院了 6 个月，尔后在颐和园疗养了 5 个月。我只能自责，因为我仍然坚持像年轻时候一样满怀热忱地去工作，这与我现在的年纪和健康有点不太合适。现在我学得更聪明一点，答应放慢脚步，勤踩刹车。我决定更平和地，也更热情饱满地至少再工作 25 年，因为新中国需要每一位建筑师、每一个人的力量，无论他的力量是多么微薄。

谨以一个请求和三个心愿来结束这封信吧：

请求：——可否麻烦你将我 1947 年留在你那儿的中国建筑的绘图和照片邮寄给刘小姐？她的地址是 Methodist International House ,76,Osborne Rd.,Newcastle-on-Tyne,2,England. 我希望能够对那些绘图作多处修订和补充。

心愿：——1. 你将会再写信来；2. 你和约翰很快回来访问我们；3.（时间上更远一些的，）遥祝圣诞快乐、新年快乐！

思成

1956 年 12 月 30 日于清华大学

（翻译：吴浩）

1948 年，青年时期的林洙在上海虹口公园

1962 年，梁思成、林洙在清华大学 12 公寓家中

前记[1]

费正清毕生都在从他的哈佛大学的基地出发向西方介绍中国，他常常被说成是“二次大战后在美国几乎是单枪匹马地创造了现代中国研究的领域”。

1932 年他在北京和我结婚的时候，我已经和他有了共同的爱好，当时我们都是二十多岁的大学毕业生，他来自南达科他，我则来自马萨诸塞州的剑桥，我们就是在那里相遇并相爱的，我当时的特殊爱好是中国艺术，他则喜欢中国历史的各个方面。

我们在北京东城一座漂亮的四合院里住了下来，找了中文老师，就开始学习语言。在课余时间我们去紫禁城或香山的佛教寺庙里考察，它们都是著名胜地，但是对我们更有吸引力的是高耸的城墙和门楼，这些也环绕着当时的北京城。城墙内，那无穷无尽的生活戏剧就在大街上上演着。尽管我们在考察中充满了喜悦，但充其量我们不过是那些迷人景象的看客。

大约在我们婚礼后的两个月，我们遇到了梁思成和林徽因。当时他们和我们都不曾想到这份友谊今后会持续多年，但它的头一年就把我们都迷住了。

1 本文是费慰梅在其所写的《林徽因与梁思成》一书中的“作者前记”，此文真实地记录了费正清、费慰梅夫妇与梁思成、林徽因夫妇伟大友谊的开端。

他们很年轻，相互倾慕着，同时又很愿回报我们喜欢和他们做伴的感情。徽（Whei）——她为外国的亲密朋友给自己起的短名——是特别的美丽活泼。思成则比较沉稳些，他既有礼貌而又反应敏捷，偶尔还表现出一种古怪的才智。他们都会两国语言，通晓东西方文化。徽以她滔滔不绝的言语和笑声平衡着她丈夫的拘谨。通过交换美国大学生活的故事，她很快就知道我们夫妇俩都在哈佛念过书，而正清是在牛津大学当研究生时来到北京的。这又引起了她讲述她自己在伦敦一年中学生生活中的一些故事。

当我们分别的时候，她问我们住在哪里。当知道他们的房子离我们不远，就在大街的尽头东城根下，我们同她一样感到惊奇。我们都很年轻，又住得那么近，真使我们喜不自胜。

打这儿开始，我们的友谊与日俱增。我们很快就知道，在宾夕法尼亚大学学习西方建筑学的思成，已开始了他作为中国第一位建筑历史学家的研究工作。这使他在以后的年代里获得了国际上的承认。徽是他在建筑学方面的助手，但她至今仍受人纪念的原因则在于她毕生所写的诗篇。

思成和徽都是出身名门，他们的父亲都是名人。通过他们和他们的朋友们，许多领域都向我们敞开了大门。我们已不仅仅是消极的看客。当第二年正清当上了清华大学的教师时，我们感到自己真正是这里的一部分了。

随着故事的展开，字里行间，可以看出我们四人多年来保持的亲密友谊。我们比他们多活些年原本不足为奇。他们的生命通过几十年的军阀混战，民族主义革命，日本侵略，残酷的内战以及严厉的管制，都耗费在追求他们的理想目标上，最后被他们自己的严重疾病所压倒。这本书的写作，不仅是为了追述他们和如此众多的其他人的命运，也是为了纪念他们的成就、创造力、仁慈及支持他们勇气的幽默感。

费慰梅

前言

我遵照思成的嘱咐，在中美正式建交时，第一次写信向费正清夫妇祝贺。那时我怎么也没有想到，这封短短的信，竟使我与 Wilma（费慰梅）延续了近20年的书信来往。我原来是没有保留信件的习惯的。但是我国自1949年以来，一次次无休止的政治运动，国际形势的千变万化，“老大哥”变成“修正主义”，“美帝国主义”也可以做“朋友”。费正清夫妇都曾在白宫任职，费正清还是美国总统的中国问题顾问。为了防备在今后的政治运动中可能对我进行的审查，我保留了这批信件[1]。今天这批信件却成了中美两国人民友谊的见证。

1987年我应费氏夫妇之邀赴美访问，正值费正清80大寿。我有幸参加了他的生日晚宴，他的学生送他一幅中国画似的卷轴，打开一看，上面密密麻麻地排列着费正清写作的文章目录，竟长达三四米，引起了全场的欢呼。他没有停笔，在1987~1991年他还不断地在写作，直到病倒离开人世。

有人问我，你当年怎么有这么大的胆子，竟敢和“美帝国主义分子”来往？我想我是太了解梁、费两对夫妇之间的友谊了，它们闪耀着高贵与真诚的光芒。

1 费慰梅的原信，当时即呈交系革委会。日前我曾向建筑学院及校档案馆查询，但均未查到费的原信，令人遗憾。——林洙

1986 年费正清在纪念梁思成 85 岁诞辰时曾经写道：

梁思成和林徽因在我和我的妻子一生中所产生的影响是独特的。或许，我们的经历足以表明他们二位的某种国际联系和国际影响。1932 年与他们初次相识时，我们刚刚来到北平要进行四年研究生的学习，而他们则刚刚从沈阳迁回北平，开始在营造学社工作。在我们历来结识的人士中，他们是最具有深厚的双重文化修养的。

费慰梅在她写的 *Liang and Lin* 一书中曾这样来描述她与林徽因的交往是怎样深入的：

我们相识的时候，徽因只有二十来岁，年轻而美丽，幸福地与思成结为夫妻，刚刚成为一个可爱的小女儿和一个新生小男孩的母亲。而我与徽因的交往就从她忙碌的一点缝隙中硬挤了出来。她需要懂她的人来倾听她的诉说。我们之间的交流完全用英语，因为当我还是一个中文初学者时，她已经是精通英语的大师了。毫无疑问，若不是有英语当媒介，我们的友谊不会如此深刻，如此长久。我们俩在单独的交谈中，选择英语来表达自己的思想。不久，我们就发现彼此有着无数的共同语言，交换彼此的经验，维护自己的论点，共享相同的信念。她在英语方面博而深的知识使我们能够自在地交流，而她对英语的喜爱和娴熟，也使我们在情感上更为接近了。她发现有机会用英语来说出日常生活中的奇想，很有意思。而我那时刚刚跨过中国生活的门槛，她生动的故事迷住了我，引导我登堂入室。

不久梁林与费氏夫妇已成了熟悉的朋友，并且把他们带进自己的社交圈。当时梁林和北大清华的一些教授交往甚密，有张奚若夫妇，周培源夫妇，陶孟和夫妇，钱端升夫妇，以及金岳霖、陈岱孙、叶企孙、常书鸿等人。他们经常在周六下午聚在一起谈谈天喝喝茶，到晚上又一起出去吃晚餐。因为费正清的研究课题是“列强对中国的经济侵略”，因此他往往和研究政治的张奚若、钱端升及社会科学家陶孟和等人一谈起来就是两三个小时。同时他们也通过梁林的关系认识了不少学术界的精英及文艺界的名人，如李济、傅斯年、沈从文、胡适、萧乾及思成的建筑师朋友等，总之梁林把他们领进了中国的上层社会。由于林徽因和费慰梅都是学美术的，所以她们间的共同语言及爱好就更多。

慰梅在哈佛时曾看到山东嘉祥县的武梁祠的拓片，她非常喜爱这些拓片，那是公元第二世纪雕刻在石室上的图形，制成一套套纸拓片传到欧美学者手里，他们用西方语言诠释它，轰动世界。她到北京后的第一个行动就是为自己买了一套。从那时起，她可以每天花几个钟头观察它们，那丰满的马匹和战车画得真好，传统的人形填满优雅的画面。每个人的官阶可以从他的服装上辨出。慰梅既惊异于它那出奇的美，又对其所描述的著名故事毫无所知。

她决定亲赴嘉祥一探武梁祠的石块。武梁祠的石块，在大平原上的一座小房子里乱堆着，大小不一。有些只是一边有雕刻，有些则在前后或前边和旁边有雕刻，还有独立的石柱。最令她惊奇的是那些有三角顶部的大石块。她原以为可以看到石刻展览，结果不然。这不是艺术展，而是建筑物构件的大杂烩！建筑！什么样的建筑？地上的还是地下的？有多少？有可能重建它们吗？这个主意迷惑了她。

回到北京后，慰梅每天捧着这些拓片研究，正是徽因不厌其详地一一为她详细地解说如何从人物的服装上来辨别他们的官职，并为她解释那些晦涩难懂的官衔相当于现代的什么职务，可以说她把汉王朝的朝政体制，给慰梅作了简单的介绍。只有搞清这些，才能把人物故事串联起来，了解墓主人的身世历史。

1934 年梁费两家一道在山西省的一次野外古建筑调查旅行，使他们结下了亲密的友谊。正是这次旅行，使费氏夫妇了解了中国贫苦农民的生活，深入了解了中国的社会。也正是这次旅行，使他们真正了解了梁林的学术研究及他们对祖国建筑的无比热爱。思成也在考察古建筑的同时，向他们解说有关中国古建筑的一些基本知识。正因为这次旅行，在 50 年后慰梅才有可能协助我整理思成所著《图像中国建筑史》的文稿。对于他们之间的友谊，徽因曾这样来描述：

自从你们两人来到我们身边，并向我注入新的活力和生活以及总体上对未来的憧憬后，我已变得更加年轻、活泼和有朝气了。每当我回想起今年冬天我所做过的每一件事，我自己都会感到惊讶并充满感激之情。

你们知道，我是在双重文化的教养下长大的，不容否认，双重文化的接触与活动对我是不可少的。在你们俩真正在（北总布胡同）三号进入我们的生活之前，我总是觉得若有所失，缺了点什么，有一种精神上的贫乏需要营养，而你们的“蓝色书信”充分地补足了这一点。另外，我在北京的朋友都比我年岁大，比我老成。他们提供不了多少乐趣，反而总是从思成和我身上寻求灵感和某些新鲜东西。我常有枯竭之感。

1935年，日本即将攻入北平的消息已传开，天津北京的几所国立大学纷纷准备南迁，并将教学设备及图书装箱运走。费正清伤心地说，“中国最好的大学图书馆正在烟消云散。”徽因在整理南下行装时说：

看着这些往事的遗存，它们建立在这么多的人和这么多的爱之中，而当前这些都正在受到威胁，真使我们的哀愁难以言表。特别是因为我们正凄惨地处在一片悲观的气氛之中，前途渺茫……

如果我们民族的灾难来得特别迅猛而凶暴，我们也只能以这样或那样迅速而积极的方式去回应。当然会有困难和痛苦，但我们不会坐在这里握着空拳，却随时让人威胁着羞辱我们的“脸面”。

慰梅回忆说：

我们最要好的朋友正面临危机，而我们却置身度外。他们随时把现况告诉我们，但在这一片愁云惨雾中，我们却帮不上一点忙。

当他们整理行装准备南下的时候，我们则准备离开中国到哈佛去。我们在中国的学业一九三五年结束，所以决定在圣诞节离去。

思成和我开始着手一项构思很久的计划，把他的建筑论文译成英文。他的英文如此通顺流畅，几乎用不上我。但有我在场可以增加他的自信，而且我还能挑出一些小错误。我们都喜欢这项工作，我还答应帮他在美国找一家出版社。我们并没有预见秋天到来时，日本会突然加紧侵略。

慰梅回到美国后，仍继续研究武梁祠的拓片，她说：

我回到堪布里奇，便开始研究这方面的出版物，结果发现，当初我实地考察时仍无知得很。我构想中的重建包括下列四个步骤：（1）尽可能搜集完整清楚的全套武梁祠石刻拓片；（2）以统一的比例把它们拍下来；（3）切掉多余的边；（4）在桌子上把照片像七巧板那样移来移去，直到三角墙都相配，装饰的边都对上，把那三座前脸空空的佛龛的边墙和后墙尽可能拼在一起。一九四一年我发表了一篇三十六页的文章，解释重建武梁祠的理由和方法。

由于那些拓片已经世界驰名，而我关于重建实体的构想是第一次提出，使我在这个小小的学术圈出了名，真让人兴奋。我对中国艺术美学的兴趣，现在已和武梁祠石块这个考古遗存的建筑设计结为一体。这里显然有梁氏夫妇的影响，我深深地感谢他们。

就在这时候，梁氏夫妇收到了我首度出版的著作《汉武梁祠》，关于山东省武氏墓地汉代石雕的一本书。一九三四年我曾探访该墓地，把散落的石块加以整理，最后产生重建那三座祠堂的构想。

思成收到慰梅寄给他的著作时的反应，令慰梅很感动。

我对这个题目格外感兴趣，我以为你只是在写拓片的内容而已，没想到你所做的，对汉代建筑有可贵的贡献。这不仅是处理武梁祠的新手法，而且对汉代葬墓遗存也提出了新观点……你在搜集参考资料方面严谨，有耐心，使整个议题无懈可击……你突然让我们意识到，在佛教传入中国之前，这类为追念死者所建的小祠堂，就是当时宗教观念的体现。在这个观念中，宇宙、方位、道德（过去做的许多好的行为）、祖先崇拜（一系列从前的帝王）、战功（战斗场面）、五行观念、对学习的喜爱、对高官的尊崇，等等，全都和生死、幸福生活和传宗接代的观念混在一起。这些东西组合起来，即使今天在中国也还是基本的宗教信仰，因此当时必定是整个的宗教。这样一个小小的祠堂告诉我们的，居然比厚厚的历史书所叙述的还要多，真是令人惊讶。徽因认为它的意义比我想象的还要大（这是一个值得记住的论点）——（徽因自己在这里加了一行）“一个没有主神、没有死者画像或塑像的小祠堂，却有着人类的基本要素和德行，有节奏地混为一体。”

费正清回忆：

第二次世界大战中，我们又在中国的西部重逢，那时他们都已成了半残的病人，却仍在极端艰苦的条件下，不顾一切地致力于学术研究。

梁思成与林徽因他们坚毅的精神深深感动了前来探望的费正清，他说：

倘若是美国人，我相信他们早已丢开书本，把精力放在改善生活境遇上去了。然而，这些受过高等教育的中国人却能完全安于过这种农民的原始生活，坚持从事他们的工作。

费正清亲眼看到了梁家与“学社”的困难，他决心尽力给予协助。为学社向美国的哈佛基金会申请了一笔赞助，并利用美国驻华使馆新闻处的设备为思成复制了大量图片。费正清任满回美后，慰梅又到重庆任职，她几次赴李庄探望梁家，并不断地为徽因带来了她急需要的营养品、奶粉及当时治疗结核病的特效药盘尼西林（当时国内没有）。林徽因是不能没有朋友的，但是在李庄这个小地方，她重病缠身，往日的好友几乎都在昆明。她只有写信，慰梅每隔几天就能收到她的信，在信中她毫无保留地向她描述了他们的生活，倾诉她的思想感情。这些珍贵的信在慰梅去世后 Holly（费正清与费慰梅的女儿）把它们捐给了博物馆。

费正清说：

在我们的心目中，他们是不畏困难、献身科学的崇高典范。当时，林徽因身患肺结核，梁思成则因青年时代一次车祸的后遗症使脊椎受伤。然而，不论是疾病还是艰难的生活都丝毫不影响他们对自己的开创性研究工作的热情。

由于受过专门教育，因而他们有能力把中国建筑介绍给现代世界，并作出科学的描述和分析。这也是因为他们既通晓中国古典文化，又懂得作为艺术和科学的外国建筑。在忧患的战时生活中能获得如此成就，说明他们不仅具有极高的学术水平，而且还有崇高的品德修养，而正是后者使他们能够始终不渝地坚持自我牺牲，坚定地为中国的现代化作出了自己的一份贡献。

今天当我重读我与 John（费正清）和 Wilma（费慰梅）的这些信时，往事和他们的身影又亲切地出现在我眼前。虽然我们由于语言的障碍沟通起来非常困难，但我们仍坚持各抱一本字典读着对方的来信，我把他们当作自己的亲人，对于 John 和 Wilma 不管用什么话语也表达不了我与他们之间的深厚的友情。

我与 Wilma 从 1979~1997 年从未间断过通信，直到 1997 年下半年 Wilma 患了老年痴呆症，渐渐不能阅读与书写，但我仍然常常托清华访美的教授去看望她，直到有一天傅熹年先生从美国回来后告诉我 Wilma 已经不认识人了。我凄然地流下了眼泪。

2002 年 4 月 9 日我收到他们的女儿 Holly 的来信，告诉我 Wilma 已经走了。

Wilma！ Wilma！亲爱的 Wilma，愿上帝与你同在！

林洙

2012.2.22

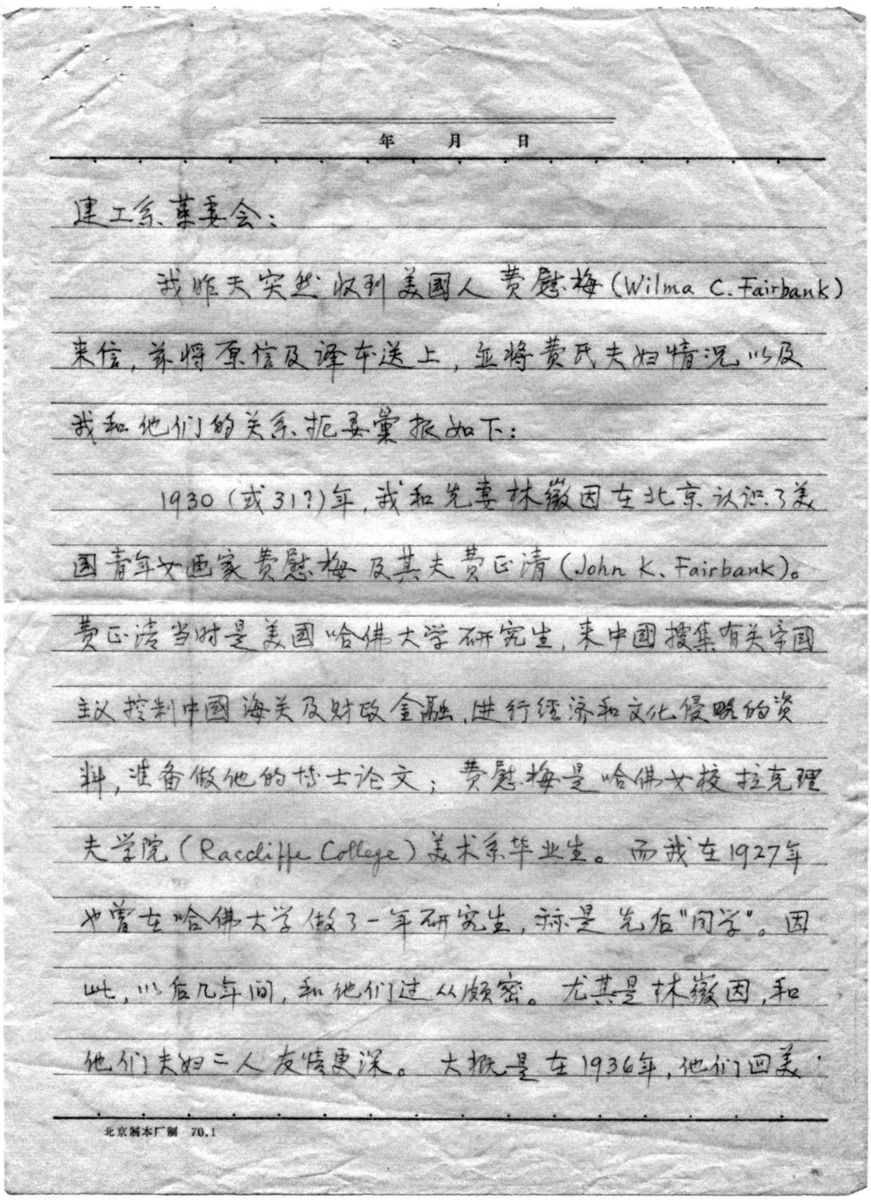

年 月 日

建工系革委会：

我昨天突然收到美国人费慰梅(Wilma C. Fairbank)来信，兹将原信及译本送上，并将费氏夫妇情况以及我和他们的关系扼要汇报如下：

1930(或31?)年，我和先妻林徽因在北京认识了美国青年女画家费慰梅及其夫费正清(John K. Fairbank)。费正清当时是美国哈佛大学研究生，来中国搜集有关帝国主义控制中国海关及财政金融，进行经济和文化侵略的资料，准备做他的博士论文；费慰梅是哈佛女校拉克理夫学院(Radcliffe College)美术系毕业生。而我在1927年也曾在哈佛大学做了一年研究生，称是先后"同学"。因此，以后几年间，和他们过从颇密。尤其是林徽因，和他们夫妇二人友情更深。大概是在1936年，他们回美

北京簿本厂制 70.1

1971 年，费慰梅写给梁思成的信，梁思成亲笔翻译并且写了请示一封

國去了。

抗日战争期间（大约在1942或43年），费正清曾任重庆美使馆新闻处处长约一年（?），这时他已是哈佛大学教授，中国问题"权威"。他回国后，费慰梅又来，任美使馆文化专员，至日寇投降后才回国。抗日战争期间，他们都曾为中国营造学社筹募过一些经费，先后总计约数千美元。

1946年47年，我到美国耶鲁大学讲学，寒假暑假都在他们家渡过一段时间。

1950年抗美援朝时，他们曾来信说什么"联合国军"是在联合国大会上正式通过由三十多个国家组成的，反而诬蔑我们是"侵略者"。我怒不可遏，回信把他们痛骂一顿，并说，"以往你们曾是我的朋友，今后，你们已是我的敌人了"，与之绝交。1955年，先妻林徽因去世

年　月　日

后，（不知他们怎么知道了，）曾来信吊唁慰问，我也根本没有理他们。解放卅余年来，《参考消息》中不时总会看到费正清的名字。他的观点，就我所记得的，主要是主張"两个中國"。

费氏夫妇在我国多年，与当时北平、南京、上海、武汉、昆明、重庆……等地各高等院校及科研机构中的教师、科研人员认识的很多（如張奚若、金岳霖、……等）。费慰梅在重庆时和我们党可能也有些接触。我和林徽因认识龚澎同志，竟是费慰梅在重庆介绍的。（龚澎同志不久前已去世，估计乔冠华同志当时也随周总理在重庆，可能对他们有更多的瞭解。）

断交廿余年后，在今天新的形势下，特别是在总理接见了美国乒乓球运动员之后，她又来信，並流露

年 月 日

想来的意思。应如何处理？是否要答复他们？请指示。

梁思义

1971年4月25日

附：费慰梅原信及译本。

北京制本厂制 70.1

4

年　月　日

1971年4月16日

亲爱的恩成——关于美国乒乓球运动员在中国所受到的从高级官方到一般群众的热情欢迎的新闻使我们（以及以百万计的美国人）希望这就是我们两个国家间的隔绝状态的终结了。

自然而然地，约翰（其夫费正清——编注）我和就梦想，在我们的老年（他现在已是64岁，而我也62了）又有了重返北京的可能了。一直到现在，看来好像我们在死以前再也不可能重返那个我们度过了我们最幸福的青年时代的美丽的地方了。

你想有什么可能性吗？无论如何，我希望你能在经过这么多年隔绝之后给我们一封信。

慰梅。

北京稿本厂 稿 70.1

北京大学

注：上信原件已交清华大学土建系革委会，这次发表曾向校、系查询，但均未查到，现将梁思成当年保存的译稿列出。

林洙 2012.10.18

年 月 日

武梁祠画像石

北总布胡同三号，梁思成、林徽因故居

青年时期的林徽因与孩子在一起

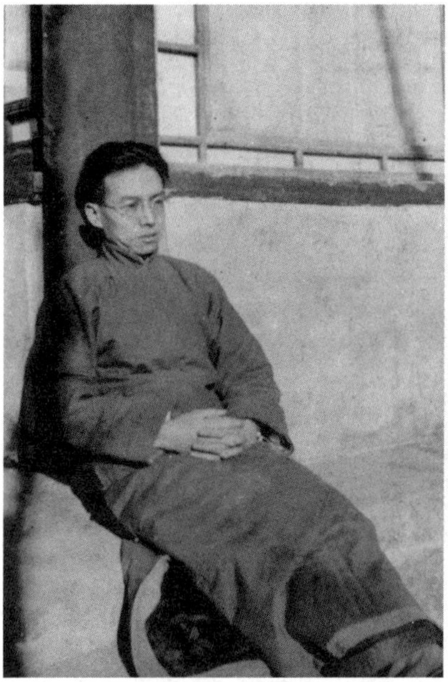

30 年代梁思成在北总布胡同

青年时期的梁思成和孩子在一起

峪道河磨坊内院

1934 年，林徽因（中）、费慰梅（右）、费正清（左）考察时留影

山西龙天庙正殿前檐及斗栱

赵城县广胜寺下寺山门

广胜寺龙王庙明应王殿

赵城县广胜寺下寺前殿梁架

赵城县广胜寺下寺飞虹塔

山西赵城县广胜寺飞虹塔梯级结构

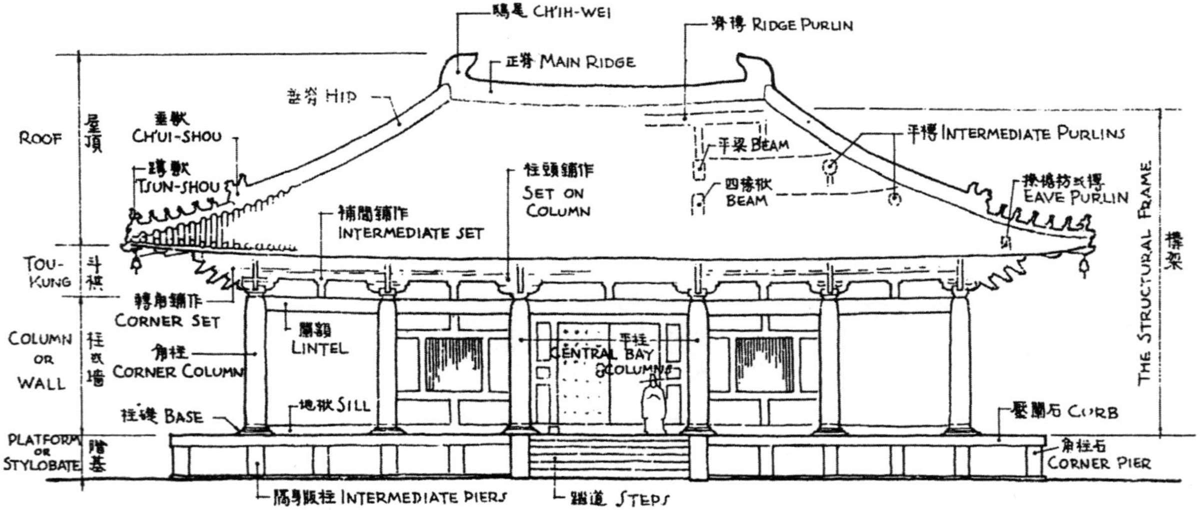

NAMES OF PRINCIPAL PARTS OF A CHINESE BUILDING

中國建築主要部份名稱圖

中国建筑主要部分名称图

梁思成在考察古建

梁思成在测绘邢台天宁寺塔

林徽因在香山

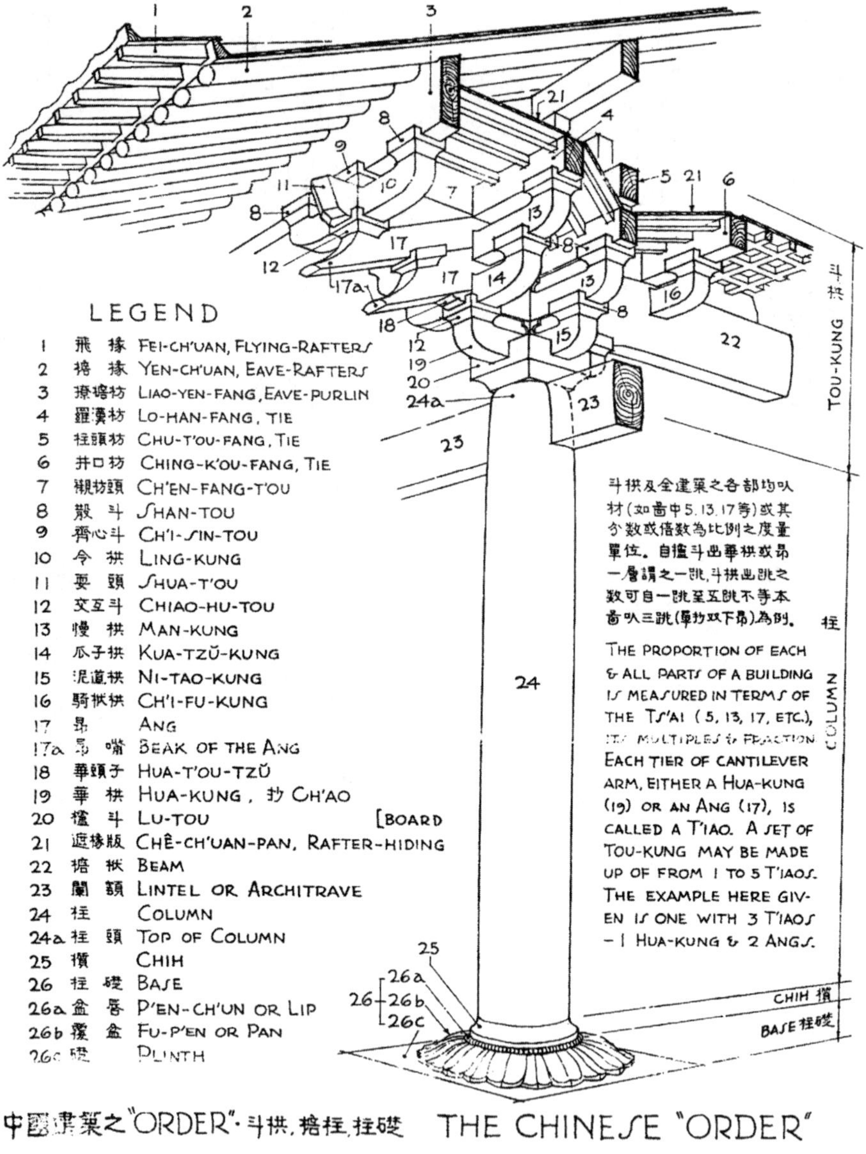
LEGEND
1 飛椽 FEI-CH'UAN, FLYING-RAFTERS
2 檐椽 YEN-CH'UAN, EAVE-RAFTERS
3 撩檐枋 LIAO-YEN-FANG, EAVE-PURLIN
4 羅漢枋 LO-HAN-FANG, TIE
5 柱頭枋 CHU-T'OU-FANG, TIE
6 井口枋 CHING-K'OU-FANG, TIE
7 襯枋頭 CH'EN-FANG-T'OU
8 散斗 SHAN-TOU
9 齊心斗 CH'I-SIN-TOU
10 令拱 LING-KUNG
11 耍頭 SHUA-T'OU
12 交互斗 CHIAO-HU-TOU
13 慢拱 MAN-KUNG
14 瓜子拱 KUA-TZŬ-KUNG
15 泥道拱 NI-TAO-KUNG
16 騎栿拱 CH'I-FU-KUNG
17 昂 ANG
17a 昂嘴 BEAK OF THE ANG
18 華頭子 HUA-T'OU-TZŬ
19 華拱 HUA-KUNG, 抄 CH'AO
20 櫨斗 LU-TOU
21 遮椽版 CHÊ-CH'UAN-PAN, RAFTER-HIDING BOARD
22 檐栿 BEAM
23 闌額 LINTEL OR ARCHITRAVE
24 柱 COLUMN
24a 柱頭 TOP OF COLUMN
25 櫍 CHIH
26 柱礎 BASE
26a 盆唇 P'EN-CH'UN OR LIP
26b 覆盆 FU-P'EN OR PAN
26c 礎 PLINTH
斗拱 TOU-KUNG
柱 COLUMN
CHIH 櫍
BASE 柱礎
斗拱及全建築之各部均以材(如圖中5.13.17等)或其分数或倍数為比例之度量單位。自櫨斗出華拱或昂一層謂之一跳,斗拱出跳之数可自一跳至五跳不等本圖以三跳(單抄双下昂)為例。
THE PROPORTION OF EACH & ALL PARTS OF A BUILDING IS MEASURED IN TERMS OF THE TS'AI (5, 13, 17, ETC.), ITS MULTIPLES & FRACTION.
EACH TIER OF CANTILEVER ARM, EITHER A HUA-KUNG (19) OR AN ANG (17), IS CALLED A T'IAO. A SET OF TOU-KUNG MAY BE MADE UP OF FROM 1 TO 5 T'IAOS. THE EXAMPLE HERE GIVEN IS ONE WITH 3 T'IAOS - 1 HUA-KUNG & 2 ANGS.
中國建築之"ORDER"·斗拱,檐柱,柱礎 THE CHINESE "ORDER"

中国建筑之"ORDER"

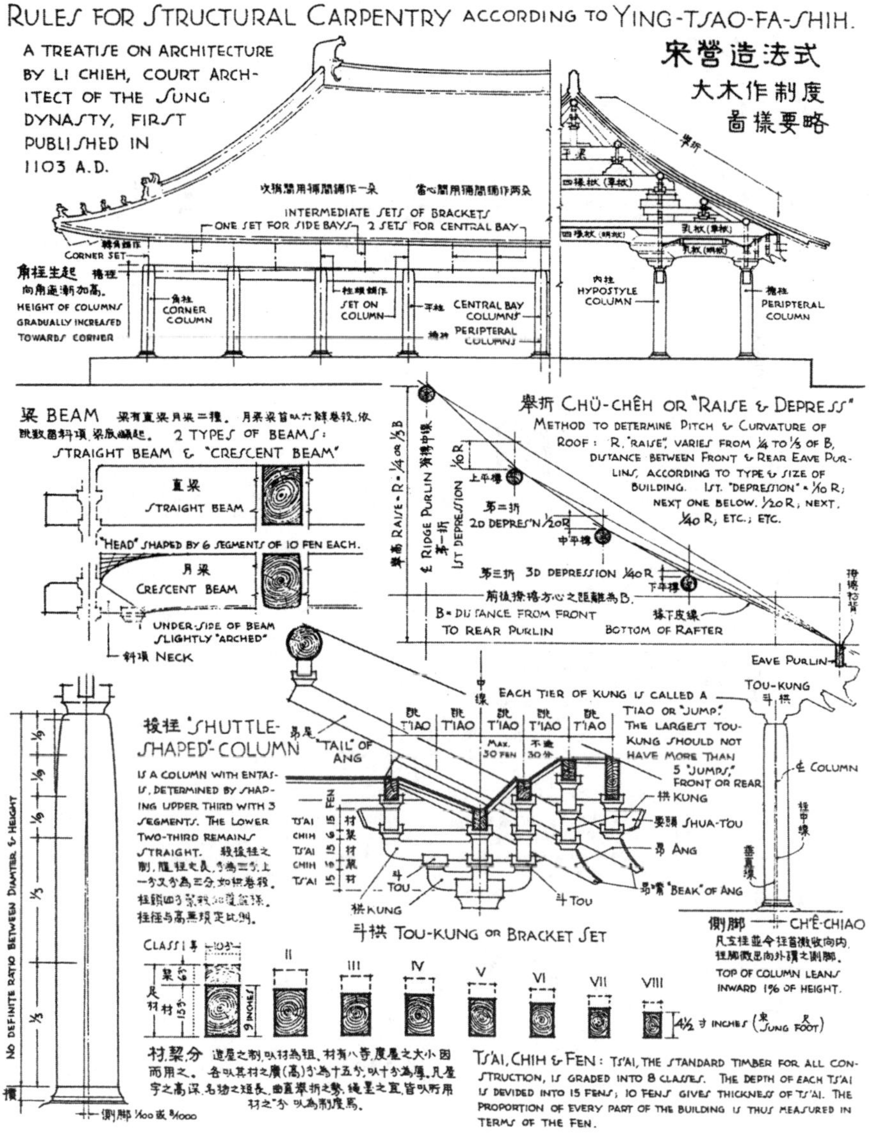

宋营造法式大木作制度图样要略

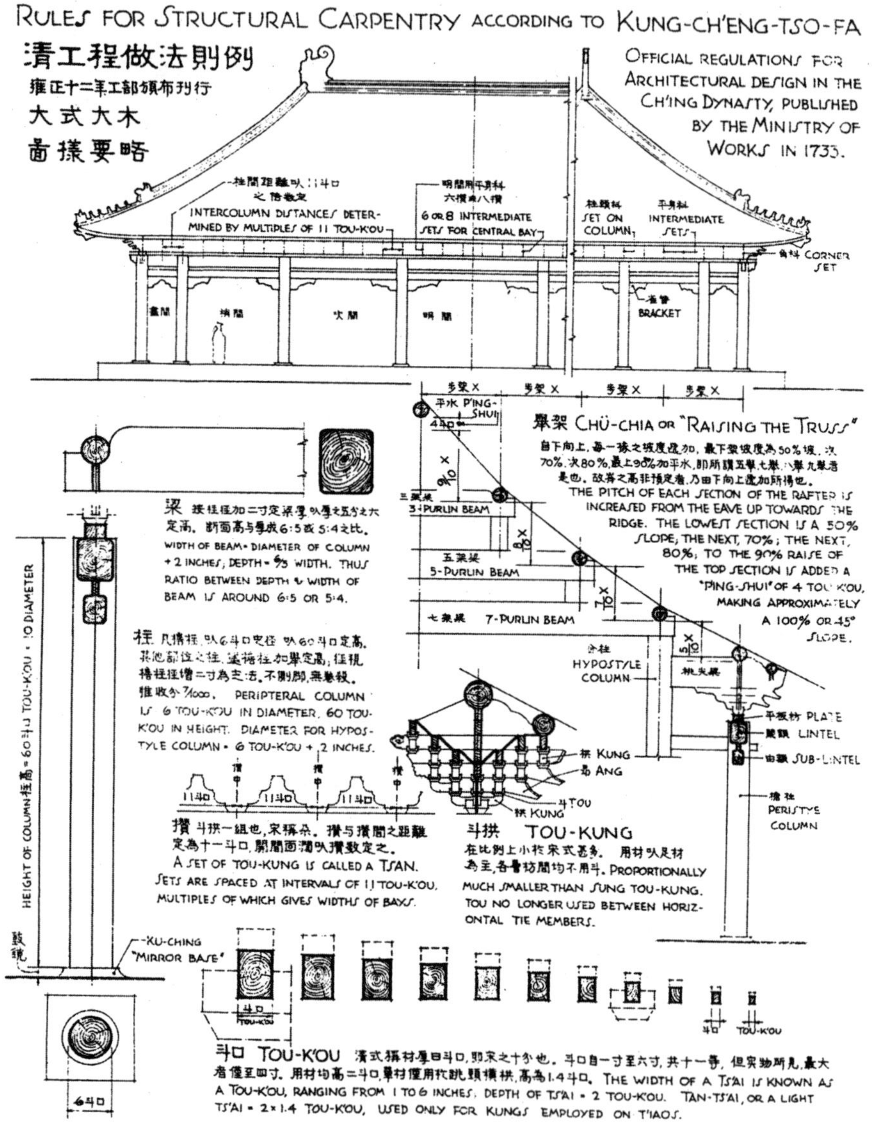

清工程做法则例——大式大木图样要略

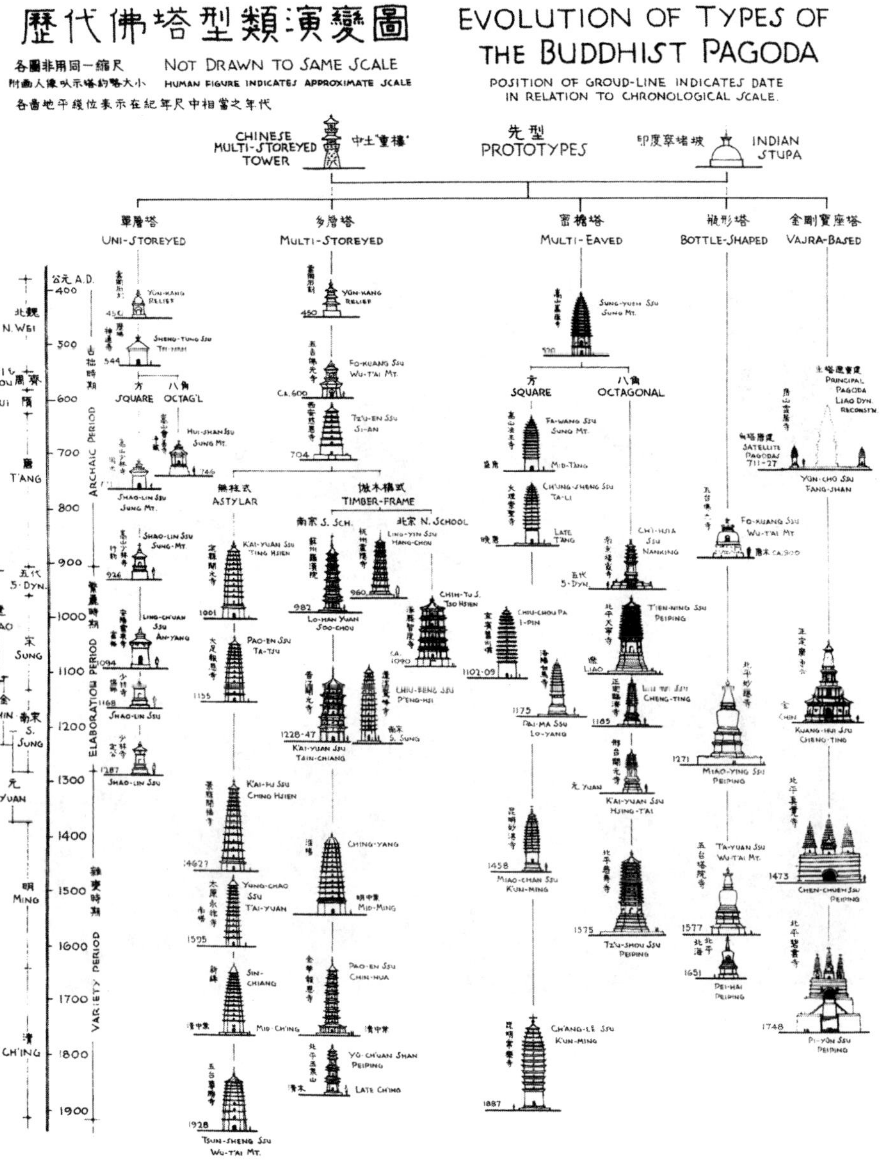
歷代佛塔型類演變圖
EVOLUTION OF TYPES OF THE BUDDHIST PAGODA
各圖非用同一縮尺
NOT DRAWN TO SAME SCALE
HUMAN FIGURE INDICATES APPROXIMATE SCALE
POSITION OF GROUD-LINE INDICATES DATE IN RELATION TO CHRONOLOGICAL SCALE.
CHINESE MULTI-STOREYED TOWER
先型
PROTOTYPES
INDIAN STUPA
單層塔
UNI-STOREYED
多層塔
MULTI-STOREYED
密檐塔
MULTI-EAVED
瓶形塔
BOTTLE-SHAPED
金剛寶座塔
VAJRA-BASED
SQUARE
OCTAG'L
OCTAGONAL
ASTYLAR
TIMBER-FRAME
ARCHAIC PERIOD
ELABORATION PERIOD
VARIETY PERIOD

历代佛塔型类演变图

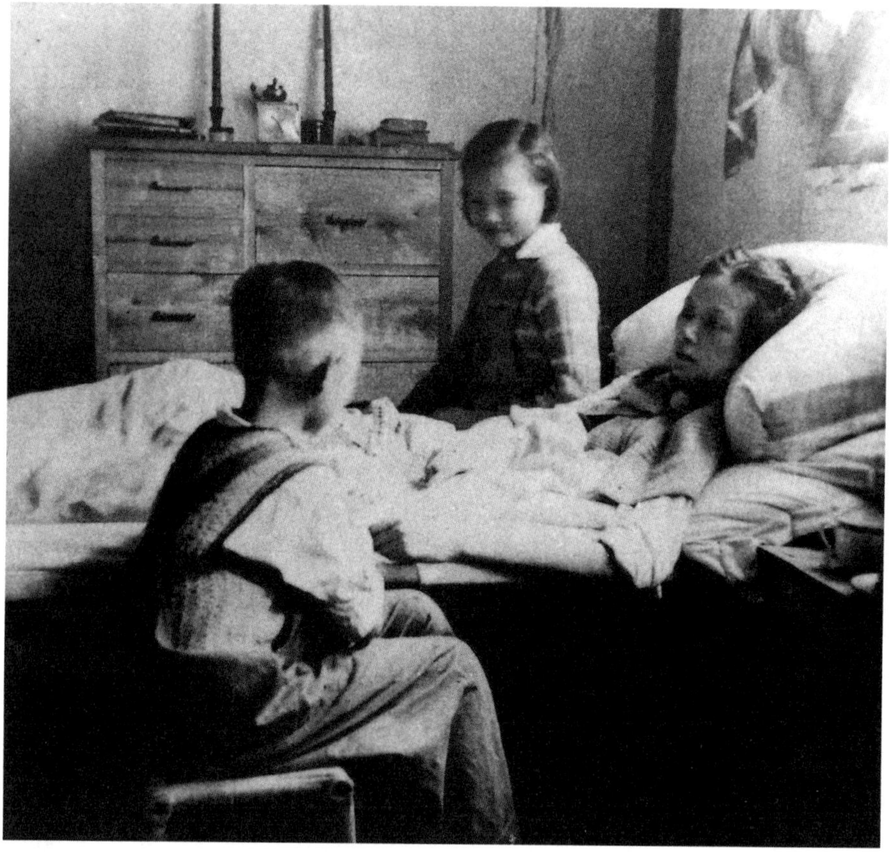

病中的林徽因与两个孩子

1946 年林徽因于昆明

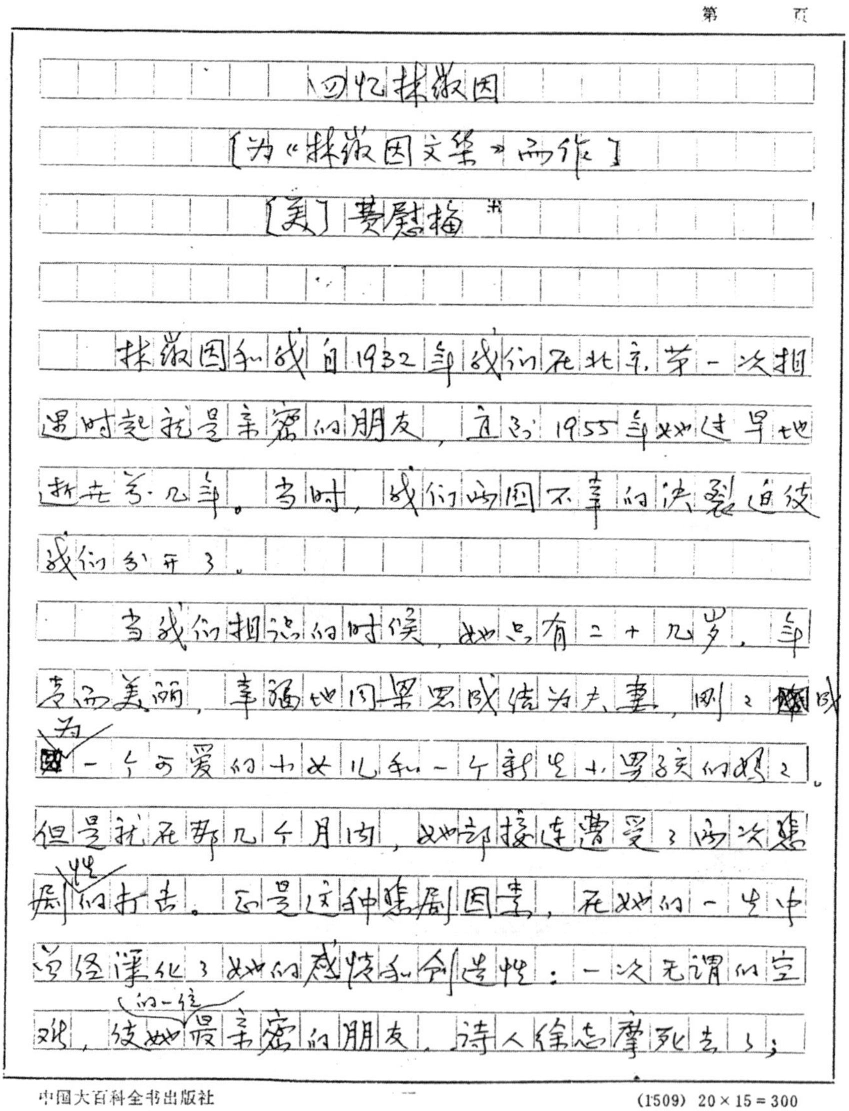

第 页

回忆林徽因

〔为《林徽因文集》而作〕

〔美〕费慰梅 *

林徽因和我自1932年我们在北京第一次相遇时起就是亲密的朋友，直到1955年她过早地逝去前几年。当时，我们两国不幸的决裂迫使我们分开了。

当我们相识的时候，她只有二十几岁，年青而美丽，幸福地同梁思成结为夫妻，刚刚成为一个可爱的小女儿和一个新生小男孩的妈妈。但是就在那几个月内，她却接连遭受了两次悲剧性的打击。正是这种悲剧因素，在她的一生中曾经深化了她的感情和创造性：一次无谓的空难，使她的一位最亲密的朋友，诗人徐志摩死去了；

中国大百科全书出版社 (1509) 20×15=300

梁思成、林徽因之子梁从诫亲笔翻译费慰梅所写《回忆林徽因》的手迹原稿而同时她自己也染上了肺结核症。在后来的岁月中，疾病耗尽了她的精力，并使她在本应是最富成果的年华中逝去了。

当我回顾那些久已消失的往事时，她那种广博而深邃的敏锐性仍然使我惊叹不已。她的神经犹如一架大钢琴的复杂的琴弦，对于琴键的每一触，不论是高音还是低音，重击还是轻弹，它都会作出反应。或许是继承自她那诗人的父亲，在她身上有着艺术家的全部气质。她能够以其精微的洞察力为任何一门艺术留下自己印痕。年青的时候，戏剧曾强烈地吸引过她，后来，在她的一生中，视觉艺术设计也曾一度使她着迷。然而，她的真正热情还在于文学艺术，不论表现为语言还是写作。它们才是使她醉心的表达手段。

其他老朋友会记得她是怎样滔滔不绝地垄断了整个谈话。对于她来说，讲话是如此的一种需要，以致人们会为她还有那么多的著作而感到惊讶。她的谈话同她的著作一样充满创造性，话题从诙谐的轶事到敏锐的分析，从明智的忠告到突发的愤怒，从发狂的热情到深刻的蔑视，几乎无所不包。她总是聚会的中心和领袖人物，当她侃侃而谈的时候，爱慕者们总是为她那天马行空般的灵感中所迸发出来的精辟警句而倾倒。

我同她的友情与她和其他挚友的还不同些，因为我们的交流完全是通过英语进行的。当我还是一个中文的初学者的时候，她已经是一位精通英语的大师了。毫无疑问，若不是有着这样的语言媒介，我们的友情是不会如此深刻、如此长久的。在她的知交圈子里，有不少人是掌握两种语言的。但是，在他们之间活跃的思想交流自然主要通过他们的共同语言。而我们两人在单独的交谈中却选择着英语的词汇来表达彼此。不久我们便发现彼此有着无数的共同语言，使我们得以交换经验、维护论点、共享信念。她在英语方面广博而深厚的知识使我们能够如此自由的交流，而她对纯用英语的喜爱和技巧也使我们在感情上更为接近了。

我常常暗想，她为什么在生活的这一时刻如此热情地接纳了我这个朋友？这可能同她失去了那不可替代的挚友徐志摩有点关系。在二十年中，徐志摩在引导她认识英国文学和英语的精妙方面，曾对她有过很深的影响。我不知道我们彼此间滔滔不绝的英语交谈是不是可多少弥补过一些她生活中的这一空缺。

在战争最后的那些相对和平的日子里，她的心里充满了诗情和文思。我不知道当时她究竟写成了多少，又有多少曾发表过。我也不知道她的时间曾受到过多少杂事的挤占。她要为两个年幼的孩子负起母亲的责任，要操持一份复杂的家务，要照应许多亲戚和朋友，当然，还要进行中国建筑史的研究工作。这是她同丈夫共有的、她十分乐于从事的主题。

1934年夏，我们偶然得到了一个使她能够暂时摆脱日常家务的机会。我和丈夫在一个偏僻的山西农村中租到了一处房子，并说服了梁氏夫妇来这里作了一次访问。她感激地在这里安顿下来，不受打扰地完成了她的散文《窗子以外》。不久，我们四个人一道沿汾河流域作了一次古迹旅调查旅行。为此，她还为思成们《中国营造学社汇刊》写了一篇文笔诗意的《纪实》。

此后不久，我们不得不离开中国回到哈佛大学去，分别对于我们四个人来说都是痛苦的。但是，我们之间的友谊已通过许多精彩的通信而继续维持达十五年之久。

虽然在第二次世界大战期间和战后我们已经短暂重逢，但是，通信仍是我们之间始终不断的联系纽带。徽用英文写，文如其人地，亲切地让我们共尝她的情感，她生活中的胜利和悲哀。也许这批信件是她唯一的英文作品集。它们本来不是为发表而写的，但我愿选出其中的几页以飨读者。它们体现了她那独特的个性，并反映了她在用英文表达自己思绪时是多么地流畅自如。

~~〔为《林徽因文集》而作〕~~1986年7月于美国

新罕布什尔，富兰克林

※ 费慰梅 Wilma Fairbank，美国著名中国问题学者费正清（John K. Fairbank）的夫人，也是一位研究中国古代艺术的学者。他们的中国名字都是三、四十年代在中国学习、工作时取的。

〔附：1936年1月，林徽因致费慰梅信片断〕

（一位陷入感情纠葛的青年朋友到林徽因处寻求宽慰）

"在所有的人中间，只有他这个安详、富有理解能力，既富于感情又坚强的人，是一位小说家，而且是这方面的一个天才！而他却彼自已陷入这般窘境，像所有年轻无经验的小伙子在这类事情上一样地无法自拔。他身上的诗人性格背弃了他，被生活搅得失魂落魄，这种冲突使我想到雪莱，我回忆起志摩同他的庸俗苦恼之间作的艰苦斗争。而这却使我禁不住感到某种让人开心的乐趣。我无法向你形容那天早上他显得多么可爱和有趣，而我却显得多么老、多么疲倦，坐在那里同他谈话，责骂他，规劝他，同他探讨生活及其矛盾，探讨人的本性、它的美好和悲剧性、理想与实现，等等。

“天哪！我感到悲哀和疲惫，我觉得像是在什么地方埋葬着我自己，我呼唤着，企望有人能来救我，让我不要变得这样老，这样明智。最糟糕的是，不管你有多么明智，当事情轮到你自己头上的时候，你也无法逃避那种痛苦，而且，也是直到这时，我才意识到自己在这所谓的人生中已是多么地饱经风霜，以致能够坐在那里感到"有趣"而又无动于衷。对于种种感情、冲突以及由此引起的纠纷我都已习以为常。这是不是说我已经完全长大成人了呢？我真希望生活能够回去，不管从什么地方重新开始都行，使我可以尽情地哭泣，踢蹬我们理想主义的手和腿。

"……过去我很少想到，像她这样一个身在如此不同的环境中生活和长大的人也能有着这种我所深知的感情，也会为我已熟习的这类问题而苦恼。这对我来说是一种新的深刻体验，因此使我想到普罗文学是毫无道理的。优秀的文学就是优秀的文学，无论作者的意识形态如何。从现在起，我对自己的写作又可以有新的信心了。"　　（梁从诫译）

（左起）金岳霖、梁再冰、林徽因、外国友人、费慰梅、费正清在天坛（1933 年）

林徽因（前排左一）、梁思成（前排左四）、周培源夫人（前排右二）、周培源（后排左一）、陈岱孙（后排右二）、金岳霖（后排右一）等人在一起合影

梁思成、林徽因、费慰梅、费正清一同前往晋汾地区考察途中

梁思成、林徽因一行前往五台山寻找唐代建筑佛光寺

梁思成在考察赵州桥时留影

梁思成与莫宗江

1936 年，梁思成在北平正觉寺东北塔

昆明学社工作室

梁思成在四川李庄学社工作室

1938 年，林徽因在昆明打井水

（左起）周培源、梁思成、陈岱孙、林徽因、梁再冰、金岳霖、吴有训、梁从诫在昆明合影（1938 年前后）

友谊的延续

从青年至中年到老年，“友谊”这两个字就像那风筝，虽曾音讯全无，虽曾彼此误解，但线从不曾松开，由五个人延续了六十多年。

1979 年中美两国建交，林洙遵守梁思成在临终前的嘱咐，给费氏夫妇发去了贺电。从此刻开始，林洙与费慰梅通信长达近 20 年，直至费慰梅去世。梁林与费氏夫妇之间的伟大友谊由林洙和费慰梅延续着。

1979.1——
林洙嘱梁思成遗嘱给费慰梅寄去了第一封信

亲爱的费慰梅女士：

我怀着极其激动的心情，向你和你的全家热烈地祝贺中美两国建交。同时我也有些悲哀地想到我亲爱的丈夫梁思成，他没有等到这一天就离开了我们。记得在 1971 年美国乒乓球队访华后，思成收到了你热情的来信，表达了你们希望来我国访问的愿望。思成很快就把这封信转给了有关部门。从那以后他就等待着你们的光临。但是由于健康的恶化，他没能见到你们，这是多么的遗憾！

回想 1972 年的元旦，当时他已经病在垂危，但是他还念念不忘祖国的统一，盼望着台湾早日回归祖国，盼望着中美早日建交。他告诉我：“等到中美建交的时候，你一定代我向费正清先生和夫人祝贺。”没有想到这一天竟等了 7 年才到来。

我相信中美两国的友谊一定会在我们两国政府和人民的努力下不断地加深与巩固。

祝你们全家健康快乐

祝中美两国人民世代友好

你的朋友　林洙

1979 年 1 月

——

亲爱的林洙：

很高兴收到您的意外来信。我从咱们两家共同的朋友那里得知，在我们亲爱的朋友梁思成最后的岁月里，是您给予了他无微不至的关怀。从您的信中，可以读出您对丈夫非凡才华的赏识。您也可想象，他在我们来华前几个月去世是一件多么令人沮丧的事情。我们哀悼他，并在心中永远寄托着一份哀思。虽然悲痛，但从您的来信中得知思成收到了我们在乒乓球队访华时寄去的信件，又感到十分开心。

我想您一定从电视画面中看到邓小平副主席访问美国。我和我的丈夫很荣幸受邀参加这次改善两国关系的庆典。在当日的欢迎晚宴上，我丈夫和我们的总统与邓小平副主席在一个桌子上进餐，所以您可以在同一天晚上电视上的敬酒画面中看到他。

我们受加拿大驻华大使明明德[1]（Arthur Menzies）先生邀请，预计于今年4月15日至25日期间访问北京，希望到时能够见到您。

同时十分感谢您给我的来信。不能用中文回复您的信件感到十分遗憾，或许您可以读懂这封英文信函，或者依靠朋友的帮助。

祝好！

您真诚的朋友　慰梅

1979年2月6日

——

亲爱的费慰梅女士：

我非常高兴收到了您的来信，更高兴的是它给我带来了你们即将来访的好消息。您的信我像小学生一样借助字典的帮助总算看懂了，多么有趣，当然如果我愿意的话周围有很多朋友可以请教的。1948年林徽因曾亲自教过我英语，

1　Arthur Menzies（明明德），加拿大人。1979年任加拿大驻华大使，费正清在哈佛大学任教时的学生。

但是我实在是个很糟糕的学生，对我来说英语比几何代数要可怕得多。

最近我正在协助吴良镛[1]先生收集和整理梁思成的遗著，准备出版《梁思成文选》。我在清华大学建筑系资料室工作，您到北京后可以通过清华大学的外事组[2]找到我，再次谢谢您的来信，祝您快乐。

林洙

1979.2

亲爱的林洙：

很高兴在那么短的时间内就收到您的回信！听到您能够自己阅读我写给您的信，真的十分开心。我可以读懂您来信的部分内容，不过最终还得借助他人的帮助。您的字迹清晰、娟秀，让我禁不住想起思成清秀、潇洒的中英文笔迹。

得知您和我的朋友林徽因认识，并且她曾经教过您英语，真的是既意外又高兴。因为之前我并不知道您与梁家的关系。看到您工整、清晰的书信，特别是信中提到的您在（清华大学）建筑系工作，让我猜想，您本人一定也接受过建筑学的专业训练。

吴良镛教授并没有写信告诉我准备出版《梁思成文选》一事。我非常非常希望得知更多细节。我能想象您在这项工作中将发挥着举足轻重的作用。

我们将于近几日启程。如果您在这些天有什么关于我到达北京后的信息需要转达给我，可以把信件寄至美国或加拿大驻华大使馆。当然，我将在抵达北京后安排行程，前去清华拜访。

十分期待着与您见面。

您最真诚的朋友　慰梅

1979 年 3 月 14 日

1　吴良镛：中国科学院、中国工程学院两院院士。1947 年至 1950 年他留学美国，并与费正清、费慰梅夫妇相识。1979 年他时任清华大学土建系系主任。

2　“改革开放”以前我们与海外人士的交往都要通过本单位的外事组，所以我当时不敢把我的地址告诉慰梅。

背景介绍：

1979 年，费正清、费慰梅夫妇应加拿大大使明明德的邀请来华访问，并住在加拿大大使馆，费慰梅访华前曾与耶鲁大学联系，并带来了耶鲁大学赠给清华建筑系一套梁思成在耶鲁大学讲学时用的中国古建筑照片及幻灯片。到京后，费正清夫妇由梁从诫陪同访问了建筑系，由吴良镛接待，参观了系馆，我也参加了会见，这是我第一次见到费正清夫妇。

我听说费正清夫妇拜访了许多老朋友。该年 4 月 23 日正值慰梅 70 寿辰，明明德大使在官邸为她举办了一个祝寿晚宴，我与从诫应邀参加，但未见到金岳霖、钱端升、张奚若、周培源等人。在会后，慰梅把我拉到一边，问我梁思成的《图像中国建筑史》（英文版）为何至今尚未出版。我告诉她因为该书的全部插图都丢失了，慰梅方才知道思成让她交给刘·C 的那尚未归还的材料的缺失，是《图像中国建筑史》无法出版的根本原因。从此她开始了为寻找刘·C 的下落并要回梁思成的图稿照片各方联系奔走。

——

亲爱的林洙：

您送给我的生日礼物“八仙”，如今静静地站立在我们客厅壁炉的架子上。每当看到它们，就会很开心，很自然地想到您。在此，再次表达一份谢意。在我迈入了漫长人生的第 70 个年头之时，想到有您及众多朋友的陪伴、关心与帮助，真的是莫大的幸福。

我们耗时一个多小时，驱车前往我们那所位于美国北部新罕布什尔州的小房子。在那里我们过着简朴、宁静的生活，畅饮着附近的泉水，也不乏雨水的沐浴，当然每日也会在灯光下伏案读写几个小时。房子坐落于山顶，窗外远眺，是连绵的山峰与蜿蜒的溪渠。附近有几个牧场，还有许多枝繁叶茂的树木，我们可以在那里砍伐我们所需的木柴或是就地支起柴火直到寒冷的夜色降临。多么希望有一天您能来此游玩。

葛兰[1]（Else Glahn）将于下月中旬过来，在这里与我们度过6周时间，希望到时我们能进一步推动思成著作的相关事宜。十分感谢在清华期间您对我的帮助。

回到美国之后，我已经将扬州大明寺（原文是：Yangchow temple）的照片寄给了 Eugene Wu[2]。如果方便，麻烦您帮我转告吴良镛。

如果有时间，别忘了常来信保持联络。

祝好！

慰梅

1979 年 5 月 27 日

亲爱的慰梅：

你一定已经注意到我不再称您女士了，因为中国人在名字后面加上女士，虽然表示尊敬，但也表示关系的疏远。所以当我和你相处了几日之后，我就不再称你女士了。如果按照中国人的习惯，我应当称你梅姐。

在北京和你们相处的日子使我既高兴又悲伤，高兴我终于等到了这一天，能把思成对你们的问候转告你们，因为只有我知道思成多么盼望见到你们。看到你们的到来，也更使我强烈地回忆起他最后几年的悲惨孤独的日子。比起他受到的病苦来说，我所能给予他的安慰太微小了，我所能告慰诸亲友的是我已尽我的能力，做到了一切。

我感到遗憾的是我不能在家里，像过去思成和徽因那样来接待你们，而是像接待官方的代表似的，我很不喜欢这种场合。但我是无能为力的；希望你们能够谅解。如果你们在清华，或是在我们的交往中，有什么不愉快的话，请不要怀疑我们之间的友谊。当我 1948 年初到北京时，就常常听到徽因和思成谈

1 葛兰，英籍学者。曾于 20 世纪 70 年代访问中国。她对中国古建筑很感兴趣，并有一定的研究。

2 Eugene Wu，美籍华人，学者。

到你们，尽管后来思成和费先生在某些问题上存在不同的看法，但他们还是常常和我谈到你们之间的友谊，特别是在抗日战争时期你们对他们的帮助。

这次你们为什么来去得这样匆忙？使我们刚刚熟悉就又分别了，在清华时，你曾问我，思成过去是不问政治的，为什么参加了共产党？我想如果思成还活着，他一定会非常高兴地毫无保留地回答您。从诫[1]建议您的著作只写到1948年，我想是合适的，因为您很难理解在解放后他二十几年经历的的生活，他的欢乐与苦恼。我想用最简单的话来回答你，我认为思成之所以加入共产党，主要的原因是他热爱祖国。解放后共产党的各项政策使他深信，只有共产党才能使我们贫穷落后的祖国强盛起来。当然共产党的最终目的是建设共产主义，然而现实的问题，首先是要打倒帝国主义推翻国内反动派的压迫，改变我国贫穷落后的面貌。……我在文学上没有什么修养，不像林徽因那样有才华，因此我很难用生动的文字来表达和叙述思成在解放初期是怎样为祖国的日益强盛而感到欢欣鼓舞，并愿为建设祖国贡献出一切。直到“文化大革命”时，他受到种种肉体上的迫害及人格上的侮辱时，他还深信这样做是为了建设祖国的需要，只要是对建设国家有利，那么他个人的一切都是可以牺牲的。写到这里我怎能不为他泪下。这一切您一时是不能理解的。后来周总理知道了他的情况，立刻把他送进医院保护了起来，然而已经晚了，他的健康已不能再恢复。

思成毕竟是研究自然科学的，虽然加入了共产党，然而在政治上是太幼稚了，我自己也是在周总理去世后，在天安门事件以后才形成了自己的看法。啊！我们经历的这一切哪里是用文字所能表达的呢？我现在只有一个愿望，希望我的祖国能尽快地建设成一个现代化的强国。我相信千千万万的美国朋友会向我们伸出友谊的手，其中也有您和费先生的手。

我很高兴你们能在一个安宁而美丽的环境中完成你们的著作，看了你对你们生活的描写，使我十分向往你们生活的那个美丽的地方。我们的生活水平非常之低，我自然也和我的同胞一样。所以我是没有可能到美国去旅游并拜访你

1　从诫，即梁从诫，梁思成、林徽因的儿子。

们的，但是我衷心希望你们能够再来，我等待着，并深信我们一定还能相见。请您代我们向 Eugene Wu 先生道歉，因为粗心的吴良镛先生现在不在北京，所以我一直没有办法把鉴真纪念堂的图片给他寄去[1]。吴良镛的夫人告诉我他将在本周返京，等他一回来，我将尽快把图片寄去。

健康快乐

您的朋友 Lin Chu

1979.6.24

——

亲爱的林洙：

十分高兴再次看到您清晰的笔迹。您的英文让我不禁想起了思成潇洒的英文手迹，那简直比我写得好太多了。但是，如果汉字不是正规的印刷体，我阅读起来会非常非常困难。我能理解这样做会十分花费时间，甚至令人感到厌烦……无论如何，真的十分感谢。

在您 6 月 24 日的来信中给我讲述的许多事情，正是我想去信告诉您的。让我感到特别高兴的是，您告诉我思成一直盼望着我们的到来。自 1978 年 10 月葛兰教授来访之后，她给我的印象是清华大学认为是我一直保管着思成于 1947 年留给我的手绘图片和照片[2]，而不是按照他的要求将这些图片经由英格兰寄给思成。我希望吴良镛能给您看一下我于 1978 年 11 月 13 日的信件，信中详细告知了这些图片 21 年前的下落，当时按照思成的要求，我将这些图片寄送给英格兰的刘 · C 女士，随信另附刘女士收到图片之后回信的复印件。当

1 Eugene Wu 向我要鉴真纪念堂的图片，他把通讯方式留给吴良镛，但吴忘了告诉我。

2 1946 年梁思成赴美讲学时，将英文版的《图像中国建筑史》的手稿及插图带到美国，准备在美国出版。1947 年因徽因病重，梁匆匆回国。行前将该书手稿和全部图片交费慰梅保管，并委托她在美国联系出版。大约在 1954 年，一位英国留学生刘 · C 致信梁思成，告知她准备研究中国建筑，但苦于没有资料。梁得知她要研究中国建筑，十分高兴。即函告慰梅请她将保存的图片资料寄给英国的刘 · C。他同时去信告诉刘，用完资料之后，将它们交中国驻英代办处，托代办处带回。但刘并没有将手稿交中国驻英代办，而是从此杳无音信。

梁思成手绘鉴真纪念堂钢笔画

葛兰告诉我时，我才知道他从未收到过这些图片。我还奇怪，近些年来，为什么思成的《中国建筑史》（即《图像中国建筑史》）迟迟没有出版？但是手绘图片和照片的缺失并不是图书未能出版的理由。正因为此，我希望我们从耶鲁和哈佛带来的礼物能够最终促成这本书的顺利出版。我希望思成的在天之灵能够知道，我并没有忘记他的嘱托[1]。

葛兰教授在我这里待到下个月的中旬。我与她花费了近一周的时间整理这些从耶鲁带来的照片，这些照片在哈佛也有一套，和清华的一样。首先我们按照编号顺序进行整理，并且列了一个清单，随后我将寄给您一个副本。然后我们在每一张照片后贴上了索引……如您所知，这些图片未经辨识是没有什么用处的，鉴于此，我有一个提议。我随信附寄一些便签纸，可以用来贴在照片的下方（或上方）。

待我们把所有的图片梳理清楚，加上注解（不，一些图片没有图注），按照省份及最近的城市将其归类，然后将关于每一个建筑物所有零散的观点集中起来（图片的编号只是拍摄时记录的序号）。最后将其结集成册，以便查找。或者您可以将它们贴在卡纸板上，也可以将它们归档放入一个盒子里（尽管它们可能会褶皱，或是在抽取过程中损坏）。或许您或者其他人已经在做这项工作了[2]。

吴良镛将思成关于 Yang-chow memorial building 作为清华的礼物送给 Eugene Wu。我已经把这些礼物转交给他，所以无需再多寄。我想，在这一点上，我给您的上封信件中表述得不够清楚。

您说得对，我想我们最好编辑到 1948 年结束。这本书[3]涵盖了思成的研究成果、重要发现以及他关于中国建筑演变的重要推论。正如您信中所说，我不可能知晓近几年的情况。

但是我能理解他深爱着自己的国家，他加入中国共产党是因为他认为共产

1 思成离美前曾委托慰梅在美联系出版《图像中国建筑史》一书。

2 这里费慰梅花了很多时间告诉我怎样整理、辨认耶鲁大学赠给清华大学的图片，并给我寄来很多小贴条……对此我非常感动，但是她忘了，我是一名资料员，并且对这些图片是非常熟悉的，无需去贴条。

3 “这本书”指的是慰梅将与葛兰合作编辑的有关思成学术成果的书，我建议她们只写到 1948 年。

党可以给中国带来巨大的希望。我也在他的文章中读到，他疼爱的女儿再冰成了中国共产党党员，他也希望入党。就我对他和徽因夫妇的了解，他们没有太多“政治头脑”，我的意思是正如你所说的那样，他是……他们是……专注于他们创造性的工作，至少在那时与政治没有太大关系的学者。但是他们对自己国家的热爱毋庸置疑，他们是富有激情的爱国知识分子。

很遗憾，我只在北京停留了很短一段时间。中国给予外国人，至少是美国人的签证大部分都少于一个月时间——我们这里是三周——除非受到某一个学术机构邀请，才可以逗留稍长一段时间。费正清十分遗憾只有机会见您一面。在读完您的信件之后，他将给您写一封简短的信函回答您的问题。

请不要认为对我们招待不周而感到愧疚。感谢您在清华对我们的热情款待。自从我见到你，我就为思成在人生的最后岁月中有您这样的爱妻作为伴侣而感到十分开心。特别高兴的是您与思成和徽因都很熟悉，使我们可以一起谈论和描写他们。我浏览了徽因给我的信件，看到她在李庄居住5年后回到昆明写的那首饱含诗意的信件。我复印了一份，并把它寄给老金[1]、钱端升[2]和张奚若[3]妻子（Mrs. Chang Shiro），在那封信中，提到了他们三人。宗江[4]将会从老金那里得到一份复印件，但是我想您还是希望有这封信。

估计现在您的字典一定已经翻烂了吧，所以就此停笔……

你的朋友 慰梅

1979年7月9日

1 老金，金岳霖（1895~1984），著名的哲学家、逻辑学家。

2 钱端升（1900~1990），著名法学家、政治学家、教育家。

3 张奚若（1889~1973），著名政治学家、爱国民主人士。

4 宗江，莫宗江（1916~1999），著名建筑史学家、营造学社成员、国徽的主要设计者之一，他是协助林徽因让景泰蓝工艺重获新生的艺术家，建筑学大师梁思成先生的主要助手。

亲爱的林洙：

在加拿大大使馆，晚宴的时候[1]，虽然我坐在您旁边，但是很少有机会与您交谈。不过值得庆幸的是，我们是真正可以共同探讨问题、互相谅解的好朋友。这是因为我们都是如今的“幸存者”[2]，在之前的岁月里，我们都认识思成与徽因，他们是我们之间的纽带。思成与徽因都是我人生中十分重要的人，因为他们是我们最好的朋友，更是我们认识中国、了解中国传统文化的向导与老师。

自从 1947 年，我们就再也没有见到他们，这使我们感到十分沮丧，因而我们之间的那些回忆就显得弥足珍贵了。因为革命动荡，我们未能分担他们在最后 10 年或是 25 年的人生遭遇，但是我知道如果我们能够再相遇，我们将会彼此谅解[3]。而如今我认识了您，这让我感到十分高兴。

思成与徽因毕生都是热爱并牵挂着国家命运的爱国者。当随着革命的发展，他们的人生经历有所改变时，他们的政治观点自然而然地发生了变化。我敢肯定，如果是费慰梅与我遭遇相同的处境，也同样会那么做的。如今开启了中美友谊的新纪元，我们终于有机会贡献一些建设性的意见，如今我们有义务与您分享。我相信来日我们还会再见面。

温馨的祝福！

费正清

1979 年 7 月 10 日

1 指费慰梅 70 寿辰在加拿大使馆举行的宴会。

2 20 世纪 50 年代初美国因麦卡锡事件对大批亲苏亲华的人士加以迫害，费氏夫妇也牵连其中。在“文革”中思成被迫害致死。因此所谓“幸存者”即指在中美的这两次政治事件后，我们幸存下来。

3 1949 年后，思成与费正清仍有书信来往。抗美援朝时，费来信称我国志愿军入朝是侵略者，梁回信称联合国军入朝才是侵略者，并说过去我们是朋友，现在我们是敌人，从此与之断交。费信所说“如果我们能够再相遇，我们将会彼此谅解”。即指此事。

——

亲爱的林洙：

随信附一些自粘便条纸[1]，我发现它们在整理和标注思成留在耶鲁大学的建筑照片时十分有用。

我知道这些便条纸对于手写汉字而言显得有些狭小，但是希望在您娟秀的字体下，它们能对图片的整理有所帮助。如果没有标注的话，那些照片的用处很小。但是有了整理与标注，这些照片不仅今天有用，或许将来一些建筑化作废墟或者被拆迁的时候，它们对于学生也会十分有用。

希望您一切都好！北京的夏日比美国凉爽！

祝好！

慰梅

1979 年 8 月 1 日

1　1979 年 4 月慰梅访华时，带来了耶鲁大学送给我系的 1946 年梁思成在耶鲁讲学时用的整套中国古建筑图片，因这批图片没有说明文字，在整理时需写上说明。当时我国尚没有现在用的单面胶窄纸条，因此她给我寄来了大量的自粘便条纸。这对整理这批图片帮助极大。

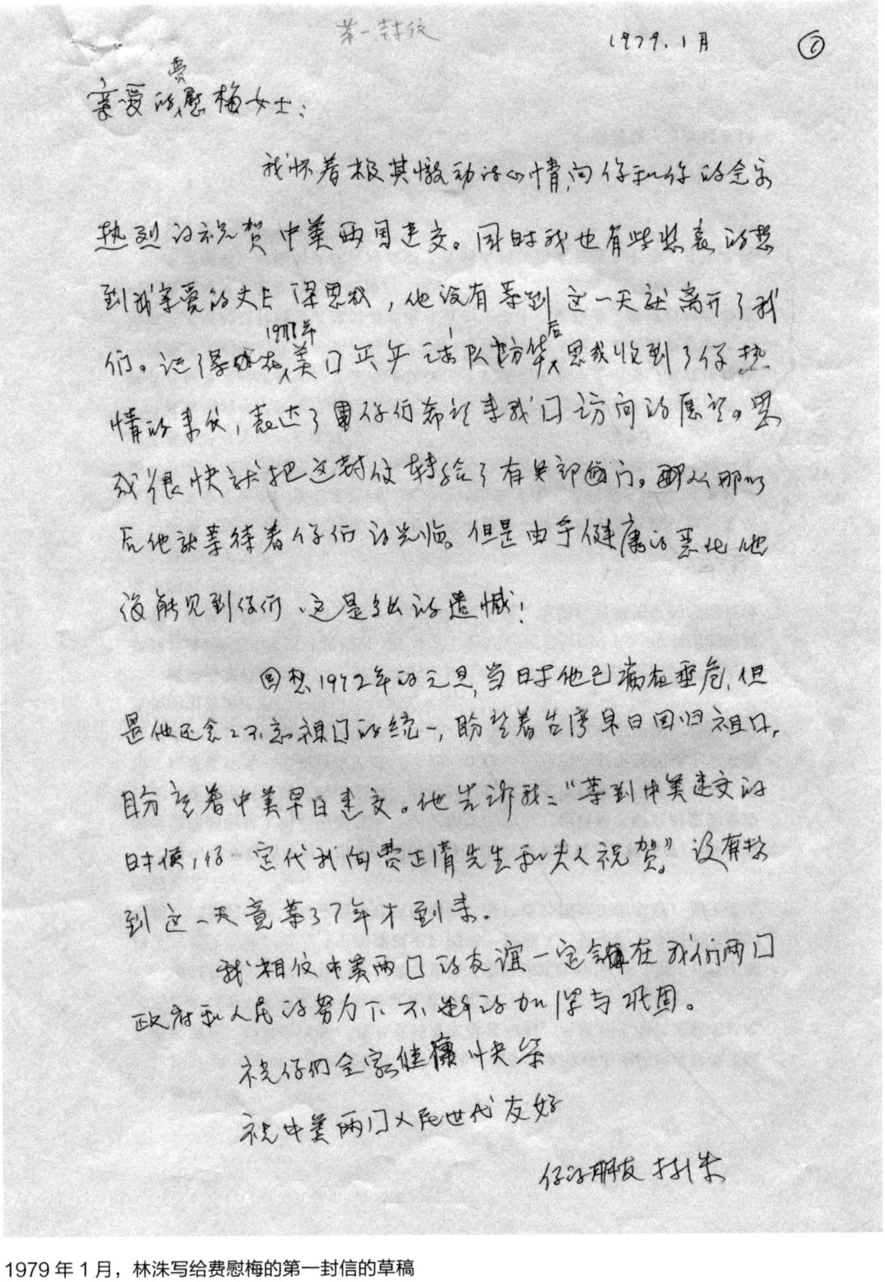

第一封信　　1979.1月　　①

亲爱的费慰梅女士：

我怀着极其激动的心情向你和你的全家热烈的祝贺中美两国建交。同时我也有些悲哀的想到我亲爱的丈夫梁思成，他没有等到这一天就离开了我们。记得1971年美国乒乓球队访华后，思成收到了你热情的来信，表达了你们希望来我国访问的愿望。思成很快就把这封信转给了有关部门。从那以后他就等待着你们的光临。但是由于健康的关系他没能见到你们，这是多么的遗憾！

回想1972年的元旦，当时他已病在垂危，但是他还念念不忘祖国的统一，盼望着台湾早日回归祖国，盼望着中美早日建交。他告诉我："等到中美建交的时候，你一定代我向费正清先生和夫人祝贺。"没有想到这一天竟等了7年才到来。

我相信中美两国的友谊一定会在我们两国政府和人民的努力下不断的加深与巩固。

祝你们全家健康快乐

祝中美两国人民世代友好

你的朋友 林洙

1979 年 1 月，林洙写给费慰梅的第一封信的草稿

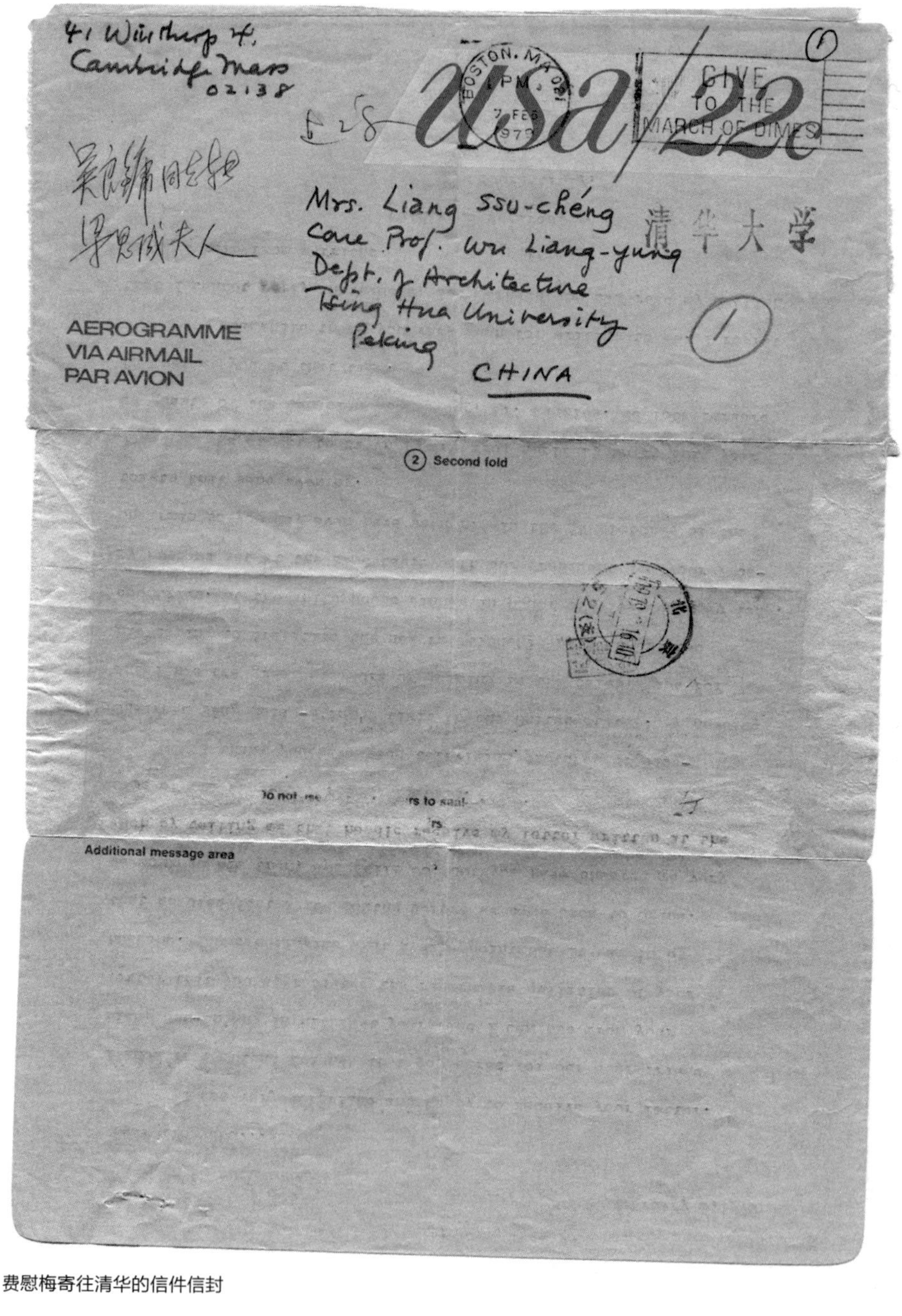

费慰梅寄往清华的信件信封

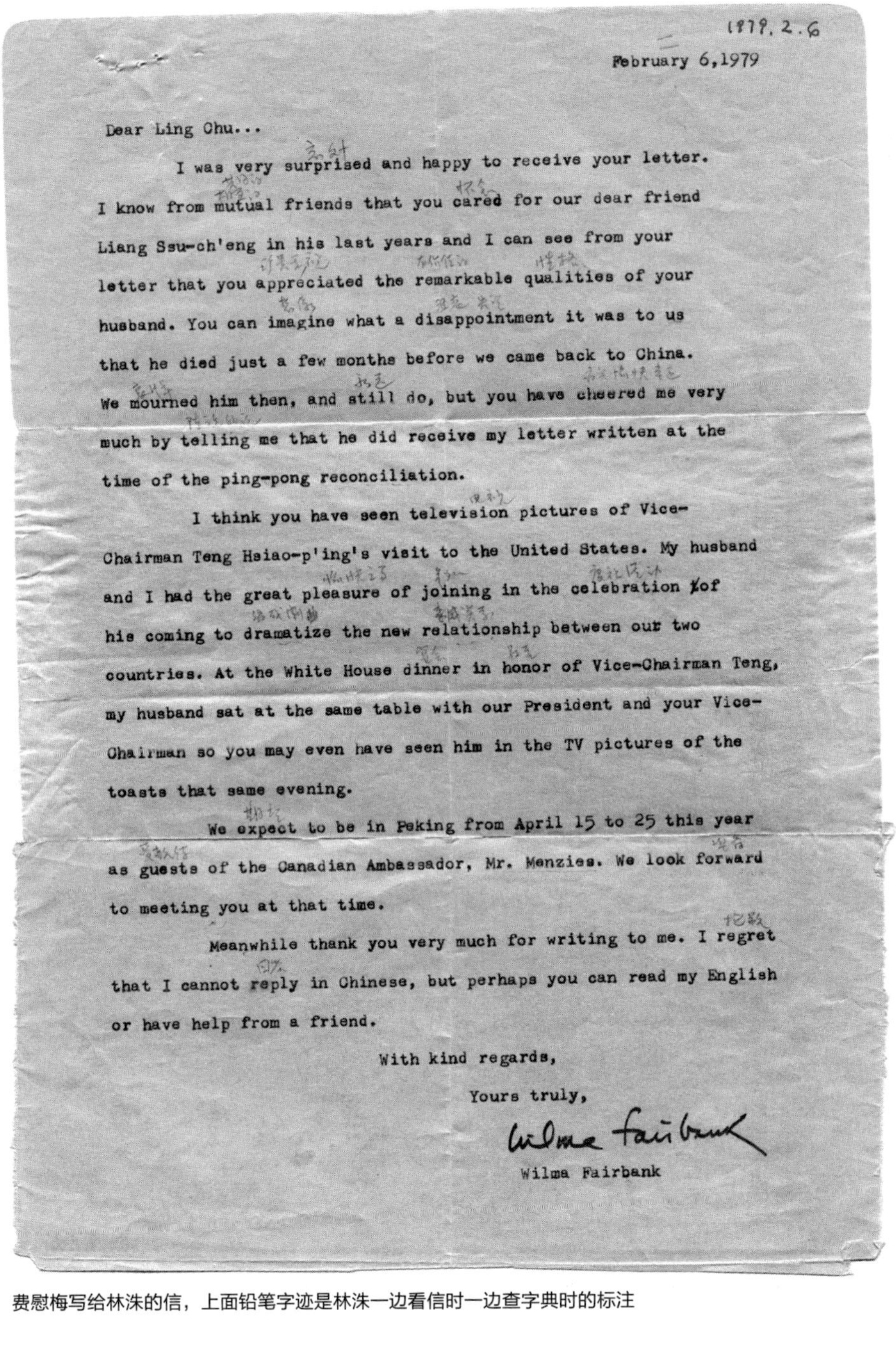

1979.2.6

February 6,1979

Dear Ling Chu...

I was very surprised and happy to receive your letter. I know from mutual friends that you cared for our dear friend Liang Ssu-ch'eng in his last years and I can see from your letter that you appreciated the remarkable qualities of your husband. You can imagine what a disappointment it was to us that he died just a few months before we came back to China. We mourned him then, and still do, but you have cheered me very much by telling me that he did receive my letter written at the time of the ping-pong reconciliation.

I think you have seen television pictures of Vice-Chairman Teng Hsiao-p'ing's visit to the United States. My husband and I had the great pleasure of joining in the celebration of his coming to dramatize the new relationship between our two countries. At the White House dinner in honor of Vice-Chairman Teng, my husband sat at the same table with our President and your Vice-Chairman so you may even have seen him in the TV pictures of the toasts that same evening.

We expect to be in Peking from April 15 to 25 this year as guests of the Canadian Ambassador, Mr. Menzies. We look forward to meeting you at that time.

Meanwhile thank you very much for writing to me. I regret that I cannot reply in Chinese, but perhaps you can read my English or have help from a friend.

With kind regards,

Yours truly,

Wilma Fairbank

Wilma Fairbank

费慰梅写给林洙的信，上面铅笔字迹是林洙一边看信时一边查字典时的标注

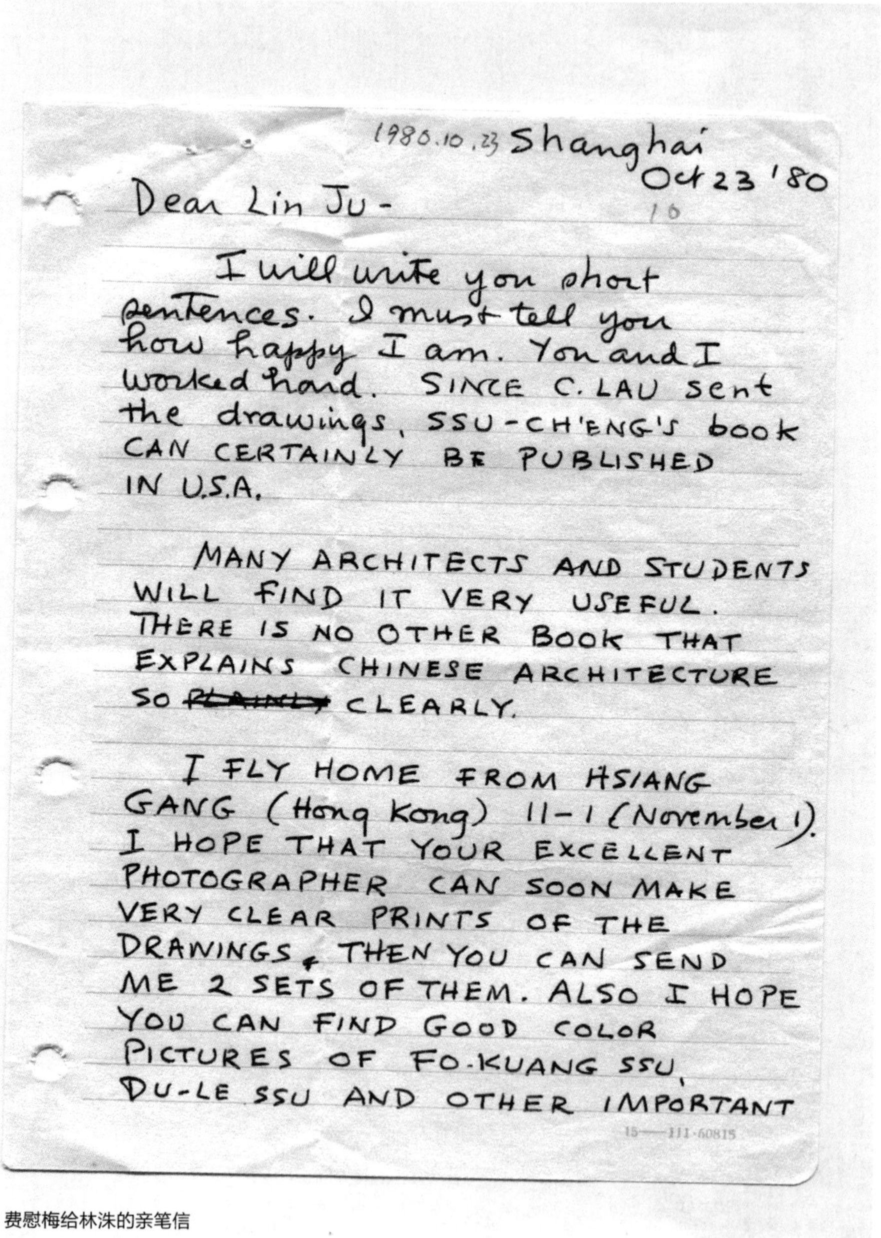

1980.10.23 Shanghai
Oct 23 '80
10

Dear Lin Ju-

I will write you short sentences. I must tell you how happy I am. You and I worked hard. SINCE C. LAU sent the drawings, SSU-CH'ENG'S book CAN CERTAINLY BE PUBLISHED IN U.S.A.

MANY ARCHITECTS AND STUDENTS WILL FIND IT VERY USEFUL. THERE IS NO OTHER BOOK THAT EXPLAINS CHINESE ARCHITECTURE SO ~~PLAINLY~~ CLEARLY.

I FLY HOME FROM HSIANG GANG (Hong Kong) 11-1 (November 1). I HOPE THAT YOUR EXCELLENT PHOTOGRAPHER CAN SOON MAKE VERY CLEAR PRINTS OF THE DRAWINGS & THEN YOU CAN SEND ME 2 SETS OF THEM. ALSO I HOPE YOU CAN FIND GOOD COLOR PICTURES OF FO-KUANG SSU, DU-LE SSU AND OTHER IMPORTANT

15—III·60815

费慰梅给林洙的亲笔信

BUILDINGS STUDIED BY SSU-CHENG.

THANK YOU FOR THE
PICTURES OF YOU AND YOUR
FAMILY YOU GAVE ME. I
SPECIALLY LOVE THE ONE OF YOU.

I MUST START WRITING IN
CHINESE TO YOU. YOU WILL
THINK IT IS A LETTER FROM
A CHILD!

MANY THANKS –

YOUR FRIEND,

Wilma

15——111·60815

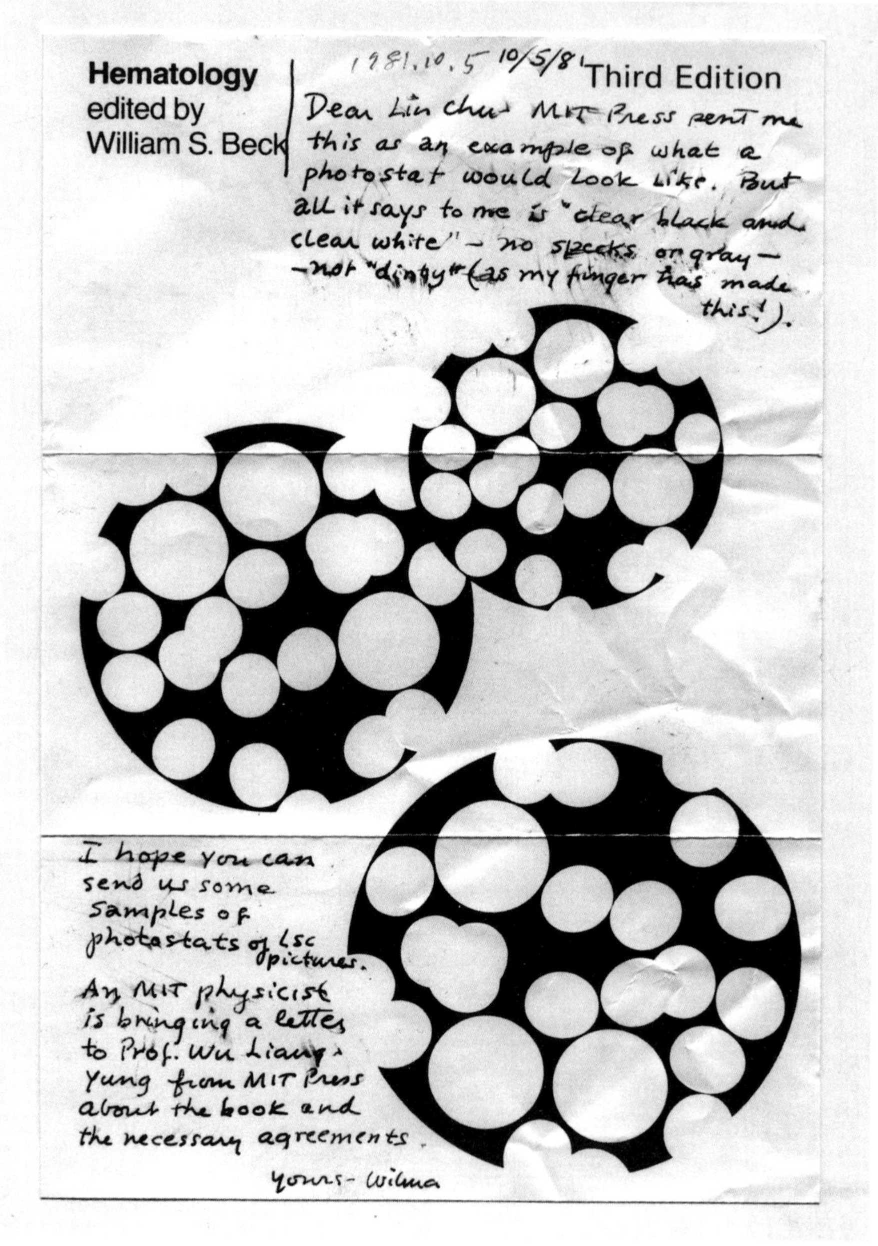

Hematology
edited by
William S. Beck

1981.10.5 10/5/81 Third Edition

Dear Lin Chu– MIT Press sent me this as an example of what a photostat would look like. But all it says to me is "clear black and clear white" – no specks or gray – not "dirty" (as my finger has made this!).

I hope you can send us some samples of photostats of LSC pictures.
An MIT physicist is bringing a letter to Prof. Wu Liang-yung from MIT Press about the book and the necessary agreements.

Yours– Wilma

费慰梅有时会把信写在漂亮的信纸上寄来

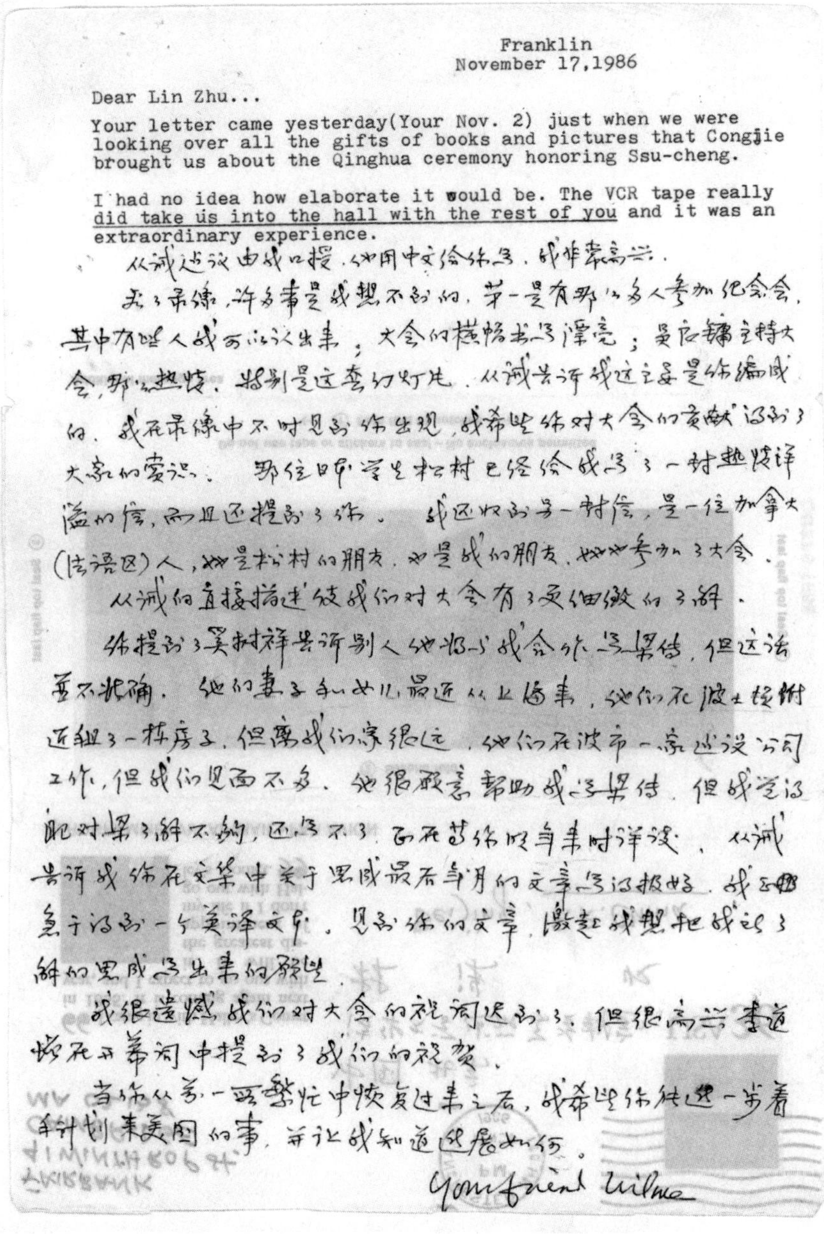
Franklin
November 17,1986

Dear Lin Zhu...

Your letter came yesterday(Your Nov. 2) just when we were looking over all the gifts of books and pictures that Congjie brought us about the Qinghua ceremony honoring Ssu-cheng.

I had no idea how elaborate it would be. The VCR tape really did take us into the hall with the rest of you and it was an extraordinary experience.

从诫这段由我口授，他用中文给你写，我非常高兴。

我看了录像，许多事是我想不到的，第一是有那么多人参加纪念会，其中有些人我可以认出来；大会的横幅书写漂亮；吴良镛主持大会，那么热情，特别是这套幻灯片，从诫告诉我这主要是你编成的。我在录像中不时见到你出现，我希望你对大会的贡献得到了大家的赞赏。那位哈佛学生松村已经给我写了一封热情洋溢的信，而且还提到了你。我还收到另一封信，是一位加拿大(法语区)人，她是松村的朋友，也是我们朋友，她也参加了大会。

从诫的直接描述使我们对大会有了更细致的了解。

你提到了吴树祥告诉别人他将与我合作写梁传，但这话并不准确。他们夫妇和女儿最近从上海来，他们在波士顿附近租了一栋房子，但离我们家很远，他们在波市一家出版公司工作，但我们见面不多。他很愿意帮助我写梁传，但我觉得他对梁了解不够，还写不了。正在等你明年来时详谈。从诫告诉我你在文集中关于思成最后岁月的文章写得极好。我正急于得到一个英译文本，见到你的文章，激起我想把我已了解的思成写出来的愿望。

我很遗憾我们对大会的祝词迟到了，但很高兴李道增在开幕词中提到了我们的祝贺。

当你从第一段繁忙中恢复过来之后，我希望你能进一步着手计划来美国的事，并让我知道进展如何。

Your friend Wilma

费慰梅写给林洙的信，中文部分由梁从诫代笔

晚年的梁思成

1979.10——
寻找梁思成遗失 23 年的手稿

——

亲爱的慰梅：

当我在电视中看到蒙代尔副总统把费先生介绍给大家时，你一定能料到我是多么地意外和高兴，那么您是否和费先生一起来了呢？我想你们一定是非常地忙，否则我会得到你们的信息的。谢谢你们的来信和你寄来的许多小贴条，它的确是非常好用的。

我们俩几乎是在同一时间但却是在地球的两端，各自在整理耶鲁大学赠给的图片，为了整理这些图片，我放弃了暑期的休假。因为整理工作需要比较完整的时间。为了尽快把思成文集中需要用的插图准备好，整个暑假我几乎都在挥汗如雨中度过，但是使我十分失望的是有一部分图片很不清楚，所以不能用来制版。

你提到思成的书为什么这么长时间没有出版，感到不能理解，这真是一言难尽。

我想有两个原因，第一个原因是《中建史》（即指《图像中国建筑史》）中所有的插图全部都丢失了，正如你来信告诉我的那样。当你把思成的文稿交给那位刘·C 之后就再也没有人知道它的下落了。而这批图片都是在 1937 年以前所拍摄或测绘的，它们的原稿或底片在战争时期的一次水灾中全部损坏了。（我想你是知道学社这批资料损坏的详细情况。）因此思成 1946 年带到美国去的图片是唯一的孤本。由于这批图的丢失给出版带来了困难。如果《中建史》没有图片，也就没有出版的价值了。

第二个原因是我们这些从旧中国过来的知识分子，受的是资产阶级的教育。我们不懂得什么是马列主义，什么是社会主义，什么是共产主义（直到现在我也没有弄懂）。在 1949 年以后，我们面临着重新学习重新认识事物的过程，而这个过程一直到现在也还没有结束。特别是在“文化大革命”之后，很多已经被自己否定了的观点又回到脑子中来，要求我对它们重新思考和评价。

思成在 1949 年后没有出版他的《中建史》的原因就在于此。因为他面临着对祖国伟大的文化遗产怎样去重新认识它们，怎样用历史唯物主义的观点来解释评价祖国建筑中的伟大成就，为什么我们的祖先能创造出如此灿烂的建筑文化？为什么？怎样解释建筑的民族形式的问题？在现代建筑中怎样去体现它？等等。

总之他面临着重新总结和评价他前半生的研究成果的艰难课题，而这个问题又和我国的政治风云有着很密切的联系。回顾自 1949 年以来 30 年间一个接一个的政治运动，而且在运动中混淆了学术问题和政治问题的界限，人们都越来越谨慎，因为弄不好不但遭到批判，甚至身败名裂。比如著名的人口学专家马寅初[1]的遭遇就是一例。

因此思成始终不能下决心出版他的《中建史》，直到“四人帮”倒台后我才于 1976 年直接给邓小平副总理写了一封信，提出出版《梁思成文集》的建议，邓副总理很快批准了，把这一工作交给国家出版局办理。《梁思成文集》的出版，得到清华和建筑界的广大支持。

报纸上报道华国锋主席将访问美国，我想在华访美期间，一定能在电视中见到费先生。我非常想念你，希望能很快再见到你。请转告费先生，他的信我收到了，谢谢！

林洙

1979.10

1 马寅初（1882~1982），著名经济学家、教育家、人口学家。

——

亲爱的林洙：

我未能加入沃尔特·蒙代尔（Walter Mondale）副总统的参访团一同访问中国，您可以想象到这是一件多么遗憾的事情。更加遗憾的是我未能亲眼目睹蒙代尔总统在北京大学介绍费正清时所赢得热烈掌声的情景。这并没有在计划之中，或者说至少费正清事前并不知晓。因此他不仅十分高兴，而且感到十分意外。您或许明白，如果我在中国，我会给您打电话并前去看望。费正清与参访团成员一起，行程十分紧张，很少有时间去拜访朋友们。

在您的信中，我得知您牺牲了个人的暑假时间去整理、标注这些耶鲁的照片……同时，在地球的另一边，我和葛兰教授也在做着同样的工作。这使我感到十分开心是思成的著作最终有了合适的插图。但是我们发现其中的一些照片并不是十分清楚。您能否把那些无法再复制的图片名称或者耶鲁编号告诉我么？我将与哈佛的副本进行比较，看可否处理得更加清晰一些。

自从上一封信您告诉我图片遗失的事情之后，我已经往英格兰去了三封信，希望能协助查找刘·C女士的下落。让我感到十分吃惊的是，思成是一个非常严谨的人，怎么会把从英格兰寄送这些珍贵资料到中国的事情托付给一个梁家以及清华大学的同事们都从未听说的人。她的信件的副本表明刘女士认识思成（姑且是我主观判断），并且正准备写信给思成，告诉他，她收到了我寄来的资料，并正准备把这些资料寄给思成。您一定看到去年冬天我初次写信给吴良镛时，随信附的刘女士信件副本。

我写信给了两位居住在伦敦的中国朋友，他们在1957年春季也居住在那里，那时刘·C正在纽卡斯尔的一个学院读书。一位朋友回信说，她没有听说过刘·C，另一位朋友至今还未回复。因此就在上一周，我写信咨询英国的一位朋友，希望他能帮忙打探刘女士具体就读的学院，或者至少能通过他得知刘女士的全名和其他一些相关信息。这样做虽然不能找到那些遗失的资料，但是或许能为我们找到刘女士提供一些线索。

您告知我思成未能出版他的《中国建筑史》一事十分可以理解，但是回想他多年的探究、测量、照相、绘图、资料整理、调研及最终的分析和总结工作，还是会感到十分遗憾。他在汇刊上发表的许多论文都具有十分重要的价值，同时非常高兴获悉您于1976年写给邓小平的信最终促成了思成著作的再版。我也希望我们编辑即将出版的图书最终能将他的名字和著述推介给西方读者。

思成在同济大学的朋友陈从周[1]先生寄给我另一张照片，是1962年思成与您和朋友们在北京拍摄的。您是否知道陈从周正在指导美国纽约大都会博物馆园林“明轩”的设计，并将于明年春季来纽约，我想应该是为了“明轩”的设计。

请原谅我那么长时间才给您回复邮件，下一次我定会及时回复。您幽默、有趣的来信让我倍感高兴。

祝好！

慰梅

1979年11月5日

——

亲爱的林洙：

首先要告诉您的消息是，当我在新加坡找到了刘·C之后，发现我于1957年寄给她的思成的那一套手绘图和照片仍旧在她手中。

我已经把这个“故事”的前因后果写信给您和从诫，并将副本连同原稿寄给吴良镛教授。她从1957年至1972年一直保存着这些图片，未能及时寄给思成用于教学与出版，这让我感到很不开心。

没有比这些更让我难过的了。但是如今，如果她按照许诺将把这些图片寄给您，你可以用于《梁思成文集》。我随信将她于1980年1月27日的来信寄给你们，信中她承诺“亲自将这个图片包裹送至梁家”……“在今年春季”。我把您的姓名和通讯地址告诉她。我也在信中告诉她，我把整个“故事”讲给了吴教授听。

1 陈从周（1918~2000），著名古建筑、古园林专家，散文家。

她没有告诉我任何她自己的信息。我也不知道她是如何知道思成，为何她言而无信。自然我很难相信她。但是现在你有她的地址和这封信，或许您和吴教授可以确认她会寄送资料给你们。

期望来日一切安好！

慰梅

1980年2月13日

——

亲爱的慰梅：

收到你2月的信我非常高兴，并且非常非常地感谢你。你花费了那么多的精力和时间终于把思成的稿子找到了，我们中国人有句谚语“有志者事竟成”，因为你有这个决心要找到她，所以终于被你找到了。但也正如你所担心的那样，这位刘女士已经失去了她的信用，所以只有等这份稿子真正完整地回到清华才能放心，你说是吗？我还想问一下你最近是否连续给了我两封信，因为办公室的同事说见到两封给我的信，但我只收到一封。

我听说你最近身体不好是吗？是心脏有点病对吗？希望您保重身体。吴教授要我替他转达对您的深切的问候，他最近还在准备接待一个代表团的来访，因此他不能马上亲自给您写信，等过些日子代表团走了，他会给您去信的。

上次你来信说很愿意读我的信，这使我非常高兴，您知道我一直在担心我信中所说的内容你是否完全能理解，因为如果不是亲身在解放后的中国生活一段时间，或者不研究中国的政治，也许我的话你就不容易理解或不全理解。既然你感到我的信有意思，那我想您也许领会了我想表达的思想了对吗？上次你的信中提到陈从周教授，我们是很熟悉的，他正在美国建造一个和苏州网师园一样的小园林。不知现在完工了没有。他的创作成功吗？您去看了吗？我有些担心，因为陈教授不是一个建筑师，他没有做过建筑设计，用中国话来说他是一个搞笔墨的文人，他过去从事写作和历史研究。又是一个春天到来了，想起去年4月23日您的七十大寿的那天多么有意思。再过一个多月就是您七十一岁的寿辰。我已准备了两个小小的礼物寄给你，我希望能在你生日前到达。为了节省邮费，我选了比较轻的礼品，正如中国人说的“千里送鹅毛，礼轻情意重”。过几天我将到邮局去让我这份像鹅毛一样轻的小玩意儿载满我对您的深深的思念与祝福，飘过太平洋到达您的身旁。

林洙

1980.3.5

——

亲爱的林洙：

我已经在夏威夷待了一个月时间了，远离新英格兰地区的严寒与大风天气，陪着我丈夫恢复体力。我没有生病，是他的心脏不太好。您3月5日发来信时，我正巧不在，因此，请原谅我那么长时间没有回复您的邮件。

你们系里的同事说两封信都是给您的，其实这是一个小错误。2月13日，我写了两封信，一封是寄给吴良镛教授，一封是给您的。同时，我在给您的信中附上了给吴教授信件的复印件。

今天我做同样的事情。我将给吴教授讲述刘·C一事的邮件复印件一并寄给您，这样比我再重复这个故事要容易一些。正如您说，她认为没有必要那么快将思成的手绘图和照片寄给您，这让我十分着急。（我相信您认识思成的手迹，哦，不对，我于1957年寄给她的全部是图片。）我催促她尽快与您联系。尽管她没有写信给您，我希望您能够用中文写信给她，告诉她您正在整理思成的著作，这些原始资料对您的重要性。她非常不负责任，因此我们必须给她压力，催促她把思成的资料寄还给您。

我将永远不会原谅刘·C，在1957年思成最需要用这些资料的时候，没有及时归还给他。

是的，我熟知陈从周教授。我非常感谢他，去年4月在上海我们有着十分愉快的交谈。他送给我了很多照片，特别是您和思成婚礼那天的照片。

比这些更重要的是杨廷宝[1]和陈植[2]的信件，他们都是思成在宾夕法尼亚大学读书时的同学与朋友。我希望能够有机会回中国与他们畅谈。我还需要拜访在各个时期，曾经在营造学社与思成一起工作的同仁，并与他们交谈。此外，还格外想念刘致平[3]、陈明达[4]、罗哲文[5]。过去的一周，王世襄[6]在我这里，我们聊了很多在李庄的岁月。当然莫宗江是与思成在一起工作时间最长的一位。还有许多需要交谈的人。

一年前的这个时候，我在北京，与你们在清华聊天。这对我而言，是一段十分美好，十分值得追忆的时光。请帮助我送给他们一份最真诚的祝福。

您的朋友 慰梅

1980年4月20日

——

亲爱的林洙：

昨天我收到了您“千里送鹅毛”的生日礼物，真不知道如何表达我的谢意。不仅是因为您还想着我的生日，而且这两只迷人的小鸟栖息在我的客厅，来访的朋友见了都开心地笑了。

我想知道我送您什么样的礼物您能够接受。因为在“文化大革命”期间，怕给我们的中国朋友带来麻烦，我们停止了寄送礼物和书信往来。我很想送给您一件漂亮的运动衫和围巾，还有一些关于美术的书籍，以及其他一些“鹅毛”。你们能不能穿有明显美国风格的服饰？我去时送给您那个愚蠢的小削皮器只能在厨房放着，因此相对安全些。（而且我记得思成十分喜欢这些“小

1 杨廷宝（1901~1982），著名建筑学家、建筑教育学家。中国近现代建筑设计开拓者之一。与梁思成同毕业于宾夕法尼亚大学。

2 陈植（1899~1989），著名建筑学家。与梁思成同毕业于宾夕法尼亚大学。

3 刘致平（1909~1995），著名古建筑学家，营造学社成员。

4 陈明达（1914~1997），著名古建筑学家，营造学社成员。

5 罗哲文（1924~2012），著名古建筑学家，营造学社成员。

6 王世襄（1914~2009），中国著名文物收藏家、鉴赏家。1943~1945年任中国营造学社助理研究员。

玩意”！）

自从4月20日给您去信后，我再没有听到关于刘·C的消息。但是我有一个朋友刚从新加坡回来，说刘·C言行很奇怪。她表示十分愧疚，她确实有错，保存着属于思成的手绘图和照片。我最近开始怀疑她是否拥有英国建筑家安德鲁·博伊德（已故）于1962年分别在伦敦和芝加哥出版的图书*Chinese Architecture and Town Planning 1500BC to 1911AD*中的那些插图，这些图片源自营造学社，在书中被清晰地复制，如原图一般清晰。您是否有这本书？如果有，请与莫宗江一起检查这些图片，告诉我你们的判断。一位华裔美国评论家在1966年写道：“正是博伊德先生可以获取相当的图片资源使得他书中的图片比其他出版物更有价值……作者更多将其归功于他从西方找到的数量很少的插图，而完全忽视了书中组图在中国的原始出处。”我完全同意这一点[1]。

我希望您和吴良镛教授能够写信给她，如果她不能亲自去北京把图片交给你们，那就催促她尽快把那些图片邮寄给你们。如今我们已经发现了这些图片的下落，她仍旧不及时归还，实在是令人感到愤慨。请让我知道她是否已经去了北京或者写信给你们两位中的一位，或者您已经写信给她。如果她仍旧没有，我希望给她施加压力，因此需要这些信息。

您的朋友　慰梅

1980年5月6日

——

亲爱的刘·C：

看到了您4月30日的来信，得知您仍旧没有把梁思成的图片转交给梁太太，这让我感到十分不快。自从上一封给您的信，我得知催促新加坡建筑师学会承诺尽快去北京是无济于事的。延缓赴京是由北京方面决定，不由外界改变。行

1　刘·C确实将梁思成存在她处的《图像中国建筑史》的照片提供给英国建筑师安德鲁，使用在他的著作里。

程很可能或者十有八九将会推迟数月或者数年。

这就是说你现在不得不把那个装有梁思成先生图片的包裹尽快寄给梁太太。从您自身的利益出发，我也必须强调这一点。梁思成的家人和他在清华大学建筑学院的学生们都听说过您，并且知道梁先生在23年前委托您将这些珍贵的资料从英格兰转寄他。无论您有什么样的理由在1957年没能履行这份职责，您没有理由如今继续保管这些资料。您知道在接下来6个月时间里梁太太他们急需这些图片。您有梁太太清华的地址，请速以挂号信的方式将资料寄给她。（以防丢失或意外的事情发生时，有据可查。）只有这样做，您才能恢复您的信誉。

有一天，您一定有机会去北京，并且见到吴良镛教授和梁太太。但是您如果不在接下来的6个月时间里把图片资料寄给他们，他们将会对您产生怀疑和敌意。

因为我需要与他们及时沟通，保持联系，我将会把这封信的复印件给他们一份。最终他们是期望在下个月尽快收到梁思成的资料。

希望您一切都好，多谢您对我丈夫身体的关心，我很高兴的是，他正在逐渐恢复。

您最真诚的朋友　慰梅

1980年5月8日

——

亲爱的林洙：

我写了一封语气十分强硬的信给了刘·C，因为通过挂号信的方式比一味地信任她反而更加安全。她写信告诉我她听说过您和吴教授，但是她随新加坡建筑师学会访问北京的事儿因故推迟了。我非常高兴您能写信给她，这更加明确了您等待思成手绘图和照片的事情。在经过23年半之后，没有理由再去拖延了。

我个人怀疑她长期扣留这些图片的原因，以及可能运用这些图片的地方，正如我上封信所写的那样。我希望当你确实收到包裹之后，像我给吴良镛教授写的那样，您能给我一个所有图片的目录。如果她把图片借给或卖给了英格兰的博伊德教授，那么在她寄来的包裹中一定会有图片缺失，缺失的图片大概仍旧保存在博伊德家中，我真心希望我们尽快结束这个令人不快的故事。

您的朋友 慰梅

1980 年 5 月 9 日

——

亲爱的慰梅：

我首先关心的是费先生的健康是否已完全恢复了，他现在还继续治疗吗？希望他多多保重。我自己也是一个冠心病患者，1976 年曾发作过一次，后来一直服用中草药，现在已基本恢复正常了。

关于刘·C，简直糟透了，她来了一封信，说新加坡建筑学会还没有收到中国方面的签证，所以她根本不知道什么时候来北京，要求我帮助他们解决签证的事。为此我向中国建筑师学会及中国旅游局查问了一下。据旅游局的人告诉我，今年从新加坡来的人都是去年提出申请的，刘·C 的团体是今年初提出的，所以最早要明年才能来。（too bad！）我现在正在和吴良镛商量有无其他的办法，由于新加坡没有我们的大使馆，所以困难是很多的。我也在和旅游局的人商量是否能想办法让他们提前来，或者还有什么其他可靠的办法能尽早得到思成的稿子吗？

再告诉你一件有趣的事。去年“三八妇女节”我去参加人大会堂的宴会，和我同桌的美国朋友 Anne Fitzgerald 告诉我，他是哈佛的学生，并且是费先生的学生。今年“三八节”和我同桌的一位日本朋友，她的丈夫是美籍日本人，名叫冈孝宽子（Jakeashi Oka，美国基督教科学箴言报的记者），据说也是费先生的学生。因此费先生和您就成了我们谈话的中心，就很高兴地谈起我们共同的朋友。从这点小事就可以看到费先生在中美友谊中起到了多么重要的作用。

当然，我会很高兴收到来自你的任何礼物，上次你送我的 turnip-peeler 是一件非常好的工具，受到我们全家人的赞扬。我很高兴你竟然还记得思成喜爱“gadgets”（小玩意儿）的癖好。

不过我也有些发愁，因为我国的海关对向国外邮寄物品有些规定和价格上的控制，因此它将使我不容易选择到理想的礼物来回赠你。

林洙

1980.5.22

——

亲爱的林洙：

想必“刘·C事件”已经接近尾声！她寄给我一份5月22日给您的信的复印件，告诉我已经与您取得了联系。很显然她让您来作决定，是把思成的手绘图和照片邮寄给您，还是数月之后，如果她有机会得到签证，随着新加坡建筑师学会一同来北京时，把图片亲自交给您。

我想，我在5月6日给您的信中已经告诉您了我的决定……事实上我已经不信任她而更加信任挂号信了。然而，您或许还有其他更好的主意，我想您需要作出决定了。也许您已经作出了决定。

我在等候您的消息，尚没有回复她的邮件。同时，我接到了吴教授的信件，信中不仅表达了他对思成的资料如何从新加坡到北京的担心，而且表达了对我丈夫身体状况的关心。我今天将给他回信，告诉他，在将来我随时准备伸出援助之手。但是我更希望您已经写信让她把资料以挂号信的形式寄给您。我这样做并不是给您施加压力。我只是个人感觉这件刘·C与思成之间的事情已经拖延了长达24年，刘·C原本早就可以把这些资料直接寄给思成，而她却错误地保存至今，是时候让她把这些资料归还给思成的妻子您的时候了。我是于1957年将这些资料寄给她的，她收到资料之后表达了一份谢意，使我未继续尽责追问关于资料的后续事宜。

而且值得庆幸的是我找到了她的地址，得知那些资料（或是那些资料中的一部分）仍旧在她手上，我主动说把这些图片寄还给您，她选择亲自给您。如今的情形与1957年相同。她本应该早就把这些资料寄还给您，至少她现在应该把资料寄还给您。

我希望您已经收到了我于6月4日快递给您的那本博伊德的书。依您的记忆于1962年从国外收到过这本书，那时思成告诉您书中用了他那些寄存在我手中的资料，这证明我的怀疑是正确的。但是我希望等待您和系里其他同事认真仔细核对书中图片后告诉我准确的消息。即使是收到那些被刘·C保存的图片，我们也需要核查图片（尤其是那些被博伊德用过的）是否已丢失。

图书并不代表运动衫和围巾，但是也是一份礼物，以表达您送给我们无数小礼物之后的一份谢意！

您的朋友　慰梅

1980年6月19日

背景介绍：

《图像中国建筑史》稿件的失而复得，及刘·C的个人情况在此简述如下。

英文版的《图像中国建筑史》——*A Pictorial History of Chinese Architecture* 是一部以精美的建筑绘图和实物照片为主、辅以简要的英文说明的中国建筑简史。它系统地论述了“与中国文明同样古老”的中国建筑体系在各个历史时期的演变，所有图注都采用英汉对照的形式。1946年，梁思成赴美讲学，他把稿子带到美国准备出版。因为图片多，印制成本很高，一时找不到出版商。1947年，梁思成回国前把稿子交给费慰梅，托她继续寻找出版商。

1957年，留英学士刘某为写毕业论文，来信向梁思成要参考资料，虽然梁思成与刘某素不相识，但他仍然写信给费慰梅请她将稿子寄给刘某，嘱刘某用过后将稿子交给我国驻伦敦代办处带回。后来刘某并未将稿件交给代办处，也未寄回给费慰梅，她本人也没有回国而到马来西亚去了，这份稿子也就遗失了。

1979年费正清夫妇访问中国时，得知梁思成并没有收到这份稿子。慰梅又焦急又气恼，但是事隔二十多年到什么地方去找这位刘某呢？

她写了许多信给有关单位都无结果，幸亏她还保存着刘某当年的地址及收到资料后的回信。于是慰梅打电话给她在伦敦的一位朋友，请求他扮演“福尔摩斯”的角色。大约两周以后，慰梅接到那位朋友的电话：“亲爱的慰梅，你交给我的任务太简单了，我只打了三个电话就解决了。”

找到刘某的下落后，慰梅又与刘某交涉多次，终于迫使她交还了原稿。费慰梅又从波士顿飞到北京，亲自查阅图纸是否完整。返美后，她又为该书在美国的出版而奔走。终于和美国麻省理工学院出版社谈妥出版。从 1980 年至 1984 年间我与慰梅就图书的内容编排等等，书信不断。有趣的是我给她写中文，她给我写英文，我们各自抱着一本字典工作，这本凝聚着中美友谊的书，终于在 1984 年出版了。

关于刘某，我与费慰梅都不了解她的详细情况，梁思成仅凭她的一封信就同意把资料借给她，我想主要是因为梁思成希望通过她取回这批图纸，因为当时与美国没有其他联系渠道。

亲爱的慰梅；

吴良镛先生在给你的信中已经告诉你，他已给刘 · C 写信，要求她能尽快地把稿子寄来或者交回给你，或者采取其他可靠的办法送来。我也已经给她去了信，表示支持吴的意见。昨天吴收到刘 · C 的回信，说她已将思成的稿子寄出，等收到后我会及时告诉你的。

你寄来的书我已经收到了，非常感谢你。我已从北京图书馆借到了这本书，我和莫宗江一起把全部插图看了一遍，我们发现其中有不少张图是引用思成的《中国建筑史》中的插图[1]。

前几天在电视上看到美国一个大学生团体在北京的演出，我非常感兴趣，

1　费慰梅在 1980 年 5 月 6 日的信中说，英国建筑家安德鲁 · 博伊德的《中国建筑与城市规划 1500BC 至 1911AD》一书中有不少营造学社的图片，她怀疑这些图片是从梁思成借给刘 · C 的图片中得到的，嘱我查对。当时我立刻找到此书，与莫宗江一起看了一遍，书中的确有不少是梁思成的作品。

虽然他们演出的艺术水平并不一定很高，然而我却感到它十分能表达美国的民族性格，使人感到热情、自由、亲切、活泼，不像我们的社会，从思想到行动都使人感到束缚，也许由于我国过去那长达一千多年的封建制度所造成，某些封建残余的影响至今还十分深刻地残留在人们的头脑中，即使在社会主义的新中国也没有摆脱。

林洙

1980.6.26

——

亲爱的林洙：

我将把寄给吴良镛教授的信件复印件给您，以便您知晓当我收到您邮件，得知刘女士回复了您的邮件并已经把思成的资料寄还北京时，我是多么的高兴。

正如您所说，我把事情归功于最终强迫她归还照片，而且我确信您赞成吴良镛教授在这件事情上发挥的重要作用，是不是真的是他作为男士直接写信给她，导致她最终迫于压力去这么做的呢？

当然我十分期待着收到您的下一封信告知我您已经收到了思成的那些资料。如果收到了，也请您把消息告诉宗江。很久之前我写信给吴讲述此事，但是并没有将事情的具体进展告诉他。我想您一定知道，他[1]将于8月中旬访美，尽管他或许没有单独拜访我们的自由，但是他答应会给我们电话，这一点十分遗憾。

或许“刘·C事件”已经接近尾声了。

祝好！

费慰梅

1980年7月10日

1 此处指吴良镛。

——

亲爱的慰梅：

17 日下午新加坡 — 北京的第一班快邮带来了思成的图稿，你自然也和我们一样地高兴。找回这批稿子，您花了很多精力，为此我深深地感谢您。我们原来准备，等图稿仔细地整理核对后，情况弄清楚了再告诉你，因为根据初步整理发现缺了 6 张图片，一时还弄不准确，因此先致以短柬把这个消息告诉你。详细的情况，等图片的整理工作结束后再写信给你。

我们很关心费先生的病情，不知他现在是否已完全恢复了健康，或仍在治疗。吴良镛这里有一些“脉通”，是治疗冠心病十分有效的中药，一般来说吃了不会有什么坏处，这种药在中国也很难买到，不知费先生是否愿意尝试用一些中药来治疗他的病。如果愿意使用，请您来信，我们将托去美国的朋友带去，或者您有认识的朋友正在北京也可以托他们带回去。

林洙

1980.7

——

亲爱的林洙、吴良镛：

想必你们已经收到了我在 7 月 29 日的信，为时隔那么多年，最终从刘 · C 手中拿回了那些资料，我感到高兴。

我一直在等待你们中的一位或者是你们两位告诉我刘 · C 寄来的包裹中的资料详情。当然我希望知道包裹中是包含了所有的手绘图片，还是也包含在我记忆中的那些照片。我很想知道这些手绘图片是否如我给你们的微缩胶片副本一样已经编号。如果是，是否所有的图片都在那里？换句话说，这个包裹是否如我们所愿十分有用呢？

我没有收到刘 · C 的信件告诉我资料的具体情况。或许在收到我言辞激烈的信函之后，她决定躲开我。

十分遗憾的是没有机会在梁从诫近期访美期间前去探望，但是我告诉他了一些新闻，在此也告诉你们。

加拿大驻华大使馆的约翰·希金博特姆及其家人邀请我们十月前两个星期去访问他们。因为我丈夫的病情，我不知道是否可以去。但是他现在已经大大地康复，并且催促我接受邀请。他十分希望我能有这个机会与你们及其他与思成相熟的人就思成生平及学术贡献进行交谈。你们正在着手重新出版他的著作，自然会有一个全中文的生平简介，我的英文版将会与之相比较，不与其冲突。我希望能有一个我们交谈的时间，上一次的交谈尽管非常有用，但是十分匆忙。

尽管我需要奔赴上海和南京，但是也十分希望能有机会与思成的老朋友陈植、童寯交流，在信函和回忆方面，他们确实给予了我很大的帮助。我希望带一些已经写好的稿子前去与你们讨论。

希望你们两位一切都好，知道你们都非常忙……但是还是希望能够于十月初留些时间给我。

祝好！

你们的 慰梅

1980 年 8 月 26 日

——

亲爱的慰梅：

你一定非常乐意知道思成的图稿一幅也没有丢失。

我第一次整理时，对照哈佛大学的图片目录发现缺少六幅图。

第二次对照思成写的图片目录整理，发现缺少的六张图并没有列入目录中，因此我认为那六幅是思成自己取消了而不是丢失了。

我不知道要怎样来表达对你的衷心感谢，如果没有你的努力，稿子的归还将是不可能的。胜利属于我们大家，但是功劳却应当属于你。我想思成九泉有知，他也会深深地感谢你的。

知道费先生很快就恢复了健康，我感到十分欣慰。

思成文集第一、二册的稿子，前不久才送交出版社，据说要明年底才能出版。

文集一、二册的整理工作在去年已经完成了，但由于种种原因，直到前几天才交稿。我深深地为我们国家办事效率的低下而感到惭愧。然而有什么办法呢！就好比母亲一样，不管她多么糟糕但总还是自己的母亲。

前不久陈从周先生到北京来，他告诉我你将于10月份来北京，我听到这一消息真高兴。你到北京后请给我一个电话，我一定到宾馆去看望你，我的电话是××××××，这是清华大学的总机，接通后再接2234分机，这是我办公桌上的电话号码。

林洙

1980.8.29

1980.10.23——
共同为出版《图像中国建筑史》而努力

——

亲爱的林洙：

在此写一封短信。我必须告诉您，经过您和我的努力工作，自从刘·C寄来了手绘图，思成的书已经确定能在美国出版。

许多建筑学家及建筑专业的学生都会发现，这是一本非常有用的书。没有其他任何一本书会比这本书更详尽地介绍中国建筑。

我将于11月1日从香港飞回家，我希望您那里优秀的摄影师能将这些手绘图清晰地冲洗出来，然后您可以寄给我2套。当然，我也希望找到一些比较好的佛光寺、独乐寺及思成研究过的建筑物的彩色照片。

十分感谢您给我那些您及家人的照片，我特别喜欢您那一张。

我必须开始用中文给您写信啦，您一定认为信件像小孩子写的。

十分感谢！

您的朋友　慰梅

1980年10月23日

——

亲爱的林洙：

今日寄去我为思成的书选择的插图列表，以便您与您选择的进行比较。我所选的比您的增加了许多。如果可行，我们需要减少一些图片。我建议您用黑色铅笔或者水笔在我的图片列表中标记出哪些是在您的列表中没有的，然后寄给我一张3页的扫描文件。

您建议删除“民居”和“园林”两部分内容，我想的确是一个明智之举。此外，我还认为（佛）塔部分有些混乱，可以适度删减或者是重新梳理。对这个问题，您是怎么考虑的？

我已经认真仔细地浏览了该书的所有手稿。思成的英语很棒，需要改动的地方相对比较少，大部分工作我是在1946~1947年做的。现在我正在等待高清晰的建筑手绘图的扫描。我希望带着这些手稿去与哈佛大学和（或者）麻省理工学院的建筑史学家进行探讨。他们会告诉我哪家出版社比较适合出版此书。

我已经寄给葛兰教授一份修改过、没有任何删减的手稿。尽管她对那些图片也十分地期待，但是已经被文字内容深深吸引，等不及那些精彩、清晰的手绘图片。如您所知，我们两人合作工作数年，试图将思成的研究成果推介到西方。

我11月1日回来之后就生病了，一定是因为缺乏抵抗力而感染了中国的细菌。不过我现在好多了，希望重新工作。我们共同在北京的日子真的十分开心[1]，您同意不同意哦？

爱您的 慰梅

1980年11月22日

1 刘·C归还思成的图稿后，慰梅即从波士顿到北京来看还回的图稿是否完整，并与我商谈在美国出版《图像中国建筑史》（在美国出版此书是思成生前嘱托慰梅的）。但在1947年因林徽因病重思成匆忙回国，尚未对此书作最后定稿。在他的初稿中选用的照片数量较多，必须压缩，因此我与慰梅必须逐字逐句地阅读原稿，凡是文中没有提到的建筑均删去，有些不是十分重要的也酌情删减，我与慰梅这样工作了三四天。因为我不能完全听懂英文，所以有时她只能用中文表达她的意思，虽然有些词不达意，但我却听懂了，当我们理解了对方的意思后常常相对开怀大笑，她也常常自嘲地说自己说的是“奇怪的中国话”。当时清华还没有招待餐厅，学校周围也没有可接待外宾的餐馆，作为个人我是不被允许在家中接待外宾的，因此慰梅每次都是一早来清华一直工作到午后两三点才回去。

——

亲爱的慰梅：

您从上海的来信已收到，是的，我们在一起工作的时日是令人愉快的，但是我想到你千里迢迢地来到北京，不仅没很好地游乐，反而工作得很辛苦，使我心中感到极大的不安。特别是你最后一次来清华连续工作了五六个小时没有休息，连中饭都没有吃，想到这些真不知怎样来向你表示我的歉意。你这次来，我又没能在家里接待你，我希望明年你能再来，并希望我能在家里接待你。因为目前我的居住条件很糟，我希望明年我的居住情况能得到改善。那时我一定要请你到我的家里来玩。

当我独自继续我们的工作时，耳边总是响起你的“奇怪的中国话”，仿佛我们还是在一起工作一样，我深深地想念你并感谢你，如果不是你的关心和帮助，思成的图稿不可能找到，更谈不上出版。我十分盼望思成的书能在美国出版，因为正如你所见到的，有很多人在偷用他的研究成果（不仅仅是外国人）。我已经把我们共同删改定下来的图版目录整理好并且请莫宗江看过，除个别地方加以补充外，他表示赞成我们的删改。

现在我已把目录和图稿部分送去复制，等复制完毕即可寄给你。照片部分，因为有些要重新拍摄，所以可能还要一段时间才能给你。我一定想办法，把佛光寺和独乐寺的彩色照片准备好。

林洙

1980.11.23

——

亲爱的林洙：

十分感谢您 11 月 23 日充满关爱的来信，您仍旧能够记得我那“奇怪的中国话”。我感到十分抱歉让您担心我与您长时间工作而没有吃饭。工作很有趣，一点也不辛苦。我十分高兴下一次能去您家，届时能够看到你们的孩子。

我们相距甚远是一件多么遗憾的事情。我希望您能在这里与我一同工作。

我同样在美国“单打独斗”。

正如您从我上个月的来信中得知的那样，我正在期待着两套十分清晰的建筑手绘图片。我十分高兴得知，您将其送去翻印。即使您只能寄给我一些样本，其中包括图 1~4，228~233，这些特别能引起建筑学教授及学生兴趣的图片，对我而言也是十分有用的。我这里有一套耶鲁的图片，他们或许可以给我们一些主意，哪些照片可以用。有了手绘图片的扫描件、耶鲁大学的照片和思成的文章，我就可以开始寻找出版社了。

我记得在您那份思成著作的书目中，并未包括思成在战时寄给我的英文著作，我将其投稿至美国的学术期刊。我现在将这些文章的复印件寄送给您。前两篇是关于赵县安济桥和小石桥，后来发表在《笔尖》杂志。后两篇是关于佛光寺和五座中国古塔，发表在 *Asia magazine*。我仅有后两篇文章的校样，不像前两篇有出版后的杂志。记得不太清楚了，但是我想 Asia 中的文章您应该没有。

您有吴良镛教授的信息么？我希望他与葛兰教授能在欧洲见面。

您的挚友　慰梅

1980 年 12 月 5 日

——

亲爱的慰梅：

我仔细看了你寄来的目录，把它和我的目录比较，几乎没有什么差别。看得出来，你已经把思成的文章仔细读了一遍，并把文字中提到图片的页码标明在目录中，这对我将是非常有帮助的。

我的目录仍是按照思成自己所编写的顺序，只是减去我们删减的部分。

一月十四日，我们系的关肇邺[1]教授（他也是思成的学生）要到美国 MIT 讲学，我将托他带去两套思成图稿的复制片和目录。其中图 7、10、11、

1　关肇邺，1929 年出生，著名建筑学家，中国工程院院士。

128、140 复制得不好，以后补一份好的给你，照片部分因为有些彩色[1]的还没有准备好，所以这次不能一起带走。

关于你在目录中提出的很多问题，也就是你打了“？”的地方，我写了一个篇号，我的意见，也逐条写在（1）、（2）……的后面。我想这份目录也许是只有你才能看得懂的“奇怪的”目录。

我现在忙极了，每天除了资料室的工作外，还要在业余时间整理思成的文集，而且每天还要花费很多时间在排队购买食品及家务事上。我希望思成文集的整理工作能在四月底完成。因为四月份将有一个小 Baby 来到我们的家庭。到那时我将失去业余工作的条件，我们一家人将要为这个小家伙忙碌。这虽然是件高兴的事，但也是很头疼的事。

本来我计划在思成文集出版之后，我自己将写一个短文记述思成在“文化大革命”期间的遭遇和他的思想，以及我自己的一些看法。十年，除了我没有第二个人知道他的思想、感情。那几年我是妻子，又是厨师，又是理发师，又是医生，又是护士，又是通讯员。但是这篇短文很难写，很多事情记不准确了，而且搞得不好要倒霉的。所以我还没有下最后的决心。

林洙

1981.1.12

——

亲爱的林洙：

当关先生突然带来您那两套思成手绘图的照片时，着实给了我一个巨大的惊喜。我买来两个巨大的相册，是 34 孔的，黑色底，比最大的图片还要大，每一页都夹在沉重的塑料夹中，边缘有 34 个孔，照片可以插在每一页的正反两面。昨天我花费了一天的时间整理一套相片，发现 25 页就足足可以放下一

1 在准备出版梁思成的《图像中国建筑史》时，费慰梅曾经建议使用部分的彩色照片，于是从中国图片社收集了一部分。但因 80 年代初彩色照片质量不高，而且很多古建筑经过重修已非原来面目，加之这些彩色照片不是梁思成所拍摄，综合这几条原因，这部分彩色照片后来没有采用。

整套。

现在有如下建议和问题：

我以两组数字来给图片编码（用小不干胶条贴在右上角，可以随时取下）。第一个是您标注的红色数字，如果出版社接受了我们对照片和手绘图片的筛选，姑且假设它为最后的图号顺序。第二个与微缩胶卷里的数字相同。这个数字是为了便于参考。因为摄影师朋友也指出，一些图片中的汉字已经模糊不清，很难辨认。他建议在这种情况下，微缩胶卷的复印件（而非扫描仪的副本）会相对清晰一些。当然这并不是指微缩胶卷里的所有手绘图片。例如，您建议的那样，128 和 140 需要重新翻拍。

您对组图的细致列表对我十分有帮助。我能够想象到您每日伏案数小时做这项工作。我们现在这样分开工作的状态真的很不方便。

十分感谢您在我的插图列表上标注的所有图注。十分抱歉我以如此小且拥挤的手写体标注。例如，在第一页左下角标注的“Mice of”是我对“微缩胶卷”的说法的简写。我实在太愚蠢了，未能在批注行间给您留下足够大的空间以便您添注需要，这一点真的十分抱歉。

有两张照片遗失：红笔标注的 45（33）善华寺大雄宝殿立面图，和红笔标注的 230（147）斗栱实例。我没有看到第二个，它一定非常重要。

您的图片中包括了佛光寺的一些照片，却没有见到任何手绘图。我相信这一定是因为思成没有绘制的原因。如今陈明达已经将其关于（佛）塔的所有手绘图和照片结集成书，您认为是否有必要在经由他许可的情况下使用一张手绘图？他寄给我了他的书。如果您不方便征求他的意见，我来。您认为哪张图片合适呢？

我认为 116/117 是“P”，但是您并未标注。

我于 10 月份游览了清东陵，它们色彩斑斓。我想，如此壮观的风景名胜的彩色照片会更加精彩。或许用嘉庆的陵墓来配手绘图？

十分感谢您送给我的蓝红相间的瓷制歌剧小雕像。我把它们与您去年送给我的微型小雕像一起放在了书架上。它们更像一个家庭，使我常常想到您。我的朋友和家人也十分喜欢它们。

关先生的到来对我是很大的帮助。这里很少有人对中国建筑感兴趣，而且几乎没有人对此有所了解。他也帮助我把中文翻译成英文。他的英语的确不错，比我的中文好多了。他帮助我阅读您的信件。我想请求他未来帮我做这一工作。如果您有什么特别的信息不希望他知道，另外写在一张纸上，或者标注“私密”，我将花费更多的时间求助字典来阅读。

是的，您一定十分希望撰写思成晚年悲惨生活的回忆录。只有您了解这些岁月，您与他风雨同舟、患难与共。是否这些会勾起您伤心的回忆呢？

让我知道更多关于小宝宝的消息，我将随后再写信给您。

您的朋友　慰梅

1981 年 1 月 26 日

——

亲爱的林洙：

我从关先生那里得知，您委托他从美国买一副我带的那种眼镜带。能送给您一份您真正需要的礼物我感到十分开心，今日将这份礼物寄出。

这份礼物不像您送给我的稻草编织的小鸟和小雕塑那么迷人，但是我希望这个对您有用。它寄托着我对您的一份谢意和浓浓的爱心。

慰梅

1981 年 1 月 31 日

——

亲爱的慰梅：

我带着你送给我的眼镜带在写信。你当然能猜到我收到这件礼物是多么高兴和意外，我的朋友们也都十分欣赏这个小带子，他们都以为是我自己做的精巧的小玩意儿，都不知道它来自美国。

Guan（关）到你那儿去了没有。系副主任 Wang Tan （汪坦）[1] 将到美国去访问，他 18 号离开北京，先到华盛顿，再去坎布里奇，托他带去思成的全部照片和一份说明交给关肇业，我想你收到我的信时也许关已经把照片交给你了。我感到很遗憾的是一部分彩色照片失败了，但我现在还在努力，将尽可能地找到更好的照片，把一些质量较差的照片换下来，如果找不到的话就只好这样了。你看了以后认为哪些需要换的，请把编号和名称告诉我。

上次关交给你的图片并不是用来制版的，它只是一个样品，为了供你和出版社商谈时用的，如果找到了出版社，我想还是用思成的原图制版，这样可以保证质量，如果出版社认为可以用照片制版，那么还有很多的照片需要重制，我已经把不清楚的那几张委托"中国图片社"重新拍制。

在有关于版面的问题，我将根据思成的原意画一个样本供出版社参考。

林洙

1981.2.24

——

亲爱的慰梅：

汪坦先生带给你的图片收到了吗？

思成的学生 Xi-Shu-xiang（奚树祥[2]）将于 3 月底出发到美国去工作一些日子，托他带去几份东西：

（一）思成图片的版面设计

我不知道美国的出版社是怎么工作的，在中国，版面的安排是要求著者自己设计的，因此我把它完成了。但是如果出版社有不同意见，或者有更好的方案，在他们征得你的同意后可以修改我的设计。

（二）图片目录一份

1 汪坦：著名建筑教育家。

2 奚树祥：清华建筑系毕业的学生。他告诉我他即将赴美工作，并要求我介绍他与费正清夫妇认识，此处所谓的附件已经想不起来是什么内容了。

因为上次给你的目录写得很匆忙，以致有不少错字，现在把它改正了，另外加了一张观音阁壁画，更换了两三张图片，所以目录也随着有些变动。

（三）照片

36（31A）

a. 独乐寺山门（彩色）

上次那张是黑白的，用哪一张由你决定。

（286）

b. 观音阁明代壁画

这是你要求我准备的，思成的目录中没有壁画，因此我把它加在独乐寺的一组图片中。但是这一张失败了，右面颜色不好，我又重制了一张，两周后再寄给你。

c.116b（74B） 我认为这张彩色的更能说明故宫白石阶的艺术效果。

d.220a（145）原来选用 Pei-Hai（北海）的现在改用 Goo-zi-Jian（国子监）的牌楼，因为这两个牌楼是一样的，而琉璃牌楼最好有色彩。

e.196（130c） 明陵方城明楼，这一张比前一张好。

除了这五张外我还复制了 5 张

a.218a（143A）颐和园牌楼（彩色）

b.219a（144A）易县泰陵石牌坊（彩色）

c.17（13a）云冈石窟内门（彩色）

d.117（74c）太和殿内景（彩色）

上面这五张，两周后寄给你。以上这些彩色照片，是否选用或仍用黑白的，要由你和出版社协商决定。我想在我这里的准备工作基本上结束了，会有大量的工作留给你，那是很辛苦的。

林洙

1981.3.20

——

亲爱的林洙：

兴许汪坦现在已经回到清华大学，他将会告诉您在波士顿为中国代表团举办的欢迎晚宴上，我与他聊天聊得很开心。

汪坦带来了三组书的插图，这些对出版社而言非常有用。我仍旧有一段时间可以与关先生待在一起，他协助我在阅读您的来信时做重要的笔记。您说得对，思成的这些照片可以反映出20世纪30年代建筑物的面貌来。再次感谢您让汪坦带来的这些大图片，现在我就有足够的资料供出版社审阅了。我已经给麻省理工学院出版社的社长写信，预约时间前去拜访并将这本书的情况简要介绍给他。如今正在等待他的消息。我希望他们能对思成的稿件感兴趣，因为麻省理工学院出版社在建筑专业图书的出版方面一直享有很高的声誉，同时能在我居住的城市找到出版社会为编辑出版带来很多方便。

您是否已经看过了刘敦桢的《中国古代建筑史》一书？他儿子刘叙杰寄给了我一本，出版于1980年。自然书中有很多思成曾经研究过的纪念碑，此外还有房子、花园、家具等。尽管很多插图都过小，不太便于阅读，但是许多手绘图片都十分清晰，具有重要的价值，只是那些照片的效果都十分不理想。总之，这是一本十分重要的书籍。通过这本书，我了解到，思成花费功夫手绘并以英汉双语作注的大图纸具有多么重要的价值。它们为不了解中国的西方人架起了一座桥梁，西方人可以通过这样的方式了解中国古代建筑的演变。

您一定对我收到刘·C的另一封信件十分感兴趣。她于1980年9月17日从新加坡写给我一封信，它被寄至剑桥，随后又转寄至北京。可惜信到达北京时，我已经离开，因此信于1981年2月9日才重新寄回剑桥。信中她告诉我，她在英格兰学习建筑，“作为学生，写信给梁教授寻找写论文所需的资料。”在英格兰，她认识了她的丈夫。在新加坡，她曾经做过建筑师，并且生育了三个孩子。她现在已经回归家庭，把更多的时间给了孩子。最后她问我，为什么如我信中所述，中国建筑历史在西方是一个被忽视的研究课题。

我答复她：“答案很大程度上归因于这些年来您存放的那些梁思成的照片

和手绘图。”顺便告诉她这些年来她没有把照片归还思成导致了这样的结果。最后我说：“不过值得慰藉的是，这些图片并没有在邮寄时丢失或者损坏。我们十分感谢您能够精心保管这些图片。但是，为什么不及时归还思成？我表示不解。”我希望她能够回复，但是看起来希望渺茫。

祝好！

慰梅

1981年3月21日

亲爱的慰梅：

再过15天就是你七十二岁的寿辰了。

我以最热烈真诚的心祝你生日快乐，健康长寿。4月2日我寄出了一个小小的礼物，这是第二片飞向你的“鹅毛”。希望它不是迟到的“鹅毛”。

去年你的生日我就想送你一个寿星（The god of longevity），因为它象征健康与长寿，但是一直没有找到一个比较满意的。商店里虽然摆了不少，但造型比较庸俗。直到最近，我才在工艺美术商店找到了这个小寿星，我很喜欢它，我相信你们也会喜欢它的。让它加入到1979年八个小人的队伍中去吧！它们将代替我每天和你在一起。

你忠实的朋友 林洙

1981.4.10

亲爱的林洙：

当我在给您写上一封信的时候，正在等待麻省理工学院出版社的电话。随后我拜访了出版社负责建筑类图书出版的编辑罗杰·康诺弗（Roger Conover）。他十分友好地邀请我坐下，倾听我讲述这本书的情况，讲述思成，以及我在两者中间的关系。我们聊了片刻，突然他说：“我们这样很浪费时间，请您给我看一些手绘图片吧。”当我打开了那个夹着手绘图片的相册时，他立刻对此产生了浓厚的兴趣。我想他对中国，对梁家，对费正清知之甚少，甚至毫无了解，但是那些配有英文注释的图片给了他十分直观的感受。

根据他的要求，我给了他一些建筑师和中国学者的信息，以便他可以评估这本书的出版价值。我同时也给了他一篇思成在《笔尖》杂志发表的关于“桥”的文章，并且留给了他一些手绘图片、文本和一些耶鲁的照片（作为样本）。他现在正在加拿大西部参加一个建筑史学家的会议，不过会很快回来，然后将其提交至编委会讨论决定出版社是否最终确定出版这本书，我将会及时告诉您相关消息。确信无疑的是，我们可以找到出版社出版此书，但是十分希望最终是麻省理工学院出版的。正如您在3月20日的信中所述，此事大功告成……我将会十分想念您。十分感谢您为此书的出版所作的一切努力。

小宝宝什么时间出生？我能想象得到您与您的女儿会有多么繁忙，忙并快乐着！莫非在4月23日我生日那天降临？

奚树祥还没有来……

我用德语写信告诉他，麻省理工学院出版社是一个合适的出版社。如果他们决定出版这本书，他可能需要回中国，再到美国同麻省理工学院出版社的编辑与我共同探讨随后的出版事宜。我至今还未收到他的回复。

慰梅

1981年4月3日

——

亲爱的慰梅：

我首先要告诉你的是，我的女儿终于在四月的最末一天生了一个女孩子，我们非常高兴。遗憾的是她没有在思成的生日20日或你的生日23号来临，迟到至30号才出来。

现在我们简直是忙乱得不得了，最苦恼的是居住得太挤，我简直找不到一个地方放婴儿的小床。原来我希望今年我们的居住条件可以得到改善，现在看来是没有可能了，因为国民经济上的一些困难，清华的建设任务大大地削减了。

前几天我偶然在一本内部读物上看到一篇摘译的费先生的文章，我读了以后深深感到费先生提到的很多观点是十分深刻的，不是一般的研究中国问题的外国专家所能观察到的。比如费先生提到中国人口过多，造成的很多问题是美国人所不能体会的。这一点对我来说真是有最切身的感受。当然，美国人民是不能想象像我这样一家三代五口人同住在居住面积仅有 $58m^2$ 的小房子里，而且这在北京算是中上等的，是清华大部分职工的住房标准。这也是我一直不能邀请你到我家来做客的主要原因。费先生还提到虽然中国的法制并不健全，然而由于长期儒家思想的影响，中国人民是最守法的。这一个卓越的见解我想即使中国人自己也不一定能清楚地看到。不过也还是由于儒家思想的影响，官僚主义才能在中国这块土地上长期孳生下去。

奚树祥已于 4 月 22 日出发，大约在 5 月 20 日前后会去拜访你。

随信我又寄上照片 8 张，除 130A 以前没有以外，其他数张，上次吴带去的照片中都已有黑白的，这次补充了一些彩色的，用哪一张由你选择。

Private（私密）

这次去拜访你们的奚树祥先生，他和关肇业不同，关和我一起工作了二十多年，我非常了解他，他是个诚实的人。

奚一直在南京工作（杨廷宝的学校），所以我不了解他。他很敬佩费先生，要求我把他介绍给你们，我难于拒绝他的请求。

林洙

1981.5

——

亲爱的林洙：

收到了您的来信，得知您外孙女于 4 月 30 日出生，真的十分开心，祝贺您！但是，您并没有告诉我她的名字。我能够想象到您的忙碌，并且得知您在那么一个局促的空间里照看这个小宝宝，感到十分遗憾。在过去的30年中，政府能够为快速增长的人口提供最基本的食物及医疗保障显然已经是一个奇迹，但是住房条件并没有紧随其后得以完善。1949年解放之后，没能迅速控制人口增长，才酿成了如今的悲剧。

我对您找到中文翻译的我丈夫的文章十分感兴趣。我很惊讶地发现在（中国）许多城市中，他的名字被许多陌生人所熟知，这一定是翻译发挥的作用。据我所知，早在几年前，复旦大学的教授将他那本历史题材的书《美国与中国》（*The Unites States and China*）翻译成了中文，而去年10月我在云南大学遇到一位年轻的图书馆员，他告诉我，他是通过费正清那本书了解了自己国家的历史。

更为惊奇的是，我刚刚收到了刘·C于4月30日从新加坡发来的信件，信中她告诉我："我们正在准备延迟已久的中国行。"不知道她是否写信给您和吴教授？我想她一定会试图去清华拜访你们。她向我解释，在1957年"不同的政治阵营之间没有往来，也不敢保证寄往中国的包裹的安全"，所以那时她并没有把图片寄给思成。但是她没有告诉我为什么不在那个时间通知我，导致22年过去了，思成、您及清华大学的其他人都不知道这批图片的下落。信件是打印出来的，是我收到的唯一一封她打印的信件，我猜测是她丈夫所为。

奚树祥还没有来，也没有写信给我。我听说他来从事的那个项目已经宣告终止，他的兄弟不能再继续给予他支持。这些消息是从同济大学的罗小未[1]教授那里得知的，她现在在麻省理工学院，并且生活十分充实。她的英语不错，给予了我不少帮助。

我总是十分开心能从邮箱中发现您的信件。在此把最真诚的祝福送给您的外孙女及她的爸爸、妈妈。小宝贝的生日提醒了我，您寄来的小寿星（第二片飞向我的"鹅毛"）已经收到了，十分感谢。除了那些我书桌上蜡烛中间摆放

1　罗小未：同济大学建筑系著名教授。

的唱京剧的小玩偶，它比其他任何小装饰都要引人注目。它们都十分地漂亮，请告诉我您所中意的另一个美国“小玩意”，好让我送给您表达一份谢意。

您永远的朋友　慰梅

1981年5月22日

——

亲爱的林洙：

我必须写信给您，如今我收到了奚树祥带来的包裹，您一定很着急吧。他现在在华盛顿，希望能够找到一份工作。他托一个来麻省理工学院作短暂访问的朋友把包裹交给我的。

我仍旧在等待麻省理工学院出版社关于思成的书的最后决定。前几天我与编辑通了很长时间的电话。他将手稿寄致普林斯顿大学，正在等待一位美国教授和一位中国教授（我想是从事建筑研究的）的评价。他答应我时间不会很长。

我的一位姐姐刚从加利福尼亚州看望她的小女儿回来。当她跟我说起她女儿夫妇与他们3岁大的女儿和5个月大的儿子挤在一个两居室的公寓里时，我禁不住想起了您。我的姐姐琳达去了那里10天，睡在一张长沙发上，她的另一个女儿为了家庭团圆，也来到小女儿家，睡在地板上，与琳达同居一室。琳达说，最难的日子从来不只是一两个人的事情。

今天关先生帮助我翻译奚树祥的信。尽管我相信奚在图书馆阅读了大量英文书籍，但是仍旧担心他与中国学生同住，听说英语的机会太少。他现在正在计划旅行，主要参观一些城市的建筑。

我必须赶紧做晚餐啦。

祝好！

慰梅

1981年6月1日

——

亲爱的林洙：

我上周给吴良镛写信，告诉了他这个好消息。如我所愿，麻省理工学院出版社同意出版思成于1946年完成的这部著作。因为那时我很忙，所以让吴教授转告您和从诫。

我从新罕布什尔来这里已经几天了，与麻省理工学院出版社的编辑探讨图书出版过程中可能会出现的问题。我必须给吴教授写一封长信，告诉他编辑提出的所有问题。我复印一份给您，以便您对此事完全了解。我们两人同心协力完成了这项任务，并且对此产生了浓厚的兴趣。我们姑且认为他是一个守信用的人，他将不得不同意可行的计划安排。我这样说对么？

同时，我还要转告您的是：麻省理工学院出版社的编辑对您寄来的大图片中的很多手绘图上面的汉字感到困惑，许多已经不能辨认了。很多行字都很模糊，以至于一些字看上去简直就是黑色的墨块。我不记得是否原图就是如此，或许原图是比较清楚的。麻省理工学院的美编告诉我，如果原稿是清楚的，可以用复印机重新扫描，寄过来用在书中。如果原稿就非常模糊，我们或许得用线条笔重新标注这些汉字。这肯定会是一个十分繁琐的过程。您那里是否方便扫描这些图片，然后寄给我以便我们作比较。麻省理工学院出版社的编辑问我那些汉字可否一起删除。我听了很吃惊！图片以中英双语的形式标注是这本书最重要的特色。如果文字是法语，他们肯定不会提出如此的建议。所以我果断地给予了否认。

昨天我把从佛格艺术博物馆找到的敦煌佛像的照片寄给了您，Eugene Wu说您需要这些照片。他告诉我，他已经寄给您两张从波士顿博物馆找到的照片，但是那里的僧侣雕像太多了，不知道您需要什么样的。我也写信给宾夕法尼亚大学博物馆索要每一个木制观音和唐朝琉璃瓦罗汉的照片。如果还需要什么相关资料，一定不要和我客气。Eugene Wu 正在忙于其他一些事情，我十分乐意帮助您——一位曾经给予了我很多帮助的朋友。

您永远的朋友 慰梅

1981年7月17日

1972年，梁思成走了，林洙去香山拜佛

1972年，林洙与子女摄于香山

1979 年，费正清夫妇初次访问清华大学建筑系，左起莫宗江、吴良镛、费慰梅、林洙、郭黛姮

费正清夫妇初次访问清华大学建筑系，由林洙、吴良镛负责接待

林洙正在整理准备出版的《梁思成文集》

1984 年，林洙（右三）陪同费慰梅（右四）参观应县木塔，遇见日本古建筑学家佐藤重夫（左四）

1984 年，费慰梅摄于云冈石窟

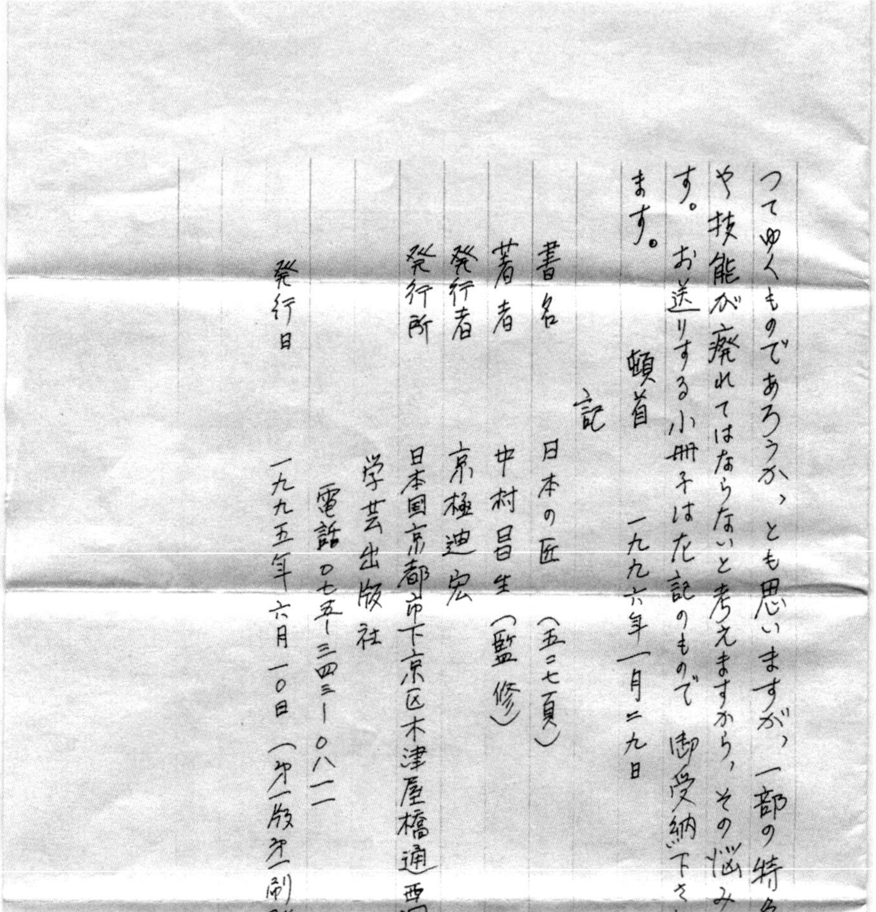
つてゆくものであろうか、とも思いますが、一部の特色もある技術や技能が廃れてはならないと考えますから、その悩みをお伝えします。お送りする小冊子は左記のもので御受納下されば幸であります。

頓首

一九九六年一月二九日

記

書名　日本の匠（五二七頁）
著者　中村昌生（監修）
発行者　京極迪宏
発行所　日本国京都市下京区木津屋橋通西洞院東入
学芸出版社
電話　〇七五－三四三－〇八一一
発行日　一九九五年六月一〇日（第一版第一刷発行）

日本建筑学家佐藤重夫写给林洙的信

林洙先生

佐藤重夫

拝啓　一九九六年一月二八日　貴高著「叩開魯班的大門」落掌しました礼状を急ぎお送りしましたが、再度感謝の意を込めて厚く御礼を申し上げます。また別封航空小包をもって「日本の匠」という小冊を寄贈して御礼の徴印といたします。なにとぞ御受納下されば感謝いたします。その理由は現在の日本において、伝統的木造技術の後継者育成が次第に困難となってきたから、そのことに日本も、また私も心配しているからであります。

佛教伝来以来、多くの木造建築技術を中国より学んだ日本も、長い歴史的経験から次第に日本の特色を持った木造建築に発展してきましたが、西欧より学んだ建築技術の現在的都市建築技術の急激な発展に押されて、純粋の木造技術とその技能を保持する工人の減少を生じ、その後継者が困難となったからであります。国により多少の後継者育成の手段が講ぜられてはいても十分とは思われません。歴史そのものは遷り変

1984 年，林洙摄于云冈石窟

1984 年，林洙（左一）、费慰梅（左三）摄于正定隆兴寺方丈院

——

亲爱的慰梅：

又是一个夏天来到了，今年我仍没有休假，还在为思成的《中国雕塑史》的插图作最后的审定工作。这个工作对我来说比较困难，因为我从没有研究过雕塑，也没有去过龙门和云冈，而过去思成收集的有关雕塑的照片又在“文化大革命”中被毁掉了。现在总算克服种种困难把这些照片补齐了，在这个过程中，哈佛的 Eugene Wu 帮了我的大忙（他帮我向波士顿博物馆索取了两张雕像照片），如果您有机会见到 Wu 请代我向他致谢。通过对思成《中国雕塑史》的整理，我对中国的古代雕塑产生了极大的兴趣，如果你再能到中国来的话，我一定要和你一起去云冈或龙门看看。

我们的小宝贝大家都叫她贝贝（Bei-Bei），她比一般孩子要长得快，现在看来已经像七八个月的孩子，医生担心她长得太快会造成严重的缺钙，而她的妈妈则担心她长得太高大，将来要嫁不出去的。哈哈！

吴良镛要我转告您，他已经收到您的信了，过几天他再给您回信，关于刘·C来北京的事，我一直忘了告诉你，大约在三月底的时候，一天傍晚，中国旅行社突然通知我，有一位新加坡来的外宾要求见我，因为旅行社的活动安排得很紧，她又初次来中国，自己找不到，因此请求我在晚上十点到宾馆去与她见面。因为我认为她应当向我道歉才是，反而要我去看她。当时我本不想去见她，不过旅行社的同志一再解释说，没有及时和我联系是他们的责任，因此我只好去宾馆看她。我正在考虑将如何对付她那些无聊的解释，不过她又是海外侨胞回国观光，按照我们政府的政策对侨胞要热情，所以我又不能对她太不客气。这是一个难题。没有想到见面时另外还有一个客人在场，也是清华建筑系毕业的学生（是她的一个亲戚），我们在一起谈了些北京的风光、祖国的形势等等。对思成的文稿的事，她闭口不提，更没有作任何解释。因为还有第三者在场，我也就不便再提这事，由于时间很晚，不到一小时我就想告辞了。临行，她送了我和吴先生每人一个小小的礼物，我想她是打算这样来结束她那个不光彩的行为。但那是改变不了的。

我刚刚收到你的礼物“Kneeling Bodhisatfua”（屈膝菩萨），太谢谢你了。你怎么知道我喜爱它，是 Wu 告诉你的吗？因为我想你为思成的书已经太忙了，所以不能再麻烦你，没有想到又被你知道了我的秘密[1]。

我非常高兴关能经常帮助你翻译我的信，这样我给你写信的自由度就可以大多了，字体也可以潦草起来，因为他不仅仅能作文字上的翻译，而且他可以把隐藏在文字后面的思想介绍给你。

林洙

1981.7.29

——

亲爱的林洙：

收到了您 7 月 29 日的来信。我尽量用简短的句子回复您，并且行间留有空隙。我十分高兴您收到了从哈佛大学佛格艺术博物馆拍摄的“屈膝菩萨”的照片。我已经从宾夕法尼亚大学博物馆预订了您所需要的两张图片，等拿到之后立刻寄给您。这些对我一点也不麻烦，千万不要介意。

随这封信寄给您一封我写给吴教授的信函的复印件。第一页的最后两段我已经写给您了。我在想，麻省理工学院出版社也许可以从新加坡得到那些原始图片的照片用作插图。它们的照片效果一定非常好，这本书精彩之处即在于清晰且精准的插图。我在信的第二页上方已经向吴教授提出这个建议。您是否同意？他的意见如何？

对我而言，如今有很多困难，但是我十分高兴麻省理工学院出版社热衷于这本书的出版。您那三组关于插图的卡片索引对我及编辑都十分有用。我也向吴教授提起此事。

得知您不得不进城到宾馆去见刘 · C 一事，我感到十分气愤，而且是在大

1　我编辑梁思成的《中国雕塑史》需要美国博物馆的很多展品图片，当时费慰梅已经为《图像中国建筑史》的编辑工作忙得焦头烂额，所以我不想再麻烦费慰梅帮忙。而哈佛的吴教授是美籍华人，懂汉语，所以我写信请他帮助我找些图片。

晚上。我希望您能够给我描绘一下她。我想象不出她的外貌和言谈举止。我理解您的礼貌，但是她丝毫没有提及过去的几十年为什么没有把这些思成毕生的心血归还给他，在他急需的时候却空等那么久？！这次简短的会面简直毫无意义。

贝贝一定非常惹人喜爱。我能看出您是一位充满爱心的外婆。如今我的小女儿霍利与我们在一起，她在纽约做舞蹈演员；明天我的大女儿劳拉（Laura）（已经32岁了）和她的丈夫会来。我非常喜欢家庭团聚的温馨。

十分感谢您有趣的长信。

祝福您及全家人一切安好！

慰梅

1981年8月7日

——

亲爱的慰梅：

我想你已经收到我7月29日的信，它已经告诉你关于思成图稿的最后整理情况，我就不再多说了。

你告诉我们将于十月份来北京，我们非常欢迎您，但是吴良镛先生这次不能见到你，因为他将于25号出发到西德去讲学，为期半年。他因为行前十分繁忙，所以没有时间给您回信，他要我转告你，等他到达德国以后会给你写信。

我很高兴地知道吴良镛已经请求你为思成的《中国建筑史》写一个前言，我希望你能接受他的请求，我知道你是很忙的，不过这个前言不一定要很长，同时你也不必着急，可以慢慢地写，因为目前我们还没有找到合适的出版社，你知道中国人做事是太慢太慢了！

思成《中国建筑史》的复制本已托一位……，（此信后半页遗失了）

——

亲爱的慰梅：

我非常高兴MIT终于接受了思成的书，这首先要感谢你，我想你一定做了很多辛苦的工作。

正如你所记得到那样，思成的图稿是很清楚的，如果正式印刷制版当然要用原稿，我将尽快将思成的原图从邮局航寄给你。

你拒绝把中文从图上取消的要求是完全正确的。研究中国建筑不知道这些建筑的中文名称那不是很可笑吗？而且英文的译名可以有不同的译法，因此我坚决支持你的决定，中文必须保留。

吴良镛告诉我，他收到葛兰的信说，她将准备到美国去和你合写思成书的序言，是这样的吗？对这件事我有些不同的看法，我想直率地说出来请你考虑，如果说错了，请你不要生气。我想吴良镛请你为思成的书写序，是因为你是思成亲密的朋友，对思成有很多了解，你可以向美国读者介绍他，而且在思成生前或去世之后，都为这本书付出了你的可贵的劳动，这些图稿是在你的努力下找回来的，因此你也最有资格来为思成的书写序。然而葛兰不同，虽然她懂得中国建筑，但她毕竟和思成并不相识，也不了解他。如果由她和你合写序言，则将冲淡了你和思成的友谊关系。你以为我的看法对吗？总之我希望序言不管长或短，由你单独来写，而不是和葛兰合写。我和你说的这些话是我们两人的私话，请你一定不要向吴良镛提起，因为葛兰的信是给吴的，而吴只是告诉我这件事，并没有授权我告诉你。我想他会有他自己的看法，他自己会处理这件事的，我本不应在他给你写信之前告诉你，但我怎能不关心思成的书呢？而且也由于我非常爱你，我不愿意葛兰的名字和你的名字并列在思成的书中。

林洙

1981.8.10

——

亲爱的林洙：

很抱歉听到您对葛兰与思成这本书的关系并不感到十分满意。她如今已经来到剑桥度过1981年接下来的几个月时光。因为我们很多时候都会一起熬夜工作，所以我已经在我们的住所空出来一间房子供她下个月使用。她没有多少钱，特别是她现在需要用比塞塔去兑换。从10月1日至11月中旬她也将免费居住在一个临时外出的朋友家中。

在收到您的信之前，我跟她说得十分清楚。在吴教授的来信中曾经提到为思成的书写一篇序言，麻省理工学院出版社也希望能够这么做。我相信葛兰教授告诉我的，当她于1978年见到吴教授时，吴教授曾经邀请她为书作序，但是那时书没有配任何插图（或者说至少没有原始图片），尚且没有进入实质出版阶段，因此此事并没有进行。我也并不知道之前吴教授曾经委托过她。

但是我不太关心这些过去的事情。自从我们于1977年初次见面，便共同致力于将思成及他的著作介绍到西方世界。起初，我们达成共识，作为思成多年的老友，我负责传记方面的写作；她作为西方研究中国建筑历史的重要专家，对于写体汉字很有研究（特别是繁体中文），并且对思成中文著述有着透彻的解读，她负责写建筑历史与技术的部分。如今思成运用自己的语言书写的中国建筑发展历史的著作即将出版，我们都舒了一口气。葛兰教授在英文书写方面有一定的困难，并没有按照之前的合作编书计划，真正开始动笔写她负责的那一部分。我已经写了几个章节的初稿，但是也很灰心。如今我想她对建筑的学识，正巧可以用于思成著作前言的写作。

此外，我将写信给吴教授索要他为思成文集所写的序言，当然，我将不会告诉他任何关于葛兰与该书前言的事情。

您的朋友　慰梅

1981年8月24日

——

亲爱的慰梅：

谢谢你的来信，我很高兴事情不是如葛兰说的那样，收到你的信后我又和吴良镛商量了一下，他并没有改变我们原来的决定，前言还是由你单独来写，他感到非常抱歉，因为他还没有给你回信，他将尽快给你回信。关于你写的前言及思成的稿子（经过你修改过的部分），希望你能够给我一个复印件，吴先生希望能看一看。

今天是个好日子，因为我收到你寄来的宾夕法尼亚的两张照片，我该怎样来谢谢你呢？你需要的思成 1948 年以后的论文目录我已准备好，当然这份目录并不只是 1948 年以后的，而包括他全部学术著作。你所需要的思成图稿的复印件我选了几种不同类型的（有粗线条及细线条的）已复印好，已经寄出，你收到了吗？能用来制版吗？如果不行只好用原图，我现在正在打听如有直接去波士顿的人可以托他带去，因为吴先生总是不放心，怕邮局弄丢了。

请原谅我这样久才给你回信，因为现在我太紧张了，每天回家就得照顾小贝贝。她的妈妈还在业余大学学习，她的青少年时期，因为“文化大革命”，没有得到学习的机会，现在她必须把荒废的学业补回来。当然照顾小贝贝是很有乐趣的，但是我也因此失去了全部业余工作的时间。有时我也难免要抱怨，一个家庭的杂事竟这样多，买菜、做饭、每天排不完的队，就连婴儿的衣服也很难在商店里买到合适的，全要自己动手来做。真是令人烦恼。

秋季是北京的好日子，天气是这样诱人，但是一想起北京的公园几乎和商场一样地杂乱拥挤，也就打消了我们出去游乐的兴致。我这封低调子的信该结束了，希望不要把我的低落的情绪传染给你，你应该是快乐的。

林洙

1981.9.28

——

亲爱的林洙：

麻省理工学院出版社给我寄来了这样的资料，告诉我图片大致的呈现方式。但是所有这些图片，黑白对比十分清晰，既没有污点及小颗粒，也没有模糊的灰色，更没有弄脏的痕迹（正如我手指弄的那样）！

我希望你可以寄给我一些梁思成的图片作为样本。

麻省理工学院的一位研究员已经通过出版社给吴良镛教授寄去一封信，信中详述了图书出版的相关事宜及其必要的合同[1]。

（随信附一个样张，您看是否需要用。）

您的慰梅

1981 年 10 月 5 日

——

亲爱的林洙：

（我是应该怎么写您的名字呢，是写 Lin Ju，还是 Lin Dzu？在我给您的信中，您更喜欢我在邮寄地址中写这样的名字，还是按照美国的方式写为梁思成夫人呢？）

我希望您此时已经收到了 10 月 20 日的信，信中附有麻省理工学院给吴教授的信息。我想他一定更希望与您商量。我十分喜欢写信给您，您也乐于回复我的邮件，并且我们都参与了思成著作的编写，我想这样挺好的。

两天前我通过航空快递给您寄去了一些婴儿的衣服。这些对我而言是举手之劳，而对于您却十分困难。我希望您无需支付过多的关税。尽管我到了该做(外)祖母的年纪，但是尚没有孙子辈的孩子，因此不太了解婴儿衣服的尺寸，总是出错。至少她可以长大了一些之后再去穿这些衣服。希望那件黄色的小运动衫

1 改革开放前，个人的作品是不能在国外出版的，必须取得单位的同意，当时吴良镛是系主任，所以 MIT 出版社只能致信吴良镛来商谈出版事宜。

和黄色的睡衣她现在穿上正合适。我只是有些担心那些舒服、温暖厚实却略大一点的秋冬衣服会在明年仲夏时穿上合体。如果真是这样，请原谅我犯的这个大错误。告诉我您究竟需要什么……或许是尿布，还是供孩子们穿的尿不湿？

您是否认识 Huang Yun-sheng（我不知道他的名字是哪三个汉字），他于 1968 年毕业于清华大学，是思成的学生，随后从事了 10 年的建筑设计工作，但是仍旧对中国建筑历史十分感兴趣。他于 1981 年 3 月修读完了中国建筑的硕士学位之后来到美国（他并没有告诉我具体在哪里读的）。他如今在普林斯顿大学修读博士学位，参与了一个特殊的项目，专门以现代技术的研究方法研究古代建筑。“我想以还原真实结构的方法来解读中国古代建筑是十分重要的，这也是我正在努力尝试的。”他专门写信给麻省理工学院出版社，催促他们尽快出版这本思成的著作，并且表达了对思成的敬仰及对著作的渴盼。如果您记得他，告诉我他是否能对我和图书的出版有帮助？他是否值得我们信任？他在哪里取得的硕士学位？在过去的这些年中，他去了哪里？离开了中国？还是在香港？我喜欢他的信，并且十分感谢他对麻省理工学院出版社的支持。

您的朋友　慰梅

1981 年 10 月 26 日

——

亲爱的慰梅：

你 10 月 20 及 26 日的信给我带来了这样多的好消息，我高兴极了，但也非常着急，因为我正患病毒性扁桃体炎，躺在床上，因此不能立刻给你回信。现在请你放心，我的病已经开始好转了。我非常高兴 MIT 编委会已通过了出版思成书的决定。吴良镛刚从新疆回来，他听到这个消息也非常高兴，他答应我尽快地给 MIT 去一份正式的函件。你信中提到的 Huang Yun-Sheng（黄云生）他不是 1968 年毕业的，是 1964 年入学 1969 年毕业，因此在 1966 年“文化大革命”开始时他还是个二年级的学生，而 66 年至 71 年因为“文化大革命”，清华停止了教学，所以他在学校时几乎没有学习建筑专业的课程，思成也已不再亲自担任教学工作，只任系主任。从这个意义来说，他可以说是思成的学生，但实际上思成并不认识他。大约 78~79 年他在科学院进行了两年研究生的学习，导师是 Zhang Yu-Huan（张驭寰），他的硕士论文是《中国建筑开间的变化》。因此我们不希望他加入到思成的书的工作中来。如果 MIT 编辑部在工作中有什么困难需要支持，吴良镛建议他们和关肇业取得联系，关是完全可以信任并能胜任这一工作的。另外，你那里还有哪些工作要做？我或清华的人是否可以帮助你来完成？

你建议我用 photostatic 来复制思成的图，我走访了很多单位，他们都不知道 photostatic。最近有一个出版社，答应为我复制图纸并保证复制品和原图相同，我准备请他们试几张，再大批地复制。不过收费也十分昂贵。

现在让我谈一谈我们全家都高兴的事。上个星期日从邮局取回你的礼物，我们一家人都围在一起给小贝贝穿新衣服，连贝贝的舅舅也要参加这一活动。我要报告你，这些衣服都很合适，最合适的是那件蓝色的毛衣和红色的裤子，贝贝穿上非常好看，那件黄的小毛衣小了一些，不过也可以穿。海关的税收比我预料的要少得多，可以说是很少的一点。我的女儿要我特别向你致谢，因为孩子打扮得美丽，妈妈总是最高兴的。

同时我也感到很难为情，收到你这样多的礼物，而我总是愿意把我的苦恼与欢乐都向你倾诉，因为你是思成的好朋友。我回想起“文化大革命”期间，一切和美国人的来往都被认为是犯罪，为了检查过去，思成重读了和你们的来往信件，每读一封就向我叙述一段和你们有关的故事，我就是在那个时候开始认识你们的。当时我和他一起回顾过去，认为这是真诚的友谊，并没有犯罪。同时我们也都感到这友谊已经过去了，结束了。我也想不到今天我会继续他来发展这个友谊。因此我就更感到我们的友谊的可贵，也就很自然地向你倾诉我的喜怒哀乐，特别是我的困难和烦恼。但是你不必太放在心上，它们很快就会过去的。你给我的信如果是普通的信可以用 Mrs L.S.C 也可以用 Lin Chu，如果需要凭身份证才能领取的邮件，最好用 Lin Zhu。

林洙

1981.11.30

——

亲爱的林洙：

十分抱歉，时隔那么久才给您写信。不过此刻有一个好消息要告诉您。思成原始文稿的编辑与录入工作已经完成，现在已经交给麻省理工学院出版社的编辑进行审阅。同时，我完成了一篇长达14页打印稿的小论文，将其命名为“梁思成”，从而取代“前言”。这并非图书的前言，而是对于一位建筑师的介绍，当然还有林徽因，在1947年前，他们共同完成了这本书的编纂。出版社的编辑说会给我一些意见和建议，我想，这会十分有帮助。我一旦收到他们寄回的打印稿件，将会寄给你们两份，一份给吴良镛教授，一份您和从诫留存。我希望能在4月10日前，或许随后不久，通过航空邮件寄给你们。

之所以那么急，是因为有另一个好消息要告诉您。我受约翰·希金博特姆的邀请，将于五月份到加拿大驻中国大使馆进行为期三周的访问，我已经欣然接受了邀请。这对于我而言，这段在北京的时间将会十分的美好。您我，如果从诫乐意，还可以叫上从诫，可以一起讨论这本书，我希望我能够将用作图书插图的原始手绘图和照片带回美国，以便麻省理工学院出版社拍照，尽量使图书插图如原始图片一样清晰。一旦完工，我将会托付负责任的人将图片带回中国，如果挂号信安全，也可以使用挂号信。

我计划于5月10日前去北京。时间紧促，希望您能立刻写信给我，告诉我贝贝需要什么东西，也请告诉我您需要什么东西。我已经开始在想，我们是否可以一起，沿着思成考察的足迹，进行一个中国古代建筑的旅行，我会支付我们俩旅行的费用。我一直为我们在1980年没有时间一起旅行感到遗憾。

您的朋友　慰梅

1982年3月30日

——

亲爱的林洙：

昨天我给您寄去了我编加之后的梁思成《图像中国建筑史》的打印稿。希望您能和从诫认真阅读这份稿件。这一份稿件是给您和他的（我也寄给吴教授一份，我想他应该为这本书尽到最后的责任）。我本应该单独给从诫一份稿件，但是复印和邮寄的费用都十分昂贵，我想这份稿件由您保管，你们共用。

我对稿件作了一些细微的调整，但是您只要将原始稿件和这份打印稿件进行比较，便不难发现，我已经在这份稿件左边的空白处标注了 1946 年李庄打印稿件的页码。从诫或许会对稿件的修改有一些更好的建议。等我去北京之后，我们可以共同探讨这个问题。能和你们面对面的讨论，而不是通过书信，将是一件多么轻松的事情。只是那令我疯狂的中文！！

当然你和我应该再认真地检查一下照片应该用在什么地方，尽可能地少用。麻省理工学院出版社的编辑建议照片可以穿插排在文稿的空白处；手绘图，作为这本书的最大的特色，可以放在该书的最后。关于这些内容和其他一些内容，等我去北京后我们再一起讨论。此外，出版社给我写的前言提了一些建议，我正在重写，如果我写完了，将在 5 月 4 日离开前通过快递的方式寄给您。我将于 5 月 6 日晚上到达北京，因为飞机是从纽约直飞香港的，所以 5 月 7 日会倒时差休息。但是我将会打电话给您，或者您可以把电话打到希金博特姆家找我。如果能寄信到加拿大大使馆希金博特姆先生那里，将会是最佳选择，或者在我离开美国之前给我写信。我将于 5 月 27 日离开北京去南京和上海。

十分期待与您再次相见！

慰梅

1982 年 4 月 10 日

* 不用到机场接我，加拿大大使馆有专人接我，我将需要大半天的时间来倒时差。

亲爱的慰梅：

昨天我刚刚寄出思成图的复制底片，正准备写信祝贺你的生日，就收到了你的信。我很抱歉这样长时间没有给你写信，一直在等教育部的批准，现在教育部已经正式批准了我们的申请，同意在 MIT 出版思成的书。吴告诉我，他已经给 MIT 发出正式函件。这么一点小小的事几乎拖了半年才办成，我的确对当前我们国家机构办事的低效率感到惭愧。

思成图的复制底片是当前北京所能拍摄的最高水平了，如果还不能用，只好等你回去时把图带去。

我在四月六日寄出了你的生日礼物，这是我最喜爱的一件艺术品，一个云冈佛像的复制品。去年当我正在研究思成写的《中国雕塑史》时，在莫宗江家里看到了这个头像，我一眼就看出它是云冈的复制品。我非常喜欢它，而且就决定要在你的生日时寄给你。但是莫宗江告诉我，这是作者本人送给他的，在北京买不到，因为它生产得很少，只在云冈当地出售。为此我特别写信给这位不相识的美术家，请求他帮助我买到这个佛像并邮寄给我。我很感谢这位美术家，他果然帮助我买到了。当我非常高兴地去付邮时，又发生了一件十分意外的事，为了赶在你生日前到达，必须航空寄，当我听到航空的费用时大吃一惊，因为它几乎占去我一个月的收入。尽管如此，但希望你能在生日前收到礼物的愿望太强烈了，我还是决定把它寄出。不知道你是否在 23 日前收到，你喜欢它吗？它会保佑你永远健康幸福的。

谢谢你给我这么好的消息，你能在五月来北京真是太好了，太好了，我想这对思成的书来说也是非常适宜和必要的。

你问我和贝贝需要什么东西，我们什么也不需要，我不愿意为了这些增加你旅途的负担，没有任何事情比你的来访更使我高兴的了。我想我们还可以实现 1980 年没有完成的计划。

林洙

1982.4.12

——

亲爱的林洙：

我已经收到了您4月12日的来信和那份可爱的小礼物。我为能够结交您这样慷慨、仁义、考虑周到的朋友而感到十分开心，我将会仔细呵护您送给我的这份礼物。但是当您的钱不多时，不要再这么去花钱了。如今虽然从年龄上讲，我已经成为了年迈的妇女，但是并没有感到自己很老。希望能在北京见到您和其他的朋友，在50年前的六月，我结婚的地方。

当收到希金博特姆的邀请之后，我突然决定去中国，所以有许多事情要做。我们等待许久的吴教授写给麻省理工学院出版社的信已经收到了，这正是我们所希望看到的。如今，您的信又解释了长期延误的原因——等待教育部的核准。得知并非因为吴教授自己的原因，我如释重负。吴教授对这本书的支持和热心参与十分重要。我想罗杰·康诺弗（Roger Conover）会直接写信给他。

很意外地收到了您寄来的照片底片。我把它们交给了麻省理工学院照片实验室，冲印一些作为样本。它们比其他的图片看起来好一些。我明天把这些照片拿给出版社看一下，希望他们能够认可这些图片，这样我将不需要再计划带原始图纸回来。希望是一个好消息。

但是我没有写信给您。我希望当您把一组图片粘贴在卡片上时，一定制作了一个副本。我不打算把所有的照片都带回去，这样会占用我行李箱过多的空间，但是我们需要共同挑选图书需要的照片。如果你们的摄影师可以处理、冲洗出高质量的副本，他们将无需使用从新加坡刘·C那里寄来的原版图片。

我把此信寄给您，并忙于其他一些事情。我正在重新写思成书的序言，但是尚没有完成。

您的朋友　慰梅

1982年4月21日

背景介绍：

这次慰梅来京，5月中我们详细讨论了梁文中需要用的插图，慰梅依旧往来清华资料室数次，最后我们确定了图片的选用，并仔细核对了图片的名称。

她希望能与我同去正定看看摩尼殿，但未能如愿。

约在5月下旬，她在竹园（原康生住宅，“文革”后改为花园宾馆）宴请一些老朋友，我记得有周培源夫妇、张奚若夫妇、金岳霖等人，我大热天挤公共汽车，到城里还倒了数次车才到，到了竹园的时候已经是满身大汗，十分狼狈。而且我与金、周、张等人本来就不熟，加上多年未见，因此显得十分尴尬。但是竹园环境十分优美，我与加拿大大使夫人谈得很开心。心细的慰梅看到这一切，临别时她把我拉到一边搂着我塞给我几张人民币嘱咐我一定要乘出租车回去，我既难为情，又无可奈何。（80年出租车刚刚起步，车很少，而且价格昂贵，非一般人能乘坐得起。）

5月下旬，慰梅为写梁思成传搜集材料而赴上海和南京访问陈植与杨廷宝，他们都是思成的老同学，老朋友。

亲爱的林洙：

我们分别已经有数月了，我时常会想念您，但是始终没有写信。为什么呢？一部分原因是因为在倒时差，一部分原因是因为忙于剑桥和这里的家务。其实，我想，主要的原因是我想写信与您探讨《图像中国建筑史》的插图，这些需要花费一些时间。

我从新加坡得到了一份长达20多页的思成图片的注解。（希望您已经有了一份。我的是从李庄发黄的纸稿上复印的。如果您没有，我可以给您一份复印件。）它们十分重要。在很多地方，这些图注能够更加详细地说明建筑物的细节，比思成所写的文章更加详细，所以该书中图注是必不可少的。但是我所拥有的只是从第五组安阳出土文物到第七十二组太原的晋祠。您是否有更多的呢？如果有的话，请寄给我一份。

我注意到在普贤阁与应县木塔中间，有插图48、49、50，其中48是开善寺和其他易县开元年间的寺庙。这些并没有在文中提到，或许这些图注是思成用于更早的一个版本，之后改变了主意，因此没有完成。但是我希望能够有更多的图注。我似乎听到过他给学生讲述这些图片的细节。这些图注同样可以帮助读者理解书的内容。

我有您给我的所有大照片和三组装裱好的小照片。（多么希望我能把他们带到中国，以便我们可以一起仔细审查它们。）这里有一些小问题，或许随后会有更多。但是您那些关于隆兴寺转轮藏的大照片（称作A）与您在60a（49a）卡片上拐角处的那些小照片是一样的，但是那张卡片上的大照片（称作B）却是不同的建筑。A有“阳台上没有斗栱支撑的房屋侧檐”，思成在图注中这样描述。它居于屋顶房檐之上，门廊屋檐之下。但是B只有两个屋檐，即屋顶房檐和门廊房檐。我怀疑正如思成在图注中所述“另一组塔刹，在18世纪建筑的变化非常大”。

您寄给我的摩尼殿的小图的底片不如同一张卡片上的小图清晰。是否还有更加清晰的版本？或者更加清楚的放大了的照片（在图片右上角有两条书法）？《古代建筑史》的第194页中有一张信息量更加丰富却较为模糊的图片，以及第195页非常有趣的部分。

我们是不是没有思成绘制的太原晋祠的手绘图？在《古代建筑史》的第186页和187印着平面、立面、断面图，其中断面图对我十分重要。正如思成所述，我们缺少关于这一重要建筑群的照片。正殿正面和侧角图（您把这两幅图片称作51A）都非常有用。但是前廊并没有在文本中阐明。52A虽然图片质量很高，但是并没有在文中提及。我没有思成在第63组图注中晋祠的总平面图。你那里有么？在文本中思成用两页半的篇幅来描述晋祠，但是并未配有相关的手绘图。

麻省理工学院出版社的编辑正在计划（并非最终决定）分组把这些手绘图放在书的最后，用整页的篇幅来排版这些重要的、独特的插图，并将文中提到的图片分别插入文中。这或许需要重新为图片编码[1]！我现在有好多事情要做，多么希望您在我身边，不仅能够帮助我，而且十分希望有您陪伴。您和您的家人对我非常好。编辑征求我意见可否删减更多的照片。您已经对图片作了筛选及删减。我只删除了很小一部分与文本没有直接关系的图片。

或许关先生已经协助您阅读完了这篇来信。请将我的祝福送给他。我已经写信给吴教授，催促他把为该书写的序言寄给我，这个在我离开前已经完成。我希望它能快点到达我的手中。

您的朋友　费慰梅

1982 年 7 月 9 日

———

亲爱的林洙：

一封短信告知您，我又给您寄去了一个包裹，希望这一次您也同样无需再支付关税。

包裹中有两套很可笑的小宝宝专用的夏日套装，一件带外套的小裙子、一套有弹性的运动衣和一件睡衣。在酷热的季节里，我的小女儿们都是穿这些过夏。依照您的缝纫技术，缝制这两件小衣服将花费不足半个小时的时间。但是或许无需动手去做也将会是一件开心的事情。

此外，我还给您寄去了一件长的毛织衣料，蓝色的，呈人字图案。这个可以用来给小宝宝做过冬的大衣，但是送给您或者您的女儿更加合适。此外给您一股配套的线和一个顶针。如果这个太大，在信中告诉我，寄去的是 9 号，我将会再寄去 8 号的给您。顶针虽然产自西班牙，但是花不了什么钱。

我正在给您寻找图片册，但是我们没有您给我看的那个类型的。我们有各

1　美国麻省理工学院出版社看了思成的稿件后，认为原稿图片量过大，希望压缩。慰梅来京后与我共同对原稿图片作了调整和压缩，但只是初步的筛选。回美国后她又继续对照文字整理，由于图片的调整，所以图片的编号也要相应变动。由于我们相隔万里仅靠书信往返，加上过去的威氏音标，与现代汉语拼音的差异，又增加了一份困难。尽管我们双方都付出了极大的努力，但错误在所难免。以下数封信均为讨论准备删减的图片及核对图号等问题。

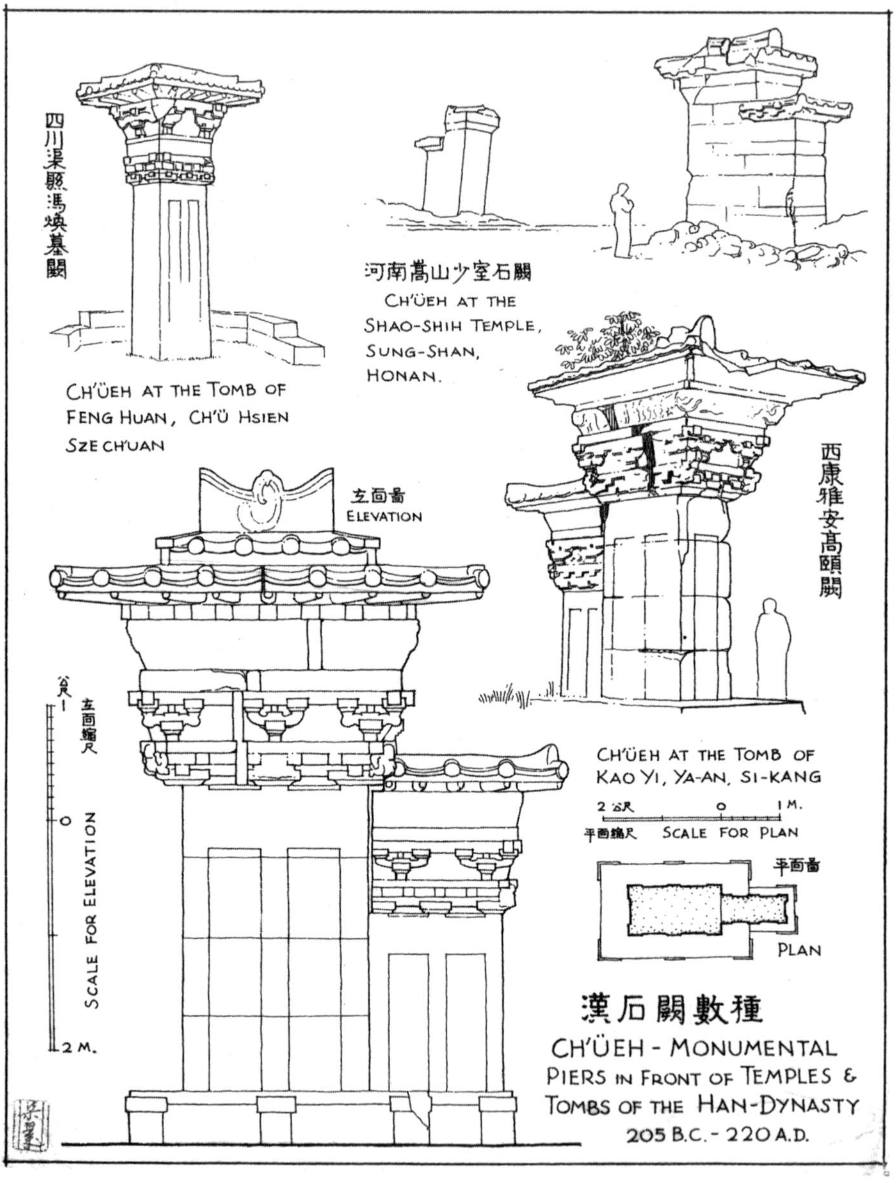

《图像中国建筑史》中的手绘图——汉石阙数种

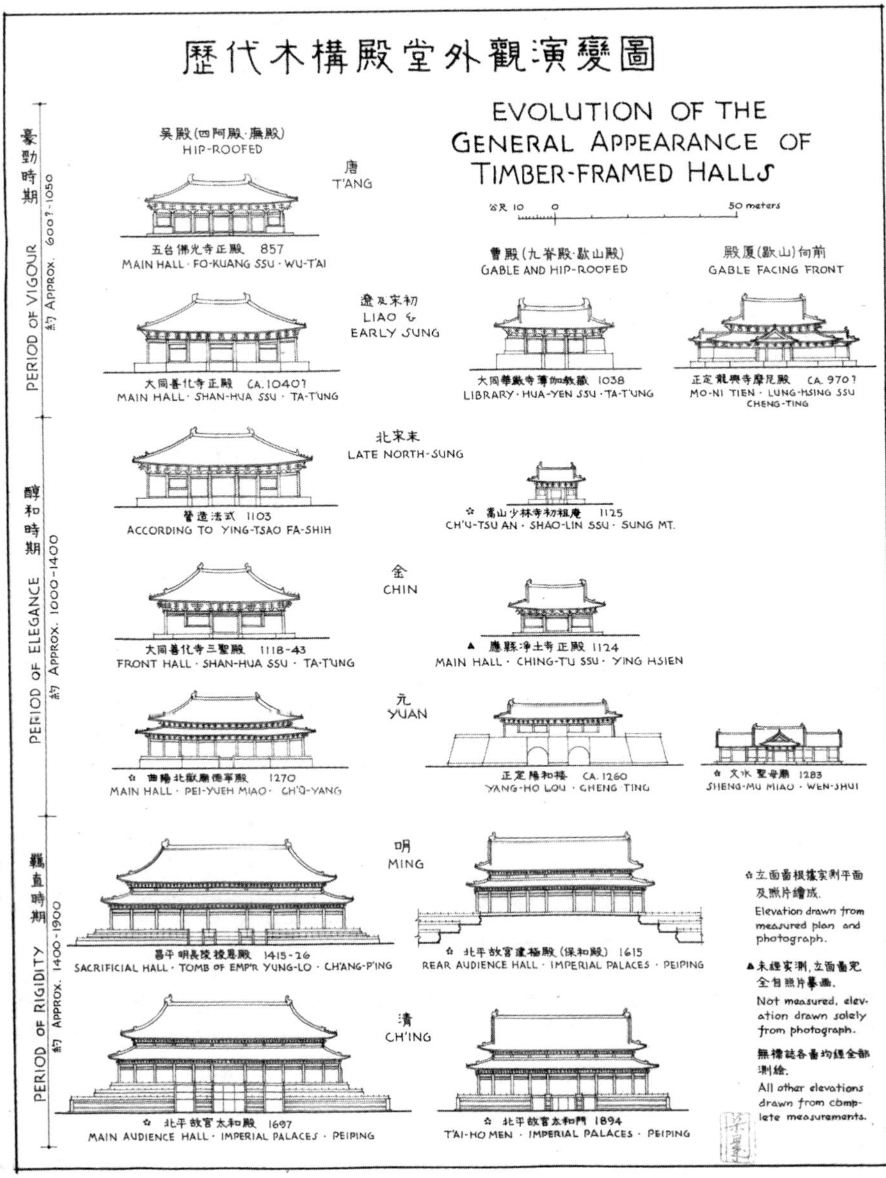

《图像中国建筑史》中的手绘图——历代木构殿堂外观演变图

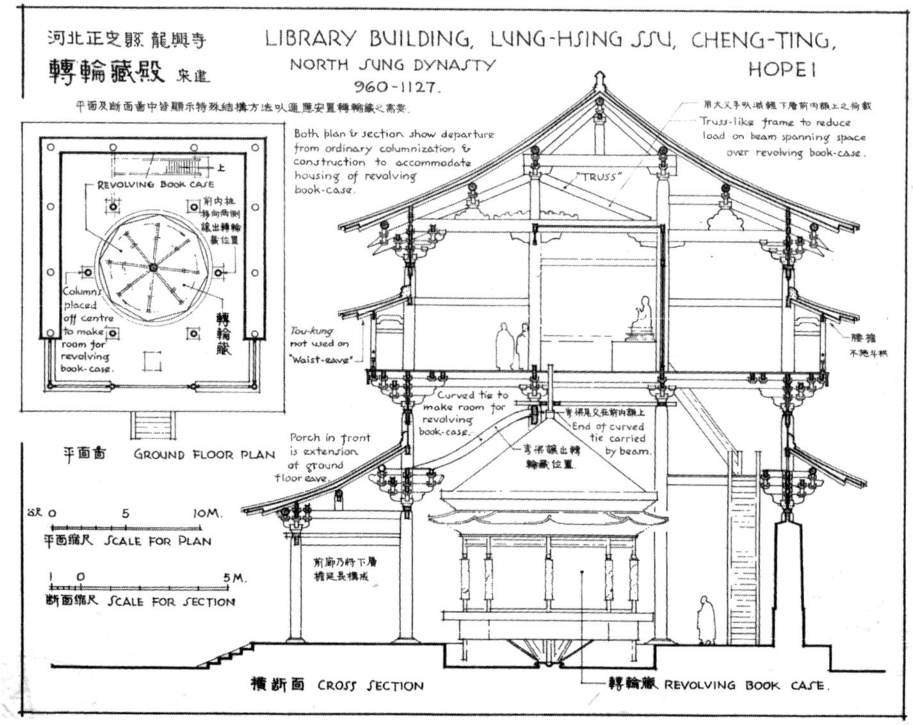

《图像中国建筑史》中的手绘图——河北正定县龙兴寺转轮藏殿

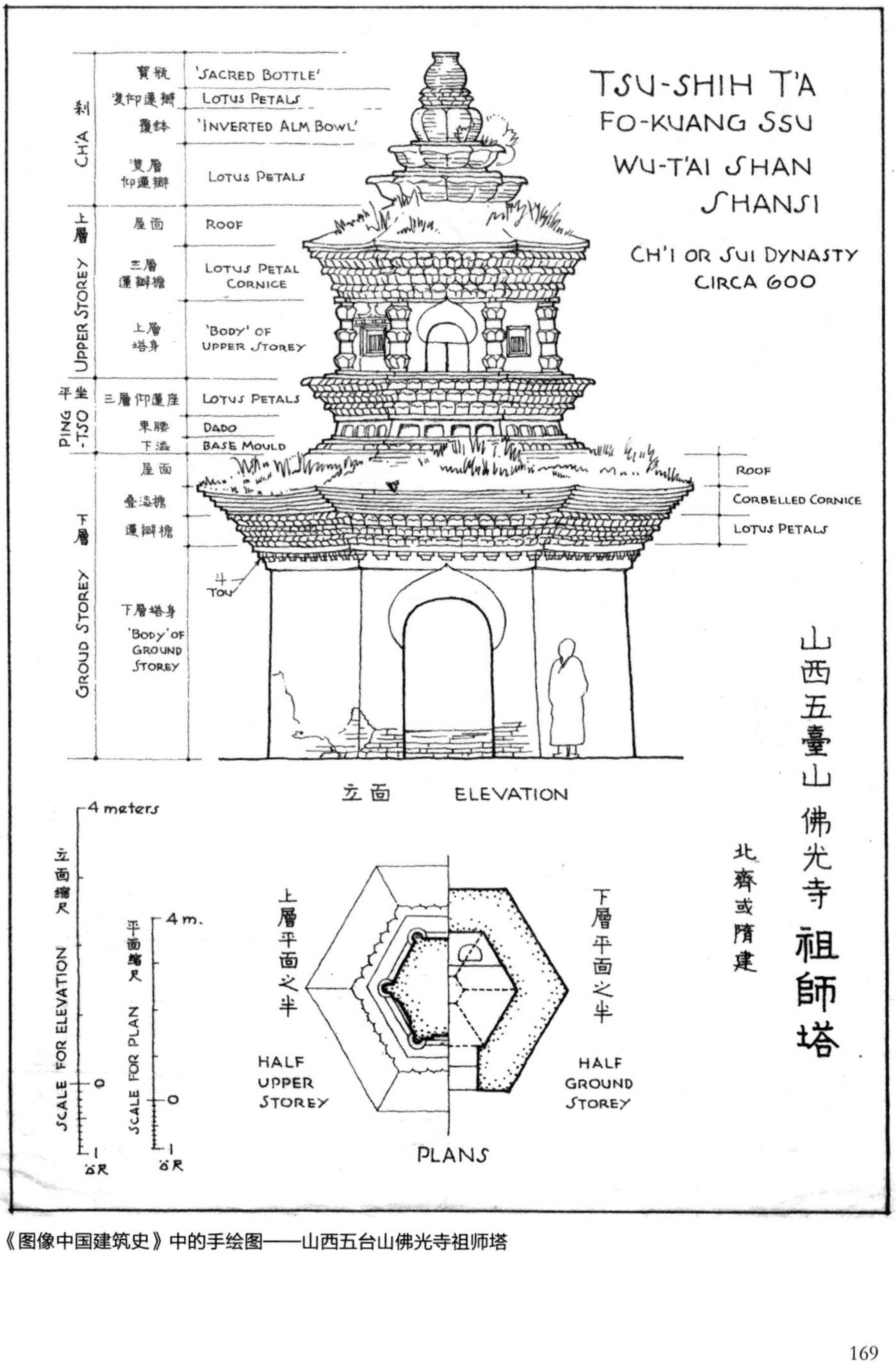

《图像中国建筑史》中的手绘图——山西五台山佛光寺祖师塔

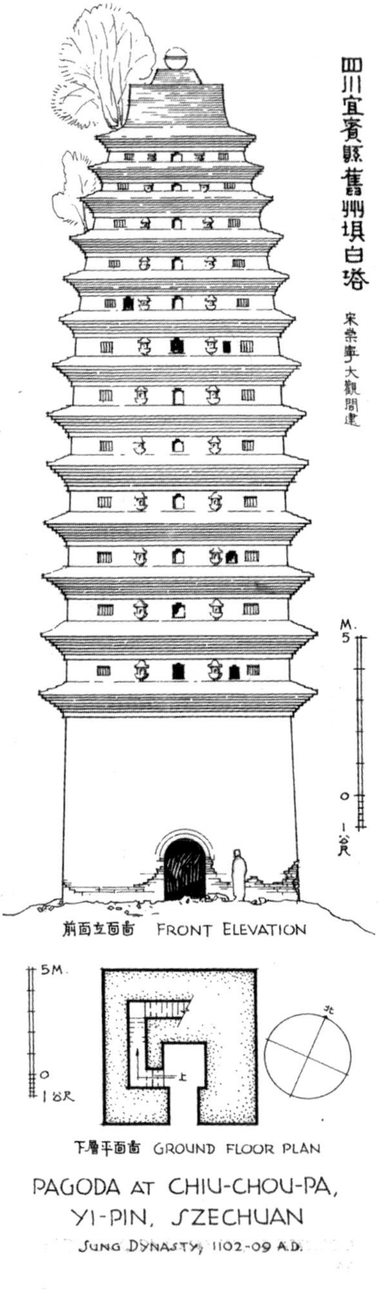

《图像中国建筑史》中的手绘图
——四川宜宾县旧州坝白塔

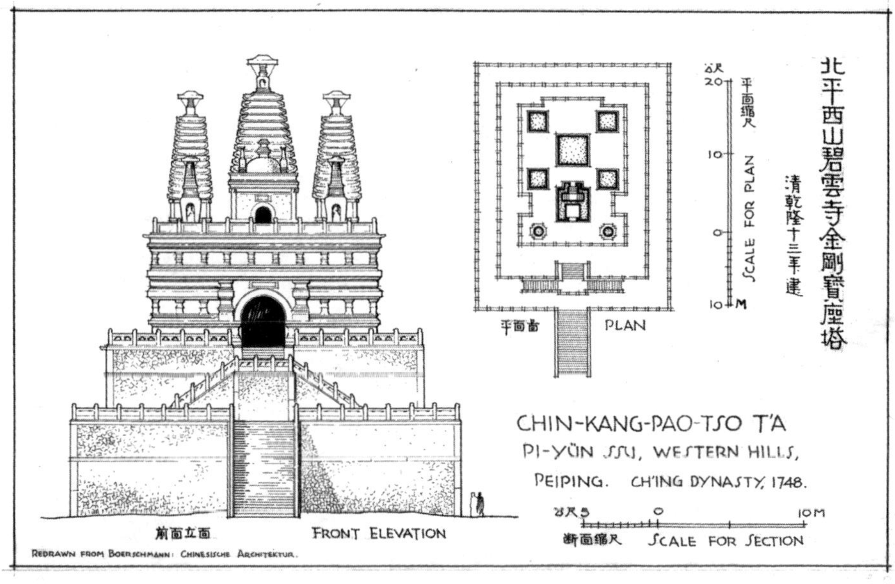

《图像中国建筑史》中的手绘图——北平西山碧云寺金刚宝座塔

式各样、各种型号的图案，由薄纸裁剪而成，我可以通过航空邮件快速寄给您，且价格不高。是给宝宝？还是给您？什么样的衣服？或者其他？告诉我。

您的朋友　慰梅

1982 年 7 月 15 日

——

亲爱的慰梅：

你 7 月 9 日 及 7 月 15 日的信及一个包裹 都收到了。谢谢你送给我们的礼物。贝贝的衣服都非常合适，而且很好看。Lin-Tong（林彤）很高兴并谢谢你。原来我已经开始着急，恐怕 80 年的事情又发生了，现在收到你的信，知道你很好，我也就放心了。

你送给我的美丽的蓝尼料我还没有想好做什么，而且我明天马上要出发到南京、上海等地方去，为我们的工作作些调查研究，所以这几天我忙极了，甚至没有一个安静的时间来读你的信。

你说的图解我有一份，和你的一样，从 P15 至 P172，我想这也许是思成为图片写的说明，但是为什么只有 P15 至 P172，前面的和后面的哪里去了，是他原来就没有写还是丢失了，还是他改变了主意不用了。原来因为它不完整，所以没有用，现在我也不知道，你建议把这部分收入书中是否作为图片的说明来用，或把它附在书的后面好吗？不过因为图号我们改动了，所以如果用的话必须要改号，我想再问一下吴的意见。还有很多关于照片的问题我现在一时不易说清楚，也许用一些小照片可以帮助我表达，但是现在来不及了，只好等我从南京回来以后，再给你详细地回信，我将于 8 月 30 日返回北京。

谢谢你送我的顶针，它的确大了些，我想也许 size8 会更合适的。

关于贝贝服装的样本，这不是什么重要的事，因为在中国买小孩和妇女的衣服（这是 1982 年时的情况）很难，大小也不合适，所以我们的衣服都是自己做，因此想看看国外的服装有什么好看的样子，特别是小孩的服装。我没有什么目的，只是要随便看看，如果没有合适的就不要买了，一定不要为这事再麻烦你了。

我常常想起竹园的那个美丽的晚上，多么令人怀念的聚会，但是由于我的拙劣的英语使我不能自由地表达我的思想，我们几次见面，却都未能长谈，正像一首歌词中说的“多少话儿留在心上”。你的加拿大朋友是否已回去了？他们是很好的人。我很遗憾在 80 年时没有和他们做朋友，因为那时不知道她的中文说得这么好，以致使她感到在中国朋友很少。请你转告她，如果他们再来北京，我一定去看望他们。

林洙

1982.7.31

——

亲爱的林洙：

如今我已经完成了图书插图的编排工作。我只选择了思成在文中提及的图片。因此从您寄给我的三组图片中删除了很多。或许最初思成计划收录更多的图片。例如，有一张绘制精细的开元寺塔 157（103），但是文字部分并未提及它。

另一方面，有些建筑物，思成通过文字进行了大量的分析和描述，我却找不到与其相关的照片或是手绘图。您在整理图片方面已经花费了很大力气，本已十分不好意思再打扰您，但是有一些又确实非常重要。

需要的重要资料如下：

一张河北房山云居寺石塔的照片（711-727AD）。在我编加的那份文稿中，思成在第 64 页、69 页、74 页、81 页中均提到了这个建筑，但是我既没有照片，也没有相关的手绘图片。

在这一组图片中的中心塔（Central pagoda），北塔在 69 页提到，但是我这里没有相关图片。

一张元代河南安阳天宁寺的“原尺寸八角塔”，在第 77 页下部有提及。您标注的照片号 179D （118）十分模糊。我想是“河北邢台虚照的墓塔”（P 78），但是您标注为“天宁寺”，我想这一点是错误的。无论如何，不可能有“5 层的屋檐”，只会有 3 层。我正在用它，但是需要安阳的照片。

我回到剑桥之后，会速把我需要的插图列表的复印件寄给您。随后我会需要关于一些建筑更加清晰的图片……数量不多，仅几张而已。在图片方面，我根据思成对图片的编排、分组（例如，“八角塔平面图”，A、B、C、D），希望将同一组的图片放在一页上去，这样比零散的排放对读者阅读更有帮助。

我们正驱车去拜访一些住在离加拿大边境仅几分钟车程的朋友。十分抱歉又给您提出了那么多要求。我仍旧十分后悔没有把图片从中国带回来以便于将文字与照片放在一起作比较。

米歇尔斯·希金博特姆寄给我一张那天晚上在小宾馆中她给我们两个拍摄的合影照。我把它珍藏起来。

您的朋友　慰梅

1982年8月2日

——

亲爱的林洙：

很久以前，我就着手给您写信，但是又没有什么十分重要的事情。如今我重新拿起笔，给您写信，这将是一封完整的、认真的信件。来信得知，您去了南京，为工作作调查研究。我对此十分感兴趣，能否告诉我更多的内容？我正在继续收集手绘图和照片。我用您给我的小图底片冲印了一张放大的图片，十分有用。我希望您能够提供给我在82年8月2日去信中提到的房山云居寺照片和其他两组。我正在修订手绘图中一些拼写和罗马化方面的小错误，并试图学着模仿思成独特的手写体。摩尼殿的小底片冲印出来十分清晰。谢谢！

我希望您已经收到了那个放有顶针的小包裹，以及一些童装和女性服饰的照片。或许这些图片并不是十分有帮助，但是您会发现它们十分有趣，您或者可以寄回一些您感兴趣的，我根据这些图片去找那些图案。我会再给您写信。我们将在这里再住一个月。

您的朋友　费慰梅

1982年9月16日

——

亲爱的慰梅：

我于9月初回到北京，回来后连续收到你寄来的衣服样本、小顶针和9-16-82及9-21-82的两封信。

我因为不能及时给你回信而感到不安和焦急，因为国家档案局在今年四月份要求我写一篇关于技术档案收集整理工作方面的文章。因为我们国家在这方面的工作很落后，他们希望我对这方面的工作谈一些意见，并介绍一些经验。我这次到南方去主要是为了这个目的，去南京工学院（杨廷宝的学校）和同济大学（陈从周所在的学校）去看看他们在这方面的工作。因此回来后就忙于把这篇论文写完。同时因为离开了一个月，很多事情堆积下来必须立刻处理。所以不能及时给你回信，但是9-9或9-10收到你寄来的衣服样本，有信，接着收到9-16，9-21的信和一个小包（顶针），但是并没有收到8-2的信，因此我不知道你有两项什么要求。

在7月9日的信中提到山西晋祠总平面的问题，据我所知，1946年在美国，思成把这份稿了交给你时，他还没有完成晋祠总平面及山西赵城广胜寺总平面这两份他认为很重要的平面图，原来准备回到北平后再补充，但是1949年后情况变化了，他也一直没有再继续这个工作。

关于河北房山县云居寺塔群的照片，我没有，因为思成去调查的时候中央的主塔已经毁掉了，所以这张图中塔群的中央主塔是用虚线画的，也许你没有注意。涿县云居寺塔也叫北塔，和房山是两个不同的塔，但是名称相同，这就难怪你被他们搞糊涂了。从你的信中我完全能想到你为思成的书付出的劳动，我为不能帮助你完成这些繁多的工作感到深深的不安，如果有什么事我可以做的，请来信告诉我，我一定尽快来做。

为了弄清房山县云居寺北塔的情况，我决定和莫宗江一起到房山去。那天风非常大，而且特别冷，为了找中台石塔，我们一直爬到山顶上.我的确没有想到我能爬上去，因为只走了十分之一我就感到很困难、很累了，但是同去的几个青年他们几乎是把我抬上去了。如果没有他们，我是不可能上到山顶的。

我还在金仙公主塔的旁边照了一张相片，你可以看出来我已是多么狼狈了。我们从早上8时出发，到晚上8时半才到家，一天没有吃饭，而且回来时冻得像冰棍一样，但是我们得到了美的享受。我第二天就感冒了，现在已好多了。

①房山云居寺是一组历史悠久、规模很大的寺庙，可惜在1948年土地改革时期，当地农民为了破除封建，把寺庙全部拆毁，现在只有一片废墟。中国的文化遗产，由于无知，被毁掉的真不知有多少，听了都令人痛心。

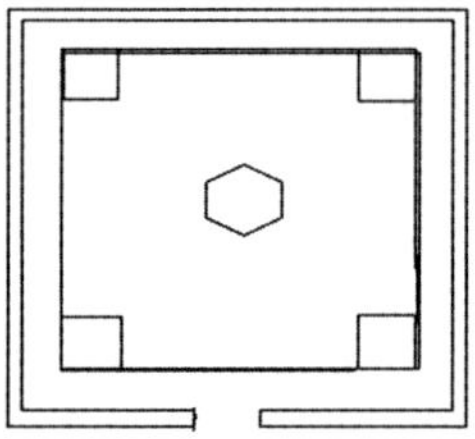

②房山云居寺北塔，是五个塔组成的塔群，四周四个小方塔是唐朝的，现存的中央主塔是辽代初期建的。中央的唐塔是什么年代毁坏、辽塔又怎样重建的，目前还没有人作专门的研究（据莫宗江告诉我，思成因为“卢沟桥事变”，所以没有去成房山），中央的塔上下很不统一，估计上面部分是后代重修，或是因为修了一半没有经费而草率收场。遗憾的是我没有可能把五个塔的全景拍摄下来，因为在五个塔的外围修了一圈很难看的围墙，把它们围了起来，这种对古建筑的拙劣的保护方法，使人看了啼笑皆非，既生气又无可奈何。你看到照片就明白了。不过，我现在还在和有关单位联系，希望能找到一张没有围墙的照片。如果找到了，我立刻寄给你。

③涿县云居寺塔我没有照片，思成原来照的照片，抗战时期被毁，因此还要过些日子才能给你，也可能需要我自己去照。

④思成图目153b Stone pagoda on chung-t'a Fang-shan（房山）不是北塔，而是山顶上的一个唐塔。我还照了照片。

⑤你寄给我的Secaptions Fig 只有10页，最后一个图号是Fig45，是否遗漏了一部分？ P1只有7页，最后一个图号是P160，对吗？

⑥你今年五月份来北京时，我们曾经谈过思成文章关于园林部分要删去，因为思成这本书完稿于 1946 年，当时中国建筑师很少人研究园林，但是近年来研究园林专题的人很多，而且写了不少专门的论述，因此相对比之下思成的园林部分就写得过于简略，反而降低了整篇论文的学术价值，你以为怎样？因此我希望一定要把园林部分删去。因此你寄来的三张照片全不必用了。

⑦你说的两个桥的原图是否是安济桥与永通桥（赵县）？ 因为只有这两张桥的原图。最近清华有一位教授将去美国，我准备托他带去。

林洙

1982.10.14

——

亲爱的慰梅：

你 12 月 21 日的信收到了，因为我正患重感冒在家休息，所以可以有足够的时间来读你的信。是的，当你第一次向我提出需要 Yun Chu Ssu Bei T'a（云居寺北塔）时天气还很暖和，但是那时我没有想到要去，因为莫宗江告诉我北塔已经毁了。后来我又访问了另一位专家，他告诉我毁掉的是唐塔，辽代又重建了一个，因此我才决定去。从那个时候开始，我设法与云居寺保管处取得联系，并且申请要一个专车，因为公共汽车不到达那里，它不在房山县的县城，而在离开县城比较远的一个山坳里，这也是为什么我们一天没有吃饭的原因。我原来计划在县城的餐厅吃饭，但到达房山县后才知道云居寺还很远，为了抢冬天的阳光，我们不能再耽搁，因为我没有自己的相机，所以还要邀请一个能照相的朋友与我同去，这样几个方面定下来，日期就拖后了，而且尽管那天碰上刮大风的天气，也不能更改。你听着这一切也许很可笑，但是中国的事情就是这么难办。

1）你问我照的是哪两个塔？

那几个年轻人是我的助手，因为云居寺现在还不开放，交通又不方便，所以他们非常高兴有这个机会和我同去。因为讨厌的围墙使我最多只能照到两个小塔，虽然已经使用了广角镜头，还是不能把塔3摄入，塔4被中央主塔遮住了，所以看不见，因为3、4和1、2完全一样，又因为3、4已在夕阳的阴影里，所以没有照。

2）原图中九层塔和现在的七层塔其实是同一座塔，九层塔是在1920年拍摄的，七层塔是这次去拍摄的，它的塔尖被毁坏了，所以只留下7层的塔身。

3）是的，我赞成你选用那两张照片，我坐在塔旁边多么难看，当然不能用来发表，这张照片是送给你的。

4）关于两个桥我找到一张P1.51 Bridge over Pa River. 但是P1.52 Bamboo Supension Bridge还是没有找到，我会很快把P1.51复制给你，赵州桥并没有更好的图，我就不再给你了。

5）关于园林部门我想还是删去的好。

思成文集第一集已经出版，我将给你寄去一册同时也寄一本给Eugene Wu。

好了，我这封信也许和你的奇怪的中国话一样，只有我们两个人懂得。

林洙

1983.1.14

——

亲爱的林洙：

您或许会非常吃惊收到我从这里（危地马拉，Guatemala）寄来的信件。我们在这里拜访一位朋友，他们在火山的一侧有一个很大的农场。山坡上种满了金鸡纳树，它们的树皮可以做药用金鸡纳碱。这里与我们生活的地方是完全不同的世界，温暖的、热带的、色彩斑斓的、美丽的，我们与这里的朋友们已经有长达40年的交情了。我们于下月初回剑桥，或许与您收到这封信的时间相差不远。

在我离开家前，曾与麻省理工学院负责思成图书的编辑长谈了一次。他们问我是否可以写信给您，向您咨询可不可以重新寄去黑白照片以替换您寄来的仅有的两张用作插图的彩色照片。照片为图5b和52c。第一张5b，在这本书中非常重要，图注为佛光寺前景。您那里是否有思成1937年用他的莱卡相机（或者其他）拍摄的照片副本？他们或许会把彩色照片用作这本书的封面图案，书中的照片统一黑白格调。您寄来的照片光线太暗，并且不是特别清楚，失去了原有的颜色。另外一张52c，是颐和园的牌楼。您是否可以再寄给我一张关于这座牌楼的更清晰的黑白照片，或者可否用北京其他牌楼的照片替换？

您或许十分高兴听到麻省理工学院出版社同意删除园林一章的消息吧，因此与其相关的图片也被随之删掉。我一回去，就立即开始筹集资金来支付众多插图的印刷费用。这些图片的印刷费用非常昂贵，必须从对中国文化、建筑、梁思成感兴趣的富人手中募集。我将会及时告诉您事情的进展。

您的朋友　慰梅

1983年1月17日

——

亲爱的林洙：

今天提笔写信以表感谢，十分感谢自上一次我写信起，您为思成这本书寄来的两张照片。收到您2月18日的来信时，殷一和与奚树祥（两人都是关肇业介绍我认识的，思成忠诚的学生）正在和我一起协助麻省理工学院出版社完成稿件的整理工作。您寄来的照片非常受欢迎，寄来得也正是时候。如今我从您那里得到了一张十分珍贵的佛光寺立面图图片，非常非常感谢！我明天就把它交给麻省理工学院出版社。一位善良、富有创意的女美编已经着手这本书的设计工作，她正需要所有效果好的照片用来排版。

我已经写信给贝聿铭，希望能从他那里得到出版思成这本书的资助。他是一位非常出名的华裔美籍建筑师，最近设计了香山饭店。在1947年思成把他介绍给了我，那时贝聿铭还是一位建筑专业的学生，师从格罗皮乌斯（Walter Gropius）。我正在等待他的回信。他今早打来了电话，但是当时我出去了。我打到纽约找他，他又不在，但是他明天还会再打给我的。我想他会给予我们很大帮助的，因为当年他十分崇拜思成，并与麻省理工学院往来密切，他为那里设计了很多建筑。

在危地马拉时，无需购物、做饭、整理床铺、洗衣、接电话及其他一些杂事（主人雇有佣人，这样我们就可以游泳、散步、喝茶、聊天了）。我写了一本书，是您在我生日宴会上看到的关于20世纪30年代老北京的建筑。我在每一张照片背后写了几行注释或者评论，并写了一篇那时我们在北京的生活，作为这本书的序言。许多最近要去中国的美国人希望了解中国究竟是什么样的，我希望出版社能够感兴趣并给予出版，这已经不是新闻了。

您的朋友　慰梅

1983年3月7日

——

亲爱的慰梅：

再过4天就是你的生日了。我又回想起1979年你在北京过的那个快乐的生日。你3月7日的信到达北京时，我正在病中，我发作了一次心绞痛，休息了一个月，医生不允许我做任何工作，现在病情有了好转，我立刻给你写信，遗憾的是在你生日之前不能向你祝贺了。但是我希望你能收到我的礼物，一个小小的佛像，它是山西大同华严寺辽代塑像的复制品，刘小石[1]14日离开北京时带去的。（你前两次来清华时都见到他，你还记得吗？）他是思成的学生，是副系主任。他计划先到旧金山然后到纽约再到波士顿。但是我担心Hu Nuo（Na？）事件会影响他的计划。如果他不能按计划到波士顿去访问，那我只好再从邮局寄给你，那将成为一份迟到的礼物，多么不好。

贝聿铭答应你的请求了吗？我还一直没有得到他的消息，我非常担心由于时局的不稳定，会影响到这本书的出版工作，这本我们为它辛苦地工作了三年

1　刘小石：早年毕业于清华大学建筑系，从20世纪50年代长期担任建筑系及土建系党委书记。1983年后调北京市规划局任局长直至退休。

的书。我怀疑丢失了我给你的一封信，里面有小贝贝的一张照片，穿着你送她的小红裤子，你收到了吗？你要写的关于中国的一本书什么时候能写完呢？无论如何，这是一件非常有意义的工作，对吗？前些日子，我在一份杂志上读到费先生写的一篇《五十年回顾》的译文，多么可怕，但愿这种日子永远不再回来。

林洙

1983.4.20

——

亲爱的林洙：

在刘小石来的前几天收到了您4月20日的来信。十分高兴在时隔那么久之后又重新收到了您的来信。当然我十分喜欢您寄给我的华严寺佛像的小礼物和那个漂亮的盒子……我们美国人不知道如何制作那么精致的艺术品。不知道我还能有多少个生日，但是我很健康，一点没有老去的感觉。我试图劝说您忘却每年4月我的生日。今后不要花费那么多钱送给我这些贵重的礼物了，您向我保证。我把它放在了书桌的背后，紧挨着那张穿着红色外衣的小贝贝的照片，它放在那里很久了，每每看到它都会很开心。我怎么能够忘记写信表示感谢呢？贝贝如今已经度过了自己第二个生日了。随后我会再寄一个包裹给你们。

在我们的聊天及您写信问候我丈夫心脏病时，从未告诉我您患有心绞痛，我十分担心您的身体健康。刘告诉我，您患有这种病已经很多年了。他想，是因为您工作太辛苦所致。他告诉我，去年您被评为“劳动模范”，这个是社会主义国家的奖项，在我们这里没有。但是，这些不足为奇。在我眼中，您一直是一位“劳动模范”。我在想是不是您去房山为我做的拍照工作影响了您身体的健康。值得庆幸的是，麻省理工学院已经开始编辑书稿了，所以是关注您身体的时候了。奚树祥和殷一和帮了我很大的忙。我刚得到的消息，殷可能于9月份回国，您知道此事么？

殷带着刘小石来见的我。他来得十分匆忙，只是把您送给我的礼物转交给我，聊了几分钟就走了。我当然认识他。他走之前还问我，这本书最后一个校样是否在印刷前寄回北京审阅？我告诉他不需要了，吴教授和其他一些学者已经看过了文稿，尽量尊重梁思成稿件原貌，没有大的改动，只是删除了园林一章及吴教授指出的这样或那样需要删除的部分。十分遗憾的是，他在离开波士顿前没有接受我的午餐邀请。

感到十分遗憾的是贝聿铭拒绝资助这本书的出版[1]。我敢肯定的是，他十分有钱，足以支付这笔费用，而且我希望他能够致力于启发西方人对中国建筑研究兴趣的工作。幸运的是在加利福尼亚的一位中国商人资助了5000美元，但是出版社需要得更多，否则折合到每一本书的成本大约会达到60美元，过于昂贵。我希望这是一本对中国建筑感兴趣的每一个人都能支付得起的大众图书。

鉴于现在出版价格的昂贵，我在想我在危地马拉写的那本关于20世纪30年代中国的小册子不知是否能够顺利出版？一位书商已经拒绝了，现在另一位书商正在审稿。彩色图片的价格非常贵，而这本书又是一本图片为主、文字为辅的图书。

信中您提到您看到了费正清《五十年回顾》一文，从诫那里有从书中复印的英文原文，您可以让他拿给您看，我想那里一定有您喜欢的照片。

十分开心收到了《梁思成全集》第一卷，或许我该向您表达的谢意远不及于此。在原始稿件留存较少的情况下，能出版此书真的十分珍贵。

挚友　慰梅

1983年5月9日

亲爱的林洙：

希望您的身体状况有所改善，我十分担心，请保重身体！

当然我十分讨厌再次麻烦您……但是或许还有一项工作需要您来做。出版社希望有一张思成的亲笔签名的复印件，希望能够用在图书的扉页（标题页）。

1　贝聿铭拒绝资助的原因不明，在国外出书特别是不赢利的技术书籍往往是著者自己掏钱来印刷。

当然，我这里有他写信时留下的签名，我想您也一定有这些了。思成的书法十分漂亮，希望您或者其他朋友能够找到一张他最棒的亲笔签名。一张照片即可，无需寄原版的给我。

同样我们还需要一张效果比较好的思成个人照片。希望选用您从小影集里抽出送给我的那张照片，他站在正定的古建下一群斗栱中。但是或许您有他更好的照片或者更加正式的照片？您能够寄给我们两到三张以供挑选么？并告诉我您倾向于选用哪一张，以及原因是什么？

希望您现在已经收到了两个我寄去的包裹。一个包裹是关于桥的原始手绘图片，我这里存有效果不错的副本。当然如今原始图片在失而复得之后终于收集齐全了，谢谢您把它们寄给我用来比较。另一个包裹是给贝贝的礼物。在我寄包裹的时候，多么希望您能告诉我您需要美国的什么东西，以便寄给您所需或想要的礼物。您亲手做的衣服十分漂亮。您是否需要一些做衣服的布料呢？或者一件外衣？您喜欢什么颜色的呢？或者一些小玩意儿，如捆在眼镜上的小挂绳？请告诉我。您寄给我精致的礼物，我却是那么缺乏想象力，不知如何表达这份谢意。

您的朋友　慰梅

1983 年 6 月 7 日

——

亲爱的慰梅：

我已逐渐恢复健康，并已开始工作了。不过医生要求我注意休息并按时吃药。今年北京的夏天热得可怕，我想你一定会奇怪北京竟成为全国气温最高的城市。现在正处于学期结束前，有很多工作要去完成，不过请你放心，我一定会很小心的。

告诉你一个好消息，你一定会为我高兴。学校已分给我一套副教授级的住宅，比现在住的房子要大 $20m^2$（三间居室）。当然这在美国人看来也许是最低的标准，但是在十亿人口的中国是很好的条件了。我准备在九月份搬进去，因为现在太热，另外也还有些事要准备，如购买窗帘等等的事都要等到假期来做。我想你下次再来北京也许可以到我家里来住一两天，尝试一下“一个普通的中国人”的生活好吗？

另外一件事要告诉你的是林彤的丈夫已经到日本去进修了，进修期限两年，这虽然是一件好事，但也使我和林彤增加了不少家务劳动。

刘小石要我转告你，他非常抱歉没能到你家去吃饭，他说你非常地忙，我想你会有很多重要的事要做，你的书写完了没有？

我没有想到贝聿铭拒绝了你的请求[1]，那么你是不是还在为筹足出版费而忙碌呢？我为不能替你分担这个工作而感到抱歉。

你需要梁的签名，我从60多本梁的笔记本中找到了两个，一是横写的一是竖写的，你用完了请把原件寄回我。梁的照片除我给你的那个小本以外就不再有更好的了。如果不是“文化大革命”自然还保留有更多的照片。关于他生活方面的照片还有一些，但我想对这本书来说并不太合适。

我没有想到你竟为了送我一件礼物而那样费心，这太不值得了，不要再为这烦恼。中国人有一句话“心领了”，就是说我的心已经领受到了，就不必再把礼物寄来了，而且小贝贝将代替我接受你的礼物。你寄来的图稿已经收到了，小贝贝的包裹还没有收到，收到后一定给你写信，前几次的邮包很快就收到了。但愿不会被邮局弄丢了。

林洙

1983.6.28

——

亲爱的林洙：

得知您近日生病了，十分牵挂。当然或许有许多原因导致您未及时写信给我，但是您一直都非常认真地回复我的信件，希望获悉您已经康复的消息。贝

1 为筹措出版《图像中国建筑史》的经费，慰梅曾向多方面请求赞助，包括著名建筑师贝聿铭，但遭到拒绝。最后由建筑师沈坚白（美籍华人）出资赞助。

贝的小礼物收到了么？您是否找到了您最喜欢的思成的照片用来放在书的文前呢？还有思成的亲笔签名？如果尚没有找到，不要着急。书的美编建议把思成的印章放在扉页（标题页）会是一个不错的选择。您或者从诫是否有这个呢？如果有的话，能否复印一份寄给我？

过去三周的生活十分忙碌。完成了文稿的修订，以及参考书目、专有词汇、编者注及鸣谢的编排等。殷一和与奚树祥都帮了很大的忙。殷将要回北京，可以把这一段时间的生活分享给您。傅熹年[1]也帮了很大的忙，他参与核对词汇表中的注释，并且提供了几张我们需要而思成没有的照片。虽然我们两个身居两地合作了那么长时间，但是外界的帮助也是十分有必要，他们的帮助源于对思成的感恩。我担心您为这本书所做的努力导致您生病了，特别是前不久寒冷的天气里的房山之旅，这都是我的错。

在接下来的数个月中，我将协助美编设计版式，确保图片以合适的大小插入恰当的位置。我是否写信告诉您组图将附以图注？因此图片都需要重新标序再加上图注。尽管如此，我认为这是一个正确的决定，虽然这意味着我们去年的所有工作都白费了。我将严格为手绘图的质量把关，它需要足够大，放在该书的最后。

我们已经回到剑桥，我明天将与麻省理工学院的编辑见面。然后再回到山林中。您什么时间来玩？热烈欢迎！

您的朋友　慰梅

1983 年 7 月 6 日

亲爱的林洙：

我曾为你感到担忧，正如我上封信上所说的那样。因此在收到您 6 月 28 日的来信，得知您已经恢复了健康并开始工作之后，着实放心很多，不过还是

1　傅熹年：生于 1933 年，1956 年毕业于清华大学建筑系。著名建筑历史学家、文物鉴定专家。

要严格遵照医嘱。您真是太尽职尽责了。您的病或许是由于我的错误所致，您在清华大学工作了一天，还要额外地为我做事情。当然想到我们两人都是在为思成工作时，心中会感到宽慰一些。

听到您9月份要搬到新居去住，这真的是一个好消息。我下次去时自然要前去拜访，画一张平面图给我好么？（如果没有立面图和断面图的话！哈哈，看我如今是多么痴迷于《图像中国建筑史》啊。）

自从贝聿铭拒绝资助图书出版后，我先后收到了三位思成的崇拜者的资助，两位来自香港，一位是现居加利福尼亚州的美籍华人——沈坚白，我目前并不了解他的相关背景。我已经把从诫的电话和通讯地址给了他们，建议他们回中国的时候见一见面。他是用美国重要的基金会的奖学金来捐助。所有这些资助的目的是为了让图书的定价有所下降。否则，那么多图片，成本非常昂贵。书稿最终付梓印刷，吴教授的前言作为该书的开篇（请转告他），随后是我写的关于思成的生平介绍，这个您已经阅读过了，其次是编者说明，接下来是思成的序言和正文，并附有专有名词表、年代表及参考文献（中文的、英文的、法文的和德文的），索引随后完成，不久我将去校对。出版社的一位美编负责版式的设计和插图的处理。相信她会出色地完成任务，在这个方面我不作干预。

十分感谢您提供的思成的签名。我拍完照片后立刻归还。贝贝的小衣服和动物玩具丢掉了，这简直是太糟糕了。那是一个非常漂亮的小盒子，但是并不是十分结实。我再找一找有没有其他好玩的。

我知道很多照片在“文化大革命”期间丢失了。我希望选用您给我的那张思成在正定拍摄的，站在斗栱中的那一张。拍摄这张照片的时候正是他书中描述的那个年代。

爱您的朋友　慰梅

1983年7月13日

——

亲爱的慰梅：

今天收到邮局要求我尽快去领取包裹的通知，可是我并没有收到正式的包裹单，而邮局要求凭正式的包裹单才能领取。他们告诉我正式的单据已于6月12日递交给清华大学的外事办公室，我到外事办公室去，他们否认收到这单据。然后我又回到邮局，从邮局又回到外事办公室，如此数次，最后总算弄清楚，的确有一个Lin-Ju的包裹单，但因为过去你给我的信都是Lin-Chu（Ju在汉语拼音是菊，洙汉语拼音是Zhu），其他外国朋友给我写信都是用Chu。他们不知道Ju就是Chu，因此没有给我，而在查询Lin-Ju是谁的过程中又把单据丢失了。为此我只好请他们写一个证明，才把你的礼物领出来。从早上9:00一直到中午12:00才办完。虽然是外事办公室丢失了单据，但我却因此被邮局罚了一个月的保管费。

谢谢你送给贝贝的衣服，她穿着很好看也很合适。但是现在不能穿，这几天太热了，她非常喜欢那只小黄鸭子，每天她去幼儿园时都要对它说“小鸭子再见”。

刚才我收到你7月6日的信，我的回信的确越来越不及时了，但是我每一天都在想“明天一定要给慰梅写信”，而每天都这样过去了。最主要是小贝贝占去了我的全部业余时间，她现在长大了，有很多要求，而我们也要考虑到对她的教育，要给她讲故事、做游戏、散步……还有她长得太快，总在不断地给她做衣服。林彤则忙于买东西、洗衣服和做饭。你知道北京的人这么多，到处都是很拥挤的并需要排队，它费去我们太多的时间。

我的工作也太忙了，经常不能休假，到明年我就可以退休了，但是现在我和我们的系主任还没有找到一个理想的人选来接替我的工作，这也是很烦恼的事。

思成的签字你收到了吗？你的来信详细地描述了你们最近的辛苦的工作，请你替我转达对殷一和、奚树祥、傅熹年的谢意。但是我也有一点担心，希望不要因此变动思成的原稿。你来信说，“…… is my fault for asking so much of you.”你说错了，思成的事就是我的事，你作为他的老朋友尚且为这本书这样操劳，何况他是我亲爱的丈夫，我常常回忆起他在这个世界上最后几年的悲惨情况，虽然我尽我的全力来安慰他，但是我知道他失去的东西不是用爱情能弥补的。我想这本书的出版，将告慰思成于天之灵。

林洙

1983.7.22

——

亲爱的林洙：

没有想到我试图在信封上用拼音去写您的名字给您带来了那么多麻烦。更加困窘的是我仍旧不会用汉字写您的名字，但是从现在起我将努力模仿学着去写。请原谅我的这种低级错误。希望这件事没有把邮局给搞晕。

当看到您信中说到，您把时间都花费在了繁琐的工作中时，我立刻想到的就是在您的信中告诉我的刘·C从新加坡到北京时，毫无目的地让您大晚上去城里的宾馆找她一事，我将永远不会原谅她，但是请您原谅我。

在这封信中，我把思成所有的签名全部给您。十分感谢您为我提供的这些签名。希望您能认同那个纵向的签名，这个显得最有趣，我认为是所有签名中最棒的。

听到贝贝很喜欢那个鸭子，我感到十分开心。现在我希望您能告诉我她需要什么样的衣服……内衣或者内裤？袜子？外衣？还是类似您给我寄的照片中那条红色的小外裤？您不告诉我您究竟需要什么，那就告诉我她需要什么，这样您就不必专门为她做衣服，甚至在业余时间里为她排队买衣服了。如果您能告诉我她的尺码及所需要的东西，我可以为她购买所有这些东西……以及鞋子，在这里购物十分方便，而且我喜欢购物。我寄去的裙子是3码的，她穿上是否合适，还是需要4码的？告诉我您需要冬天穿的厚棉衣还是接下来几个月可以穿的轻便的小T恤或是裙子。

请不必担心思成文稿的调整。仅仅是几处小小的改动，目的为的是让西方读者读来更加明了。

您的朋友 慰梅

1983年8月8日

亲爱的林洙：

那么晚才告诉您，我们的女儿霍莉在计划了两年之后有机会去北京了。她是北京舞蹈学院的一名学生，她会在我写这封信的这两天到达北京。她替我带去了送给贝贝的一些小礼物。希望我购买的衣服大小正好合适。如果衣服过小或者过大，请您一定告诉我，或者让她穿上看一看。十分希望您和我女儿认识，她今年已经30岁了，自编自导舞蹈多年，在纽约开办了一家自己的俱乐部。她希望能到中国学习各种各样的舞蹈。在到北京一个月之后，她计划去云南看一看少数民族的舞蹈。

霍莉懂一点点中文，但是她与一位朋友朱迪·夏皮罗（Judy Shapiro）同行，她的中文说得非常好。我把您在清华的电话告诉了霍莉，朱迪会为她翻译，并安排你们见面。

您是否听说，在两个星期之前，麻省理工学院出版社负责建筑类图书的编辑科诺沃写信给吴良镛教授，希望能够借用思成的原始手绘图稿，从11月7日起借4个月的时间，以便他们能够直接地配插图。这个紧急的决定是麻省理工学院的专家提出来的，需要知道他们是否足够清醒甚至人性化。当然没有人比您和我最了解这些原始手绘图的价值了，但是最看重图书质量的也非我们两人莫属。希望吴教授已经同意了他们的请求[1]。如果有什么疑问，请您转告，可直接致电罗杰·科诺沃先生。

或许现在您已经乔迁新居，希望如您所愿，并且希望您没有在搬家过程中，

---

1 MIT出版社提出借梁思成的手绘图原稿，吴良镛教授同意了，打算托费慰梅的女儿霍莉或者MIT教授带回。

为打包、拆包、安置所有的家具而累坏身体。

我从上一次包裹拼音错误方面接受了教训，这一次改写您名字的汉字。您能否在下一次写信的时候，在信封上用更加清晰的笔迹写下您的地址，以便在回信时我可以模仿着把它写在信封上。这也可以缩短我们通信的时间。

希望不久您可以与霍莉见面……

您的朋友　慰梅

1983 年 9 月 23 日

——

亲爱的慰梅：

9 月 26 日见到了霍莉，她多么美丽而且年轻，如果不是你告诉我她已经三十岁了，那我真以为她只有二十岁呢！我真为你高兴有这么漂亮的女儿。

25 日霍莉和朱迪还有两个北大的美国朋友一起在我的新房子里吃了午饭，我们度过了非常有趣的一天。朱迪的中文真好。当她和我通电话时，我以为是和中国人说话，正因为有朱迪在场，我们解除了语言的障碍，自由地畅谈。我已经邀请她们再到清华来，不知道她们有时间没有，可惜她们在北京停留的时间太短了。

谢谢你送给贝贝的礼物，T 恤和连体睡衣都非常好看，可惜贝贝长得太高了（真是个大贝贝），睡衣是给 2~3 岁的孩子穿的，贝贝才两岁半，穿上已经很紧了，但贝贝特别喜欢它，非要穿，我们只好改造了一下，把鞋子拆去另外用白毛线织了一双袜子缝上去，这样就增加了它的长度。我真十分谢谢你送的睡衣因为贝贝晚上总要把被子踢开，所以她就不断地感冒，我正在想用一块毛毯做一个小口袋把她装进去，恰巧收到了你的礼物，好极了。T 恤袖子长一点，可以穿。

吴良镛已经收到科诺沃先生的信，但他把这件事忘记了，你的来信提醒了他，他同意麻省理工学院出版社的要求，可以把思成原稿送去，但要求很仔细地保护好原稿。我想如果霍莉不去云南我就托霍莉带回去，如果霍莉还去云南就按照科诺沃先生的办法在十一月交给麻省理工学院来清华讲学的教授带去。

当然吴和我都希望霍莉能带，因为没有比她更可靠的人了。

殷一和告诉我，你为思成的稿子做了那么多工作，有一个时期你们每天晚上在一起工作，我不知道怎样来表达我对你的感激之情。但是殷有一点担心，他说出版社编辑在文字上做了一些修改加工，他恐怕这种修改会变动了原来的意思，因为中国建筑的构造比较复杂，如果不是亲自参加过调查测绘，即使中国读者阅读中文的资料有时也很难看懂，何况用英文来表达，这就又增加了困难。我希望在涉及建筑的构造和做法问题上尽可能不要去变动文字，尽管原文写得不够流畅或蹩脚，读者也许能够原谅一个外国著者的蹩脚英语。

为了搬家前的准备工作和搬家后的整理工作，我的病又轻微地发作了一次，现在已经好了。霍莉回去会详细告诉你这个房子的情况，虽然它并不很宽敞，但是比起原来的房子已经好多了，中国人有一首顺口溜：

“天下事儿真难平，人家骑马（horse）我骑驴（ass），回头看看拉车的，比上不足比下有余。”

随信附上一张我的地址，下次你写信时只要剪下一张贴在信封上就可以了。

林洙

1983.10.9

——

亲爱的林洙：

十分高兴从您的信中得知思成的手绘图原稿将被寄送给麻省理工学院出版社，以确保这本书的组图以最佳的方式呈现。当我告诉科诺沃先生这个消息时，他非常开心，但是如果让霍莉带回，他们要到 11 月 25 日才能收到这些图片。霍莉离开北京之后，还要与她的丈夫去日本度假两周。可以推荐一位麻省理工学院或者哈佛大学的人在这个时间之前把图片带回。

我十分乐意推荐给您一位可靠的人选。他是杜维明[1]教授，在哈佛大学教授

1 杜维明：生于 1940 年，中国当代著名学者。

中国历史与文学，是我们的好朋友，也是一位非常有责任心的人。他明天起程去北京，将会在北京把这封信寄出，在西安停留几天，然后回北京在北大参加一个会议。他计划从北京直飞纽约，而后直接转机剑桥，于 11 月 14 日到达。他十分热情地申请帮我把这包贵重的图片从北京带回来，我已经告诉他了您在清华的电话。他会于 11 月 1 日从西安回来之后给您电话联系，或许会自己给您写一封信，告诉您他的行程计划。

十分感谢您对霍莉的热情款待。随后我会再回信详述，但是这封信需要立刻转交给杜教授。

您的朋友　慰梅

1983 年 10 月 22 日

——

亲爱的林洙：

想必您已经从哈佛的杜教授那里拿到了我的来信。但是现在又有了新的变化。如果可行，我们希望在 11 月 7 日拿到这些图片，正如科诺沃先生给吴教授的信，自从杜教授离开剑桥（计划于 11 月 15 日返程），我发现麻省理工学院的哈克先生这两天要启程去清华大学看望吴教授，并在 7 号左右直接回到剑桥。

所以您可否把这些变化告诉杜教授，并把这些图片交给哈克教授，让他直接带给科诺沃先生。

我将写信给霍莉说明这些情况。十分抱歉这些突然的变化，但是都是为了这本书高质量的出版。

您能否把这封信以附件的形式交给或邮寄给杜维明教授？

您的慰梅

1983 年 10 月 27 日

——

亲爱的林洙：

哈克教授告诉我，吴良镛教授已不再担任系主任的职务？

手绘图片原稿装在您为它们寻找的合适的盒子中，如今已经安全抵达。霍莉把它们交给了哈克教授，他把这个包裹转交给了我，我再把它交给了麻省理工学院出版社的科诺沃先生。只有我们可以打开这个盒子。他与戴安娜，负责这本书设计的美编，都被这些手绘图片所吸引，并能为拿到原始图片而感动，十分高兴。那些轻巧的线条在照片中都不那么清晰漂亮。如今我们都认为这将是一本十分特别的书。我写信告诉您，他们选择了11×12英尺的开本，足够大，且呈正方形，以确保无论是横向的，还是纵向的手绘图都可以清晰地呈现。我也十分高兴，因为从外界筹集的资金可以帮助支付这本书的出版成本，并使该书能够以30美金每本的价格销售。这个价格在您看来十分昂贵，但是在美国，这样的价位只是同等大小并配有那么多珍贵的建筑图片的同类图书的一半。我希望这样的价位能够使无论是学生、学者，还是来欧美旅行的游客都可以支付得起，当然还有日本和香港的。对于研究中国建筑来讲，这的确是一本最基础的书籍。

在您我的通力合作下，这本书在时隔那么多年之后，终于从新加坡被人遗忘的书架上被拯救出来，并最终由美国重要的出版社出版，想来是一件多么令人开心的事情啊，这也完成了思成的一份心愿。当然，更重要的是，他的名字将会被西方读者广泛知晓，这本书将会在所有图书馆的索书卡及参考书目中出现，并且推荐给读者，用以了解那么多世纪以来中国古代建筑的演变。

霍莉从中国发来的信件非常有趣，看得出来她玩得十分开心。和您一样，许多其他的朋友也十分热情地款待了她。在长沙，她为那里一所学校的学生们编排了舞蹈，并且亲自作了示范。当然她也学到了很多中国的舞蹈。我知道她想回家了。

您的朋友　慰梅

1983年11月14日

——

亲爱的林洙：

已经许久没有给您写信了。我正在忙于编辑思成书的索引。当我按照这些建筑古迹英文名称的首字母完成了排序工作之后，编辑突然告诉我："不是这样的，需要按照地点排序。"因此我开始按照北京、正定、登封、五台山等地域重新排序！麻烦！这样的工作随之而来的是寻找每一座村落，请专业地图绘制人员画一张地图的草图。这项工作十分花费时间，但是也很有趣。下一次再去中国，我想和您不仅仅是一起游览正定，而且希望去嵩山和五台山。我希望在这本书出版之后，政府部门将会欣然同意我游览这些寺庙和佛塔。他们一定会为他们上一次没有允许我们同去正定而感到羞愧，您是否同意啊？

同时，您也忙于您的图书馆员职称考试。在多年认真努力的工作之后，仅用一个考试来评定职称看起来是多么的荒谬，但是我想这样做的目的或许是清除小部分未接受过正规教育和训练的那些滥竽充数的人员。希望现在考试已经结束了，您终于可以有时间享受家庭乐趣和您的新房子。

我非常开心霍莉已经认识了您，我喜欢她带给我的那张您和您的女儿、外孙女的合影。她与我谈论了很多您和朱迪在一起的时光，朱迪自己也和我说起了很多和您有关的事情。我意识到自己的中文能力有多么地差。你和我共同忙于思成这本书的编辑出版，以至于我没有时间，也没有足够的语言能力去了解您生活的细节。前几年，思成的遭遇令我十分伤心。他对自己的国家和工作是那么的真诚，唯一让我感到安慰的是他在最后的岁月中有您这样的好妻子的悉心关照，您能够理解他，懂得他毕生奋斗的事业。我曾经听说过一些您那时的遭遇，但是现在知道地更多了。

我希望那件比较大的睡衣总比宝宝穿起来小了好，想必现在已经正合适了。十分抱歉的是它不如第一件暖和。现在您必须告诉我她的名字，或者您平时叫她什么，以便我现在可以写信直接给她。同样祝福您的女儿。

您的朋友　慰梅

1984 年 1 月 16 日

亲爱的慰梅：

我总算结束了这些倒霉的考试，感到无比的轻松。我不知道人事部门的这些官们是怎么想的，为什么定职称还要考试，最好把他们也提来考一下才好呢！我相信他们肯定会百分之百地通不过。但是有什么法子呢？正如费先生说的中国人民是最顺从善良的。我们习惯于忍受。

现在我的第一件事就是还信债。我已有半年没有认真地给你写信了，从奚树祥的来信看，我感到你似乎生气了，是吗？因此我得把事情的经过详细地告诉你。在很早以前，吴良镛就一直对我说，希望在梁的稿子整理完毕，正式付印以前要看一看最后清样，并且他建议请孙增番校稿。我当时没有赞同，因为（一）我认为在中国的古建筑专家中没有人英文比思成更好，因此如果在文字上（语言方面的）有什么不妥之处，由你或麻省理工出版社的编辑们去做要更恰当些；（二）中国人办事太拖拉，把稿子要回来可能又为一点小事拖上两三年，而目前最重要的是把它发表出去。去年你对刘小石谈到最后清样不可能再寄回中国来校阅的事，吴良镛也同意了。

殷一和从美国回来见到我，向我介绍了你们为这本书所做的工作，特别是你做的大量工作，在筹集出版资金的过程中也碰到一些使人气馁的事，但你并不灰心。我当时感动的心情是很难用语言来表达的，我多次向刘小石谈到这些事，因为他是不完全了解思成和你们的关系的。所以后来刘小石多次对我说慰梅对梁先生是很有感情的。我听了很高兴，因为我希望大家都知道。

在殷和我谈话时，他提到你们校稿时的困难，还说到对梁文的修改。我说，“是的，慰梅曾告诉我有一些文字上的修改。”他说，“不，不单只是文字上的，内容也有些变动。”接着他又随便说了一句，“你是否要和吴商量一下，最好还是请孙增番先生全文校一次，因为有些地方我和奚树祥也看不懂。”我想他只是随便说的，但是当时还有别人在场，因此立刻给你写信并要求尽量不要改动原稿，直到去年 10 月份收到奚的信我才了解殷所说的改动是在名词解释方面。这件事已经过去了，我希望你感到的不愉快已经消除，更不愿意这种不愉快是因为我而引起的。

你或费先生是否认识弗吉尼亚理工学院建筑学院研究部的一位教授J.C.Wang，美籍华人，我在去年11月28日收到他的信，他说他将来中国进行“梁思成与中国建筑”的专题研究，并要写一篇“梁思成传”。你认识这个人吗？他和你联系过吗？我不知道他是否从你那里得知我的姓名。

我看到麻省理工出版社的新书预告，我的心情十分激动，对思成深深地怀念，并对你无比尊敬和感激。贝贝谢谢费奶奶的新年礼物。她很喜欢。请代问候霍莉！

林洙

1984.1.17

——

亲爱的林洙：

十分高兴收到您的长信，以及信中的那些解释。祝贺您通过了所有的考试，很高兴那些“麻烦”已经结束了。至于吴先生希望在图书付梓之前看最后一个校样的事情，我十分赞同您的意见。我已经在上一次去北京时，把我写的序言给您、吴教授及其他相关的学者看过了，并提出了修改意见。我接受了一些建议，其中包括您建议我们删除最后一页关于园林的内容。但是任何事情都需要在此作出决定。您和我相隔太平洋，我们不可能时常在北京见面。我们跨越太平洋的合作长达3年之久，如果没有您的大力支持，思成的书不可能顺利出版。

吴教授让我负责编辑这本书，我答应了。但是我是为了梁思成而编辑这本书，并且把他及他的作品推荐到西方世界。我想我的工作职责远大于清华大学吴良镛教授和其他负责人仅对此书的责任。我想他们会为图书的最终出版而感到高兴。我计划把寄给您的麻省理工学院出版社的声明同样寄给吴教授一份。我现在就做此事，并附短信一封加以说明，并附您的信息的复印件，及望您转交给刘小石的声明。如果这个副本中思成的照片比之前我寄给您的那一份好的话，您把这份效果好的留下，给他另一份！

我不认识 J. C. Wang，我想他也不认识我，不知道思成图书即将出版一事。他打电话给费正清，希望能够支持他申请这笔研究资金。但是费正清告诉他，他并未见过 Wang 本人，并对他一无所知，因此不能做此项工作。我得知他是一位接受过专业训练的建筑师，并且中文为他的母语，因此他或许可以更加深入透彻地研究，并且写一篇优秀的梁思成传记。但是他是一个什么样的人？他值得您、从诫、吴教授及思成的众多学生及崇拜者信任么？这本书出版后会对他有所帮助，首当其冲的当然是文本，当然还有那篇传记文章和参考书目。但是缺少 1947~1972 年的相关内容。这部分内容的研究需要更多地查阅资料和访谈。让我知道更多关于他的信息。

我把最好的消息放在最后与您分享……我终于做了外婆。月初我的大女儿劳拉生了一个女婴，名叫凯莉。她很小，四肢乱动，非常可爱，现在看样子整个白天都在睡觉，晚上却在大哭，但是别人告诉我所有的小孩子都是这样子的。

一位外婆向另一位外婆祝好！

慰梅

1984 年 1 月 28 日

——

亲爱的慰梅：

祝贺你和你的家庭增加了一个可爱的小 Kelly，按照中国传统，今年出生的小孩是属鼠的，（“属 × ×”是中国人计算年龄的一种方法，用十二种动物的顺序排列来计算年龄的老少），鼠是十二种动物中的第一个。中国人认为属鼠的孩子会得到好命运。我想送给小 Kelly 一件小礼物，但是找不到一件理想的东西，最后我挑选了两块鼠年的壁挂，这是一个中国外婆给她的祝福。

贝贝我就叫她贝贝，贝贝的读音和 Baby 相同，但它们的含义不同。我叫她贝贝（汉语拼音 Beibei），因为她是我的小宝贝，并不是小 Baby 的意思。

J.C.Wang 我知道得很少，我曾希望从你那里得到更多的了解，以决定我是否支持他，我仅根据他的自我介绍得知他：

1959年毕业于台湾成功大学；

1963年获美国加州大学硕士学位；

1972年获英国巴士（BATH）大学建筑学哲学博士学位，现在美国弗吉尼亚理工学院暨州立大学任教，他研究的题目是《梁思成与中国建筑》，并要用英文写一篇“梁思成传”。我认为他如果要写一篇真正的人物传记是不可能的，因为他不熟悉思成，甚至没有见过他。除了思成的遗作外，只有依靠老朋友和学生的回忆。我们没有保留思成的其他材料，我这里只有思成给我的全部信件，和他在解放后的笔记本，当然这些东西我不可能给一个陌生人看。

现在熟悉思成的老朋友越来越少了，你在1980年前后到中国来进行的几次访问是多么重要和及时，你为他的书写的前言也成为极可珍贵的资料了。很可惜你的那篇前言只写到1949年，如果能继续下去多么好。我认为J.C.Wang如果要写“梁思成传”，应当从梁对中国建筑研究的贡献的角度来写，否则他将什么也写不成，你认为怎样？也许这个问题由一个生活在中国以外的人来写，将会对中西方学术思想的交流史有益的，因为他们对问题能更客观些，特别对1949年以后发生的事情，他们可以更自由地发表意见。从以上的观点出发我愿意支持他的研究，并协助他争取得到清华的批准。但他是个什么样的人呢？这是我的一个大问题，如果你知道一些他的情况，请告诉我。

我当然非常高兴和你一同去旅游，去看看那些有名的古建筑。今年我已经到了退休年龄，所以我的时间可以自由一些。很可惜刘小石离开了清华，他调到北京市规划局去工作了。他曾多次对我说，为上次你没有去正定而感到遗憾，他曾答应我下次为你向有关单位联系的。

林洙

1984.3.1

亲爱的林洙：

十分高兴您给我提供的关于J.C.Wang的相关信息。我从未见到过他，将来或许也见不到。鉴于弗吉尼亚理工学院暨州立大学在华盛顿南部（South of Washington）的位置，其距剑桥的距离相当于北京至杭州的距离，或者更远一些。但是最近我得知他向美国政府申请了为期6个月的访华日程，专门用于收集写梁思成著作的资料，最终被拒绝一事。尽管随后的几年他的访华可能会得到支持，但是您不必期待他于今年访问中国。我同意您的意见，仅仅是采访您和思成生前的老朋友不足以去写一本关于梁思成的传记。除非他读了所有思成的文章，其中包括发表在《营造学社汇刊》上的一系列考察调研报告和正在印刷中的《梁思成全集》第一卷。他这样做不仅是浪费他自己的时间，也是浪费您及其他朋友的时间。

当然我希望麻省理工学院出版社的那本精美的《图像中国建筑史》的出版发行，能让思成在美国及欧洲得到他应有的影响及声誉。我也十分高兴以他的名字为作者的这本书将出现在美欧两洲的图书馆编目系统中。如今这本书的编辑出版已经接近尾声，终于完成了我的一个伟大梦想。我将把这本书的书评复印了寄给您，书评越多越好，希望它是受欢迎的。

4月12日，我将去位于纽约的China Institute in America参加一个会议。那个机构正在举办一个关于中国传统建筑的展览（大部分为照片，因此我能看懂），并且邀请葛兰、傅熹年和其他一些朋友为此次展览撰文著书。那天将会有很多人演讲，包括葛兰。我的演讲题目是“梁思成（在中国建筑中）的角色”，并用幻灯片展示他的手绘图片，他的特殊发现以及您给我的一些他实地考察时的照片。演讲内容编纂的小册子并不会在会后两到三周的时间出版，但是我可以保证给您一份复印件。据我所知有100多人前去参加，会是非常有意思的。

如果您将要退休，可以如您所愿地安排时间，我们是该计划一起出游参观那些独特的中国建筑了。比如佛光寺及附近的应县。我甚至嫉妒您能有机会去房山、少林寺及嵩山地区的其他一些文化遗产旅行。是该把这件事提上议事日程了。

小凯莉除了吃，还是吃；除了睡，还是睡！

您的朋友 慰梅

1984年3月17日

李道增[1]同志：

梁思成先生的遗著《中国建筑史图录》（英文）将于本月底在美国 M.I.T. 出版社出版。该书的全部图解及照片曾经丢失了 30 年，后由费正清夫人找回。1980 年费夫人来访时建议由她在美联系出版以完成梁思成的宿愿，吴良镛当即上报学校领导，刘达同志批示同意。

1980 年以后费慰梅（费正清夫人）为此书的出版撰写前言，并与我共同研究该书的增删选配插图等问题，曾数次到中国来。1982 年以后又为此书出版的种种技术问题及筹募出版资金等忙碌直到最后交稿。梁书在美出版是对中西方文化交流的一个贡献，费为梁书的出版花费了三四年的时间和精力，特别是在筹募资金时碰了不少钉子，但她并未气馁仍不断努力。我想作为一个外国人为已故的朋友出版著作，花费这么多的时间和精力是非常难能可贵的，特别是在美国这样"时间即金钱"的国家就更为难得。这说明中美两国人民的深厚友谊，也是费夫妇与梁的友谊。对此学校是否应有所表示？ 1982 年她来北京时曾邀请我与她同去正定参观古建筑，但因为当时我思想上顾虑颇多，没有积极去办。后来刘小石同志不止一次地对我说，应当请学校外办代她联系，满足她的愿望。最近她又来信提到上次没有实现的计划，并邀我陪同她到正定、大同、太原、洛阳、登封等地去参观古建筑，并说梁书的出版也许有关部门能允许她去参观。（上次没有去正定，她以为是不许外国人去。）我建议她这次来中国参观古建，最好由我方招待，不知妥否，请批示。[2]

林洙

1984.4.9

1 李道增：著名建筑设计方法与理论专家。生于 1930 年，毕业于清华大学建筑系，毕业后留校任教，1984 年时任建筑系主任。

2 本信是我写给当时系主任李道增的，为了帮费慰梅向学校申请她在中国参观各地古建等的各种费用。

——

亲爱的慰梅：

朱自宣教授将于明日去波士顿参加麻省理工学院的一个学术会议，正好托他带去你的生日礼物，有一个锦缎的小包还有一盒茶叶。原来还想请他带一本思成的《“营造法式”注释》，但因为这本书太重了，并且他已经替别人带了一本，因此就不能再替我带了。还有两个小壁挂送给小凯莉的。去年托霍莉带给你的云南土布，你喜欢吗？够用吗？如果不够用我还可以再给你买些寄去。

我刚刚收到你3月17日的信，祝你的报告成功。我现在还没有退休，但我的时间是自由的。我想我们的计划在9~10月间进行好吗？下次我将拟一个计划给你，如果这个时间定下来，我现在就必须做准备工作了。但是重要的是《图像中国建筑史》是否很快出版。

林洙

1984.4.9

——

亲爱的林洙：

朱教授给我带来许多您送给我的礼物。我真的不希望花费您辛苦所挣的钱为我购买那么多贵重的礼物。但是这些礼物使我感到十分开心。我特别喜欢那两件特别工艺的桌布——又一件新的艺术品，就像您给凯莉缝制的小衣服那样。我希望通过朱教授回赠给您一些礼物，但是他已经去了华盛顿，我们也将于明天起程前往新罕布什尔州，在他返回北京之前回不来。

我这里有一本《图像中国建筑史》的样书，十分漂亮！但是因为没有环衬和封面，两周之后图书就正式出版了，我再寄给您。

我们也将寻找可靠、有责任心的人，在五月的时候把那些手绘图片和照片（其中包括一些附加的图片）全部带回给您。这样我就可以真正好好放松一下了。

您计划什么时间退休？希望我们到时一起去旅行。

您的朋友　慰梅

1984年4月18日

1984.5.3——
重走梁思成、林徽因当年的路

——

亲爱的慰梅：

朱教授已经回到北京，他告诉我见到你很高兴。我收到你 4 月 18 日信，知道你要到新罕布什尔州去，不知什么时候才能回来，我已和我们的系主任李道增说好，他允许给我一个较长的假期。当你到中国来旅游时，我可以陪同你。我什么时候使用我的假期是自由的，你什么时候到中国，我就可以什么时候陪你去。我建议在九月份去，因为这个期间气候最好，而且我有充分的时间来计划我们的日程。我计划我们先到大同，去看云冈石窟和华严寺，然后到太原，看晋祠及天龙山，再从晋祠去五台山，佛光寺，再到西安游览大小雁塔及秦始皇兵马俑、碑林，再到洛阳龙门，从洛阳顺便去登封少林寺和嵩岳寺塔，再从洛阳到石家庄去正定隆兴寺，然后回北京。如果你时间充足精力也很充沛，我们还可以多看一些地方，一切由你来决定。我画了一张路线图，可以更清楚地说明我的计划。

希望你能很快的回信，把我们的计划定下来。我将于 5 月 22 日去广州，大概两周后回来，就可以开始准备工作。顺便告诉你，不必为我的旅费担心，我已经想办法解决了。你是否收到我 4 月 19 日关于陶军的信。

林洙

1984.5.3

——

亲爱的林洙：

收到了您5月21日从广州发来的信。十分高兴您能有为期两周的假期，得知您的妹妹和外甥（陶军）来到芝加哥，十分高兴他顺利进入了自己理想的大学。芝加哥离这里很远，但是在他停留期间，我确定我们将会见一面。

现在说一说令我们兴奋的旅行安排吧（您5月份的信）。希望这一次您能够拿到思成的书。我的朋友，Paul Sun，一位在波士顿很有名望的建筑师，将在思成的第一批书从纽约抵达剑桥的时候启程去中国。他十分乐意将书带到广州，并从那里寄往北京。一本给您，另外几本分别给吴良镛教授、梁从诫、傅熹年和陈植。这是第一批印刷出来的书，主要送给参与这本书编辑出版的人。您自己是这本书出版的最重要的参与者，如果这本书编号的话，1号非您莫属。十分希望听到您对这本书的评价，甚至是批评。我计划通过另一位建筑师，David Fang，把手绘图和照片归还给您，他于7月初去北京。他是我目前找到的直飞北京的人中最可靠的。尽管此书已经顺利出版，我们仍旧不希望这些珍贵的手绘插图丢失掉。

您设计的关于我们共同旅行的行程非常有趣，十分开心听到李主任批准了我们的旅行。我想我们可以分成两次旅行，根据您画的地图，先北方，然后再南方，其中留有几天时间休息。如您所知，我现在已经75岁了，但是仍旧很健康。但是如果我们一次去太多的地方，都会感到很疲劳而无法享受后半个旅程的快乐。您是否同意我的说法呢？我已经写信给美国大使馆的琳恩·诺厄（Lynn Noah）夫妇（她与您同姓！），他们是我的朋友，早就邀请我前去游玩。我向他们咨询是否他们能够邀请我于9月10日到中国作为期一个月或少一些时间的访问。我知道对于一个独自访问的外国人，租住宾馆是多么的不可行，特别是在一年中的那个时间。我一得到他们的回复，会立刻告诉您。那样的时间一定是最合适的，我十分期望与您同行，饱览那些著名的建筑。

您的朋友 慰梅

1984年6月3日

——

亲爱的慰梅：

你收到我 4 月 21 日写的信了吗？我非常喜欢思成的书，所有看到这本书的人都非常赞赏它。我向李主任详细地介绍了你为此书的出版所做的工作，他要我代他转达对你的谢意。当他知道你将来中国旅游时非常高兴，希望与你见面。清华的校长也要亲自向你致谢，并要宴请你。

你来中国旅游，清华表示愿意支付你这次在中国旅游在北京停留期间的旅馆住宿费用及市内交通费。为此清华希望能早些知道你到北京的日期及离开北京的时间，以便安排旅馆。如果你不需要清华在北京的接待，或者有什么其他的想法，也请尽快告诉我。我们的计划可以分两次，第一次是从北京去大同、五台山、太原等地，然后回北京休息三四天。如果你觉得还有兴趣，可以再到西安、洛阳、石家庄等地，这样你看好吗？或者只去正定。

林洙

1984.7.8

——

亲爱的林洙：

我一直在等待诺厄的来信。最后我决定直接给他们往北京打电话。这才发现，他们已经离开北京五周时间了。他们刚收到我的信，并且给予了答复，信中附带着一封简短的邀请信，拿着它我就可以到中国领事馆办理签证了。他们信中写道，欢迎我随时访问中国。我十分同意您的说法，9 月至 10 月是去中国北方旅行的最佳时间。或许我们可以把我们的两个行程订在 9 月 15 日~10 月 15 日内，其中在北京短暂休息几天。我计划在 9 月 10 日到达北京，到时我们再最后确定行程。从现在起，您是否需要向我们旅行的每一处景点提交申请以获批准呢？我还记得我们去正定时遇到的窘境。希望我们共同为《图像中国建筑史》的出版所做的努力能够使政府部门通融这个行程。吴教授和李教授是否能够给予帮助呢？

沈坚白昨天给我了电话。他说他为在北京把您丢了而感到抱歉，但是他告诉我您给了他120组建筑图片（还有其他的？）的列表，他可以得到这些图片的副本。他希望能够按照这个顺序整理图片然后寄给清华。他对书的出版很热心，也帮了很大的忙。

Liu Tsun-chi，《中国日报》（英文版）的编辑约稿，希望报纸能够发表一篇关于《图像中国建筑史》的书评（当他去年还在美国时）。我于4月7日给他写信，附有两篇麻省理工学院出版社关于那本书的描述，记得当时已经寄给了您。我听说《中国日报》根据那两篇小文章就即将出版的书刊登了一篇小故事，但是我并未见到这篇文章。如今3个月过去了，他仍旧没有一本《图像中国建筑史》的图书。如果我通过海运寄去一本，那要到9月份才能收到。您或者吴良镛教授能否给他一本样书以供写书评所用，当然我去时会专门给他带一本。事实上，随后你们都将会有更多的副本。在重庆的日子里，Liu是我们的好朋友。

我必须赶紧把这封信寄给您。十分高兴我们的行程终于就要实现了，十分期待与您一起去旅行。

您的朋友　慰梅

1984年7月4日

——

亲爱的慰梅：

我刚寄出给你的信，就收到你6月29日信。关于思成的书我没有多说，因为我想，不久就要见到你。我要当面向你道谢，为了你杰出的工作。是的，这是一本极好的书，It's Wonderful！我仔细地翻阅了一遍，我看到每一页都经过精心的设计，这不是一本普通的书，它是友谊的结晶。我认为这是我近期以来见到的新书中出版质量最好的一本。特别是那些手绘图，真是精美极了，这在中国是不可能印得这样清楚的。所有的照片的清晰度都不低于原片，有的甚至比原片还好，因为有的照片已开始褪色了。人们一看这本书就知道编者付出了多么大的心血和精力。请你代我谢谢与你合作的编辑。我想所有的读者还要更多感谢你，由于你为此书编的名词注译，它为读者更好地了解中国建筑搭了一座桥。亲爱的 Wilma，我好像看到思成在向我们微笑，让我紧紧地拥抱你吧！吴和我同时收到这书，他高兴地说："没有想到这么好。"他还说他要写一篇文章介绍这本书。我们的系主任李道增也要我向你转达他对你的谢意。当他知道你不久就要来中国时十分高兴，他希望与你见面，并告诉我清华愿意为你支付在北京停留期间的花费（旅馆、食宿、市内交通费），这是因为在四月份，当我知道这本书将出版时，向李详细地介绍了你为这本书做的工作，并请求在你到达中国后由清华接待你。李告诉我，对一切外国朋友的接待都要教育部批准才有经费，并且要一年前提出申请，因此我的要求不可能实现。但他愿意向学校提出申请，学校领导也十分重视这件事，因此决定你在北京的活动由清华接待。当然这是很微薄的一点表示，但表达了清华对你的尊敬和感谢。这个经过我原来不准备告诉你，因为我的愿望没有完全实现。不过我想这并不是一件坏事，你知道了也许能帮助你了解我和我的国家。

现在我想和你讨论一下我们的计划。因为我不懂西方的习惯和礼貌，所以如果我的想法不合适，请你告诉我。当然你到中国来，我是有责任照顾你的，我很愿意你住到我家来，但是美国的生活水平和我的家庭相差太远，恐怕你在我家里得不到很好的休息。虽然你也到过李庄那样的小地方，但那毕竟是在你青年时期，现在正如你所说的已经 75 岁了，而且习惯于美国优越的生活条件，我恐怕对你的照顾有不周到的地方，使你不适意。如果你愿意试试过几天中国人的生活，我将非常高兴在家里接待你。或者什么时候感到不方便时再住到旅馆里去。当然让你一个人单独地住在旅馆里，我也是很不放心的。中国人的习惯，尽管不相识的人也能同住一室，听说西方人不习惯与陌生人同住一室。如果你不介意，我可以到旅馆来陪伴你。至于出去参观，当然只有我们两人，我很不喜欢别人和我们在一起，我想我们主要去山西的几个地方，大同和五台山及太原，其他地方以后再定好吗？

关于旅馆我们没有什么选择的可能，因为只要离开北京，就一切听从旅行社安排，因为离开了旅行社我们将寸步难行。

如果你决定在北京住在诺厄处或我这里，那么在北京的费用就减少了。要是这样，我想再向清华商量一下，请他们支付你在山西旅行的全部或部分费用，你同意吗？总之我等待你的来信，清华也希望能尽早知道你来的日期。

林洙

1984.7.11

——

亲爱的林洙：

我先后收到了您7月8日和7月11日的两封信，但是7月8日的来信却比11日的还晚到了一周。现在我试图回复两封信中的内容。

我预期于9月10日至15日间抵达北京。我买了机票后会告诉您确切的时间。我们不旅行时，我会在美国大使馆与诺厄同住。清华大学的校长和李教授能为我支付赴京的费用，真的十分感谢。请替我对他们表示感谢。如您所知，我并不需要宾馆住宿费和餐费，但是如果他们能够为我提供专车接送，特别是从城里往返清华的专车，将会十分有用。

我希望我自己能为清华大学做些事情。如果李教授乐意，我将准备幻灯片，并如他所愿，与观众们作一个小时左右的交流。麻省理工学院出版社专为此书的出版举办了一个庆祝活动，我分享了与梁家多年的友谊，我们与他们共同在山西旅行的故事，以及关于这本书的一些故事。许多幻灯片中都有您给我的礼物，但是有一些是源自过去的影集和图书本身的内容。麻省理工学院出版社的听众中有一部分是来自中国的留学生，他们对我讲的故事十分感兴趣。

如果清华大学希望为我支付一部分旅行所需的费用，那将十分感谢。我希望他们也能支付您旅行所需的费用。您历时三年为此书的出版所付出的努力同样重要，况且您在这几年里还有自己的全职工作。当然，希望思成在天之灵能够得到图书出版的消息，并开心地对我们微笑。

至于我们的旅行，我喜欢您于7月8日画的行程。从北京到大同游览著名的庙宇。我在20世纪30年代曾两次前往云冈，不需要再去参观石窟了，但是如果您没有参观过，我们也可同行，然后再访问应县（有从大同到那里的火车么？），然后再前往太原（又是否有到那里的火车呢？），参观那里的庙宇，随后再从那里乘车去五台山。山上是否有住的地方呢？如果能在佛光寺待两天时间会比较从容，顺便可以参观一下南禅寺。（我知道那里曾经倒塌，已被重建。我好奇庙宇坍塌后那些雕像的样子。）最后我们回到北京。这将花费五到六天的时间。我们是否还需要更加精细的计划呢？如果我们愿意，是否可以在一个地方逗留的时间略长一些。

经过几天休整后，我们将开始第二次旅行。我建议我们搭乘火车前往正定，按照原先计划住在石家庄。然后经洛阳前往登封。我们可否乘车前往？我理解这些名胜古迹比较分散，如果能够搭车前往会比较方便。我在20世纪30年代曾参观洛阳的龙门石窟。那些记忆在脑海中仍旧十分清晰，因此不必在那座城市逗留过长的时间，也不必专门去寻找因为“文化大革命”而被毁坏的石窟。登封有住的地方么？当然，在旅行中，我们可以住在一张床上，这么多年过去了，我仍旧习惯“中国的生活方式”而无需顾虑美国式的便捷。我在1945年和1972年两度访问西安，游客很多。我从未参观过秦始皇兵马俑，希望前去参观，但是不需要再去访问半坡村以及蒋介石被绑架之处。我希望城墙仍旧耸立。我们可以在那里呆两到三天。是否有从西安到太原的火车？我们去那里旅行的时候，阎锡山曾经在那里建了一条狭窄的铁路线，我希望白天能够搭乘火车，沿汾河，在赵城停留，参观广胜寺和明应王殿（或许可以住在那里或者附近）。20世纪30年代，我很喜欢山西境内的建筑，因此钟爱去那里旅行。

我知道您急切地等待着我的回信，因此我必须赶紧去邮局把这封信寄出。但是仍旧有其他一些事情需在信中提及。

麻省理工学院出版社已于两天前通过航空快递给《中国日报》的编辑T.C.Liu寄送了一本样书，因此他将如愿得到一本新书。鉴于《中国日报》以英文的形式出版，我建议他们请王世襄撰写一篇书评，他曾和思成一起在李庄工作过，知道思成写书一事。但是他们或许会有其他的想法。十分抱歉催促您把您的那本样书借给他使用，希望您没有按我说的做。这里我附上一篇书未出版时的注释。

希望吴教授和陈植都十分乐意在建筑类杂志上发表关于这本书的书评。

殷一和给了我一本《“营造法式”注释》，很精致，也十分重要。请替我向 Guo 表示祝贺。

David Fang 没有去中国，所以那些手绘图和照片仍旧在麻省理工学院出版社手中，我希望去北京时亲自带给您。

最后，我十分感谢您对书的评价。当收到由您签名您妹妹的来信中只有在最后一句话简单提及收到此书时，我感到十分焦急。我以为您对此书的一些方面感到不满意。如今收到了您、吴教授和陈植的来信，我感到好多了。在确认从诫收到了书之后，尚没有他的来信。我希望他能够喜欢。

您的朋友　慰梅

1984 年 7 月 24 日

——

亲爱的林洙

我昨天收到了您妹妹 7 月 21 日的来信。从诫 19 日写信给我，称他至今还没有收到样书，因此，当得知您已经收到样书之后，着实松了一口气。希望从诫现在已经拿到了自己的那本样书，吴教授和傅熹年也拿到他们的了。您是否见到了我的朋友，Paul Sun？是他把书从广州寄给你们的。他游览了海南和广西之后，现在人在北京。我听说，他，一位波士顿著名的建筑师，已经转至北京的一家医院，首都医院？他认识吴教授和清华的一些同行……我希望他们能把他介绍给您。

在对思成的图书长达数月的编辑整理工作之后，我感到身心十分疲倦。我现在正在一个村庄度假，这里距波士顿北部有 100 英里的距离，我正在等待诺厄的来信。我的丈夫秋季无法与我同行前往中国，如果需要一个人住在宾馆中，我将取消这次行程。但是还是希望在这几周内收到他的信，我将会立刻给您答复。

我希望我们计划的建筑之旅不要混杂其他项目或者中央电视台什么事情。我只是希望您和我单独乘坐火车，享受这次旅行，游览、考察您和我共同编辑出版思成这本书时，研究学习过的这些伟大的建筑。旅行越简单越好，正如我们一起计划去正定的旅行，宾馆大小好坏都无妨，陪同的官员越少越好。您和我都可以理解对方，无需翻译人员。正如您英文水平的提高，我的中文也在逐步提高。

您是否可以用中文写信给我，如实告诉我您看到这本书之后的感受。我希望知道您对这本书好与坏的评价。我参与编辑这本书，是因为我与思成和徽因多年的交情，但是如今，在经历长时间的合作之后，我们之间也产生了深厚的友谊，所以十分想知道您对这本书的评价。因为您和我都非常思念思成，因为希望我们能够沿着思成发现这些建筑的足迹，简单却快乐的旅行。这就是为什么我希望我们能够单独行动。

您永远的朋友　慰梅

1984 年 7 月 29 日

——

亲爱的林洙：

我刚与沈坚白通了电话。当我告诉他我今天要写信给您时，他请我替他转达如下信息：

您所列的在中国图书赠送名单已经由沈翻译成了英文，乐施公司接受了这个赠书列表，并根据列表从麻省理工学院出版社购买图书。这个用大纸板箱子装载的包裹将随着沈先生夫妇及他们个人的行李前往中国，预计于 9 月 13 日晚上 8 点到达。清华大学将根据您所列赠书名单安排赠书。

沈先生说清华大学将派代表前去接机，专门负责这个装着图书的大包裹的报关事宜，以确保万无一失，并且派一辆卡车，或者其他安排，将这些装着图书的大箱子运回清华大学。沈先生夫妇将离开机场入住长城饭店。如您所知，他们是这本书最好的朋友，也是思成、您、我的好朋友。

此外将要告诉您的是，我将于 9 月 15 日晚上抵达北京机场，在沈先生夫妇抵达两天后，但是是在晚上 9 点 45 分。诺厄夫妇开车去机场接我。我知道您，作为更近的朋友，也希望去机场，我也十分希望能够早日见到您。但是如果我拒绝您前去接机，也请您原谅我。长达 13 个小时的飞机旅途会使我感到无比疲惫、昏昏欲睡。我希望我以精神、开心的面貌与您再见面！诺厄家里的电话是 ××-××××，如果您希望第二天打电话给我，就请拨这个号码吧。

我刚收到从诫的来信，他十分痴迷于这本书。我如释重负，并感到十分开心。我寄了样书给诺厄夫妇和另一位大使胡默尔（Hummels），希望在我到达之前他们就能通过邮寄的方式拿到这本书。此外还寄了一本给中国驻美大使章文晋，您是否知道他是中国营造学社的创始人朱启钤的外孙？

期待我们不久后的再见面。

您的朋友　慰梅

1984 年 8 月 2 日

——

亲爱的林洙：

出差错啦！

我刚才发现这本书中有一处错误，这使我感到非常沮丧。图 73a（该书中一张效果非常好的图片）并不是安阳的天宁寺塔，而是下一页图 73c 的 Tz'u-shou Ssu T'a。我不知道怎么会导致这样的疏忽，但是当我读到思成所写的“五层房檐或是楼层”以及“显然没有竣工”时，我立刻意识到并非对这幅图的描述。

鉴于这本书一个重要的读者群体是学生，这个错误必须告诉读者。在美国，出现这样的错误，通常的处理办法是在每一本书中加入一小张勘误说明。对于这本书而言，可以声明，图 73a 的位置是另一张效果更好的图片 73c，安阳宝塔并未配有插图。

这项勘误工作必须立刻解决，但是现在我想知道您是否发现其他的错误。如果您发现了，能否把所有的错误列表寄给我？包括文本、插图说明或者照片，以便我将这些错误同我发现的错误一起列出来，在发售的每一本新书中插入勘误说明。［这个表的题目就叫做“勘误表”（Errata），是拉丁语“Erratum”的复数形式。］

我对这样的发现感到非常震惊，但是希望我们尽早地发现并进行纠正。或许出现错误不足为奇，毕竟我们在世界相距很远的两个地方合作编辑此书。

希望尽快收到您的回信。我将再写信给您计划我们的行程。

您的朋友　慰梅

1984 年 8 月 7 日

亲爱的慰梅：

我连续收到你 7 月 24 日、8 月 2 日、8 月 7 日的三封信，因为李主任不在北京，所以一直在等他，但是现在我必须马上给你回信了。

（一）陶军已经收到加州大学的 I-20，他和他妈妈都非常感谢你，当然我更感谢你，他现在正在作冬季入学的准备。

（二）我当然欢迎你举行一个讲座，我相信李主任会高兴的。北京老年文物研究会将会有很多会员来听你的报告，还有清华的师生，我相信你会成功的。老年文物研究会还准备送你一封荣誉奖状。

（三）关于我们的旅行，根据你的计划，第一次行程如下：

北京 — 大同 — 应县 — 太原 — 五台山 — 北京

第二次行程

北京 — 石家庄 — 正定 — 登封 — 赵城 — 北京

这里有点小问题，因为赵城在山西，我们最好把它列入第一次旅行中，否则会多花很多路费。如果第一次旅行去赵城就不能按照你的愿望在山西结束你的整个旅行。你愿意在正定或石家庄结束我们的旅行吗？我建议把我们的路线改变一下。

（一）北京 — 大同 — 应县 — 太原 — 五台山 — 赵城 — 北京

（二）北京 — 石家庄 — 正定 — 洛阳（路过）— 登封 — 西安 — 北京

我们也可以先去西安，最后在正定结束。如果你感到疲劳，我们就只去正定也可以。我计划我们 20 日离开北京，因为你需要休息，并作报告，或许还要去探望老朋友，在山西旅行 7~8 天，在 10 月 1 日以前回到北京来度国庆节。

在 10 月 3 或 4 日再出发。参观的建筑根据你的要求，在旅途中也许还可以有小的变动和调整。

（三）关于沈坚白，请你告诉他，我一定亲自到机场去接他。李主任也可能与我同去，但因为我还未见到他，所以你不必告诉沈，李会去接他，也许校长还会以某种方式向他表示感谢。但目前还定不下来，因为国庆前是最忙的时期。

（四）你 8 月 7 日的信谈到思成书中的错误，我很抱歉，当我翻阅这本书时虽然是逐页地细看，但只注意了排版和印刷质量，没有想到书中会有什么漏误。由于我的英文很差，阅读起来很费时间，所以想在假期中来读。后来按你的要求，我把书借给了中国日报的 Liu，直到现在他还没有还给我。我一定尽快去要回来，尽快的吧，我能发现的问题告诉你。是的，勘误表应当尽快地印出去。不过，亲爱的 Wilma，我希望你不要为这书中的小错误太烦恼，错误是可以更正的，更重要的是在我们活着的时候，把这本书印出来了，这是最重要的，将有成千上万的读者感谢你的。

林洙

1984.8.18

* 我将于 9 月 16 日上午 8:30 给你电话，或来看你，我还在为你争取到一部分旅费而努力。因为上次校长批准在北京的开销，由于不使用而作废了，在外省使用，又要重新打报告申请。事情就是这么麻烦，我想是因为我们的国家太穷的缘故。

——

亲爱的林洙：

我仍旧为思成这本精美的图书中的错误而感到吃惊。几天前，我写信给葛兰，把这件事情告诉了她，并且如拜托您的那样，也希望她能够帮助检查是否还有其他的错误。我正在等待您和她的回复，但是昨天麻省理工学院出版社的责任编辑电话我说，他们正在印刷更多的书，这些书将随沈坚白一起去中国。

正如您所知，这些书籍都得到了施乐公司的赞助，在每本书中都贴有一条小小的说明。在为该书筹集资金的时候，乐施给予了我们很大一笔。沈坚白也慷慨解囊，并且正是沈先生在乐施公司总裁访华期间说服他给予资助的。因此除了附以乐施资助的说明之外，还将在 73a 上贴上一张小小的勘误纸条。随后，如果我们再发现其他错误，再作具体安排。

关于我们两人的旅行：我想您是对的，我们需要依靠中国旅行服务部门。我 7 月 24 日的信中详细列出了我已经参观过的景点，其中一些不必再去了。但是我不知道您已经去过的地方，这是我俩的旅行。我同意您的看法，您计划的第一个旅行是最重要的。我当然也十分喜欢第二个旅行，但是更想与您商量，哪些景点我们值得去看，哪些可以取消。我将于 10 月 15 日抵达，并且在中国待一段时间。但是我还不能确定何时返程，因此如果需要，我们可以自由安排。

您对第 35 个国庆庆典的感受如何？您希望在北京么？由您决定。如今我对这个话题没有独特的观点和看法。我将会在 31 日在那里，这将会非常有趣，因为我的朋友将有四天在工作，这是访问他们家绝好的机会。

我将带着手绘图片和照片去清华。它们附上了您的地址放在了我的行李中。所以希望告知海关，他们会于 13 日收到装着思成图书的大盒子，并且有两个包裹随我于 15 日晚一起抵达清华。我想应该不会有什么问题，不过还是提前有所准备的好。

我必须立刻寄出此信，真是希望在这之前就已经写好了信。

您的朋友　慰梅

1984 年 8 月 15 日

——

亲爱的慰梅：

我非常兴奋地等着你的到来，同时我也是非常忙地在做各种准备工作，同时我也感到有些不安，因为不知道我主观的为你安排的日程合适否。特别是我不了解你在北京还有没有其他的事情要办，我为自己没有考虑周到，没有事先了解你的详细计划而感到不快。

清华已经通知我，同意为你付一次旅程的费用，随便哪一次都可以，此外在9月16日至9月19日为你提供一辆车子，供你在北京使用。现在我把我们计划的日程表寄给你，如果有什么修改，我们16日再谈。

15日 北京

16日 上午我来看你，讨论确定日程

17日 清华作报告及参观

晚校长宴请

18日 上午和关肇业一起参观大钟寺

中午关肇业请你吃饭

19日 上午去去香山、卧佛寺，中午我请你和沈坚白在香山饭店吃饭。虽然香山饭店远一点，但我想你也许有兴趣去看这栋引起争论的建筑，总之我希望你把19日中午的时间留给我。如果你不喜欢香山，我们可以换一个地方。

20日 从北京往大同

21日 参观华严寺、善化寺、云冈

22日 应县木塔

23日 从大同去太原

24日 参观晋祠

25～27日 五台山（现在还在办理，不知道能不能让我们去）

28日 从大同去赵县（现在还在办理，不知道能不能让我们去）

29日 回北京

30～10月4日 在北京，今年的10月1日比往年隆重，庆祝活动多，恢复了盛大的游行，我觉得是值得看的。

10月5日 从北京往石家庄

6日 参观正定隆兴寺

7日 从石家庄去洛阳

8日 从洛阳去登封

9 日 从洛阳去西安

11 日回北京

林洙

1984.9.2

——

亲爱的林洙：

昨天收到了您 8 月 18 日的来信。两页纸涵盖了好多信息！距前往北京的时间越来越短了，我试图尽快答复您的来信。

是的，因为赵城也在山西，我们应该从太原去赵城。天龙山石窟距太原有多远（《图像》图 19）？思成十分仔细地观察了那里的建筑，并亲手绘制了那个时期的木结构建筑。我们在太原期间可以去那里参观么？

我想在我们结束了第一个行程之后再确认第二个行程也不迟。

十分感谢您为我安排的座谈活动。希望无论是老年人还是学生都对 20 世纪 30 年代、40 年代年轻时的梁思成十分感兴趣。我将带着幻灯片去，慢速地用英语讲，希望听众能够明白或至少看得到。

20 日左右开始我们的旅行听起来是一个很不错的决定。我想这样我就休息过来了，也会抽出一些时间看其他的朋友，在我们回来之后还有时间做其他的事情。在北京亲眼目睹中华人民共和国建国 35 周年纪念将会是非常有趣的。

我将转达沈坚白您与他见面一事儿。希望您到时能够租用一辆卡车把装满图书的大箱子运回清华。他用自己的行李箱把他们带往北京，以确保书能够安全到达清华。我想如果在到京之后不得不把这些书放在飞机场，他会感到十分不开心。

您可以在 16 日给我打电话，但是不要在 8 点 30 分打过来……那时是我们这里的午夜！在下午 2 点 30 分之后打来会比较好。我想在剑桥的家中有您清华的电话，但是请您在下一封信中再告诉我一下，以便确认无误。

我正忙于很多事儿，准备赴京的行李。十分开心的是我们将在不久就要见面，沿着思成的考察足迹进行旅行。

您的朋友　费慰梅

1984 年 8 月 26 日

——

亲爱的慰梅：

李主任告诉我，他非常欢迎你举行一个讲座，但是讲座的题目是什么呢？我非常懊恼自己的粗心，忘了及早问你，现在等你的回信已来不及了，我只好自作主张替你定了一个题目——“我所知道的梁思成和他的《中国建筑史图录》”，你觉得合适吗？你的讲座定在 9 月 17 日下午，如果讲堂没有问题就不再改了。我不知道你用中文或英文讲，如果用英文讲最好有一个简单的讲稿，可以给翻译人员先看一看。

我现在正在为我们的旅行作准备，清华已同意替你付一部分旅费，但还有一个令人不愉快的消息是，五台山和赵城现在还没有开放，要去这些地方必须得等你到达之后凭护照去申请，我担心这样会把我们的参观日程打乱。虽然我很早就提出计划，但不少事还是得等你到达后才定得下来。我在没有得到你的允许的情况下给清华提出了一份参观日程表，因为向当地有关单位联系要提前很多日，否则我们在外地的食宿交通都解决不了。

前几天 Liu 把书还给我，昨天我看了一天，每一张图的名称都查对了，只有 73a 是八里庄塔而不是安阳天宁寺塔，除此以外我没有再发现错误。

我想你带回的图片和照片不会有什么麻烦的，我会和海关打招呼，我将于 9 月 16 日上午 9:00 以前到诺厄处和你商讨我们的计划，同时要把你的护照拿来交给清华，他们为你去办理去五台山的手续。我不知道你现在是否已经回到剑桥，为了使你尽快收到这封信，我复印了两份同时寄给你。我们很快就要见面了，我多么高兴！

林洙

1984.8.29

——

亲爱的林洙：

您8月29日的信已经收到……好快啊！我知道您需要我迅速回复。所以我立刻给您回信。

我在清华的报告主题是对的。十分高兴关肇业能够为我作翻译。我将试图放慢语速，当然幻灯片本身有更多的故事，听众可以自己看到。但是我想我最好能够提前一天与他讨论报告内容。能否把报告的时间换至18日或者19日？我将于14日和15日飞越半个地球，一整天和一夜不能睡觉，直到15日后半夜才能到达。我将把16日用来休息倒时差。在上一封信中，您告诉我是16日下午做报告。如果您去诺厄那里，我会把护照给您，但是更希望能再多休息休息再与您见面，17日上午9点更合适。如果您不能改变时间，我将按您计划在那天晚上（或者下午）作报告。

十分高兴您从《中国日报》拿回了书并发现没有其他错误。我也不再担心了。附件中是美国著名刊物New York Times上发表的一篇书评，我想看后您会和我一样开心。

是的，我为五台山和山西其他地方的旅行准备了厚衣服。希望我们一定能参观到佛光寺和南禅寺。但是十分抱歉在安排行程上给您带来的额外的麻烦。我想我在另一封信中已提及我并没有定下具体是在十月的哪一天离开中国，我想您不必为我离京作提前的安排。

我将在3天内去剑桥，并且直到14日离开前都在那里。如果您需要，就给我打电话吧。

十分高兴我们将要见面。

您的朋友　费慰梅

1984年9月4日[1]

1　慰梅于1984年9月中到北京。我们基本按原计划参观了山西、河北、河南等地的古建筑。慰梅于10月中旬返回美国。

背景介绍：

9月15日，慰梅准时到达北京，我们基本上按照计划进行旅行，只是往后推了一天。慰梅在清华的报告非常成功，受到了学生们的欢迎。

21日，当我们坐上去大同的火车时（我们包了一间屋），慰梅亲切地拉着我的手问我思成去世的病情及临终前有什么嘱托。勾起往事，想到思成，我不禁大哭了起来，慰梅也跟着我流泪，不停地安慰我。那时极左思潮还没有完全肃清，人们不敢说关于“文革”的事，更不敢对外国人说。所以我什么也说不出来，只是不停地流泪，但我感到我们的心更近了，这是一次无言的心灵交流。

我们看了大同的云冈石窟、华严寺、善化寺等古建，共同感到在大同的土地上有这么多雄伟美丽的古建真是大同人的骄傲与幸福。慰梅在编《图像中国建筑史》时已对这些古建筑十分熟悉，所以无需我去作什么说明。当她亲眼看到这些雄伟的建筑时，仍感动得不能自已。

在参观应县木塔时遇见一件有趣的事，当我们的车进入木塔的大门时，后面跟进来另一辆小轿车，下车后方知跟着进来的是一位日本的古建专家佐藤重夫，因为他没有提前办好手续所以只好混在我们车后面一同进来。经过互相介绍，他听说我是梁思成的遗孀，显得十分恭敬。回京后，他又特地到清华来拜访我，从此以后，日本每出一本与古建相关的书必寄一本给我，我也将与思成有关的著作寄给他。在我写《营造学社史略》时，对学社当时的几个日本社员一无所知，因为他们不像关野贞、常盘大定那么有名，所以我只好求助于佐藤。佐藤终于在日本20世纪30年代的刊物上查到了他们的材料，寄给了我，这样才完善了《营造学社史略》中的社员情况的空白，后来慰梅知道了也很高兴。就这样我与佐藤的友谊一直维持到他去世。

在我们完成了大同的参观，又去了赵城广胜寺，因为费正清、费慰梅曾与梁思成、林徽因一起在30年代一同去过广胜寺，所以慰梅一定要重游广胜寺回味当年的情景，看完下寺以后往上寺出发，但不巧通往上寺的路正在翻修，汽车不能直达上寺山门，因此我们只得一步步往上爬。但我看得出来，慰梅的体力已经不支，但她执意要上去看看上寺的花塔。思成曾在书中说过，“上寺的琉璃塔虽在明代才建成，但对整个上寺来说却起到画龙点睛的作用”，所以我和慰梅都很想亲历其境去体验一下。但是我看到慰梅越走越困难，我不得不每五分钟就测一下她的脉搏，这样又走了一段。但我测到她的脉搏每分钟90下时，我坚决主张撤退了，为了保证慰梅的安全，我们一步也不能再上了。后来费正清知道这些情况后，特意来信表示感谢，虽然我们没有看到琉璃塔，但是我们的友谊却大大加深了。

回京后，慰梅参加了国庆节的盛大庆祝会，当她在观礼台上时，发生了一件有趣的事。后来她对我说：“十月一日，我登上了国庆节的观礼台，站在我身边是一位中年男子，他显得十分绅士气度，而且服装十分讲究，带着昂贵的戒指与手表。我正在琢磨这个人是谁呀！我为什么一点也看不出他的身份？这时观礼的人也陆续到齐了，奇怪地是每个人都要来向他鞠躬握手。我实在忍不住了，就悄悄问身边的人，这个人是谁呀？旁边的朋友笑着告诉我说，他就是当时在北京正上演的日本连续剧《血疑》中父亲的扮演者大岛茂。”我们不约而同哈哈大笑起来。

国庆过后，我们到正定、洛阳、登封等城市去看了看，遗憾的是，由于时间的原因，我们没有去成西安。可以说慰梅是十分满意的。这里还要感谢清华大学外办及我们所到的每一个城市的外办的热情接待，专门为她安排了住宿、车辆并宴请了她。

——

亲爱的林洙：

据我们在地球另一边的北京机场说再见已经有两周了。我也已经回家一个星期了。两天在剑桥(在经过20小时的飞机旅行后，用来倒时差)拜访亲朋好友，回复来信以及支付账单。随后我们将去山林中，劳拉和比尔带着宝宝去那里度周末，霍莉和丈夫安迪会在那里休息几天。如您所愿，女孩子们分享了您送给她们的那些礼物。霍莉喜欢红色的夹克和绿色的围巾，劳拉选择了白色和褐色相间的围巾，两个女孩都十分喜欢用作装饰胸前的吊坠。

至于我嘛，您给了我最好的礼物。只有您的辛劳工作和坚持才能使我们两人的这次行程那么地开心、有趣。因为霍莉曾经与您见过面，所以对我们的旅行尤为感兴趣，她仿佛能从我讲述的旅行故事中看到您的身影。费正清十分感谢您对我无微不至的照顾，我甚至向他坦白当我们攀爬至广胜寺后，您是如何帮助我从最顶端下来的。

在香港，我作了两次演讲，主题和在清华的一样。如今，我需要在这里作三场或者更多的演讲。如我之前担心的那样，我照的照片质量十分不好，尽管可以选出一些给您寄去。

我正在从我们收集的好看的明信片中选择图片用来当演讲时的幻灯片。希望您的照片效果比我的好。我是一个失败的摄影师。

我正在思考我们曾经谈话的内容，共同撰写一本书，回忆思成的生平，您负责1948年至1972年部分。这将是一本十分有价值的书，而且我们可以继续愉快的合作。我能想象得到您现在正忙于把《图像中国建筑史》寄送给朋友们。我仍旧在恢复体力。但是我们可以考虑考虑，您说一说您的建议，正如您现在看到的。

您的朋友　费慰梅

1984年11月1日

——

亲爱的慰梅：

当我们那么亲密地相处了一个月以后，现在感到特别地想念你。你的信、费正清的信、霍莉的信及你的礼物，大体是同时收到的。毛衣很好看，我更喜欢灰的那件，白的我给了林彤，裤子略大了一些，不过我们已经把它改得合适了，我很喜欢这条裤子，谢谢你。我想费先生太客气了，我对你的照顾是应当的，因为你们是思成最好的朋友，我希望你们健康永远健康！！我非常愿意和你合作写一本关于思成的书，我准备用回忆录的形式从 1966 年开始，然后追述到 1948，再写到 1972。但是这篇回忆录不太好写，因为牵扯的政治运动较多，所以要查阅大量过去的报刊及公开的文件，才能写得准确。所以我想可能会慢些，但是我一定要写，并尽量把它写好，目前我是太忙了，就准备在寒假开始。

最近麻省理工学院建筑系的 Prof.Nitschk 到清华来访问，我请他带给你一包幻灯片约 40~47 张，我记不清具体数量了，其中有 29 张是用你余下的钱做的，其余是我送你的。我希望这些幻灯片对你今后的报告能起一点作用。Prof. Gunter 大约要到明年一月才能回到剑桥。

还有一个重要的好消息要报告你。陶军已经获得了美国的签证，他将于明年一月十日离开北京到加州去，他的妈妈和他都要我代他们向你致谢，感谢你对他的帮助。

请你转告霍莉，我不再给她写信了。谢谢她的来信，并等待她和她的丈夫明年到我家来做客。

林洙

1984.11.21

——

亲爱的林洙：

十分感谢您送给我的漂亮的礼物！您真是太好了。当我穿着大衣，戴着项链时，总是会想起您来。

我妈妈身体很健康，十分感谢您对她的关照与旅途中的保护。显然您是她理想的旅伴，她和您一起旅行感到十分温暖。沿着梁思成先生考察中国古建的足迹进行的旅行一定让您十分感动。十分希望你们能够合作撰写一本关于梁思成生平的书。这在中国建筑研究领域是一本十分重要的著作，同样你们两人合作撰写也十分重要。

十分高兴我妈妈能够再次访问中国，并与您一起参观访问了那么多地方。

我也十分希望有机会再去中国，或许明年与我丈夫同去。希望能够再见到您，同时希望您身体健康，并把最真诚的祝福送给您的家人。

再次感谢您及那些可爱的礼物。

您的 霍莉

——

亲爱的林洙：

费慰梅已经回到美国，玩得十分开心，并非常乐于给我们分享她与您的旅行。我希望能够单独写信，对在旅行期间您对她无微不至的照顾表示感谢。正是您的好客和谨慎周密，不仅使这次旅行成为可能，而且游玩得非常有收获。当然我希望我能同行，但是我想我去并不是明智之举。

早在多年前，我们两人与梁思成、林徽因夫妇交往密切，如今能够与您取得联系，并延续着两家的友谊，我感到十分开心。再次感谢在旅行中您对费慰梅周到细致的关心，也为有您这样的好朋友而感到非常高兴。

祝好！

费正清

1984年11月5日

1984.11.19——
慰梅想写《梁思成传》，并为此而努力

——

亲爱的林洙：

希望您已经收到了那个装有中号毛衫和短裤的包裹，并让我知道那个尺码您穿上是否合适。我特别在包裹上标上了“非羊毛”，因此您无需再支付任何关税。事实也如此，它们是人造纤维，易于清洗，干得也快，并且不像羊毛容易缩水。

回到美国后，我已经就思成这本书作了一场讲座，并且从在山西旅行时的小册子中发现了很多其他的好照片。正如之前我写信给您所说，我的照片质量都非常差，但是我也会“矬子里头挑将军”寄给您一些。您和我能够沿着思成考察的足迹参观那么多知名的古建筑，使我回美国之后的演讲更加丰富精彩……丰富了我的知识，同样使观众了解更多。

我得知 Joseph Wang 今年又重新申请前往中国六个月搜集撰写思成传记的资料，或许这一次不是去清华，而是去北京市建筑设计院，杨伟成负责接待。是傅熹年组织的么？

您是否又在着手编纂思成的另一部论文集呢？我们是时候共同计划编写思成的传记了。将等待着您的消息，同时写下一些文字。

在我们开心的旅行后，十分想念您。

慰梅

1984 年 11 月 19 日

——

亲爱的林洙：

在我离开北京之前，您告诉我，清华有人希望我和费正清能够写文记述与这所大学的各种关系。

一回到家中，我就把这件事儿告诉了费正清。他说他十分乐意与我共同完成这样一篇文章。但是我俩都需要知道：1）文章需要写多长；2）是哪里要发表，什么样的杂志？

我们都为与这所学校长达50年的友谊感到开心（诚然在无法访问中国期间，有一个大大的时间断层）。当我们听您和别人建议我们就此写文章的消息，都十分乐意。

我专门为此写信给您，是因为在上一封已经寄出的信中忘记提及此事。

您的朋友　费慰梅

1984年11月24日

——

亲爱的林洙：

您寄来的一小包裹照片（写于11月21日）已经到达我这里。十分感谢！那些照片十分清楚漂亮。我拍的那些照片完全没有那么清楚。我是持有一个破照相机、技术很差的摄影师。但是我这里也有一些值得寄给您的。我希望收到幻灯片。我有一些幻灯片是借用了给我们的那两本山西的宣传小册子上的彩色照片以及一些明信片……这些比我自己照得好太多了……我用它们作为我演讲时的配图。等您的幻灯片到了，我可以讲述更多建筑本身的话题。

得到陶军拿到他的签证并按计划前往加利福尼亚的消息，真的很开心。我想他的妈妈一定松了一口气。

十分抱歉寄给您的短裤太大了……但是，总比尺码偏小要好！至于毛衫，美国尺码的“中号”是否与中国尺码的“中号”大小一样呢？您穿上是否合适？是不是也偏大呢？

我已经开始着手准备思成的传记了。您不必着急。您说得对，我们需要尽量寻找更多解放后的文字记录。我发现了一些相关的素材并且在随后会寄给您参考书目，以便您寻找到它们。您对在那个时期思成的所思所想及在他身边发生的事情的评述将十分有价值。

如果清华大学仍旧需要他们需要的文章，希望听到您讲述更多相关的事情。

再次感谢！

您的朋友　费慰梅

1984 年 12 月 2 日

——

亲爱的慰梅：

我收到你 19/11、2/12 的信及两条眼镜带，谢谢你。Prof. Zhu 告诉我，“东亚建筑与规划研究会”1986 年将在北京召开。清华大学将作为接待单位，那么最迟 1986 年我们将又能见面了。多么高兴！我希望那时我们的第二本书的主要工作已经完成了。关于费先生在清华任教的材料是清华校史编写委员向我要的，他们听了你的报告很感兴趣，并认为其中有不少重要的历史资料。他们还对费先生曾在清华任教这一事情感兴趣，他们说过去在编写整理校史时没有注意收集外籍教师的情况，现在准备补充这方面的资料，特别是外国的著名学者应当有专门的档案。至于他们是否发表，我不知道，因为我没有看到他们的出版物。

我答应他们可以转达他们的请求，他们想知道以下几点：

（一）出生年月日、地点

（二）学历、学位

（三）主要著作

（四）简历

（五）在清华任教的情况

以上几点可以写得简略一些。

等过些时候我不太忙时，准备把我这里所有的思成的英文稿的目录寄给你。

陶军明天就离开北京了，因为他的经济保证人希望他提前到美国，先熟悉并适应一下美国的环境与生活。虽然他非常高兴到美国去学习，但在这离别之际，心情也十分惆怅。

祝你们全家圣诞新年快乐。

林洙

1984.12.14

——

亲爱的林洙：

附件中附有费正清的简历和主要著作，我想这些或许可以或多或少地回答您于 12 月 14 日来信中清华大学列出的一些问题（我突然意识到隔那么长时间才给予回复，十分抱歉）。我想这份资料应该会对希望了解费正清的人十分有帮助，如果希望了解更多，也可以直接写信给费正清。他们是希望写一篇论文呢？如果是，多长合适呢？是关于那么多年前他的学生和系里的朋友么？我想应该是 1933 年至 1934 年。我想您写给我的那些内容，清华校史中已经记录，并且十有八九已经出版了。他们是需要更加具体的信息用来撰写文章在清华相关的刊物上发表么？负责撰写这篇文章的老师可以直接用中文给费正清写信，内容无需过长。

前几天，尼奇克（Nitschke）从美国的西海岸寄给我冲印好的您的照片。它们非常清晰，构图也很好。我十分高兴得到这些照片，因为我自己拍摄的质量十分不好。在去北京之前没有准备一部好的照相机并学会运用它，实在是一件十分愚蠢的事情。我想我将是一个无可救药的摄影师了。我正从您的这些照片中选择可以用于演讲的，如果我再作关于中国建筑的讲座的话，兴许可以用上。

我们这里非常地冷。我们希望再次去危地马拉，但是那里的朋友生病了，不能陪伴我们。

让我感到十分宽慰的是，如果我没有写下任何文字，我可以在这里做，可以查阅图书馆。我正在与一位中国朋友共同翻译《梁启超年谱》中关于思成童年和幼年的趣闻。不知您是否读过那些内容。其中有他的那次摩托车事故和结果，非常有趣。

希望您能够写信给我告知您的近况。非常非常感谢您寄来的那些照片的底片。

您的朋友　费慰梅

1985年1月15日

——

亲爱的林洙：

我想您正在忙于寄送《图像中国建筑史》的样书，借此机会想征求您的意见，可否寄一本给上海的张锐（他的地址：上海淮海中路××××-×）。我收到他的一封来信，向我咨询这本书。从美国专门寄一本往中国不仅邮资昂贵，而且没有必要，如果北京有这本书，将会比较方便。

您应该认识他的吧。我对他不是很了解，但是五年前他曾经在剑桥短期进修，并与我畅谈了关于思成的故事，大约待了一个小时，十分神奇，内容也很有趣。从中您可以回忆起他和思成在1930年合作，共同出版天津城市规划研究的著述，我试图用我那蹩脚的中文写下他的题目和名字：《天津特别市物质建设方案》，梁思成、张锐著。

有陶军在加利福尼亚的消息么？希望他在那里生活得开心，不那么想念在北京的家，同时对他的工作感兴趣。

费正清心脏病又一次发作了，只是这一次不那么严重。但是在医院住了一个星期，尝试新的药物治疗，并精心调整用药。现在他已经回家，时常忙于研究工作。十分庆幸的是，他没有去危地马拉，而是居住在家，心脏病发作时能够及时找到他的医生。当然离我们的护士劳拉也很近，她非常聪明、能干，给了我们很大的帮助。

您的朋友 慰梅

1985 年 1 月 31 日

——

亲爱的林洙：

我最近收到了刘敦桢文集的第二卷，这让我想起您现在一定在准备《梁思成文集》（二）的工作。我知道之前您和吴良镛教授都在尽力寻找思成研究中国雕塑的所有文稿。唯一我知道的是他写的一篇关于中国艺术的论文的一部分（建筑、绘画、雕塑），写于 1948 年。随这封信，附上《美国大百科全书》（*Encyclopedia Americana*）于 1957 年收录的文稿的复印件。我认为这篇文章最初发表于 1948 年或者 1949 年，但是据我所知他们只是作了简单的复制。我之前是否寄给您过复印件？我想应该是寄了的。

费正清的医生建议我们最好远离这个寒冷的季节一段时间，所以我们计划去亚利桑那南部休养两至三周。现在收到了您这些漂亮的幻灯片，我将从中选择一些。这里有一批人对中国十分感兴趣，我们当然希望看到这些照片。

最近我突然觉得与您失去联系了。您是否正忙于邮寄乐施公司的那些赠书呢？您是否可以休假呢？希望您能够抽出时间写信给我。

您一定听说了 Andrew Li 被南京工学院录取，修读中国建筑史。他 3 月 1 日开学。对此我感到十分高兴，因为这是他感兴趣的研究，在被清华拒绝之后，仍旧有学校接收了他。但是与此同时，让人感到十分遗憾的是，思成自己的院系拒绝了一位对这个领域十分痴迷的聪明伶俐的外国留学生。而刘敦桢的儿子，也是刘先生的继承人，勇敢地接受了这个挑战。这是否是吴先生的错误呢？系里是否没有了有能力的老师来延续思成建系之初那个好的开端呢？毋庸置疑，中国建筑史的修读对于中国新一代建筑师而言至关重要，最后从诫负责翻译的《图像中国建筑史》（中文版）的出版进展如何？在中国建筑史领域，它将是一部很好的教学资料。

时常想念您！

您的朋友 慰梅

1985年2月15日

——

亲爱的慰梅：

你一月十五日、三十一日及二月十五日的信以及寄来的费先生的简历均已收到。知道费先生已恢复了健康，并准备到亚利桑那去休养，我很高兴。我想你会给南方的朋友带去一个有趣的报告，祝你成功。我常常会想念你，每当我想念你时，就想起你告诉我在旅行的途中怎样躺在东京机场的休息厅里累得再也不想动了。每想到这里我的心中就有点轻微的痛楚。但当我们一起旅行时，看到你精力还是十分充沛又感到高兴。

我从去年十二月来一直特别忙，结束了思成文集（三）的工作。今年冬天北京特别冷，我和家人轮流生病，这个冬天真是过得糟透了。今年一月又任命我兼任视觉艺术室的副主任，由于同时管理两个室的工作，所以我几乎没有一点时间来办自己的事。不过我想最忙最困难的时候快要过去了，四月份我也许可以轻松些了。上个月中国的春节放了两周的寒假，我写了一些关于思成的回忆，但是只写了两页，因为太难写了，有些问题记不准确了，而且头绪太多，我真不知从哪儿落笔，我想四月份再接着写。从诫已把思成的书译完了，他正在修改。

我没有给陈植寄书，因为我记得你告诉过我，你已经给他一本了。现在我这里虽然还有十本，但支配权已交给系主任。系里把它作为最宝贵的礼物准备送给最尊贵的客人。思成文集（二）已出版，上次你来北京时我看到你的东西太多所以没有给你，准备托清华的教师带给你。也许托吴焕加带去。我时时都在想念你。

林洙

1985.3.9

——

亲爱的林洙：

自从我们开始通信以来，我都是用打字机打印给您的书信，而我此次手写这封信，我尽量把它写得工工整整的。

我希望您是第一个知道这个好消息的人，我们的《图像中国建筑史》获得了一个特殊的奖项。(当然您和我都知道这本书质量十分高！)如下是获奖声明："梁思成著，费慰梅编《图像中国建筑史》麻省理工学院出版社，获得美国出版家协会 1984 年度建筑及城市规划领域最佳出版物奖。"

我也将写信给吴良镛教授，希望他能够把这个消息告诉《中国日报》，这份报纸曾经刊载过这本书的书评。希望他也会很高兴。

美国的一些学生将从麻省理工学院赴清华大学建筑系学习，我参加了他们的第一个会议。今年夏天，皮埃尔，一位加拿大籍法国人，将会陪同这些学生前往中国。您应该认识皮埃尔，1982 年我和乔纳森曾和他在清华见过面。对于那些不懂中文的美国学生而言，他或许可以帮上很大的忙。您是否参与那个项目呢？更多的工作等着您？

我十分担心您太累了。也许我们的旅行就让您感到疲惫。自从从北京回到美国后，我没有做什么重要的工作，我需要一些休息，也希望您能好好休息休息。请写信给我，原谅我许久没有与您联系。

您的侄子在加利福尼亚生活如何？

您的朋友　慰梅

1985 年 4 月 30 日

——

亲爱的慰梅：

上周我寄出了你的生日礼物（一个景泰蓝的手镯），我并不是忘记了你的生日，而是因为我太粗心，把商店的发票弄丢了，因为往外国寄礼品必须有商店的发票，否则要直接到海关办理，而海关离清华很远，我近来又特别忙，没有时间去。

收到你的信，我高兴极了。我们的书得到了一个特别的奖励，当然它是应得的，因为我们付出了辛勤的劳动。亲爱的慰梅，这是你应得的奖励。

我现在正在忙一件十分可笑的事情。清华的技术服务公司和美国的 San Suime Co. 合作，制作一套旅游玩具，模拟一个人在中国旅行，这个游戏要编写 3000 条有关中国的文化、历史、地理、名胜、古建、风俗习惯等的知识。虽然是很通俗的小句子，但也要组织很多人来写，学校把这项工作委托我们系来做，我们系又把它交给我。开始我不想管，因为我自己不会写英文，不过我想这是一项有意义的工作，可以帮助美国的青少年了解中国。我一直要忙到六月中，直到把这批稿子交出去，才能轻松。

陶军到加州后只给我写过一封信，他学习很忙，也非常想家，为了参加五月份的考试，他要求家里不要给他写信，以免分散他的精力。最近他妈妈告诉我，他已经顺利通过了英语考试，他的成绩是全班第一。我想他很快就可以转入大学本科学习了。他想知道你的电话号码，因为他现在可以顺利地和你谈话了。

我近来忙碌的另一个原因是林彤的丈夫回来了，有很多朋友来看他，我们也要去拜访很多朋友。他带回来了一些生活用品，因此我们的房子又开始拥挤了。

我们的书从诫已把它译成了中文，所以我现在还要帮助他校看一遍。我真是非常地想念你，费先生好吗？他是否完全恢复了？你的小凯莉好吗？她已经会走路了吧！

林洙

1985 年 5 月 21 日

——

亲爱的林洙：

那个装在精美的盒子中的漂亮的手镯今天收到了。您从未忘记我的生日，但是我十分担心您购买礼物和邮寄的费用。

我现在已经是一个老太太了，76岁了，您应该为您的小外孙女贝贝存些钱才是。但是我仍旧感到十分开心，您能够想着我。

我和您提及的关于《图像中国建筑史》的奖品，十分糟糕，是一个镶嵌着获奖文字的木板，并没有奖金，即使是有奖金，奖项是授予麻省理工学院出版社的，估计我们也得不到什么。但是在接下来的一两个月时间，是支付版税的时候，我将再具体告诉您支付时间。正如您所知道的，如果版税资金足够的话，我希望用这笔钱邀请您来美国游玩。但是，或许您急需这笔钱，用于日常开支。您考虑一下，然后告诉我吧。所有您的努力和房山之行都将得到回报。

祝好，并十分感谢！

费慰梅

1985年5月19日

——

亲爱的林洙：

我一个多星期前刚给您写过信，现在又要给您写了。我收到了从诫的一封信，告诉我他已经完成了《图像中国建筑史》的翻译工作，并且已经交给您，等待您的审读和修改。十分高兴听到这个消息，因为我曾经担心，他未接受过专业的建筑学训练，会在翻译的过程中出现一些低级错误。他说他已经与一个出版社取得了联系，希望他能够从这本书中获得一定的版税收入。

我在等待您的回信，告诉我《图像中国建筑史》版税的用途。我想您一定需要一些钱寄回中国，能否告诉我最好的办法么？尚没有收到任何版税，但是我希望能够在两个月内收到。在支票上我如何写您的名字呢？Lin Zhu？我敢确定这一定不是由我签名的我个人的支票，而是一张邮寄给您的银行支票。我不知道我在剑桥的银行是否可行，还是去知名的国际银行。

信中您并未提及您的外甥，他没有来美国么？

我们得到的版税十分有限，它只占麻省理工学院出版社对这本书收入的5%，大部分给您，一小部分给我，用来填补这几年联络、扫描、复印的开支。从诫没有参加我们的编辑工作，所以我为他能从自己的中文翻译中获得版税而感到开心。

盼回信。

您的朋友　慰梅

1985 年 5 月 30 日

——

亲爱的慰梅：

我收到你 5 月 21 日和 30 日的两封信，从诫的译文我已校阅完了，请你放心，他译得非常好，只有少数的错误，我已帮助他改正了。我非常高兴他完成了这个重要的工作，我认为思成的这本书不仅是对外国读者，即使对中国人来说也是一本很好的读物，尤其是学建筑的学生。思成能用这样少的语言，而又如此准确系统地把中国古建筑介绍给读者，这是对中国建筑史的一大贡献，从诫的译本出版是没有问题的。

关于我们的书的稿费问题，我得先和你讨论我们之间的分配，我不同意你的决定，“大部分给我，小部分给你”。我认为这本书如果没有你的努力是不可能出版的，因此你应当得到更多的报酬。所以我建议“我们各自一半”，好吗？我想在决定使用这笔钱的用途以前得看我们能得到多少稿费，如果给我的一部分足够支付去访问你们的费用，当然我是最乐意去访问你们的，但是我还有很多顾虑，因为我不会说英语，不能像你在中国那样可以自己行动，所以我担心会给你带来太多的麻烦。如果你现在不是 76 岁而是 56 岁，那我会毫不犹豫地去。我只能把我的愿望和担心告诉你，能不能去访问你们，要看钱的多少，并经过你周密的计划。 在支票上你写我名字的拼音 LinZhu 即可。

林洙

1985.6.16

——

亲爱的林洙：

我收到了您5月21日的来信，知道您有多么的忙碌。正如您说的为那个旅行游戏设计所有的问题，然后试着自己解答，不过很高兴听到您能够乐在其中。但是令我感到厌烦的是，在您有繁忙的家务时，系里却把一个那么重的担子给一个快退休的人。我这样说对吗？

我能想象得到您的新居中到处摆放着您的女婿从日本带回来的礼物。去年9月，当我乘飞机从日本到达北京，在机场候机时，我看到许多中国人拎着大包小包的行李回中国。有些箱子大得不仅可以装下彩电，还可以放下冰箱和洗衣机。这些东西会减轻您与您女儿的家务负担，但是我能想象得到，它们也很占地方。

据我所知，刘叙杰（刘敦桢之子）从南京到了北京，正在准备他父亲全集第三卷的出版工作。我想您应该见到他了。我是否写信告诉您Andrew Li[1]现在师从刘叙杰从事中国建筑史的研究。他申请清华大学的这个专业，结果被拒了。我想如果思成在世，一定会十分生气，在他一手创办的建筑系会在仅仅十年过去后有这样的事情发生。是因为现在系里没有人教授中国建筑史么？还是尽管Andrew Li会说会写中文，并且在哈佛大学已经取得了一个建筑学学位，他们也不愿意接受一位外国留学生？

从诫翻译得怎样？十分高兴听到您正在协助他编校稿子。听到陶军的消息，看来还不错，告诉他我的地址。我有很多时间会待在户外，因此电话经常没有人接。

我们两人都很忙。小凯莉将和她的父母来我这里住一个月。她已经开始学习走路，总是高兴得尖叫。

我十分希望听到一些麻省理工学院的学生在清华求学的消息，您是否知道

1 Andrew Li：慰梅多次提到他申请来清华被拒绝的事。我作为建筑系的基层工作人员并不了解教学方面的情况，我估计可能因为当时中国建筑史专业缺少能指导外国留学生的教授。1984年，Andrew Li曾经到清华来，我们见了面，的确是个很优秀的人才。

两位来自韩国的留学生被拒签而无法随其他学生一同前往？

您的朋友 慰梅

1985 年 6 月 10 日

——

亲爱的林洙：

我们回来已经几天了，费正清有一些事情需要处理，我们俩看一看女儿和小凯莉。同时，我收到了麻省理工学院出版社的第一张支票，令人开心的是，他们已经准备第二次印刷了。我们成功了！多么希望思成不仅知道我们重新发现并且印刷了他这本在艰苦的李庄岁月里的著述，而且得到了数以百计的外国读者的喜爱。

我正在咨询寄钱给你的最好方式，大致（至少）有三种方式：通过银行电汇；在纽约的中国银行索取表格，把钱汇给它们，让它们将钱转至北京的一家银行；或者寄给您一张在剑桥银行的个人支票，您拿着它到您附近的银行，它们把支票再寄给我这边的银行以确认是从我的账户中支付的，然后，再过几天，会以人民币支付给您。这个对于我而言是最简单的方法，对您也应该省去很多麻烦，您可以到您附近的银行（在海淀区）办理，我决定尝试一下这种方法。我附上 200 美金的支票。这是第一次，将来还会有更多。我在考虑今后我是否通过中国银行把支票寄给您，您可以兑换外汇券在友谊商店买东西。请告诉我。也可以告诉我您想用这笔钱在美国买些什么东西。

我写信给从诫，询问他父亲那部在李庄用中文写的，后来由他清华的学生拍照重印的内部图书，如今是否出版印刷。当然您或许比他知道得更多。我知道他因为 pre-Marxist contents 而被批评，他自己在导论中作了道歉。但是如今这些看起来对任何人都没有什么危害。

去年秋天您告诉我，您将退休了？但是您看起来比之前更忙。我希望您能看到麻省理工学院的学生以及 Pierre Deschenes，他随同学生前往，你认识的。他在清华的日籍学生，Muramatsu，寄给我一本他的书（日文），讲述了他在中国的时光，其中讲到您纪念思成而送给他的礼物。您看到了么？

您的朋友 慰梅

1985 年 7 月 14 日

——

亲爱的林洙：

我在等待您收到支票后的回复，更重要的是，这些钱是美金。同时，我收到一位中国朋友从美国的来信，信中说道，如果我通过中国银行给您汇款，您可以换成外汇券在友谊商场用。

另一种形式是可以通过人民币侨汇券的形式支付给您，它不是流通的货币，但是可以让持有者购买到一些指定的商品。我并不是十分了解这个，但是或许你清楚。

我的朋友建议在中国开一个美元账户也是可行的。或许所有这些办法都是针对大笔金额的，不是像我们这样的小数目。

请告诉我哪一种方式对您更方便，我将按照您说的去做。

我寄给您一封我外甥 Clayton Poppe 的信，他如今六岁了，居住在科罗拉多州的落基山脉。今年春天我去那里的时候，他要求我教给他一些中国的汉字，他十分乐于去模仿写汉字。我希望能送给他一些中国小孩子起初练字用的描红本。如果你有的话，能否在这种本子上写几个简单的汉字给他，让他用来临摹，只需几个字即可，我转交给他。一段崭新的中美友谊的开始！

您的朋友 慰梅

1985 年 7 月 31 日

——

亲爱的慰梅：

我刚收到你 7 月 14 日、7 月 31 日的两封信和 200 元的支票。因为暑假期间我离开北京一些日子，你也许不会想到，我带着林彤、贝贝和资料室的年轻人到大同和五台山去了。因为我太喜欢云冈和山西的古建筑，我决定带贝贝和林彤去看看，云冈艺术能使人深刻地感受中华民族是个有古老文化的民族。

我又去了一次佛光寺，但是时间太短促，如果以后有机会我一定还要去。我们今年还到了五台山的中心台怀镇，去年你来的时候五台还没有开放，所以我们只去了佛光寺。这次我们从大同出发汽车行驶 7 个小时到达台怀，看到了思成过去调查的古建筑群，我不知道他为什么没有专文来谈论台怀的庙宇，也许因为这些建筑大多数是明清的建筑，但是作为建筑群来看规模还是不小的，保存得也较好。五台的风景太美了，青年人都爬到了山顶上去，贝贝是登上黛螺顶最小的一个，我自己正如费先生说的“聪明的留在下面欣赏古建筑”。虽然五台那么美，但是我们只住了两晚就逃回大同。因为我们实在受不了那里的卫生条件，我们同行九人有一半得了肠炎。我和贝贝“聪明”地饿了两天，每天只吃两只油条，那是我亲眼看着它从锅里拿出来，没有受到污染。所以虽然我们一老一小是全组最弱的人，却都平安地回来了。除了吃饭以外，最不能忍受的是可怕的厕所，整个厕所是一个 5m × 3m 的大粪坑，在上面每间隔 30 厘米放一条木板，每次去厕所都要拿出杂技演员的胆量和技巧，还要忍受下面的恶臭。姑娘们一发现这样的厕所就惊叫了起来，现在回到北京，我把这当作很有趣的笑话告诉你，但是在五台，那真是使人心惊胆战。林彤很庆幸我去年没有把你带到那里去，否则她担心你会掉进那个大坑里去。

你问选择哪种方式来收你寄来的钱，我选对你而言最便捷的那种方式，因为不管什么途径，我都可以得到侨汇卷，手续并不麻烦。不过我没有去取出人民币，而是把它存入银行。这样的好处是我或我的子女有机会出国时可以凭护照取出美元，只是一张一次性的支票，并且要存入两个月后才能支付。

我看到可爱的 Clayton Poppe 的信真是有趣，但是我跑遍全城也没有买到你要的描红本，不知为什么这几年没有了，我这里有一个本子是一个朋友送我的，她是 1979 年买的，我先把这个小本子寄给你，以后买到时再寄给你。

如果你方便的话，下次寄钱时用我的钱替我买两条裤子，就像去年你送我的那种尼龙的，不过是冬天穿的，要比你去年给我的厚些，要比上次的小一号。颜色由你选择。因为急于寄出这封信，今天就写到这里。

林洙

1985.8.18

——

亲爱的林洙：

我7月7日给您寄去了私人的支票，已经一个多月时间了。其他抵销的支票都归还给了我，但是唯独没有这一个。当然我意识到寄往中国需要一些时间，才能寄还过来，但是我不知道支票是否安全到达您的手中。正如我之前写信给您，这一次只是尝试一下。但如今看来，这样拖延时间太长（您或许仍旧没有收到寄给您的钱），尝试并不成功。我希望您能写信告诉我，问题出在哪儿了。

如今我有一个更好的办法，我一个好朋友9月末要去北京，可以以您需要的币种把麻省理工学院出版社的另一笔稿费带给您。他叫Wang Wanguo, 是美国中国学会的理事，这是一个纽约的组织，去年春天曾经举办过中国古代建筑图片展，并由傅熹年、葛兰以及其他一些您认识的人编纂目录。他出生于中国教育世家，并一直住在那里直到他20多岁二战前来美国。他对中国艺术和历史很擅长，并组织拍摄了许多重要的纪录片。我敢肯定您将很乐意见到他，他也很高兴与您认识。

或许您可以向他咨询我邀请您到美国旅行一事儿，及您自己的顾虑。他可以给您许多更好的建议。

夏天即将过去。没有听到您提及麻省理工学院学生在清华的事儿。您见到加拿大人，Pierre，和我的加拿大朋友Andrew Li了么？Li现在在南京读书。我在继续耐心等待您的信，您是否生病了呢？希望不是的。

您的朋友　慰梅

1985年8月20日

——

亲爱的慰梅：

你8月20日的信收到了。我非常高兴结识了一个新朋友 Wang Wanguo（你的好朋友），我想我会喜欢他的。

M.I.T. 的学生在清华学习得很努力，我常常看见他们，但没有机会和他们交谈。朱自宣负责他们的学习。和 M.I.T. 同时在清华学习的还有一批澳大利亚的学生，我陪同他们出去参观了两次，今年我的确要比去年忙得多，也许明年会好一些。

你还记得那个弗吉尼亚州的 Prof.J.C.Wang 吗？他已经到中国了。现在在苏州大学历史系研究，我不知道他研究的课题，但他来信告诉我他将于 9 月 15 日 ~20 日来北京，他还有一个写《梁思成传》的计划。他这次来中国把名字改成了 J.Wang。我不知道他有什么必要改名字，这个人似乎是个谜？你对他有更多的了解吗？

我不记得曾认识 Muramatsu，也许他在中国不是用这个名字而是中文名字。你能把他写的东西复印一份给我吗？梁思成文集（三）已经出版了，我很快就给你寄去。我非常不满意这本书的印刷和排版，这本书只能做思成研究成果的一份历史记录而已。

我收到 Judlth Shapiro 和梁恒的杂志《知识分子》，我很喜欢这个刊物，而且从中读到了费先生的一些见解，好极了。

林洙

1985.9.5

——

亲爱的林洙：

（或许从现在起，我开始改用汉语拼音称呼您）

我今天给您邮寄了一个包裹，里面有两个短裤和套头毛衫，尺码分别是 6/7 和 8/9，美国的尺码偏小，如果两者有合适的号码，请告诉我哪一个号码的您穿上更合适。上衣穿在任何人身上都会显得有些小，但是十分好看，我寄给您，希望家里有人或是朋友穿上能够合适。短裤不是羊毛的，但是希望它更暖和。

得知您去五台山旅行，真的十分羡慕。如今您了解到更多思成在30年代遇到的困难。很高兴听到去年我们一同度假之后，您再一次旅行。我们一同的旅行至今难忘。

您的朋友 费慰梅

1985年9月14日

——

亲爱的林洙：

昨天我通过海运寄给您一个装有裤子的包裹，并随包裹附了一封信。但是今天我再写信给您，告诉您我收到了支票，寄给您那笔钱已经于7月13日结算清楚。居然用了两个月的时间！

看到支票后，提醒我，我的朋友Wang Wan-guo将会于10月1日去清华看望您。（我像一个小孩子，像做游戏那样试图用你们的语言写几个词语，正如您现在已经可以写很多英文给我了。）王会将书的另一部分版税给您，并与您商量接下来版税的用途。希望您喜欢他，我十分喜欢他，他是我四十多年的朋友。

您可否告诉我一些关于麻省理工学院的学生在清华学习的故事呢？

邮局建议我，通过海运，而不是空运，把包裹寄给您。希望您能在一个月内收到，那时天气已经渐冷。十分抱歉迟到的包裹，希望小一点的尺码您穿上能够合适。如果小了，请写信给我，我将再尝试其他尺码。

慰梅

1985年9月15日

——

亲爱的慰梅：

我接到你9月14日及15日的两封信，谢谢你为我买了裤子并已寄出。希望你把这些费用从我的钱中扣除，否则我将感到很难为情。

9月29日我和Wang通了电话，因为他太忙不能来清华，所以10月3日，我去北京饭店拜访他和他的夫人，他们很亲切，但是因为时间太匆忙，我们只能简单地谈谈，并了解去拜访你们的可能性。

你不必急于把钱寄给我，现在我的收入比以前多了，也不需要买什么东西，我希望用这笔钱去美国看你们，并能看看外面的世界。但是我不准备去很多地方，因为那是很费钱的，只想参观一下波士顿的大学的建筑系。这件事要等我的钱储蓄到足够去美国的来回旅费后再来考虑。所以现在不必去想它，除非我们能得到一些额外的资助。

1986年4月是清华建筑系成立40周年也是思成诞生85周年，清华准备办一个有关思成生平的展览，你有没有思成和你们在一起的照片？不管是在北平的或者你们一起去山西的或李庄的，以及1946年他在美国时的照片我都希望能得到一张。当然你给我的这些照片只用作展览，不允许任何人复制和发表。

你收到沈阳写的《梁思成传》了吗？写的很不好对吗？在Sept 16日我见到了J.C.Wang并和他谈了一个多小时，他没有给我什么好印象，也没有什么坏印象。我还是保持过去的看法，他写梁思成，只能写“梁思成的学术成就和建筑思想研究”而不可能是“梁思成传”。因为他对梁一无所知。看来他似乎接受了我的意见。

林洙

1985.10.14

——

亲爱的林洙：

两天前的晚上，我与Wang夫妇共进晚餐。我刚收到您的信，告诉我他们在北京期间，您只能和他们匆匆见面。但是他们很喜欢您，并且希望帮助您来美国旅行。我们在商量您的赴美计划。我们也一致认为，如果能够找到一笔资助足以支付您往返费用的话，您将会欣然接受我们的邀请。麻省理工学院出版社所支付的版税可以用来支付其他的开销（他返还给我了我要寄给您的支票，按照您的意愿我在我这里为您开一个账户）。我想如果您不是急需用钱的话，这样的决定是很明智的。

Wang 打算为您申请一笔资助，但是他希望通过您关于中国建筑的学术，北京及在清华大学建筑系的工作为您申请这种资金。因此，他需要有一份您的简历，其中包括：1. 姓名、地址、联系电话；2. 出生时间和出生地点；3. 接受教育的学校机构的名称及地点，特别是建筑专业的教育背景；4. 工作履历，包括工作单位名称，地点和时间（特别是与建筑有关的）；5. 您与梁思成结婚的时间，他去世的年份。除此之外，还有其他与建筑相关的内容都尽量罗列进去，比如您去年去山西、河北南部、河南的建筑之旅，今年您重游五台山，您随清华赴广东参观新落成的建筑等等。将这些信息用中文罗列出来寄给 Wang。它们对于 wang 帮助您申请十分重要，寄给我，我复印一份给他就可以了。

我想依我们的建议，您于明年春季或者秋季来美国比较好。您可以有一部分时间在波士顿，和我们在一起，有一部分时间离开这里。您将会见到许多中国和美国的朋友，他们在哈佛大学和麻省理工学院的建筑学院能帮到您（我们的住所周围都是大学，距离很近，相当于您家到清华的主教学楼，无需骑车即可）。我们可以给您介绍剑桥和波士顿的人和一些有趣的地方，我们不在时，您可以自己在这里度假。十分高兴听说您对美国的建筑学教育有着浓厚的兴趣。旅行的一大目的就是如您信中所说的走访学习，而这也是申请来美资助的正当缘由。

听到系里庆祝思成的生日和 40 周年系庆的好消息，感到很开心。随信附上三张照片，我是偶然发现的，一张是他自己的，笑起来像个淘气的孩子；一张是他坐在房间读报纸时拍的；还有一张是思成、徽因和我的合影，这些照片都拍摄于 1934~1935 年间。我也有一两张照片是他在美国时在剑桥拍的。此外再看看能否从耶鲁或者普林斯顿索要到一些。

在信中您说，您与 J.C.Wang 长谈了一个小时之久，这就意味着您比我对他有多 55 分钟的了解。但是我想我们俩的看法是一致的。您认为他能够承担起思成传记写作的任务么？

那个绒裤和小毛衫的包裹收到了么？也许它们看起来都很小，正如去年寄去的尺码都偏大。现在您有机会来美国用我为您存的钱自己挑选合适的啦。

您的朋友　慰梅

1985 年 10 月 28 日

——

亲爱的林洙：

十分感谢您那么快就寄来了我需要的信息。我把您第一封信和第二封信的复印件交给了 Wang 夫妇，他们会把这些信息翻译成英文，用以申请您访美资助的资料。

很高兴普林斯顿大学寄给我一张照片，是思成在 1947 年的会议中站在他所要展示的照片前；另一张照片是参会小组合影，思成在第一排中间；此外还有一张是参与会议的一个环节，思成作了两场讲座。这将会成为展示中一个很不错的环节。等到另一些照片到达之后，我将把所有的照片寄给您，联合国的资料管理员向我许诺寄照片来，此外也希望耶鲁大学能找到一些照片。

您是否收到了绒裤？我是在 9 月 14 日寄出的。或许我们不得不期待着两个月甚至更长时间的海运。收到包裹后一定写信给我。我邮寄至您清华的地址，Lin Zhu 收，并且在标签上注明“非毛绒”。我将非常高兴您能来挑选合适的绒裤和其他适合您的衣服，无论从风格，还是颜色都符合您的品位。

如果联合国的照片不能很快到达，我将把普林斯顿大学的照片通过航空邮件寄给您。

去年这个时候，我刚和您共享了神奇、充满乐趣的中国古建之旅归来，不要忘记哦！

在写信给我时，把信寄至剑桥。这里已经渐冷，并且迎来了第一场雪。我必须开始收拾整理衣物了。

您的朋友　慰梅

1985 年 11 月 19 日

——

亲爱的林洙：

我写信给联合国的资料管理员，希望能从那里得到思成的照片。他们答应马上就寄给我，并告诉我那里有四五张照片。等拿到这些照片后，我将它们同普林斯顿大学的照片一同寄给您。

同时将一些去年旅行时我们的照片一同寄给您。正如我之前写信告诉您的，我的摄影技术很差，如今您可以知道不好到何种程度了。您站在桥底下拍摄的那张照片正巧可以与思成的相配，思成也曾经站在同样的地点拍摄过照片。但是，十分抱歉，照片不太清楚。

Liu Qingcai 和 Du Qiming 的照片也一同寄出（我的拼音也许完全不正确，但是您一定知道如何用汉字写他们的名字）。在这次旅行中，他们是我们的好朋友。很高兴依然记得他们。

我们在这里再呆一至两周。这里已经下了一场雪，一旦这里刮起暴风雪，我们就不能开车经过陡峭的山坡，而年龄太大，也不可能徒步把食品背上山，即使是像从前那样，借助滑雪板或雪地靴。

城里虽然有许多事情要做，但是我想念这里的松树、悬崖和山脉。写信之时，漂亮的鸟儿，山雀啊、松雀啊（鸟儿的名字或许在您的字典中查不到）都从树上飞到了窗台前用架子搭起的向日葵上。距我只有两英尺远，十分享受这种写信间歇的走神。

我将再写信给您。

您的朋友　慰梅

1985 年 11 月 25 日

——

亲爱的慰梅：

我收到你 11/12、11/25 的两封信及 4 张照片。我将分别把它们寄给王和杜。

我多么羡慕你那里的大雪。虽然大雪会给人带来很多的烦恼，但是北京人已经有十多年没有见过大雪了。你也许还记得当你们年轻的时候，北京的风雪是很可怕的。贝贝出生后还没有看见过大雪，她只是在儿童读物上看到它，也许今年冬天她又要失望了。

我上周刚从曲阜（山东省）回来，为了编辑《中国建筑史》的幻灯片，重新拍摄一套孔庙的彩色照片。我们在曲阜停留了四天，回来的时候因是中途上车，车子非常挤，我只能站在车厢的入口处，整整一夜，冷得要命。回来得了重感冒，现在好了。

你曾经去过曲阜吗？孔庙是一组很值得游览的建筑。它有着和北京故宫类似的手法，一条很长的中轴线，从入口到主要建筑大成殿的长距离间，除了一个又一个的牌楼和门，只有大面积的古松，整组建筑充满了神圣感。我认为这个设计是杰出的、成功的。

在孔庙的东侧新建了一个宾馆，我很喜欢它。它比 M. 贝的香山饭店要好，它也采用了中国建筑的风格，内部装修经过精细的设计，很多美术家参加了工作。壁画、浮雕和装饰都用了传说中的有关孔子的故事作题材，整个建筑并不显得富丽堂皇而是简洁又有文化。这里是我想起你对长城饭店的评价。我相信你一定会喜欢这个宾馆。下次你再来中国，我希望能陪同你到曲阜来。

我抱着极大的希望和兴奋的心情等待思成的照片。我还没有收到裤子，我想也许下个月才能收到了。天气已经非常冷了，你和费先生要注意身体千万不要感冒！

林洙

1985.12.8

——

亲爱的林洙：

每天我都在信箱中寻找您的来信，告诉我那些用于纪念活动的思成的照片已经安全到达您的手中。也许我当初应该寄挂号信，但是我想那样会拖延很长时间。我很久以前从富兰克林寄给您那个装着绒裤的包裹至今没有收到（？）。让我开始担心起这些照片。它们比包裹重要得多。如果您现在收到了它们，请写信给我。

40 周年系庆进展如何？什么时候举行？

我最近从一位美国建筑师 George Dudley 那里收到了一封信，他现在在法国，他现在正在着手写一本书详述 1947 年他参与联合国大楼设计的经历。他对《图像中国建筑史》非常感兴趣，并认为思成是一位“如此传奇的人物”。此外他还说：“和任何人不同，思成带给我们更多的历史感……”Dudley 于 1983 年 11 月末至 12 月初去过中国，作为美国政府委派的成员参加一个由中国城乡建设与环境保护委员会和美国联合举办的研讨会。那时他见到了吴良镛教授及清华的其他一些教授，我写信告诉他，吴教授已经不再担任系主任一职，但是并不知道接替他的是谁。您能告诉我新任系主任的名字吗？

希望您没有病倒，当收不到您的回信时，我感到很担心。希望思成那些漂亮的照片能让您感到开心，因此您能够立刻给我回信分享这份喜悦。

您的朋友　费慰梅

1986 年 1 月 23 日

——

亲爱的慰梅：

我上周收到了梁思成的宝贵的照片。这些美丽的照片把我带回到 1948 年第一次与思成相见时的情景。我竟忍不住在很多人面前哭了起来。系里很多思成的学生都看到了这些照片，他们和我一样感谢你。

昨天我收到了你寄来的两条裤子和一件衣服，非常非常谢谢你。但也许会使你失望的是我不能穿它们，因为这两条裤子对我来说太长了，腰围却又太小，同时这种样式正是当前北京流行的时髦式样，在北京只有年轻妇女才穿它，我没有勇气这样装束。不过你可以感到安慰，因为它们对林彤来说是太合适了，她很喜欢它们，你一定不要再为我头了，太麻烦了。

Lin Tong

Lin zhu

上面是1月1日写的

思成八十五周年诞辰的纪念活动定在10月25日，在清华有一个展览，还有一个纪念会，还准备刊印一本纪念文集。希望得到你或费先生的一篇文章或者你们共同的一篇文章。如果你没有时间，可以写得简短一些，两三页就可以了，而且希望在30日前能收到。我非常抱歉这样长时间没能给你写信，因为我在1月1日的晚上就病了，一直到最近才好，因为全家都轮流患流行性感冒，我一个人就患了两次，真是一场灾难。现在一切都过去了，我曾请从诫写信告诉你，不知你收到他的信没有。

林洙

1986.2.8

——

亲爱的林洙：

终于收到了您的来信，我正为此担心不已。您果然患上了重病很长一段时间。您总是很及时地回复我的邮件，因此这次我有理由担忧，为什么许久未收到回信。

希望您已经痊愈，多多休息，保重身体。得知您和家人在一起，生病时有人照顾您，我就放心了。但是我能想象到当您在家卧床休息、恢复体力时，试图从床上爬起来，帮助家人做饭，打扫卫生。从诫写信告诉我您生病了，但是他的信与您的回信同时到达的，在这之前，他写信告诉我了自己的病情。北京冬天的气候及环境污染使很多人都难以抵抗。您是否同意我的观点呢？

十分高兴普林斯顿大学和联合国提供的思成的照片都已经安全到达。我也寄给了从诫一份给家人，特别是眉毛（梁从诫之女）。

哦，简直太不凑巧了，绒裤您又不能穿。我需要您的尺码。喜欢您信上画的您和您女儿，我在这里也画一个小人来回复这个问题！

您能否告诉我图中标在小人上的三个部分的尺码呢？1）腰围；2）臀围；3）裤长（从腰部到脚腕处）。

如今思成的纪念活动又改在了10月，这么说直到1987年春季，您不能离开北京来美国？请让我知道这个消息。我和费正清正在准备纪念思成的文章，争取3月30日之前寄给您。我尽量在下周末寄给您。

我们身体还好，并且准备再次去危地马拉的朋友那里度假，想必下一封信即是从那里发出的。

下封信中寄信人地址能否用清晰的汉字来写？

您的朋友　费慰梅

1986年3月1日

——

亲爱的林洙：

我丈夫已经写了一篇赞赏思成与徽因的文章，用于10月份的系庆。

我想您或者其他人把它翻译成中文，以表达我们对他们的一份真诚的怀念。

您的朋友　慰梅

1986年3月9日

——

亲爱的慰梅：

昨天收到你3月1日的信，希望我的信能在你离开剑桥以前到达。你们将在危地马拉住多久，回到剑桥来庆祝你的生日吗？不管怎样我还是把你的生日礼物寄到剑桥。这是一个小小的玉坠，小圆球上有一个胖娃娃的浮雕，中国叫它“大阿福”，意思是它给人们带来幸福，因而我把它送给你，祝福你健康长寿，永远幸福。

知道你已经写好纪念文章，我太高兴了。因为向外国朋友约稿就只有你和费先生两人。

我现在依旧很忙，各种各样的杂事。所以我很想了解美国大学建筑系的资料室是怎样工作的。思成的纪念活动定在10月，打乱了我们的计划。至于是什么时间去访问你们，还是由你来定吧。因为我不了解那边的情况，也不知道你自己是否有什么活动和计划。除了思成的纪念活动外，我的时间是自由的。但一切先决条件得看Wang帮助我申请的资助是否得到批准。

我准备带两套自己编的中国建筑史幻灯片送给美国的大学，一套送给哈佛的建筑系，因为哈佛是你和费先生长期工作过的学校，也是思成的母校。另一套请你来决定送给哪个学校或者麻省理工学院？也许应当多带一些，但因为它很重，每套1330张。如果你认为还有什么学校或团体（比如美国建筑师学会）应当送，请你来信告诉我。

我不愿意你再为我的裤子去费心了。实在太麻烦了。

林洙

1986.3.18

1986.4.30——
慰梅邀请林洙访美

亲爱的林洙：

您送给我的生日礼物在我生日的几天前已经到达剑桥，我把它带到了富兰克林，在这里待一段时间，并在生日那天打开这份礼物，来庆贺。盒子本身就很精美，那个小玉坠在特殊的场合搭配在合适的衣服上作装饰显得格外漂亮活泼。1979年在加拿大大使馆的家中庆祝我70岁生日的情境至今记忆犹新。当我在清华邀请您时，您羞涩地试图拒绝。但是最终您去了，也是您和我丈夫目前为止的唯一一次见面，也是我们多年友谊的开始。

从那以后，每逢我的生日，您都会送给我精美的礼物，而我却没有什么送给您的，唯一的几条绒裤还不合适。非常抱歉。总不知道送什么礼物。希望您能告诉我您喜欢什么。这样明年冬季或者春季您来访时，我就可以更周到地当好这个主人，我们也可以一起购物。看到您信中说道10月之后您就自由了，感到十分开心。最近我没有Wang先生的消息，但是可以确定的是，我们可以筹集申请到必要的资助来支付您访美的往返机票。在剑桥您可以住在我们家中，也可以与我们同去新罕布什尔州的住所，所以在这里您无需花费什么住宿费，除非计划去其他城市旅行。

您计划随身带来关于中国建筑史的幻灯片简直太棒了，但是一次带那么多张过来如果不方便的话，我想您可以从中选择200或300张。在这里，除非每张照片都附有详细的说明，如同《图像中国建筑史》的图注那样，比如纪念碑或者建筑物的名称、地点、时间等，并且这些文字必须是英文（因此需要翻译），不然用处不是很大。我敢肯定，负责幻灯片管理和收藏的图书管理员在一下子收到1330张作为礼物的幻灯片，需要贴标签、编码和归档（再加上每天忙碌的工作），会感到多少有些窘迫。您能否从中选择一些可以用作讲座、课堂插图的相关主题的幻灯片。比如思成的重大发现，一个纪念碑配有10或20张幻灯片；或者苏州、西安、北京等地的重要建筑；或者是各地民居（本周后几天，天津大学的Jia-ping Pan教授将在麻省理工学院配幻灯片讲授福建民居）。后者当今看起来是很重要的建筑。

您将会认为这是一个好主意。但是幻灯片仅用在课堂上，因此需要故事描述，如果一节一个小时的课堂还需要留出讨论的时间的话，放映的幻灯片最好控制在20~40张。

我们都在想这个问题，让我知道您的看法。

再次感谢您给我的礼物和周到的问候。

随信附上第一篇英格兰关于《图像中国建筑史》的书评。

费慰梅

1986年4月30日

——

亲爱的林洙：

时隔那么长时间没有给您写信，感到十分抱歉，请原谅。并没有什么重要的项目或是伟大的工程，仅仅是许多生活琐事。

但是我一直在想着您，因为您慷慨的赠送建筑幻灯片给美国研究机构的计划。我希望给您一个更好的答复。当然任何一个建筑系，或者艺术史专业都会为收到这样的礼物而感到无比的兴奋，但是我试图考虑到实际的问题。当然这也使我想起您为了编辑思成的图书需要根据图片为我一张张地辨认那些图注的辛劳工作。希望您能把这些考虑在内，并写信告诉我您的想法。

我们也需要开始着手您访美的计划。知道思成的纪念活动和展览结束后您才能离开。您能离开北京两个月时间么？或者更少，抑或更多？我们的建议是4月、5月来美国最好。您是怎么想的呢？我一直在想，希望确定在剑桥的时间，我想把您介绍给中国和美国的朋友，他们将会对您有帮助。我们的住所距哈佛大学的距离比您从家到清华的距离还近，离麻省理工学院也不远。随后我会给您一张地图。我想您不用太担心语言障碍的问题。您已经掌握了一些英语，当在英语语境中时，捡起来会非常快。您还记得山西之旅时，我用初学的汉语与您交流。除了美国朋友，您也可以在剑桥见到很多中国朋友，其中一些您或许已经认识。

从这封信开始我们计划您赴美旅行的行程。在美国最冷的季节，我们会搬到气候温暖一些的地方居住。

费慰梅

1986年7月5日

——

亲爱的慰梅：

你4月30日和7月5日的两封信都收到了。谢谢你请我到你家去做客，这是多么快乐的事。但是我仍然担心，难道真的筹措旅费不困难吗？我想在美国停留一个月或多些但不会超过两个月，语言的障碍乃是我最大的顾虑，我最担心的是从纽约到波士顿的旅途。到了波士顿我就不怕了，有你和费先生。

你为我想得很周到，但我想作为礼物我还是应当带一套《中国建筑史》，因为那是一套完整和系统的幻灯片，每张都有编号，并且有一份说明，使用的人很容易对着号码查出说明，不需要增加管理人员的工作。我准备把他们翻译成英文，也许这部分工作要等到美国后和你一起来做。

我一直在忙思成的纪念文集和十月份的展览会，我又收集到一些有趣的照片，当然我会寄给你的。徽因的照片要更好一些。

我写了一篇回忆《最后的岁月》（The last years）回忆1966~1972年思

成的遭遇，与我们原来的计划从1949年开始还差一段时间，而且也比较简单。不过我想可以在这个基础上再补充，这篇文章一出版我就会寄给你。

我很愿意你把我的访问定在4~5月间，这样我们可以一起来庆祝你的78岁生日，而且我们可以有充足的时间来讨论关于旅行的细节问题。也许可以着手申请和办理我的护照了，大约需要几个月的时间，也许现在的阻力在美国领事馆，而不是在中国方面。

我将考虑你建议的其他幻灯片的内容，也许你们对反映农村建设和生活的主题会感兴趣。

林洙

1986.7.20

亲爱的林洙：

收到了您7月20日的来信，现在我们可以把您赴美旅行正式提上议事日程了。十分高兴您告诉我申请护照需要等待很长时间。我随信附两封邀请信供您备用。一封写给“相关负责人”，您把它交给中国政府负责护照申请的办公室。这种奇怪的信函方式在美国很常用，当您不确定什么样的部门或者机构接受这封信函时。我确信中国政府官员也对这样的信函很熟悉。

据我所知，中国官员和美国官员都关注同样的问题。他们都想知道您什么时间离开，在那里待多久，您的担保人是谁，什么时间回中国。您的旅费和住宿费用担保很重要，当然中国更希望您确定您不会花他们的外汇。我十分确定思成这本书的收入足够支付您来美国的开支。至少您去纽约、华盛顿、剑桥和波士顿的费用足够了。如果不够，我们再试图寻找一些其他的资金。

我想我将为您预订从北京飞旧金山或者芝加哥的机票，到达后搭乘同一航线的飞机直飞波士顿，到时我们接您。这样会比您在纽约肯尼迪机场要方便很多。我们现在有很长的时间计划。我想您现在可以写信给我，我可以解答您现在遇到的问题。您还有什么担忧的么？

非常开心听说您写文章纪念思成最后的岁月。您一定正忙于十月份的展览。我就此收笔，把这封信寄给您。

费慰梅

1986 年 7 月 29 日

——

亲爱的慰梅：

你 7 月 29 信收到了。我准备正式提出申请，办理手续有这样一些步骤。

1）向我所在的单位（系）提出申请，并获得学校和教育部的批准；

2）去北京市公安局办理护照；

上面这两个过程最快要 2~3 个月，不过一般都能获准。

3）最后取得美国使馆的签证。这就要碰运气了。

有时很顺利，也有可能第一次未被批准，被推迟到三个月后才允许再次去办理。不过我想有你和费先生这样有名的大人物的邀请，我会碰到好运气的。

你是否收到吴（Wu）和李（Li）给你的信邀请你来参加思成的纪念活动？你能来吗？如果你能来，我想在纪念活动结束后，请你到曲阜去玩儿。那里有著名的孔庙、孔府和孔林。还有一个新建的宾馆，对这个建筑有很大争论。或者你愿意到别的城市去也可以。我能支付我们的旅费，你不必担心。

林洙

1986.8.14

——

亲爱的林洙：

哈佛大学迎来了她 350 岁生日，她如我的一位中国朋友所说，始建于“明朝晚期”（十分新），但是却是美国最古老的大学，我猜想，比中国的任何一所大学也要古老！我们上周都在剑桥参加各种庆祝活动，直到这一周才回到这里，收到了您 8 月 14 日的来信。

十分高兴在您上一封信中得知，在中国办理赴美手续需要好几个月的时间。非常庆幸您着手很早。如果需要其他信件，请及时写信告诉我。并且当您获得中国各项批准，准备去美国大使馆签证时，也请告诉我。我想如果您拿着我的信，应该不会遇到问题。上一周我们的大使朋友和她的夫人胡默尔小姐来我们这里做客，当我告诉他我邀请您来美国时，他提出，如果您告诉我们申请美国签证的时间，他将为您写一封信致大使馆。

我收到了吴教授和李教授的邀请，但是非常抱歉，我不能去参加思成的纪念活动。我的丈夫如今已经80岁了，他希望过着安稳平静的生活（尽管仍旧天天写作），经常去看医生，保持身体健康。比如，上周，我去参加了哈佛所有的庆祝活动，而他仅出席了与自己研究领域相关的环节，探讨中国的现代化。所以，您知道，我是多么地想去中国，与您一同参观曲阜，但是我现在主要的任务是照顾好费正清。

您的朋友　慰梅

1986 年 9 月 9 日

——

亲爱的林洙：

希望这封信能在 10 月 24 日到达您的手中。我当然会在那一天想到您，当然最近在您忙于办理赴美手续期间，我一直在想念您。如果有报纸报道庆典活动，能否寄给我一些简报呢？非常非常抱歉不能前去参加。

我们给从诫寄去了一封信以表祝贺，同时为未能前去参加感到惋惜。他会把信翻译成中文。希望他或者其他人能在这个令人激动的时刻送去我们的祝福，虽然我们未能前去参加，但是心已经远渡重洋到达了那里。

Wanguo Wang 介绍我去纽约基金会（New York Foundation），这个组织专门为东亚地区从事特殊研究工作的学者提供资助。我已经给它们写信，随信附上了您详尽的读书、工作履历，争取为您申请足够的资金至少能够访问纽约、费城（思成读书的地方）和华盛顿，并在每一处停留几天，访问当地的图书馆、博物馆、幻灯片资料以及建筑。信已寄出，不知道您是否能够拿到这笔资助。

但是我们还可以通过其他途径得到资金，如果需要的话，可以从他人那里。如果没有足够资金，您也不必跑太远，在剑桥—波士顿一带参观访问。我在这些城市中都有朋友，它们都非常想见到您，带您在城市中走一走。如果您有朋友在那里，也可以讲中文。您是否认识中国大使 Han Shu（Xu），或者文化参赞（Cultural Relations Officer），专门帮助他们国家的学者，就像我过去在重庆那样？一旦您的赴美计划确定并且获得批准，您需要请李教授或者其他对您工作有帮助的教授写一封介绍信。

预祝 24 日的庆祝活动圆满成功！

您的朋友　费慰梅

1986 年 10 月 12 日

——

亲爱的慰梅：

我已经收到你两封信了，但是一直没有时间给你回信。我心中多么着急，不过我想你一定会原谅我的。思成的纪念活动原来我只负责纪念文集和图片展览的工作，但是当李主任看了我准备图片后又要求我再编辑一套介绍思成生平的幻灯片，在大会上展示，因此大大地增加了我的工作，在大会前的一周内我几乎日夜都在编写和修改这套幻灯片的内容。我想当你收到这信时，已经见到了从诫，他带去了大会的录像和照片，这将使你仿佛自己参加了大会一样的高兴。这次的大会是很成功的，当幻灯片演完后，很多人都哭了，你还记得有个日本青年村松伸吗？他也来参加了这个大会，他告诉我，他也哭了。我想从诫一定会很详细地告诉你们有关大会的一切。我感到遗憾的是，我编的这套幻灯片中没有费先生和思成在一起的图片，我把你和梁林的照片收入纪念文集中发表了，你不会反对吧？

奚树祥告诉一个朋友说，你将和他合作写一本《梁思成传》，我很高兴你写这本书，因为我认为要写思成，没有比你更合适的人了。

清华建筑系在三月成立了一个研究小组，研究《梁思成的建筑思想》，这个研究组共有四个人，我是成员之一。

谢谢你为我去美国作的各种努力，当然我很高兴能多看看美国的新建筑，但是我更珍惜的是将和你一起度过一段时间。

你和费先生对大会的祝词前几天才收到，不过我们在大会上已向大家宣布你们寄来了祝词。

林洙

1986.11.2

——

亲爱的林洙：

昨天正当我们欣赏从诫带来的思成纪念活动的所有礼物、图书和照片时，收到了您的来信（11月2日）。

我不知道怎么细致地描述它。听到那盒磁带（VCR Tape）的声音，确实把我带入纪念礼堂您的身旁，这真的是一次特殊的经历。

从诫建议由我口述，他用中文给您写。我非常高兴这么做。

看了录像，许多事是我想不到的。第一是那么多人参加了纪念活动，其中有些人我可以认出来；大会的横幅书写得漂亮；吴良镛主持大会那么热情，特别是那套幻灯片。从诫告诉我，这主要是您编成的。我在录像中不时见到您出现，我希望您对大会的贡献得到了大家的赏识。那位日本学生村松已经给我写了一封热情洋溢的信，而且还提到了你。我还收到另一封信，是一位加拿大（法语区）人，她是村松的朋友，也是我的朋友，她也参加了大会。

从诫的直接描述使我们对大会有了更细致的了解。

您提到了奚树祥告诉别人他将与我合作写梁传，但这话并不正确。他的妻子和女儿最近从上海来，他们在波士顿附近租了一栋房子，但离我们家很远。他们在波士顿一家建筑公司工作，但我们见面不多。他很愿意帮助我写梁传，但我觉得自己对梁了解不够，还写不了，正在等您明年来时详议。从诫告诉我，你在文集中关于思成最后年月的文章写得很好，我正急于索要一个英译本。见到您的文章，激起我想把我所了解的思成写出来的愿望。

我很遗憾我们对大会的祝词迟到了，但是很高兴李道增在开幕中提到了我们的祝贺。

当您从这一段繁忙中恢复过来之后，我希望您能进一步着手计划来美国的事，并让我知道进展如何。

您的朋友 慰梅

1986年11月17日

——

亲爱的慰梅：

我很高兴你——我最亲爱的朋友，能通过VCR tape和我们一道庆祝了思成的诞辰。

清华通知我，我去美国的申请已批准了。现在清华正在替我办理护照，我将按计划到美国。我现在很急切地想见到你，有很多话要和你说。首先我建议你不要把你所知道的关于思成的事和别人说，你可以把想到的事记录下来，为将来写书作准备。

我喜欢你自己写思成的传，不需要和别人合作，如果需要帮忙的话，从诫和我都很愿意为你帮忙的，我可以提供你所需要的所有中文资料。

林洙

1986.11.30

——

亲爱的林洙：

我收到了您11月30日的来信，信中有些语句、段落是用英文写的。祝贺您！我想这一定是在您收到我11月17日的信之前写的，那封信后半部分是从诫代笔的。在那封信中我告诉您树祥已经搬到了波士顿的另一面，距这里要一个多小时的车程，所以现在我很少见到他。因此他和我合作写思成的生平一事有些不太可行。其实我在考虑是否我自己来写。我与从诫谈起了这个想法，并希望他能告诉您他来访富兰克林和这里的经历。在这里，他住在我们这个颇受欢迎的老房子三层的一间小屋子里，那是我们唯一一间招待客人的房间。您在剑桥时，也将住在这间屋子里；但是富兰克林会有一间更大、更舒适的房间。非常开心得知清华批准了您的旅行。您是否可以立刻去美国大使馆申请您的签证呢？如果需要帮助，请及时告诉我。

十分感谢您寄给我的思成的论文集，这本书非常非常宝贵。这里一定有很多我在写思成传记中所需要的材料，这也正是我需要奚帮助的地方，他可以从中摘录思成职业生涯中的趣闻轶事，把它们翻译成英文给我。我阅读中文的能力很差，但是我需要这些信息。虽然有很多出版物，但是却不适合我。我需要更多思成和徽因的英文资料，包括书信，我不会把这些与任何人分享，请不必担心。

新年就要到了，预祝您新年快乐。您来到美国也将和我们一起度过一段愉快的时光。

您的朋友　费慰梅

1986年12月13日

亲爱的慰梅：

我收到你12月29日的信，感谢你为我的旅行计划了那么多，我非常感动。

我的护照没有什么麻烦，但是中国人办事就是这么慢！没有法子。我想在二月底也许可以拿到护照，拿到护照后我会立刻写信告诉你。

你收到我的幻灯片的目录了吗？你可以把这份目录给你的朋友看。全套幻灯片有1300张。你不必和你的朋友讨论交换的问题，因为清华每年都有人去美国，他们常常给我带来许多美国建筑的幻灯片。我的幻灯片就是送给美国朋友的礼物，就像那些中国建筑一样。

林洙

1987.1.7

——

亲爱的慰梅：

教育部已批准了我的申请，昨天我到北京市公安局去办理护照，但是我持有的证明中还缺少一份美国移民局的经济保证，只有邀请信还不行，所以我现在等你寄来后才能去办护照。办护照的时间约需两周。

林洙

1987.1.14

——

亲爱的慰梅：

现在我把幻灯片的说明寄给你一份，这就能帮助你很好地了解全套幻灯片的内容。现在它已经被很多新的大学所采用，由于它是用来教学的，所以比较注意表现建筑的正面和全貌，这使得这套幻灯片的构图比较死板而缺少艺术性。它的优点是内容非常丰富。

我现在还是很忙，因为我正在写一份关于思成的生平事迹，准备在《建筑报》上发表，这个工作要在去美国前完成。

我还在等待办理护照，我没有想到中国的官员工作效率如此之低，实在令人气愤。但我除了等待以外，又有什么办法呢?

林洙

1987.1.15

——

亲爱的林洙：

十分感谢您的圣诞贺卡。我寄给您一张我20世纪30年代在北京珍藏的一张小卡片。对于我而言，它很能表达圣诞的小故事，至今仍旧这么认为。

最近我非常开心，因为我与麻省理工学院的Michael Joroff教授见面，并详细告诉了他您将于春季访美一事。听到这个消息，他也很高兴。他负责麻省理工学院“东亚建筑与规划项目”（East Asia Architecture and Planning Program），该项目旨在与中国、日本和韩国等东亚国家的建筑设计和规划师合作。如您所知，麻省理工学院曾经选派学生参加暑期学校去你们系里进行交流学习。他们也时常在这里或者东亚其他国家举办国际学术会议。在麻省理工学院建筑系有很多中国留学生可以帮助您，而能够与您见面，他们一定也有很大收获。谈话中我提到您计划带一些幻灯片到美国，他对此十分感兴趣。希望您能寄给我一个希望赠送给麻省理工学院幻灯片的目录，其中包括数量、形式、主题，以便我与负责幻灯片资料管理的女士商讨。我明白这样的要求有些空泛，但是我想与她商量您和我为图片作注的事情，或许她会有些独特的建议。无论如何我们一定需要了解她。我有一些好朋友在 Fogg Art Museum （Harvard's）的幻灯片室，他们也十分欢迎您的到来。其中一位是 Wu Tong 的妻子，她为了 the Boston Museum of Fine Arts 去过北京很多次，您也许见到过她。

您是否记得在胡默尔的住所那天见到的 Andrew Li？一位加拿大籍华裔年轻建筑师，他希望到清华大学建筑系学习中国建筑史，但是被拒绝了，然后他去了南京，师从刘叙杰（刘敦桢之子）及其他教授。在华期间，他参观考察了许多中国的古建筑，路线和我们的很相似。如今他回到了美国，在剑桥一家建筑公司工作，非常欢迎您的到来。他现在已经开始着手将中国重要的建筑学著作翻译成英文。

我想从诚如今已经到家，希望他能写信告诉我们他在意大利的时间。他肯定会与您分享他与我们在美国的故事，但是您一定要来并自己作决定。

您的朋友　费慰梅

1986 年 12 月 23 日

——

亲爱的林洙：

我刚与旅行社讨论了您从北京到剑桥的行程。

旅行社的人告诉我，我们将在美国购买往返机票，然后把机票给您寄到北京。您乘坐联合航空（United Airlines）从北京直飞洛杉矶，途中不停留，随后您将换乘联合航空的另一架航班直飞波士顿，我们在那里接您，并带您到几公里之外我们剑桥的住所。您必须在 3 月中旬的一天确定您 4 月份离开北京的具体日期，因为我们需要与航空公司预约。返程日期不必事先确定，可以依据您到达美国后的行程来定。

非常高兴您旅途中只需要一次转机，而且即使是转机，也是搭乘同一个航空公司的班机。这样看来两架飞机距离很近，机场工作人员可以直接指引您。当然您的行李将会跟随着这个航空公司的飞机直接从北京抵达波士顿，所以您在洛杉矶不必担心行李的事情（航空公司负责）。

您是否拿到了中国的护照？您需要拿着它去大使馆申请美国签证。不要忘记，如果遇到任何困难，胡默尔先生非常乐意给您帮助。

在一月最后一周大约您收到这封信的时间，我将离开这里。在那时，如果赴美行程中遇到任何问题，请及时告诉我，我们立刻解决。希望您不要为此担心着急，因为您来美国是度假的，在我们看来带您到美国旅行也是件十分开心的事情。我计划带您去华盛顿、纽约、费城，但是我更希望带您去 New Hampshire 欣赏山林的自然风光，享受那里远离城市、宁静的乡村生活。

新年快乐！

您的朋友　费慰梅

1986 年 12 月 26 日

* 您将会以哈佛燕京学社的助理访问学者身份访问美国，这意味着您可以享用资料齐全的图书馆，并且得到任何您想得到的帮助，但是您对那里无需履行任何义务。这仅仅是一个友好的并对您有帮助的计划安排。但是作为一名助理，意味着您将成为哈佛访问学者中的一员，可以用图书馆，查阅幻灯片资料，听讲座等等，总之，成为学校里的一员。

——

亲爱的林洙：

我们一月末回到了剑桥，收到了您1月5日和1月7日的来信和那些让人印象深刻的幻灯片编目。随后是您1月14日的来信，看到公安局将延期办理您的护照申请，感到十分沮丧。但是，我想既然这样，我们可以趁机把计划调整得更简单易行一些。

Patrick Hanan教授，哈佛燕京学社的社长，邀请您作为学社的助理研究员，您将在接到这封信后的一个星期左右收到一封Maureen Hanrahan女士的来信，她是学社负责访问学者项目的秘书，她会在信中寄给您编号为IAP 66的文件，您拿着它和护照去美国大使馆，会得到J-1的签证，专门发给访问学者的签证，确认您访问美国的身份和更重要的地位。信中也包括Hanan教授给您的邀请信和Hanrahan女士发给您的各项事情的说明。编号为I-134的资料对于访问学者没有太大用途，IAP 66和Hanan教授的信是您申请护照的重要资料，也是到美国大使馆获得J-1签证的重要凭证。

Hanan教授在哈佛讲授中国文学，一位非常有魅力的男士。他和Hanrahan，以及燕京学社的其他中国籍成员，包括图书馆员Engene Wu，都将非常欢迎您的到来。当然欢迎您来访的还有麻省理工学院建筑系。同时您将住在我家，如我们计划好的，成为我们家庭的一员，思成书的版税可以支持您在美国的开销。

十分期待您的访美，希望您也和我们一样开心。我们希望您最好能在4月1日至15日期间到达，当然如果事情未办妥，可以推迟。

您的朋友　慰梅

1987年2月3日

——

亲爱的林洙：

负责哈佛大学研究学社的Maureen Hanrahan写信给我，说Hanan教授的邀请信，IAP 66和办理说明都已于昨天寄给了您。所以现在我立刻给您写信。哈佛大学签发的IAP66比我们想象的都要慢。希望所有的延迟从今天起画一个句号。

但是我附上一封信，寄给您，用以说明您的住房和消费开支都已经担保（如果 IAP66 不能）。

鉴于您可能延迟访美，我们已经把时间推迟至 6 月 30 日。但是我希望至少您能在 4 月的一天来到这里，然后在这里度过 5 月份，甚至 6 月份。6 月份，许多学生都完成了期末考试，离开学校，我希望您能够在这里，好好享受哈佛大学和麻省理工学院。

您收到护照，申请好签证之后，请务必告诉我，我可以尽快把机票寄给您。我 2 月 27 日至 3 月 15 日将离开这里，但是费正清的秘书将负责在这里接收邮件，然后转交我们。

阿瑟・胡默尔下周会就您签证一事写信给美国大使馆，但是希望您不会遇到什么问题，因为您有 IAP66 和哈佛大学的邀请信。

希望您遇到的麻烦尽快解决！

此外，我没有告诉 Hanan 教授您是“教授”。这也是他的主意，许多来燕京学社的中国人都是以“访问学者”来的。

您的朋友　费慰梅

1987 年 2 月 13 日

——

亲爱的林洙：

我今天与前任大使胡默尔通了电话。

他听说您受哈佛燕京学社邀请以助理研究员身份访美，感到十分开心。他告诉我，他这一周会给北京的美国大使馆的总领事 Raspolic 小姐发去一份电报，她负责赴美签证。您去美国大使馆申请签证的时候，告诉签证官，谁在负责您的申请，上一任大使胡默尔先生已经于 2 月份发电报给总领事，支持您的签证申请。

希望您在收到这封信后不久就能拿到护照。

祝好！

慰梅

1987 年 2 月 15 日

——

亲爱的慰梅：

因为私人资助，不论是我国政府或美国使馆都要求有银行的证明才能办理。都需要在得到全部证明后约一个月才能办完。我担心在我取到护照后已超过4月1日，所以可能还需一个延期的证明，否则IAP66将无效，我估计我将难以在你生日以前到达。可能最快将在4月底，在我取得护照和Visa后，会电告你一切办妥。

林洙

1987.2.24

——

亲爱的林洙：

我尚没有听说我们的签证有更换一事，也就是说，您作为哈佛燕京学社的访问学者访问美国。或许这些来得太快。但是希望您申请护照和签证的程序会简单容易些。这是这里有经验的人告诉我的。希望得知随后发生的事情。

可否通过航空邮件再寄给我一份幻灯片的目录？这个对这里的教职员和学生都非常重要。十分后悔当初阻止您带幻灯片来美国。他们非常乐于接受这些资料。我向麻省理工学院建筑系的一位教授建议，您或许乐于用中文借助您的幻灯片作一个关于《中国建筑历史》的讲座，他欣然接受了这个想法。或许我可以与您合作，穿插简要的英文介绍。麻省理工学院有很多中国留学生及世界各地的学生对这个话题都会很感兴趣。您是否还有其他幻灯片目录，您来时可以多带2~3个过来？

Andrew Li在这里，他正在为我翻译您写的那篇关于思成的论文。我看后十分感动，您文笔很漂亮，使我对您比之前有了更深的了解。我那孩童般的中文水平使我很难更加深入地了解您的个性和情感。思成最后的岁月中有您陪伴是多么幸运啊！

费慰梅

1987年2月25日

——

亲爱的慰梅：

你2月3日的信很重要，它代替了他们向我要的证明，因此我现在已经顺利的办好了我的护照和大使馆的签证。现在我等待机票来了就可以出发。我希望在4月20日左右出发，好吗？因为我的工作还有些交接的事要办。我非常高兴一切麻烦都过去了，我们很快就又要见面了。

林洙

1987.3.18

——

亲爱的林洙：

好消息！！ 收到您3月18日的来信已经三天了，看到信感到很开心。一直等到有机票的信息之后才给您回信。我将在下周通过挂号信把机票寄给您，我试图用中文在信封上写清楚您的地址信息，这封信不会丢失。

您将收到一套“往返机票”。A. 北京至波士顿；B. 波士顿至北京。A您将全程乘坐联合航空的飞机来美国，联合航空是美国最大的航空公司。您将于4月21日早上8点55分在北京机场搭乘联合航空890次，890次航班于当日当地时间8点25分到达东京机场，在那里您将换乘另一架联合航空的飞机，联合航空58次，飞机将于当地时间下午5点40分起飞，3小时之后，飞越太平洋，您搭乘的航班将于次日上午10点45分在洛杉矶落地，但是当地日期仍旧为4月21日，因为您同时跨越了本初子午线。在那里您需要接受海关检查，包括您的书籍论文及行李。随后午间12点45分，您将再次搭乘联合航空58次班机（尽管这架飞机很不相同，短途飞机略小），于我们这里时间下午9点到达波士顿（您需要把您的手表往后调3个小时，这里与洛杉矶有3个小时的时差）。希望到时会是大晴天，您可以看到落基山脉、密西西比河、五大湖和一大片延绵起伏的农场，150年前这里是尚未开发的大草原。我必须给您寄一张地图。

这里有很多东西需要写，但是我必须走了。再写信给您。

费慰梅

1987年3月25日

——

亲爱的林洙：

希望您如今已经收到了往返美国的机票和地图。这里我需要解释一下……我喜欢坐在飞机上靠窗的座位，如看地图般俯瞰地面。所以我总是随身携带地图。附有罗马化地名的日本地图可能不会派上太大用场，但是它可以告诉您成田机场距东京的距离。它坐落在农田中央。您可以理解为什么在修建机场的时候，当地的农民那么地愤怒。我希望能够陪同您飞越美国，在长时间旅行中为您作向导。美国地图上标注黄色标签的地方，是我希望您自己看的地方。

在离开中国前，您需要在上海落地，这让我感到非常吃惊。从中国的南方再向东北方向飞往日本着实是件奇怪的事情。或许是为了接其他一些旅客，也或许仅仅是官僚主义。

十分感谢您寄给我的第二批幻灯片目录。哈佛大学佛格艺术博物馆，艺术系和麻省理工学院建筑系对此都非常感兴趣，当然我也同样。负责幻灯片和照片的 Helene Roberts 女士和她的中国助理 Wu Tung（她的丈夫是波士顿博物馆负责中国美术的馆长）都希望见到您。还有其他一些人，比如 Weng 夫妇，曾经在北京见过您，他们马上又要去北京，但是将会于6月份回来，希望到时能够见到您。此外还有"King-lui" Wu，曾经与您见过面的一位耶鲁大学建筑专业教授，他希望您能够到耶鲁访问。哈佛燕京学社的成员欢迎您的到来。Andrew Li 也十分希望再次见到您。Wu Hung，我曾经写信告诉过您（北京一位经济学家，Wu Bao-san 的儿子）是我们的一位邻居，在哈佛大学教授中国艺术，他也希望见到您。我甚至几天前接到了 Joseph Wang 的电话，说听说您要来，问您具体来的时间，是否乐意旅行（我说我那时还不能给予具体的答复）。我没有告诉奚树祥您来美国一事。等您来了之后决定是否告诉他。上周他和他妻子带着刘叙杰（南京）来我们这里做客。我们经常见面，他们非常友好和热情。刘在夏威夷待了6个月，在返回中国途中，顺道去了华盛顿。

我们明天将一起去富兰克林看房子，希望在您来了之后带您在那里住几天。从诚可以告诉您关于那里的情况，还有一些照片的帮助。劳拉和凯莉，我的外孙女将和我们一起去，霍利和安迪将会与我们在这里过生日。

您将要来美国，我感到非常开心。

您的朋友　费慰梅

1987年4月2日

——

林洙在费正清八十寿辰时的讲话

当中美刚开始恢复邦交之时，我遵照先夫梁思成的遗嘱写信向费正清先生和夫人（John and Wilma）庆贺这件喜事。那个时候的我，绝对没有想到会有这样美好的时刻，能在美国和这么多的朋友们一起庆贺John的八十寿辰。也没有想到从那封简短的信开始，我接替思成来延续费、梁两家的亲密友谊。到今年已经55年了。55年在历史上只是一个瞬间，但在人生的旅途上是漫长的岁月。在这漫长的道路上John and Wilma，他们坚持不懈地努力，为中西方文化交流，为中美友谊作出了独特的贡献。我相信中美两国的友谊会不断地加强下去。

现在让我们为John和Wilma的健康长寿干杯。

背景介绍：

我到波士顿是已经是晚上10点多接近11点了，我想费氏夫妇都已经是七八十岁的老人，不可能来接我，我想也许他们会派大女儿罗拉来接我。当我正准备看看有没有举着Lin zhu字样的牌子的人时，没想到费氏夫妇却站在接站口的最前列。坐上车后，费正清说，我们先看看波士顿的夜色，我坐在车上往外一看，呀，都是些老房子，怎么美国这么先进现代化的国家的建筑竟还保留着这么典雅古朴的风格。越是先进的国家就越重视本民族的文化，这是我对美国的第一个印象。

到了波士顿不久，慰梅就为我安排了一个讲座，介绍梁思成的生平，对象是懂汉语的学生，大部分都是台湾和大陆的学生。慰梅又带我参观了哈佛及MIT建筑系的资料室，哈佛大学的建筑系资料室负责人金樱是美籍华人，所以我们交流起来很自由，他们的资料室以保存各种图片为主，其次就是学生的优秀作品，大约每年级都保存得十分完整，一个大库房几乎全是大书柜。MIT的资料室十分重视接待我，因为资料员不懂中文，特意请了两位研究生来为我翻译。他们的资料室的管理技术已经是当时最先进的了，把图片全部存入光盘中，每张光盘可以存入一万多张图片，她详细地给我介绍了光盘的输入及如何使用。当时清华大学设计算机专业，什么是电脑软件我见都没见过，现在回想起来觉得自己当时真是个可笑的土包子。

在波士顿时，正值费正清八十寿辰，我有幸参加了他的生日晚宴，并作了简短的发言。当时在波士顿市，有清华校友殷一和夫妇及方大维先生带我参观了整个波士顿市容，及波士顿附近的几个新的优秀的建筑。台湾留学生黄铭崇带我参观了波士顿海滨的一个小城镇，这个小城镇在历史上曾经受到邪教的冲突，及海盗的抢劫，所以这个小小的镇上设有一个巫婆博物馆，及一个富商的住宅，住宅中各种避劫的设施一应俱全，重视历史是我对美国的第二个印象。

当慰梅正在与我商量怎样去其他城市参观时，费正清的学生易社强极力主张先去他的老家弗吉尼亚看看并在他家接待我。易社强在弗吉尼亚大学任教，他说清华最老的主体规划正是模仿弗吉尼亚大学的中心规划。我到弗吉尼亚大学一看，果然如此，中心是图书馆（清华大学是大礼堂），嵌有一块大草坪，两边全是教学楼。最有趣的是弗吉尼亚的所有新建筑外观仍然是采取当地的传统形式，没有一座摩天大楼。

接下来，我们去了费城思成的母校宾夕法尼亚大学及耶鲁大学，1946 年思成讲学的地方和林肯发表独立宣言的大厅，在华盛顿看了林肯雕像、白宫及越南阵亡战士纪念碑。这里虽然到处是新式的摩天楼，但也有很多大型博物馆，令人看了赞叹不已。在美国，不管是大城市小城市，博物馆都很多，向人们介绍的不仅仅是本民族的文化，更多的是介绍世界各民族的优秀文化，这一切使我感到美国人民不仅热爱本民族的文化，也热爱世界各民族的文化，而他们热爱尊重一切文化的基点是“人性”。

在美国除了参观访问，以外的时间就是和慰梅交谈，她为了写《梁思成传》要了解更多的资料，但是我们的交流很困难，这不仅仅是因为语言，更主要的是自从 1949 年以来，社会、政治、思想、学术各方面的认识还没有现在这么明确，所以我无法完满地解答她提出的各种问题。

—

亲爱的林洙：

在告别的那个夜晚，我们都十分地想念您。希望您在中国海关不会遇到太多麻烦，这样您可以按时回到家中，在天亮之前睡个好觉。我能够想象得到，您与家人团聚是多么的开心。

很奇怪无需说（我们可爱的）中文，我们十分想念您。你的确已经成为我们家庭的一员。

在您走了之后几个小时 Cherry Wu 打来电话，希望与您通电话。电话打得有些迟了，她感到非常失望。我建议她写信给您，我想她会的。

您走后那一天晚些时候，我们来到了富兰克林。我带着所有关于思成的笔记本和文件夹，并且在书桌的一角开辟了一处专门的传记小角，放有资料、书架和打印机，准备开始写书。我们聊天的记录和在一起做的翻译非常精彩。它让我怀着高兴的心情开始写作。我将开工。

写信告诉我您的返程和到家的经历。并代我向您的家人问好，十分感谢他们给予了我两个月的时间与您在一起。

××（代表两个亲吻）。

费慰梅

1987年7月2日

亲爱的慰梅：

当飞机起飞时，我多么想再回到你们身旁，再包一次饺子，再快乐地交谈。我后悔离别得太匆忙。万种思绪涌上心头，我打开笔记本，写下了一首小歌谣。并且在整个飞行期间都在试着把它译成英文。

再见亲爱的慰梅，再见兄长正清，
我离别黄色的小屋，留下美丽的回忆；
再见亲爱的慰梅，再见兄长正清，
我环绕哈佛校园，去寻觅丈夫的足迹；
我凝立在天龙山的佛前，更懂得了思成的激情。
再见亲爱的慰梅，再见兄长正清，
我查阅着字典，你辛勤的书写，
在艰难的交谈中，沟通了你我的心灵。
再见亲爱的慰梅，再见兄长正清，
请相信，这半个世纪的友情，
帆帆、偲偲、凯莉[1]会珍惜。

1 帆帆，梁思成孙女。
偲偲，梁思成外孙女。
凯莉，费正清女儿。

Goodbye dearest Wilma,
goodbye brother King.
I leaved the yellow house,
and keep the beautiful memory.
goodbye dearest wilma,
goodbye brother King.
I rounded the Harvard's yard,
to founded look for My husband's footprint.
I stop in front the Tian Long Shan's statue,
Then understanded his dream.
goodbye dearest wilma,
goodbye brother King.
I refer to the dictionary,
You taken down so hurry.
We talk difficult,
But link up the heart you and me,
We worked together once again.
Goodbye dearest wilma,
Goodbye brother King.
To believe the half century's friendship,
Will be value by Fan–fan, Si–si and Kely.

我见到了麻省理工学院的 Professor Dean，他每天工作得很辛苦。我请他带回几张复印的报纸、几张照片以及费正清为我付的 60 元行李费。因为我没有美元，所以请 Dean 捎给费正清 200 元港币，我想你可以很容易换成美元。

林洙

1987.7.16

1987.8.4——
中美两地各自为梁思成的作品而努力，并且分享生活中的点滴

——

亲爱的林洙：

非常高兴收到您的来信。很长一段时间没有听到您的消息了，我们都以为在紧张的旅行之后您生病了。当然我们都很喜欢您的短诗。多么可爱的告别！您让我纠正诗中的英文，我保持原貌地珍藏着它。多么希望我的中文也那么好，可以写诗给您。

十分高兴听到麻省理工学院Dean（校长，还是建筑系的系主任？）在北京，你们再次见面。但是不要寄港币给我们，不要寄任何钱给我们。费正清那天早上有那么多钱确实很幸运，因为我不知道那么早的时间如何从银行或以其他的方式得到那么多钱。我们把它当作送给您的“告别礼物”，所以您不必归还[1]。

劳拉、比尔和凯莉现在在富兰克林。霍利、安迪和Dugabug（一只猫）也在。当然还有菲比。（这样拼写您是否可以认出她的名字？如果不能，就叫她Feebee。）霍利在她的工作室教授舞蹈课，费正清和我在新的资料-图书馆写作。是的，我正在忙于传记写作。您在这里的两个月时间使我们的生活与平日完全不同。我现在对于研究和写作都很感兴趣。我从您那里了解到很多信息，填补了我知识

1　离开波士顿上飞机时，我发现我的行李超重了，要再交60美元，但我当时已经把所有的美元都用完了，一点儿钱都没有了，是费正清帮我交了60美元。

的空白。我希望从诫能够帮我翻译他口述过的他们与飞行员的家庭会议，以及随后的几年。但他回复他很忙，方晶更忙。或许我只有求助树祥像以前那样帮助我了。

您最近忙些什么呢？请写信告诉我。您是否仍旧想念美国？

来一个家庭 ××，亲吻！

费慰梅

1987 年 8 月 4 日

——

亲爱的慰梅：

我从美国回来不久，就同资料室的朋友们一起到安徽的歙县和黟县的农村去了。因为这两个县保存着大量明代及清代的居住建筑。现在城市里的老房子，已破坏得差不多了，所以要了解古代的住宅就得到偏僻的小乡村去。我们看到很多的明清住宅并照了相片。但是当地人告诉我们，已有很大一部分在 1949 年以后被破坏了，非常可惜。我想起在富兰克林看到很多农民的老房子都保存得很好。相比之下，对中国的古建筑，被这样大量地破坏真是痛心。不过现在已开始注意保护了，只是当前政府财政还很困难，没有经费来修理，很多明代的房子再不修就要倒塌了。我想起纽约的大都会博物馆花了很多钱建了一个明轩（苏州花园），但是他们要是用这笔钱修一座明代或清代的安徽住宅，我想要有意思得多。当我在安徽时常常想到你，我相信你一定也会和我同样的感兴趣的。不过那里的生活条件很糟，虽然不像五台山那么可怕，但是湿热的气候和肮脏的环境，使我全身都起了疱疹，直到回北京后才慢慢地恢复。

这里的作家出版社和我谈了很多次，请求我写一本《梁思成传》，我没有同意。因为我没有看到梁、林的青年时期，而这个时期对他们来说是重要的。最后我答应为他们写一篇“我所知道的梁思成”，从 1948~1972，对象是普通读者，不是建筑专业的同仁。他们希望我多写些生活中的梁思成。我虽然答应了，但没有信心能写好，今后我们将在不同的地点写同一个人，多有意思。殷一和来信说，为了回答你提出来的很多问题，他要求我寄些批判“大屋顶”的资料给他。我很高兴他已进入了这个重要角色，并把他需要的材料寄给他了。

林洙

1987.8.14

——

亲爱的林洙：

主任（The Dean）已经把装有十分珍贵东西的信封交给了我……您写的配有插图的思成传记和您漂亮的照片，以及美元和港币。我很不情愿地收下了这些钱……但是还是要感谢您。

您在8月14日的来信中提到了您的安徽之旅，着实让我很嫉妒。我对那里的明清住宅知之甚少。我同意您的想法，纽约美国大都会博物馆与其花大价钱去复制寒冷、幽闭的埃及寺庙和明轩（苏州花园），还不如修一座安徽的明清住宅。我想费城艺术博物馆在建造住宅、房屋，并营造这些环境方面更成功。而您和朋友去安徽考察这些住宅是否意味着清华和政府开始注意保护这些古代民居？我说得对么？

信中您提到与出版社的谈话，使我想起我经常告诉您的疑问。我仅仅了解思成的前半生，尽管您和我的谈话让我大受启发，但是更希望您能写1948年到1972年的部分。您的文笔很棒，这也是纪念思成最好的礼物。

我几乎天天在写，有很多从满洲里到北京的故事草稿。但是我的进度很慢，总是有其他事情打断。霍利和安迪来这里住10天，劳拉带着她的全家来这里过周末。但是您能想到和她们在一起是多么的快乐。

费正清和我都希望您能够再写得清楚一些……尽管像是孩子写的！我们想我们一起开心的畅谈……只有我们三人……可能给您的印象是我们在家更多的用中文。

胡默尔夫妇刚来过我家询问您和我们的旅行。他们让我替他们向您问好。他们在南昌时，我们在华盛顿。他们参观了根据梁思成1942年设计的滕王阁复原模型，如今被彻底重建。您是否知道这件事？随信将他们给我的三张照片寄给您一张。

眼看着夏天就要结束了，有些失落，不过新英格兰地区的秋天以其美丽的颜色著称，我们还将在这里待上两个月的时间。

我们都很想念您，并时常念叨您。

从诚问我是否收到了他关于《图像中国建筑史》一书勘误的信件，我记得您曾经告诉过我一些错误，但是寄给我英文信了么？

××

费慰梅

1987 年 8 月 31 日

——

亲爱的林洙：

Wanguo Wang（我确定您在北京见过他和他的妻子）打电话告诉我，傅熹年将要来美国 3 个月，大概是在 11 月、12 月和明年 1 月，除非因为您我都知道的一些原因。这提醒我，我曾经在去年 6 月份计划通过您寄给 Charles Chen 一个便函。在这里，我希望他能来。如果他已经离开，并且出发来这里，请告诉我如何找到他。

我每天都在写书。徐志摩的故事占用了大量的时间，但是对我而言，这一部分十分重要，我准备把徽因在他去世 4 周年时给他的信全部翻译出来，就像我计划涵盖您白皮书的部分篇章。这些写得都非常优美，并且活灵活现地展现了两位作者的形象，您和她。

已经有几周没有给您写信了，希望您一切安好，不要过于操劳。

××

费慰梅

1987 年 10 月 2 日

——

亲爱的林洙：

昨天 Feng Yen-tsai 和我通了电话，聊了很长时间。我们料到您的安徽之旅，发现了很多有趣的老建筑。让他吃惊的是我并不知道您在那里得了皮肤病，必须提前离开，去上海买药治疗，最终离开炎热的上海回到北京。

听到您生病的消息，真的非常抱歉。北京的医生是否治好了您的皮肤病？我想寒冷的气候应该有助于康复；没有什么比炎热的夏天患上皮肤瘙痒的疾患更糟糕了。请写信告诉我您现在怎么样了，您正在干什么。在今年春季我们共同度过两个月时光后，自然更希望与您保持联系。如果我能给您什么帮助，请及时告诉我。

我正在为写书而努力。我现在已经写到1933年在正定、安济桥、应县塔等地的实地调研，它们在那首“歌谣”都被提到过，正如思成这么称呼。您是否知道第四座地标，Ts'eng Chou Lion？自从这座塔被称作 Ying Chou T'a（如今是县），或者是沧州（Ts'eng Chou），无论它之前是哪里，现在这里是 Ts'eng Hsien。是在河北么？有人去过那里或者专门写那里的么？我发现自己很愚蠢，还有其他三处没有辨认出来。

我害怕自己又像之前一样不停地给您提问：

广济寺完全被毁坏了么？

我需要用至少每人一个段落的篇幅写那些与思成一同工作的人。据我所知，莫宗江的母亲已经去世，父亲遗弃了五个孩子。思成1932年认识了他，当年他16岁，思成教他画图。我需要更多的信息，比如刘致平和陈明达。他们是什么时间加入营造学社的，当年他们多大？还有其他人么？

请保重身体！

* 我可能要到11月20日才能收到回信。

费慰梅

1987年10月11日

——

亲爱的林洙：

在昨天给您的信中，我犯了一个低级错误。我的第一个问题是：宝坻的广济寺是否完全被毁坏了。我写到了此处，希望在书中用到关于它的手绘图，但是需要告诉读者这里被完全毁坏，现在的游客已经看不到这些了。

希望您能给我提供列在单子上的这些年轻人的一些信息，不仅是为学社，而且之后的信息。简要地介绍一些您所知道的信息。

费慰梅

1987 年 10 月 12 日

亲爱的慰梅：

我已经收到你四封信了，但是一直没有时间回信，我非常着急。因为贝贝病了，她患了尿道炎住了两次医院，她的医院在城区，离清华很远，经常忙于去看她。最近她刚刚出院，但是很难说她会不会再次发病，医生也没有办法。我们现在对她非常非常小心，生怕她再次发病。

Mr. and Mrs. Hummel 看见的滕王阁模型是这样的，1942 年思成和莫宗江一起做了一个南昌滕王阁的复原设计，但是没有实现。大概在去年由莫的助手根据梁的设计加以修改做了建筑设计，后来这个设计又被南昌市的建筑师修改了后做成现在的模型。我认为已经和思成的原设计相差较多，这是一件很不愉快的事，这些人又要修改又要用思成设计的名义真讨厌。

关于华北四大名胜是“沧州狮子，应州塔，正定菩萨，赵州桥”

有三大件你都看见了，只有沧州狮子没看见。沧州在河北省离北京南面约六小时的路程，我也没有去过。

广济寺在保定，思成去调查时已经只有一个大殿，现在全部被拆掉了。莫宗江 1932 年和他的弟弟妹妹一起住在北平的广东会馆，这里可以提供廉价的房子给穷人住，当时思成的堂弟梁思敬也住在那里，经过梁思敬的介绍，莫到营造学社来做绘图员。陈明达是莫的同学，他也是一个中学生，年龄和莫差不多，经莫的介绍也来到了学社。

刘致平是东北大学的学生，是思成的好学生，“九一八”以后日本占领了沈阳，东北大学的学生到南京中央大学借读，刘毕业后在杭州工作一年。他一直和思成有来往，他喜欢古建筑，所以思成请他到营造学社来，大约在1935年到学社工作。

我很高兴你已写了很多，但是我一直还没有开始，由于贝贝的病很多时间都用在家务事上。

林洙

1987.10.26

——

亲爱的林洙：

听到贝贝生病的消息着实很担心。希望您能及时告诉我病情，我们很乐于帮助。

我把您的信给Wang女士和劳拉看了，Wang女士说有些药在中国很难找到，您不妨问问您的医生，推荐些什么药可以在美国买到。然后您写信给我，劳拉可以帮您买药。然后我再通过空运速寄给您。

我想您的医生已经告诉您了，在家如何照顾她吧。劳拉作为一名护士，希望我转达您如下注意事项：

保持房间卫生。在贝贝用纸巾擦屁股时，一定要从前往后擦；

让她穿纯棉内裤，而不是人造棉的。如果您那里没有，我们可以寄给您一些，我需要知道她的年龄和尺码；

让她多喝水，特别是茶或者其他酸性液体；

如果她服用我寄去的药或者其他药，确保根据医嘱服用一个完整的周期，甚至一周或更长的时间。不要为了节省药丸而停止服药。或许病症在服药之后不久就会消失，但是通过服药完全治愈需要一些天数。我可以再寄给您同样的药，以防复发时您可以在家给她服用。

十分感谢在10月26日的信中您答复了我提出的问题。但是我现在不能再问更多的问题了，贝贝的身体健康最重要。我仅在这里告诉您，我已经开始写到佛光寺一章了。此时，他们已经计划来西方了。

非常牵挂贝贝、您和您女儿及全家，代我问好！

××

费慰梅

1987 年 11 月 9 日

——

亲爱的慰梅：

谢谢你 11 月 9 日的来信，谢谢劳拉的关心。她所说的注意事项，我们已经做到了，但是贝贝在 11 月 12 日又出现了一次尿蛋白（albuminuria）++，所以又住进医院，最近两周她作了全身检查，但一切都正常。下周还要做一次肾盂造影来检查是否有先天性畸形。医生现在不能确定发病的原因是什么，所以没有决定采取有效的治疗方法。因此我也没有办法告诉你她需要什么药。请代我谢谢 Mrs.Wang，她帮助你读我的信，同时也是对我的帮助。我很高兴你已经写到佛光寺了。

林洙

1987.11.30

——

亲爱的林洙：

您在 11 月 30 日的来信中说到贝贝的病情，真的十分危险，能够体会得到你们全家现在焦急的心情。我把这些事情告诉了劳拉和 Wang 女士。根据您信中的描述，贝贝的病情比我们想象的要严重。

Wang 夫妇十分希望能够帮到您，并且给了一些建议。Wang 先生的兄弟 Wang Yongqing 和妻子在医学界颇具名望，或许可以针对贝贝的情况提供些专家建议。他们寄给我一些给您的资料，我随信寄给您。如果您觉得有必要听取专家的意见，可以拿着 Wang 先生的名片去找他的兄弟。希望这个对您有所帮助。距离遥远，我们都深感帮不到什么忙，但是又都非常挂念这位病中的小女孩。

我们会在新罕布什尔州再居住一段时间……这里的气候宜人，我们不忍离开这样宁静的生活和延绵的山脉以及与菲比（费氏夫妇的爱犬）一同在丛林中漫步的时光。当然这里也更适合我写作，不需要忙于不同的事情。非常高兴地与您分享，我如今已经完成了“李庄”一章的写作。在那个时期，我们有许多通信，这使得这一章十分有趣，当然也充满了悲伤。

在过去的十天里，傅熹年住在您住过的那间屋子里。他给我讲述了解放十年后的故事，这些对我都很有帮助。他同 Wang 夫妇在新罕布什尔州过圣诞，但是随后会回来待三到四天，然后途经克利夫兰、芝加哥、堪萨斯和加利福尼亚回到中国。他确实是一位名副其实的绅士，我很喜欢他。

希望在收到下一封来信时，得到贝贝身体已经好转的消息。但是如果我们能够帮到你们，请及时告知。

××

慰梅

1987 年 12 月 23 日

——

亲爱的慰梅：

我多么高兴你的写作进展顺利，也高兴傅熹年给你帮了忙。

波士顿的冬天很冷，请你们多多注意，不要感冒，我不能忘记第一次去富兰克林，想起我们在富兰克林的快乐时光，并且想念你们。

谢谢你的帮忙，更要谢谢 Mr. Wang 介绍他的弟弟，但是我一直还没有去找 Mr. Wang Yong Qing，因为天气太冷，我不能带贝贝进城 。贝贝现在已经回来，仍在服用中药。目前她的病情暂时稳定。我准备等寒冷的冬天过去再说，我曾想把她的病历借出来请 Mr. Wang Yong Qing 看看，或许他能指导我，但是没有成功，医院不愿意把病历借出来。

你还记得黄铭崇吗？我收到他的信，说他正准备申请哈佛东亚语言与文明系的博士学位，希望得到费正清的帮助与推荐。我记得你们曾看过他的论文（关于北京），并曾赞扬这篇论文。我想他是个很努力的青年，我很希望费正清能帮助他。我把他的留学申请寄给你，也许他已经去拜访过你们了？附上给 Mr.Wang 的信，请你转交给他。

林洙

1988.1.31

——

亲爱的林洙：

我们去南方度假了，是位于美洲中部的危地马拉，以逃离剑桥的冰雪天气。在我离开的前一周，没有收到您的任何消息，我仍旧十分担忧贝贝的病情。您是否拿着 Wang 先生的名片去咨询了他的兄弟，以便寻找到一位治疗肾病更好的专家？我知道您有多么地疼爱这个可爱的小女孩儿，希望我能够帮到您。希望我到家后，有一封信正在等着我，希望听到她好转的消息。

我随身带了很多关于思成生平的资料，希望我每天都能有时间用于写作，就像在富兰克林那样。但是没有家里的信件和资料，我需要花费时间纠正我写下的内容，润色文字。起初将文字付诸笔端并不是那么的有趣。我们计划于 2 月 11 日回到剑桥，希望到时再继续我的写作。一位专门研究中国问题的苏联教授将来这里访问一周，就住在您住过的那个房间。我们充满趣味性的老房子的条件在美国并不大好，但是到哈佛和麻省理工学院四处走一走，以及乘坐地铁到波士顿倒是很方便，这里有一间会客室可以随时提供给来访的客人。我们都很喜欢傅熹年。我希望他回到中国后，您能见到他。我想他的这次旅行一定十分开心。我总是有一两个问题希望向您请教。您能否把您对林徽因母亲的了解写信告诉我呢？徽因是什么时间结的婚？她是否告诉过您在云南和四川的回忆，您能否告诉我们呢？她在给我们的来信中几乎没有提到。我写到徽因的母亲生下了一个儿子和两个女儿，但是儿子在很小的时候就夭折了，小女儿也在童年去世了，徽因成了唯一的幸存者。这些对么？您是否知道徽因的出生年月和出生地点？她父亲在日本留学的几年，她住在哪里？我相信我写下的这些故事是真实的，但是希望能够进一步确认一下。

希望您一切都好。请写信告诉我您最近在清华都忙些什么及家里的情况。

××

慰梅

1988年1月30日

* 霍利一月在广东舞蹈学院教授现代舞，希望当我们回去时，能听到一些有趣的故事。

——

亲爱的慰梅：

我收到你从危地马拉的信，谢谢你对贝贝的关心。她现在已经好转，医生已确诊她是泌尿系感染，这里的医生认为在中国现在用于治疗这个病的西药治疗效果都不好，所以贝贝现在还是继续服用中药，我希望她能快些恢复健康。

最近一个时期我几乎没有做什么事情，每天早上去办公室，回家就有很多家务事，为了增加贝贝的食欲，每天都要特别为她做些新鲜的饭菜，还要带她去室外散步，给她补课。当然林彤比我还辛苦，她要准备一家人的三餐，洗衣服，打扫屋子。

我原来计划写的书现在暂时停下来，原因是一方面没有时间，主要的原因是我感到自己写出来的东西内容十分乏味，正如你所说的不是那么有趣。

关于徽因母亲，我知道的很少，我只知道她是浙江省嘉兴人，1883年生于嘉兴，1902或1903和林长民结婚，他姓何，名雪媛，她的父亲是一个小作坊主。林长民同时有三个妻子，你知道在旧中国是允许一夫多妻的。林长民的第一个妻子是嘉兴的一个小官僚的女儿，她和林结婚以后没有生育子女。第二个妻子就是徽因的母亲，她生了徽因和一个男孩子，正如你所知道的这个男孩只有一岁就去世了。林长民后来又娶了第三个妻子，林徽因的弟弟妹妹都是她生的。

林长民在日本时，徽因和她母亲在福州，没有和她的父亲在一起。我所知道的就只有这些了。关于何雪媛的情况是思成告诉我的。

林洙

1988.3.6

——

亲爱的林洙：

我和费正清从危地马拉回来之后，又去了亚利桑那州的朋友那里。您于1988年1月31日的来信已收到，但是直到现在我才着手回信。

吴宏如今已经结婚了，在哈佛大学教授中国艺术与建筑的课程。他非常忙，但是当我请他翻译两篇您发表在《建设报》上的文章时，他这一周来了我家两次。十分感谢他的帮助。他把我所认识的林洙又带入了我的生活。我和他都一致认为，您写的文章不仅十分有趣，而且很精彩，妙趣横生！我把您的初稿的复印件分别寄给了富兰克林的费正清和Charlottesville的Mary Isreal。您或许自己已经寄去了，但是我不希望他们落掉您眼中对那个地方的描述。非常高兴您能通过自己的故事推进那里漂亮的老房子的保护。更希望您能在北京或其他地方找到志同道合的人，支持您的这个想法。或许齐心协力才能得到政府的重视……也就是通过人们的……“公共舆论”。

当然第二封信（1988年1月29日）读来更令我开心。华罗庚教授（Hua Luo-geng）写周总理关于我给思成的信……我甚至忘记了很久以前我曾经写过这样一封信。但是，当然，我记得您给我的信。您是否认为正是华教授给周的这封信促成了周邀请我们访问北京？他一定同我们的心情一样，希望思成还活着。您写下的关于我们谈话的故事非常有趣。我不会忘记我们用两本词典沟通的故事以及当查字典过于枯燥时，我们发现手势也不失一种有用的方法。看到您用手捂着我的鼻子防止污染的照片时，我又禁不住笑了。你创作的那首诗，将会是这篇文章完美的结局。

您是否记得您在美国期间，一位中国电影演员带着她的男朋友来看我们，并且希望就我和徽因的故事拍一部电影？您对此的反应完全正确。这一周我看了 1984 年的电影，她演的“The girl in the Red Dress”。她扮演姐姐，一位编辑。据说那部电影获得了 Rooster award。但是看后我感觉节奏很慢，并且很乏味，欠缺真情实感，没有情节上的发展，人们看起来都像纸制的小玩偶没有变化。吴宏喜欢高中那一段戏，说那一段很真实。Lo 小姐（是您见到的那位女孩子的名字么？）告诉我她曾在波士顿大学学习表演，并计划于今年夏天回中国，并前往山西沿着我们根据思成考察古建的足迹进行的旅行进一步考察，为拍摄电影做准备。我试图给她泼冷水，作为她的朋友，希望您也如此。

去年吴宏在哈佛大学中国艺术史的课上收下一位学生，黄铭崇，他也是我的另一位朋友 K.C.Chang 教授中国史前考古学课程的学生。两位老师一致认为他是一名勤奋的学生，并且告诉我他如今已经在助学金候选名单中。

希望贝贝的病情已经好转。请写信告诉我您现在在做什么。是否写了更多关于《建设报》的文章？或者其他的文章？我终于完成了思成书关于 1946~1947 年部分。很高兴离开了李庄！我的下一封信将会有很多问题，希望您能给我解答。

真挚的祝福送给我多年的好友！

××

慰梅

1988 年 4 月 11 日

费正清夫妇在其位于美国波士顿家中院内与林洙合影

费正清 80 寿辰晚宴上，费氏夫妇与他们的两个女儿

1987 年，林洙应易社强教授邀请访问弗吉尼亚大学时与易社强夫妇合影

林洙在弗吉尼亚大学图书馆前

1987 年，林洙与费慰梅在弗吉尼亚大学广场上

林洙应殷一和夫妇邀请访问费城，与殷一和夫人徐棠仙合影于自由钟前

林洙与费慰梅合影于华盛顿林肯纪念馆前

林洙与费慰梅等人在纽约世贸中心顶层

费慰梅在他们的别墅花园里种菜

林洙与费正清

殷一和夫妇宴请费氏夫妇和林洙，右起费正清、殷一和、费慰梅、林洙

1987年，林洙离开美国之前在费家的告别晚宴，冯彦采（时任哈佛大学图书馆馆长）（左一）、林洙、费慰梅、费正清等人合影留念

林洙在美国的最后一晚，与费慰梅、费正清合影

——

亲爱的慰梅：

又到了这春末夏初的季节，它使我特别地想念你，剑桥和富兰克林的一切都这么亲切地回到我的眼前。我仿佛看见又嗅到了富兰克林那树林里的香味，仿佛又和你们在剑桥的小河边散步。正清那长长的腿，总是走得那么快，远远地把我们抛在后面。Winthrop st. 的黄色小屋和它前面的一片绿草地，它们这样引诱着我，使我沉入对哈佛的美好回忆。在美国时我多么想家，恨不得一下就回到北京，那个时候绝没有想到现在会这样强烈地想念你，亲爱的慰梅，想念和你在一起度过的那段快乐时光。

我很感谢吴宏，他为你翻译了我的文章，但有一件事他理解错了，并不是华罗庚打报告给周总理，而是思成打报告给周总理。但因为那时思成的报告没有办法送到周总理那里。华罗庚告诉我怎么才能快速地把报告送到周总理那里。

你问我现在做些什么，我很难回答，因为我什么事也没有做，但每天又都在忙乱中度过，除早上去工作外全是些家务事。贝贝还没有完全恢复健康，因此每天下午我还要帮助她学习。

最近北京物价上涨得很厉害，我们的生活也受到不小的影响，我很担心，希望不要出现 1949 年以前那种通货膨胀的局面。

林洙

1988.5.23

——

亲爱的林洙：

收到您的上一封来信，正是剑桥鲜花盛开的时节，就像您拍摄的照片一样，大树（栗子）开着白色的花朵。非常高兴您仍旧想念去年我们共同度过的美好时光，因为我也同样。现在我们在富兰克林（没有雪！）已经有数月的时间了，并且刚去看望了劳拉家里的新成员，Katharine，昵称凯特，如今三个月大。知道您喜欢小孩子，特意寄给您一张照片。劳拉和她的丈夫比尔，如今已经差两天就四岁的凯莉，带着一个小宝宝，如今除了吃就是睡，偶尔还会哭泣。但是我们都亲吻了她柔软的小脸蛋和额头。她看起来长着一头红色的头发。或许您从来没有见到过红色的头发，就是颜色介于金黄色和锈色之间，这与她白种的肤色有关。她是一个长着一双炯炯有神的双眸的漂亮的小宝贝，当她醒着的时候，总喜欢观察周围发出的动静。

吴良镛在剑桥，与他的妻子租住了一间房子，他们要在这里待一个月或者更长的时间。麻省理工学院给了他一间办公室，他也将在哈佛燕京学社图书馆查阅资料、进行写作。我对他进行了两次深入采访，特别询问了在重庆时他为思成做了些什么，以及思成在美国时的故事。

我已经完成了思成在美国部分的写作（初稿），现在正在搜集信件、整理1947~1948年思成和徽因在北京的一些信息。我从徽因那里收到的最后一封长信写于1948年11月、12月。特别有意思的是，那是他们正巧收到了费正清的第一部著作，也是他最著名的著作：*The United States and China*。她对这本书很感兴趣，并告诉我思成也很喜欢，并且引述了张奚若和金岳霖对这本书的称赞。随后她自己俏皮地讽刺费正清删除了“艺术”部分。她一语中的。

您提到了通货膨胀。我立刻想起了徽因从李庄的来信。她渴望美国的衣服，我们一直从美国给她寄药。请告诉我您有什么需要的我可以寄给您，您知道我是多么的笨，不会自己决定。请让我知道您喜欢什么。

××

费慰梅

1988年6月20日

——

亲爱的慰梅：

祝贺劳拉，她的家庭中来了新成员，看起来她和凯莉小时候完全一样，我相信她也一定和凯莉一样美丽。

谢谢你的关心，我的确没有什么特殊需要的东西，其实目前的物价上涨，对人民精神上的压力比起物质上或经济上的损失要大得多。

最近我在《编译参考》上看到一篇文章介绍正清的新书《观察中国》，文中还说“美国人谈中国历史，能谈得鞭辟入里，令人折服的，目前只有一个费正清，他毕生努力，志在帮助美国人了解中国”。说得对极了。

我最近利用假期，又重新开始写我的书，我把这书名叫作《老师·朋友·伴侣——我与梁思成》，已经写了五万字，但只完成了三分之一，开学后时间就太少了。

林洙

1988.8.18

——

亲爱的林洙：

已经有两个月没有您的消息了。当然这两个月我也沉浸在一些活动中。希望您没有病倒。您清晨要到清华上班，其余时间都在家里。家里是否仍旧很拥挤？您儿子仍旧住在那里么？您是否用了您在美国买的VCR，您是否找到地方放置从美国带回去的其他小礼物？

吴宏的关于Shantung Han shrines的书将由斯坦福大学出版社出版，经他一再要求，我为这本书写了一篇序言。我相信这本书一定作了大量的研究，收到了很多学者的好评。上周他带着他的母亲、妹妹和他的美国妻子去富兰克林看望我们。在战争的岁月里，她母亲曾经在李庄，认识梁思成夫妇。我们谈及了那个令人感到不愉快的地方。她的母亲，Sun Jia-xu是一位戏剧和英国文学专家，特别是莎士比亚。妹妹是照片收藏家，并且喜欢中国舞蹈，特别是少数民族舞蹈。她叫Wu Yun-ming，希望霍利能够在纽约帮助她找到她想要的东西。

有一天吴良镛带着他的妻子来富兰克林吃饭。他们将于下月月底之前回北京。他对自己在剑桥的研究感到很满意。他虽然非常忙，但是仍旧抽出时间接受我的采访，讲述解放后思成的生活，我正在着手这一部分的写作。他提供的信息十分有用。

我是否告诉了您，您的朋友 Huang 如愿拿到了明年继续在哈佛深造的助学金？

八月的大部分时间，我们全家都在这里。对于我们全家而言，这是十分美好的时光。

××

慰梅

1988 年 7 月 26 日

——

亲爱的林洙：

着实感到奇怪的是，为什么那么长时间没有收到您的来信？如今我开始意识到，我也有很长一段时间没有给您写信了。所以这是我的错误。

我今天给您写信时，我刚再次读完白皮书中您讲述的“最后的岁月”，我想您知道是有 Andrew Li 帮助我把文章翻译成英文。读来很美，回忆录中的思考和写作。我要告诉您的是，我已经决定将它作为书中最精彩的一章放在后半部分。今天重新读它，看是否有小部分内容需要删除，但是读来又一次让我感动得落下眼泪，我想读者也一定感受到这样悲惨的结局。所以它应该单独列一章。

您一定记得您是怎样催促我写这本书，并且给我提供了很多有用的文章以及我们的那些谈话。一年半前，您离开美国之后，我开始写作，在这个国家，几乎没有耽误一天时间。如今我完成了 26 章的写作，每一章大约有 20 页（以双倍行距打印），似乎把我带回到了 1948 年底，我们与思成夫妇的最后一次通信。思成、徽因、老金和梁启超年谱构成的故事是多么的有趣。我的中文水平很差，阻碍了我查阅中国传记作家的大量资料。但是这是一本写给英语世界读者的英文著作。因为思成、徽因、老金都用英文写信，大部分故事都可以用他们自己的话来表达。我开始写过渡的部分和注释，但是单独的小故事读来更有趣，不同于一般的传记，尽管大致故事情节就是那些。

现在我将试图用简短的篇幅介绍1949~1972年间发生的主要事件……最后的篇幅引导读者阅读您写的《最后的岁月》。关于解放后的内容，我自己一无所知，这部分最好留给其他人在其他书中写。我在想是否在最后部分加一些神奇的侦探故事的简要概述……丢失和重新发现思成书中的插图和文本。希望您写信告诉我，您看了我写的第一页内容的感受。请给我一些您认为重要的建议。我十分期待读到您的宝贵意见，尽管是在经历了一年半的写作，很难再作大的修改。

也请您告诉我一些关于您的生活，以至于我可以看到您。现在贝贝多大了？她现在叫什么名字？您现在一定是一个更加重要的外婆。劳拉的小女儿凯特于去年春天降生（1988年4月），凯莉很快就五岁了，我享受了很多做外婆的快乐时光。凯莉的视力仍旧不好，但是非常聪明，在学校度过了愉快的时光……活泼、有趣和可爱的小孩儿。您儿子是否仍旧与您住在您女儿的（或者我猜测是）宿舍？如果是这样，您打算接下来怎么办呢？但是我不应该给您太多问题。您知道我是多么希望得到您的近况。

费正清和我都很好。我们按时吃药，并且每天带着我们的狗狗菲比散步，其余的时间用于写作。他正在忙于两三本书的写作。而一本对我已经足够了！

请替我问您女儿好！

爱您的　慰梅

1988年11月19日

*我们于11月28日搬回了剑桥，所以来信请寄剑桥的地址。您是否记得呢？（笑脸）

亲爱的慰梅：

我已经很久没有写信了，不知为什么，一想到给你写信就回想起和你们在一起时愉快的日子，而自我回国以后，我的国家就一直在通货膨胀的危机中。从1987到现在，一般的物价如衣服、食品等生活必需品大约上涨了一倍多，而我们的工资收入并没有增加，因为我退休了，所以工资减少了。我想徽因在1938~1945年给你的信中常常谈到她的病和当时艰苦的生活，以及政府的无能，这些都是很不愉快的事，但是我相信她的文学才华也许能使她的信读起来生动有趣或富有哲理。但是我却没有这样的才华，所以与其把这些不愉快的事告诉你，使你和我一起烦恼，不如让我独自烦恼。思成生前多么高兴你们能回到北京来看看，看看共产党领导的中国已经强盛起来。但是现在我却无法向你掩饰我心中的苦闷，物价上涨使大部分知识分子的生活水平越来越下降。不少特权阶层和他们的子女的所作所为令人气愤，大部分的知识分子都和我一样，只要政府采取了坚决的措施去对付那些不法分子，那么即使我们的生活再苦，也没有怨言，因为困难是暂时的，我们是有希望的，但是现在却看不到这个希望。这就是我们长时间沉默的原因。

也许有一个消息能使你高兴，梁思成、林徽因、莫宗江和梁思成的三个助手一起作为一个集体获得了全国自然科学一等奖，这是一个很高的荣誉，但是并未引起我的激动。

我的生活仍旧是老样子，早上到系里去，下午在家工作。我正在把我编的《中国建筑史幻灯片说明》译成英文，希望能向国外出售这套幻灯片。下午我在家里写关于思成的书，但是很困难，因为1955年以后他的生活几乎完全和他的学术问题纠缠在一起，所以我也就不得不涉及这些麻烦而枯燥的学术问题。因此也就越写越没趣，当然，那些年，我们就是生活在苦恼与恐怖中，哪有什么乐趣，我不知道读者能否有兴趣读完这本书。

贝贝已经是二年级的学生了。

林洙

1989.1.2

亲爱的林洙：

您1989年1月2日的长信正是我所期待的，非常感谢您抽出时间专门写这封信，特别是在您心情低落的时候。徽因在李庄那几年糟糕的生活仿佛又在眼前，勾起了我几分焦虑和牵挂。在那个特殊的岁月里，唯有寄药和钱给她，以使生活状况有所改善能够抚平我心中的不安。如今我希望能用同样的方式帮助您……以平复我内心的担忧。

随信附着一张支票，请您务必收下。这并不是我送给您的礼物，而是思成那本书的版税。正如您所知，您的美国之旅用去的是那本书第一年的版税。但是并不仅仅那么多，仍旧有读者在购买那本书，我想还将有更多的读者。如果思成在世，可以看到他的梦想变为现实，用他以英文写的这本书挣得美元。我已经从版税中支付了应付的税款，其余的全部属于您。请告诉我您需要多少，以及把钱给您的最佳方式。

您与我共同写“解放后的时光”是件十分有趣的事情，非常庆幸的是那段悲惨的回忆并未萦绕您的心头。但是即使是知道很少的一些，想起了他1948年的蓝图，他的希望，他相信新的政府能够拯救这座城市，保护所有漂亮的建筑，但他遭受了失落，这件事情也让我感到悲伤。我们必须互相鼓励。

××

费慰梅

1989年1月13日

——

亲爱的慰梅：

你的支票和信我早已收到，但是这不是我给你写信时或想到会发生的结果，所以很长时间我不知道应当怎样来回你的信。

亲爱的Wilma，你是我最好最好的朋友，我一向都是把我心中想到的和我感受到的毫不掩饰地告诉你，只是由于语言的障碍，我常担心你不能完全理解我。我非常感谢你为我做的事，但是，我的苦恼和困难不是我一个人的，是中国大部分知识分子的，只要你知道这一点就可以了。我们的心是相通的，其他的都没有必要。

我明天要到医院去检查是否患有胃癌，是否需要做手术。等知道了结果，我将写信告诉你。请你不要为我担心，一切都会好起来的。

林洙

1989.2.19

——

我亲爱的朋友：

您的信到达那一天，我正巧启程前往亚利桑那州拜访朋友，费正清在那里已经几个星期了，我去加入他们的行列。

吴宏将您的信翻译给我，您可以想象得到，当听说您也许身患癌症时，我是多么地震惊。很不幸的是，我们的家族也有癌症基因。我的兄弟曾经从肠道中取出过一个肿瘤，这个或许和您的情况非常相似。他是五年前做的手术，但是现在身体很健康，已经82岁了。我想我必须告诉您的是，在1984年去中国与您一同到山西旅行之前，我切去了一侧的乳房。所以这样糟糕的情况也会有幸运的结局。我希望听到医生发现您没有患上这种疾病。

这里是思成版税的另一张支票。请让我知道这样私人的支票是否容易取现。对于我而言，这个比上一次寄给您的纽约银行的支票手续更简单。

费正清和我在这里住到3月30日。在此之前，他的秘书将给把您寄至剑桥的任何一封信及时转寄给我们。

把最真挚的爱心送给您。

慰梅

1989年3月6日

——

亲爱的慰梅：

昨天收到3月6日的信和200元的支票，在北京对个人来说私人支票和银行支票是一样的。

第一，我要告诉你的是，我经过多次的检查，医生已诊断我不是胃癌，只是普通的胃炎，所以亲爱的 Wilma，你可以放心了。

又是一个春天了，它又使我想起美丽的富兰克林和剑桥门口的大树。你记得我们第一次去富兰克林时的那场大雪吗？真是好像奇迹般的让我看到了美国的冬天。

我的书已经写完了第一稿，现在正在作进一步的修改。

你的书稿怎么样了？

我现在有一个疑问，为什么在1955年突然停止了对思成的批判？当然思成作了一个检查，我的猜想是，当时北京已经在批判胡适、胡风、梁漱溟，而胡适和梁漱溟都是国际学术界知名的学者。我认为当时台湾和美国一定有强烈的反应，你是否记得1955年台湾或美国学术界对北京的做法有什么评论吗？

林洙

——

亲爱的林洙：

正如您可以想象到的，当收到您的信，听说您患的仅仅是胃炎，而不是更糟糕的病时，我是多么的开心。希望从现在开始一切都将过去。

我们在富兰克林度过最后一个周末，到暑假再来这里居住。星期日清晨，当我们醒来，向窗外望去，发现一片片的雪花从天而降。这时我禁不住笑了，想起几乎是在整整两年前，我们正是4月带您来到富兰克林，同样下起了雪。特别让我高兴的是，您在信中也提到了这件事情。

陈占祥在这里，今晚要在麻省理工学院作一个纪念 Paul Sun 的讲座。今天我第一次见到了他和他的妻子，并且受大学的委托主持今晚他演讲后的提问环节。今天我与他进行了一个小时的长谈，我希望通过他了解到他跟随思成工作那一段时间的信息，但是发现很难使他专注于这一话题。或许在他今晚的讲座中，我能了解到更多。

您写的关于1955年停止批评思成，请彭真去说服思成的事非常有趣。您询问我是否记得1955年。我当然记得，但是那段时间美国与中国完全断绝了往来，同样也没有来自台湾的国民党宣传。

您的书已经接近尾声。我仍旧需要我这本书的结局与开篇！难！真的希望您能再来美国。

希望您现在感觉好多了。

××

慰梅

1989年4月18日

——

亲爱的林洙：

在过去的三个月时间，当你们的政府告诉美国人中国的生活已经恢复了平静，我推迟了给您写信，希望一位80岁的美国老太太给您的私人信件不会对您造成不良的影响。

很高兴告诉您，书终于写完了。今天我完成了第一章的写作，内容主要是介绍整本书的概况，所以这一章必须要等我完全掌握了整本书的始末再写才合适。这相对于我1987年7月4日起为期两年的写作相比，这仅仅是很小的一部分。图书馆和费正清的书房成了我的办公室，远离电话、电视和人为的干扰，我为自己在两年内完成28章的写作而感到骄傲。

当然我十分希望听到您那本书的进展。我能够理解您近些日子写作被迫中断。您是否仍旧需要每天到系里上班？什么时间可以的话，请写信告诉我您和您家庭的消息。

我和费正清虽然像其他老年人一样，每天都要服很多的药片，但是身体状况还不错。有菲比陪在身旁，我们每天都要到树林中散步，我坚信这对我们身体大有好处。您可以想象您在我的脑海中占据了多么重要的位置，和书同样的位置。担忧且伤感。

非常希望听到您的消息，希望您能写作，身体健康，不要过于劳累与悲伤。

爱您的　费慰梅

1989 年 7 月 17 日

* 希望您已经将支票兑换成了现金。我将钱给了它们（纽约的一家银行），但是是否取出，它们并未通知我。所以望请告知。

当您取出现金，个人支票将会寄回我这里。希望支票对您都有帮助，没有给您带来麻烦。我们听到了一些关于中国通货膨胀的消息。

——

亲爱的慰梅：

我真高兴你已经完成了《梁思成传》的写作，两年完成了 28 章，这的确是值得骄傲的，我将在北京为你的成功庆祝。我也许已经告诉你，我的书也已经完成，并且已经送到出版社去了。但是出版社的编辑告诉我说，这本书最终能否出版还很难说。因为今年以来出版业很不景气，出版社经费困难，我的那本书不会是畅销书，出版社必须思考它的经济效益。我现在仍在系里工作（每天上午），下午我就在家里完成一个家庭主妇所需做的事，要知道，在中国准备一顿五个人的晚餐是并不轻松的。此外我还有一点时间阅读一下有趣的读物。

你当然能想到在 5~6 月份，我几乎安不下心来做任何事。自从思成去世之后，最能使我感到愉快的无非是祖国的强大与进步，但是现在我的祖国在前进的道路上走得多么艰难。我这样长的时间没有给你写信，并非担心我们的友谊会带来什么麻烦，这是不会的，主要是由于我自己恶劣的心情。谢谢你关心我的家庭，亲爱的 Wilma，我们都很好，我的孩子们都很好，因为他们是在“文化大革命”的动乱时代成长的，所以他们更清醒地认识中国社会，不会做对社会不利的事，你完全可以放心。

最后再告诉你我的暑期生活吧，我一个月来一直热衷于服装设计，整个假期我为大家做了十件衣服；当然并非所有的都成功，有三件失败了。林彤说我可以去当裁缝，但是现在做裁缝的兴趣也降低了。开学以后又回到我的专业上来，我最近正在编一本《北京建筑四十年》的幻灯片，所以常常要到室外去照相。还有一件事情告诉你，你一定会高兴的，我编的《中国建筑史》幻灯片，就是送给麻省理工学院的那套幻灯片，被评为1989年清华大学优秀幻灯教材一等奖，全校只有一个一等奖，这个荣誉是很高的，但我已经退休了，所以也无所谓。

林洙

1989.8.16

——

亲爱的林洙：

十分高兴收到了您的来信，并得知我给您写信不会对您造成什么危险。我们共同想念和探讨我们中国的朋友，他们所面临的事情很多，我们需要与您和他们保持直接的联系。在跟您写信之前，我已经给陈植往上海写了信。我第一个写信给他，是因为我想一位美国年迈的女士给一位中国老绅士写信不会有什么危险。他回信给我，催促我给他写信，并且给所有的朋友写信，让他们知道我们关注中国和中国的朋友们。

听说您现在没有机会找到出版社出版您的书，我感到很沮丧。我从我的书的最后一章，也就是您写的那一章中了解到，您是位多么有文采的作者，您笔下的思成和那些故事是多么地丰富、形象、贴近生活，任何其他人写不出这样的故事。希望以后情况会有所改观。

我将我的书稿的最终版交给了哈佛大学出版社的编辑（我也会给从诫一份），他们出版了很多费正清的书，但是也一直在等待消息，看看他们是否愿意出版，或者推荐给其他出版商。这封信的附件中是这本书的书名和目录，我想您一定会很感兴趣。拼音中的q、c、zh很让我生气，我不喜欢去拼写思成父亲的名字：Liang Qichao（所有的美国人都会读错的），但是我知道这是官方的拼法，我年轻时学习的威氏拼音也有很多弊端。我仍旧记得 Hui-yin 把她的名字拼写成 Whei，以便她英语世界的朋友不至于读错，我也用 Whei 来称呼她，而不是 Hui-yin 和 Phyllis。“Phyllis”会让人产生误会。她的英文非常地棒，以至于人们看到她写的英文之后认为她是一个英国或者美国的女孩！您知道的，在我的书中引述了大量她书信的内容，以及思成、老金和从父亲的年谱中摘录的其他一些有趣的故事，正是这些素材构成了我这本书的故事。

祝贺您在幻灯片整理工作中获得了第一名，现在您要做另一个。系里希望您继续工作，每天早上来上班，这不足为奇。

您提到每天下午给五个人做饭。这就是说，您的儿子仍旧和您住在一起？记得您搬入略大一些的房间中时，是多么的兴奋，但是如今看起来仍旧非常拥挤。

您制作衣服的技艺非常棒。我是否可以帮助您寄去一些布料，或是衣服？过去我不擅长这个，如今您可以引领我去认识美国的风格和尺寸。关税贵么？如果您需要从思成的书中得到更多的钱，请及时告诉我。这本书虽然不能挣到大量版税，但是每年几百美金还是有的，我希望与您分享。

在新英格兰地区，秋天是一年中最美好的时节。费正清和我都非常高兴待在这里，直到 11 月底或者 12 月初。毋庸置疑，我们正在逐渐地老去，但是我们仍旧每天享受着牵着菲比散步，每天晚上一起阅读的美好时光。非常留恋您曾经与我们在一起的日子，即使是下雪的天气，仿佛过去的时光又重现眼前。

祝好！

慰梅

1989 年 9 月 24 日

——

亲爱的慰梅：

我收到你 9 月 24 日的信，当我看到你的目录时我高兴极了，仅就这两张我已经感到这是多么有趣并有价值的一本书。从你列出的标题中，我已经感受到这本书文字的美，和对比的写作手法。亲爱的慰梅，你的努力不会白白浪费的，将来人民会永远感谢你为中国的建筑师写下了你所知道的一切。现在除了你、正清、陈植以外就再也没有思成年轻时期的朋友了。所以你的这本书对今后中国人研究梁思成都将成为珍贵的资料。

在上周，我那本书的责任编辑来找我，她说这本书已批准出版，但还要作些修改，所以我现在每天又要重新读我写过的稿子，把它改得好些。

又是一个金色的秋天，我仿佛看到你和长腿的正清还有菲比在林中散步，可爱的富兰克林！美丽的富兰克林！

关于版税我已经说过很多次，我只能取思成应得的那一部分，请不要因为我穷而给我超出思成应得的部分，今年你已经在 1 月、4 月各寄给我 200 元总共是 400 元。虽然现在我的收入降低了，但是中国人有一句古话“量入为出”。亲爱的 Wilma，请不要为我的生活烦恼。

With my all love！

林洙

1989.10.16

——

亲爱的慰梅：

我把 1990 年的第一个良好的祝愿送给你——我最亲爱的朋友。你 11 月 11 日的信和 300 美元早已收到了。因为那时我正在忙于修改我的稿子，我答应出版社 12 月份给他们。但是当我愉快地结束我的工作后，得到的回答却是意想不到的。出版社告诉我，他们面临倒闭的危险，不知由于什么原因，他们被罚款 51 万元，因此我的书暂时不能出版，这就是我努力了两年的结果，你一定能想象，当我听到这个消息后是多么多么地颓丧。

更令人气愤的是，这本书是他们请求我写的，而两个月之前他们还要求我修改，并且说社长已经同意了，现在不出了，竟连一句道歉的话都没说，不过在我的国家当前的政治气候下，出现他们这种恶劣行径也就很自然了。现在台湾的朋友准备替我在台湾出版，但是我自然希望能在大陆出版，这里的读者比台湾多得多。

现在我再告诉你一个小小的好消息，虽然它对我已经不起什么作用了，我编的那套“中国建筑史”的幻灯片在全国举行的教材会上获得了二等奖，这个荣誉来得太晚，但毕竟是个好消息，对吗？

在中国住房子是个恼人的大问题，是不能用钱来解决的。因为大部分的人收入很低，不可能私人买房子，也不可能租，房子和人口的比例是如此地悬殊，所以住房是由每个人所属的单位来分配，而单身是没有权利分配到住宅的，单身汉只能住在集体宿舍里。

亲爱的 Wilma，让我再一次谢你，请你以后不要再寄钱给我，中国人向来是生活在贫困之中，我的生活在中国来说，还不算太坏，我只希望在精神上能更愉快些。

林洙

1990.1.4

背景介绍：

1986 年，我在思成 85 岁生日纪念册上发表了《最后的岁月》一文，不久作家出版社的编辑找我希望我写《梁思成传》。当时我认为自己没有条件写《梁思成传》，因为梁思成夫妇年轻时的事我知之甚少。但出版社的几位编辑反复来找我说，至少你可以写写“我所知道的梁思成”。最终我答应了，我说我尽力而为。经过 3 年的努力，终于完成了《大匠的困惑》，但是交稿后，正如上文所说的被退了回来。我为此准备写信给李瑞环副总理，但是有位朋友认识出版社社长，他从中周旋后，作家出版社又同意出版，所以我在 6 月 18 日信中告诉费慰梅已找到出版社的经过。

——

亲爱的林洙：

收到了您1月4日的来信。当得知出版社对您的书稿的处理使您如此沮丧时，真的想飞到您的身边。我在想是否可以在台湾先出版您的书，然后再在大陆出版。比如，思成父亲的年谱在台湾和大陆都出版了，但是首先是在台湾出版的。思成的一些著作也在那里出版。我想在那里您能够找到很多喜欢这些内容的读者。如果是因为政治原因无法出版您的书，我想您是否可以尝试联系香港的出版社。我曾经看到过一些建筑方面的书籍由香港和北京联合出版，但是当然我想语种一定是英文的。您可以通过系里的图书馆了解一下香港的出版商是否对您的书感兴趣。

我与您的命运相同。自从9月份我完成了书的写作，已经先后被哈佛大学出版社和一家知名的纽约出版社拒绝了。如今书稿在纽约另一家出版社的手中，而另一份在加利福尼亚。每次我把它提交给出版社，都需要等待两个月的时间。在经历了两年的繁忙调研和写作，这种等待让人感到很疲倦和沮丧……我想您一定有同样的体会。唯一让我感到安慰的是，在这个资本主义国家，出版社之间竞争激烈，或许随后我会找到一家合适的。

祝贺您在幻灯片整理工作中赢得的荣誉。您辛苦的工作得到了认可是件十分开心的事情。您现在从系里退休了么？还是每天仍旧要去上班呢？那里的同事有没有可以帮助您寻找出版社的呢？建筑系是思成创建的，他们肯定为他而感到骄傲，希望他的故事能够与大家分享。我从白皮书中知道，在您笔下，思成的故事是多么的精彩。

您告诉我不要再给您更多的钱，但是我必须把思成这本书所挣得的钱给您，尽管我不知道将还会有多少钱。下一年麻省理工学院出版社支付版税的时间是在6月，到时我再把支票寄给您。

爱您的 慰梅

1990年1月16日

——

Xi Su xiang（奚树祥）:

你的信寄到时，我正因患轻度脑血栓住医院治疗，等到系里的同志将信取出送到家里，又由我的女儿将信交到我手中，大约已耽搁了一周；再等我出院找到你需要的文件复印下来，又过了三四天了。你的信我也因出院时匆忙，而被丢失在医院，现在只好将信寄 Wilma 处转给你。

①寄上人民日报讣告。

② 1976 年北京科技报刊登的纪念文章，此为第一篇在报刊上公开登载的纪念文章。

③“白皮书”P.39 汪定曾的文章谈到梁公早期在北京市规划工作中的预见，在《北京市建设总体规划方案》中被肯定，但由于某些历史原因，文件中并未提到梁思成。

④寄上梁思成等人获 1987 年国家自然科学奖一等奖的证书与封面的复印件。这次评奖范围是从 1949 年建国以来的成果。我系报奖的内容是梁公的全部著作（报刊红皮书），注意研究者中的后三人，想你也明白是他们参加了《营造法式注释》工作的缘故，这项奖是建国以来给予科学家的最高评价和荣誉，是国家级的，也是对梁公的最高评价和肯定。没有比这更好的说明了。

这件事我曾信告 Wilma，也许我写信时对此并不激动，因为梁公已成故人，所以没有引起她的重视。

其他零散的纪念文章时有所见，但因内容一般，我也没有收集保留。记得 1986 年第九期《建筑学报》上有陈志华、陈明达两人的纪念文章，内容不错，但是学术性的。

好了，我只能提供以上这些，为了你对 Wilma 的帮助，我也深深地感谢你。

另外抱歉的是也许我不能寄快件，因为快件要到国际邮局去寄，它在北京的东南，我们在北京的西北，我目前还不能跑这么远，请你向 Wilma 解释一下，抱歉！

林洙

1990.4.2

——

亲爱的慰梅：

你的信我早已收到。奚来信说你的书已找到了出版社，并正在修改稿子，我非常高兴。因为你到底找到出版人了。你需要的资料我随信寄上，请奚给你帮忙译成英文。我的稿子还没有找到合适的出版社，前些日子我又做了最后的一次修改。

最近我住了 20 天医院，为了治疗轻度的脑血栓。请放心，我的病很轻，而且已经恢复了，为了尽快地寄出这封信，我就不再多写了。

最忠实的朋友　林洙

1990.4.3

——

亲爱的林洙：

收到了您的来信，我已经把附件和一些副本转寄给 Xi。他最近一周很忙，但是我希望本周末能得到他的消息。

今年冬天，费正清和我有近一个月的时间在亚利桑那州，拜访一位朋友，这使我有充足的时间整理我的手稿。我确实有一些删减，将那些谈论我们而非思成的内容进行了删除。我认为有很大的进步，与此同时有一些困惑，需要在提交给出版商之前再认真检查一遍。

您那边在作怎样的修订？现在有出版商对书稿感兴趣么？希望书稿能得到出版社的垂青。

就在昨天我独自去了趟医院，自然而然想念起您。我仅仅去医院一天的时间，去去除我左眼的白内障（“cataract”）。我不知道这种病用中文怎么表达，病状就是随着人的老化，甚至在中年时就会出现，眼球的晶状体变得越来越模糊。如今医生可以用塑料晶体取代人体变模糊的晶体。尽管现在我眼睛上蒙着纱布，但是医生告诉我希望我的视力比原先要好一些。脑血栓听起来非常严重，我必须多了解一些。希望您的身体如您所说已经恢复健康，而这里不仅是身体健康，而且心情也要顺畅。

我和费正清都很好，正如医生所说，都是一些老年病。我们家有一件令人兴奋的事儿，我的女儿霍莉的第一个孩子将于五月中旬诞生，是一个男孩子。这将是我们第三个孙子辈的孩子。很让人开心。

爱你的 慰梅

1990年4月13日

——

亲爱的慰梅：

不久前收到陈植[1]的信，他提出了和奚树祥同样的问题。我告诉他已把有关的资料寄给奚了。难道奚还没有把那些文件译成英文吗？我又寄了几张1986年纪念思成诞辰85周年纪念会的照片给陈植，请他把说明译成英文后再寄给你，收到了吗？

我的书已找到了出版社，但是他们希望我在大的结构上作些调整，这是我不愿意的，现在还没有最后定下来。

你的眼睛完全恢复视力了吗？记得1986年时我并没有发现你的眼睛有白内障，不过从1986~1990也有四年了，时间多么快！我最高兴的是你和正清还这样健康，我相信你们还能健康地生活20年，还可以做很多事。

每当我在电视中看到美国式的乡村小住宅时，就感到又回到了富兰克林 而且嗅到富兰克林树林中的气味。啊！多么想念你们啊！

你忠实的朋友 林洙

1 陈植，陈叔通（梁启超的好友）的侄子。我国早期著名建筑师，1949年后，长期任上海民用建筑设计院院长。与梁思成同时毕业于清华学校及美国宾夕法尼亚大学，与梁既是世交，又是挚友。

——

林洙：

早在几个星期，甚至一个月前就动笔给您写这封信，但是很不幸的是，我在4月时，摔伤了我的股骨头。这件事情发生得很偶然，就在我剑桥家的卧室。后半夜电话铃响了，我起床去接电话，但是怕惊醒费正清，就没有开灯。我蹑手蹑脚地走路，结果失去了平衡，重重地摔在了地板上，摔伤了右侧的股骨头。

因此我不得不把数月的时间花费在两家医院里。第一家帮助我接好骨折的骨头，然后转院到另一家去作康复治疗，教给我如何恢复和保护受伤的腿，直到我可以自己站立，借着拐杖行走为止。如今我已经开始了另一个阶段，借助手杖行走。希望很快我就可以正常走路了，并且可以重新开车。

当然这一段时间我无法做任何和书相关的工作。希望我能很快恢复。在2月和3月份，我对书的内容作了很多删减和添加，并将很快完工。

您写信告诉我出版社拿到了您的书稿，希望您修改一些您不乐意修改的内容。我的书甚至还没有进展到这一步。很幸运的是，我们无需比赛谁先出版。但是我并不泄气。

您的信中提到，您仍旧非常怀念在富兰克林的美好时光，这让我感到非常开心。您可以想象，当在医院待了许久之后，来到这个可爱的地方，是多么让人开心的事情啊。Lucius John Fairbank Tuck，我们家庭的新成员，霍利和安迪的第一个儿子马上就一个月了。他们计划下周末带着他来见他的外公外婆。

爱您的　慰梅

1990年6月18日

——

亲爱的林洙：

上次给您写完信不久，我收到了麻省理工学院出版社的来信，告诉我思成的书现在已经售完。在过去的几年中，有超过4000本在美国及其他国家销售，但是出版社不打算重新印刷。或许其他的出版社对这本书仍旧感兴趣，但是我现在还没有主意。因此，再寄给您的，将会是最后一张支票，希望能够帮到您。

我受伤的股骨头正在复原，这几天，我已经可以借助手杖，同费正清和菲比散散步了。我现在走起路来非常地慢，而且会时常感到疲惫，但是我相信这有助于我恢复体力。

上周末霍利和她的丈夫从纽约开车过来，向我们介绍了我们家的新成员，我的小外孙，Lucius John Fairbank Tuck。他才一个月大，非常袖珍、可爱。我们轮流着抱他，他似乎也非常享受这种大家的关注。

希望您写信告诉我您和家人的近况，总是感觉许久没有您的消息了，但是一如往常，我送去最真挚的祝福。

慰梅

1990 年 6 月 26 日

——

亲爱的慰梅：

接到你 6 月 18 日、26 日的两封信，上帝保佑你度过了一次大灾难。现在完全恢复了吗？能够离开拐杖了吗？

祝贺 Fairbank 家又诞生了一个新的成员，我为这个小伙子能出生在这个有名的家庭而高兴，祝福你们。

谢谢你寄来思成最后的稿费，请原谅我这样久才给你回信。因为北京近一个月来热得受不了，你还能回忆起当年北平那炎热的夏天吗？在没有空调设备的房子里，全身和脸上都是汗水，使人烦恼得什么事情也不想做。今天上帝发了慈悲下雨了，因此我在这里给你写信，同时听着窗外的雨声。

我的生活真是没有什么可谈的，永远是单调的烦恼，我们还是五口人住在三间小房子里。

我的那本书已作了最后的修改，送到出版社去了。为了赶在明年四月前出版，我又为出版社筹集了一部分资金，现在看来明年四月，在思成 90 诞辰纪念时出版估计是没有问题了。你的那本书怎样了？陈占祥告诉我，你还需要中国政府官方对思成的最后评价，这种评价在文字资料中没有。1986 年思成 85 诞辰的纪念活动中，何东昌（他原是清华的党委书记，现在是国家教委副主任）在下午的会上作了肯定的发言。我认为最有说服力的应是 1987 年国家科委对他领导的研究工作“中国古代建筑理论及文物建筑保护的研究”颁发了一等奖，这是国家给他的最高荣誉。这个奖全国只有 11 个，建筑界只有他这一项，我寄给奚的信中，有这个材料。

在学期结束时，贝贝在学校参加了一个英语短剧的表演，她扮演一个警察，她非常喜欢这个活动，我们全家都去看了她的演出，这个活动能促使她爱好英语，这在中国是很重要的。他们有一个很好的英语老师，它使我想起在美国时和你一同去参加凯莉的结业典礼，记得吗？

林洙

1990.9.26

——

亲爱的林洙：

我的股骨头终于康复啦，现在我终于可以摆脱手杖和石膏了。最值得庆幸的是，在经过了那么多天被别人照顾的生活之后，我终于可以独立了。这或许可以解释为什么我收到您 7 月 26 日的来信之后迟迟没有回信的原因，为此，我感到非常惭愧。

我希望加利福尼亚大学出版社能够以平装本的形式再版思成的书，因为无需精装封面，价格会便宜很多。它们现在正在考虑，我急切地期待着，为了我自己也为您。同时，您的书进展顺利，借此来纪念思成 90 岁生日，恭喜！

之前我写信告诉您，几家出版社拒绝出版我写的思成传记。我现在正忙于删减……这本书稿实在太长……我现在的工作就是把多余的，晦涩、枯燥的部分删除。费正清也在帮我润色，我想现在看起来好多了。或许我可以找到一家出版社，以英文传记的形式纪念思成诞辰 90 周年。

十分抱歉奚写信给您，让您为我提供一些思成如今受到高度重视的证据。实际上，白皮书已经写得非常明白，1987年的自然科学奖也是最好的证据，多谢！

自从您给了我您的新通讯地址后，我想五个人挤在一间小居室中条件确实不好。我想您不用再到系里上班了吧。那么说，您每天都要在那么狭小、拥挤的空间中生活么？林彤照顾她婆婆的负担不是会全部落在您身上么？非常想听到贝贝参加英语话剧的故事，一个令人小欢喜的消息。她现在几岁了？她开始学英语了么？如果您能告诉我她喜欢什么的话，我兴许可以寄给她一些儿童英语读物。

您的外甥是否去了加利福尼亚，并且如愿学习了电影编导？他现在在哪里？

爱您的慰梅

1990年10月4日

——

亲爱的慰梅：

你的信和“four sisters' artistic visions of the world”我已收到了，我很高兴看到你们姐妹四人的照片，但是这篇文章太长了，我只读了关于你的一小部分。

我现在非常悲伤，我刚去天津参加了我小妹妹的葬礼，她只有55岁就去世了。她的一生非常苦，她的丈夫有四个弟弟和一个妹妹，父母没有收入。所以她年轻时和丈夫两人要负担一家人的生活，还有他们自己的两个孩子。现在弟弟妹妹都长大了工作了，她的两个孩子也从大学毕业，可以独立生活了，但是她却为这个大家庭付出过度的辛劳而失去自己的健康。我为她的去世非常非常伤心。

我最关心的是你受伤的腿是否完全恢复了，还用拐杖吗？

你的书是否已删改完了，交给出版社了吗？这里的出版社告诉我，我的书在明年一月也许可以出版，你将是第一个收到我的书的人，最近建工出版社来和我商量，要我再写一本关于思成的书，要求多涉及些学术问题，我还没有决定是否写，因为我觉得那是一本很难写的书。

林洙

1990.11.26

——

亲爱的林洙：

您那个可爱的外孙女的来信让我感到非常开心。她的英文很棒，我将送给她一些或许她会喜欢的东西。同时，我也写信给她。现在我非常地忙，正要从这里搬往新罕布什尔州去，正在为圣诞节的家庭成员聚餐作准备：劳拉和比尔，凯莉和凯特（如今已经3岁了）；还有霍利和安迪及他们的儿子 Lucius John Fairbank Tuck（如今7个月大了）（名字对于一个小男孩来说太长了，因此简称他 Lookie）。

您的书将于明年1月出版，这真的是一个好消息。我也希望在接下来的几个月中，能够有出版社出版我的书。您走在了我的前面，但是我已经修改好了文稿，在费正清的帮助下删减了文稿的内容。

您妹妹的生活和去世着实是一场悲剧。我能够体会到您的伤心。您那个去加利福尼亚州的外甥如今怎么样啦？我见到的您另一位妹妹的儿子。

我的股骨头如今比以前强壮很多，我已经不再需要依靠手杖了，但是我必须时刻注意保持平衡。我猜想，是上了年纪的缘故。

我不会催促您同意写一本书讲述作为建筑工程师的思成。我同意您的说法，写一本那样的书相当困难，虽然您很有文采，但是需要作大量的调研。然而，如果您对此感兴趣，并有足够的时间和精力去作调研，我想完成这样一本书并非不可能的。

新的一年就要到来了，将我最真诚的祝福送给您，祝您在将至的新年快乐！

慰梅

1990年12月14日

——

亲爱的慰梅：

我多么歉意这么久才给你写信！尽管我每天都在想给你写信，可是天天都在忙乱中度过。你生气了吗？

谢谢你送给贝贝的礼物，但是她现在已停止了英语学习，因为冬天她患了一次严重的气管炎，她的班主任认为她的学习负担过重，建议她停止课余时间的学习。贝贝说：她不能再给你写信了，因为除了“Thank you very much”以外，她就不会写别的了。哈哈！当然我们希望在她的健康巩固后再恢复英语学习。中国的孩子学习负担太重了，他们失去了很多游乐的机会，我对中国目前的教育状况感到悲观。

我在二月份写了一篇介绍你的文章，发表在《环球》杂志 1991 年第二期。原因是 1990 年 10 月《环球》发表了一篇文章介绍你与思成的友谊，虽然这位作者并没有恶意，但很多事写得不够准确，比如说，把你说成是思成的助手。我认为如果要谈友谊，那应说是两对夫妇的友谊，特别是你与徽因之间的友谊。并且你是一个艺术家，一个对东方古代艺术颇有造诣的专家，不能说是思成的助手。当然关于你，我知道得并不多，幸好《环球》只限我写 3000 字，所以我对你的那点了解也就够用了。我已把《环球》第 2 期和我的那本书一起寄给你。

我的书已在三月份出版了，并且在三月份已经寄给你了，也许你还没有收到，因为我同时给国外的朋友寄出十几本，没想到邮费太贵了（总数竟超过了我一个月的收入），因此我只好改用海运。但是我很后悔，当时应当把你的那一本挑出来航空就好了。

我那书的内容，最后还是被出版社删去了一些，不过台湾的版本没有删改，但是台湾版也有结构不够紧密的缺点。这本书最使我气愤的还不是它删去部分内容，而是书的封面，它太丑陋了，出版社竟没有征求我的意见就出版了。最近我收到不少思成的朋友和学生的信，他们读了我的书后都十分感动，写信来感谢我为思成写了这本书，他们认为这是一本成功的书。对朋友们的鼓励我很感动，我希望最终能写出一本“梁思成传”。我等待着你的书，因为你的书肯定能补充很多1949年以前的故事。从诫说他将准备把你的书译成中文在国内出版。请替我问候John，祝你们永远健康。

林洙

1991.5.4

——

亲爱的林洙：

当您能写信的时候写给我，不要着急。每每听到您的消息，我都会很开心。对于贝贝，我想我是希望看到她写给我的一两句英文，因为我并没有坚持学习中文！

您的书和文章都还没有收到，但是我清楚海运需要几个月的时间。我十分期待着收到这两样东西。我得到消息，以平装的形式重新印刷出版思成的书成本很贵（大约每卷40到50美元）。这令我感到很沮丧。已经有两家出版社考虑出版我的书了，但是还没有最终签合同。您比我幸运很多。听到您在着手整理思成的生平传记，着实感到很高兴。我的书大部分来自他们的书信和我个人在1932~1949年间的回忆，还有一些是从他父亲的信中和杂志等其他资料中得到的。您可以从他的朋友和学生那里得到更加充足的资料。

非常高兴听到您的书同时在台湾和北京出版。希望两家出版社都能够支付您足够的出版资金，也十分开心听到这本书已经到了思成的朋友和学生手中，他们给予了这本书很高的评价。如果我的书出版了，您或许可以得到更多西方读者的鼓励。您写的那一章非常精彩，充满爱心，让人感动。

告诉您件非常不幸的消息，费正清已经住院数日了。我想您一定还记得十多年前他就患有很严重的心脏病，是药让他的心率保持正常，但是偶尔还是会出现心率过快的现象。他有一个非常敬业的医生，医生建议他在随后的一两个星期做手术，在胸的部位放一个心脏起搏器“pace-maker”，控制心率。住在医院，有护士和医生的悉心照料，通过心电图关注他心脏的病情，会让人更加放心。（十分抱歉，写了那么让人费解的句子……近日我的脑子似乎也不怎么好用了。）

爱您的 慰梅

1991年5月23日

亲爱的林洙：

我终于收到了您的书……这一段时间它流落到哪里了呢？在火车上？在船上？还是在火车上？估计都有吧。非常高兴您将特殊的一本送给我，我将把它珍藏起来。我能够理解封面的意思，显然这幅图是用来解释书名的意思，但是看起来却不像思成，或者建筑，或者一个神秘的人，只是一个令人头痛的陌生人。

您给读者的信一如您在白皮书中的文字一样富有文采，那些文字被翻译成了英文，作为我的书的最后一章让人印象深刻。我想我已经写信告诉过您，您的文章由吴宏和他的美国妻子翻译的，Judith Zeitlin 本人也是中国文学方面的专家。他们刚启程去中国，将在北京停留6周的时间。他们在京期间，希望你们能够见面。从诫刚从火奴鲁鲁打来电话，将会在本月28日去纽约之前来我们家做客，他将住在您住过的那个小房间里，在我们这里停留4天。希望到时他能够帮助我了解您书中的故事。我至今尚不能独立的阅读中文书籍是件多么遗憾的事情啊。

正如我之前给您写的信，去年4家出版社拒绝了我的书稿。如今经过我的删节和润色提高，仍旧被另一家出版社拒绝了。这一次是麻省理工学院出版社，就是从思成那本书中获益颇丰的出版社，他们写信给我说："我们不出版建筑师的传记。"多么荒谬的托辞。但是，现在我已经听到了许多关于拒绝书稿的托辞，上周我又把书稿寄给了两家出版机构，一家在加利福尼亚，另一家是东海岸的文学机构。如今我带着希望在等待。如果我成功了，我将再写信给您，希望能够为我这本书提供一些照片。

听到您计划为思成写一个完整的生平故事，着实感到很开心。我的书或许能够帮到您，但是您还需要从思成的家人、朋友、学生和其他一些中国朋友那里得到更多的信息。从诫已经写信告诉我，许多读者对您的书给予了高度评价。衷心地表示祝贺。

爱您的 费慰梅

1991 年 6 月 22 日

* 请将您系里的地址清楚的打印出来，附在信封里。

亲爱的慰梅：

Johe Isrel[1] 来访，他说得一口很好的北京话。这使我们之间能够畅所欲言。

我非常高兴你的书已经和两个出版商在讨论出版的问题了。我认为重要的是你写了 1932~1949 这一段时期，而且你的材料来自他们的信件，这是最可靠的资料。目前了解他们这一段生活的人已经不多了。虽然再冰、从诫、莫宗江一直和他们生活在一起，但由于年龄和长幼辈的关系，他们只可能从外表来观察他们，而不可能深入到他们的思想中去。更详细地了解他们的事业，只有你，亲爱的 Wilma，只有你这个最忠诚的朋友才有可能把他们的这段历史真实地写出来。尽管你的书侧重于 1932~1949 年，但却是一件无价宝。这段时期也是他们事业的鼎盛时期。我建议你见到从诫后，和他商量一下如何能尽快地把它译成中文的问题。我认为没有必要等待它在美国出版后才动手翻译。不知你是否同意我的看法。

我有时仍收到思成学生的信，他们对这本书给了过高的评价，并且鼓励我再写下去，这些信充满着他们对思成的感情，我常常读完一封就哭一次。我准备去拜访一些支持我的人，想先就“梁思成和他的学生们”这个题材写一点东西。

1 John Isrel，费正清的学生，1987 年我访美时他曾邀我去他任教的弗吉尼亚大学参观，并游览了弗吉尼亚市容，他们的新建筑保持了和老建筑一致的风格，整个城市非常和谐美观。

这样我就可以从另一个侧面去收集思成的资料。同时利用这段时间等待从诫译你的书。你的书对我写《梁传》是最重要的资料。

你希望我这本书能使我在经济上得到一些补偿。台湾的情况我还不知道，作家出版社给我的报酬是 4000 人民币，其中 1/4 交了所得税，中国人一般不叫所得税，但收入超过 400 元就要交税。我又用 1/4 去买了 400 本书送给亲友和思成的学生。邮费用去 1/20，因此大约余下 1800 元人民币（约 300 美元）。当然，这个数字和我付出的劳动相比，少得可怜，但是我很开心。特别是当我收到思成学生们热情的回信时，这些信才是对我劳动的真正补偿。你记得罗小未吗？我并不认识她，我送她书因为她是建筑界的名人。她回了我一封十分热情的信，她说她早知道我了，这个向她介绍我的人，正是你！

林洙

1991.6.18

——

亲爱的林洙：

在从诫结束了他的夏威夷会议之后，来我们家已经有几天的时间了。他在这里帮我翻译了您寄给我的文章，并纠正了之前有人认为我是思成的助理的错误说法。非常感谢他为我更正错误。

此外还有一些小地方不够准确。我和费正清于 1932 年 6 月在北京结婚，于 1935 年 12 月离开中国。我是跨越太平洋与费正清见面的，他从英格兰到达中国，比我早。我们和思成并非在一次展览中见面的，而是在他的女性朋友徽因，一位留英归来的学生的房间中见面。我的武梁祠的文章是于 1942 年发表的。我在 1945 年至 1947 年间担任的是美国大使馆文化随员的工作，起初在重庆，后来去了南京。

我从未听说过思成收到过一封在英国的留学生的来信，兴许这件事情您了解得更清楚。我从思成的信中也没有找到告诉我把插图给她的事情，或许这仅仅是一个口信。

我希望了解更多“乒乓外交”之后，思成收到我们的第一封（唯一一封？）来信，他并不能自由地给我们回信，因此向周恩来汇报。就在那时，我们收到了请我们访问中国的邀请函。您认为这两件事情有联系么？

更重要的是：从诫告诉我，他翻译的《图像中国建筑史》将于10月份在北京出版，并且此前在您的安排下已经在台湾出版。一位在香港中文大学的麻省理工学院建筑学教授需要将这本书推荐给学生。他需要知道现在这本书是否已经在印刷。如果没有，什么时候能够出版？并且希望知道台湾出版社的名称和地址。如果您知道，能够发传真告诉我。从诫告诉我，您所在的建筑系有传真机。如果您会用，您可以给我发传真，我的传真机号码（费正清中心）是：（×××）××××××××，或者直接发给香港的Tunney Lee教授：（×××）×××××××。李教授一定懂中文，我想他是吴良镛的朋友。

这封信很长，希望您一切安好！

爱您的 慰梅

1991年7月18日

——

亲爱的慰梅：

你7月18日、7月22日的信都已收到。

我准备发一个传真给Prof.Tunney Lee. 但是现在是假期，有可能传真机没法用不工作，因此我把台湾的出版社告诉你，你也可以通知Prof. Lee.

书名：《图说中国建筑史》

作者：梁思成

译者：梁从诫

定价：400元（台币）

发行：崇智国际文化事业有限公司

地址：台北市中华路2段125号2F 陈章瑞

电话：（02）-3023101

谢谢你纠正了我文章中的一些错误，但是关于你们的相识，我不止一次听思成说是在北平的一个美术俱乐部，是他记错了吗？或者你和徽因先认识，和思成是在美术俱乐部？

你问到 1972 年你们接到周恩来的邀请是否和思成的信有关，我想这是很可能的。思成接到你们的信后，立刻把你们的信连同信的中文译文一起交给清华大学当时的负责人（工人），但是过了很长时间仍没有得到允许可以回信，我们认为正清是非常重要的学者，应当让他尽快来访问。很可能清华大学当时的领导人根本不知道正清的重要。因此思成决定直接把你们的要求向周恩来报告。我记得当时思成病得很重，不能长时间坐起来，所以这封信还是我起草的，然后由思成抄写签名。信也是由我送到中南海后门的一个收信处，据说凡是送到那里的信周恩来当天就可以看到，难道我没有告诉你这一切吗？

思成和徽因都曾告诉我思成曾收到一个英国学生的信，但更多的情况我就不知道了。否则他为什么要请你把稿子交给她。

我想你的书被拒绝的原因，正是由于美国人并不了解梁思成是中国杰出的建筑师，也正是这个原因，你的书的出版才更有价值。你知道这本书的出版印刷费需要多少美元吗？你是否可以向台湾的朋友或建筑师们请求一点赞助呢？

林洙

1991.8.1

——

亲爱的林洙：

非常谢谢您告诉我的 Tunney Lee 教授所需的关于双语版《图像中国建筑史》在台湾的出版信息。我已经将这些信息通过传真转达给他（传真对于我来说还是个新鲜的玩意，我只能在费正清中心发送它。如果您可以用清华的，请告诉我那里的号码。我只会在紧急的时候使用它。）

在思成印象中，我们在北京的一个艺术社团或者画廊见面（我忘记了名字），我对此很感兴趣。我想您的猜测是正确的。尽管我们在从诫的生日之后，一个月内，我们在彼此的朋友的家中见到过他们两位，正是在接下来的数月中我们时常彼此间的走动互访，增进了我和徽因的友谊。我们两人的先生经常一天中的大部分时间在外忙碌，她更是被家庭琐事而困扰，因此时常邀请我去家中玩，而在那段时间我们发现了很多彼此共同的爱好。我一直认为我并不是真正了解思成，直到他们到山西去找我们，我们一起沿着汾河那趟难忘的旅行。自然而然的，我们在之后战争的岁月中关系更加紧密，在他们遇到困难的时候，我们给予了帮助。

我仍旧没有收到斯坦福大学出版社的消息，不知道他们是否同意出版我的书。您建议我筹集资金来出版，这着实是一个聪明之举，但是我尚且不希望这么做。

现在我正沉浸在挑选早先中国画家和篆刻艺术家展现中国男女儿童的作品，用作费正清刚完成的书稿 *China: A New History* 的插图。这本书多为近期的发现，借助了中国和世界上最新的学术研究，故事从史前到现当代。我的插图希望使这本书更加地生动，在艺术家的眼中，这群人是什么样的？中国艺术以场景著称，正是这些结束了早先朝代擅长人物刻画的特点。

费正清的病情并未好转，因此我们这个暑假的大部分时间不得不待在剑桥。我是多么地想念郊外。希望北京的夏天不会过于炎热。您保重身体。

爱您的　慰梅

1991 年 8 月 20 日

——

亲爱的慰梅：

我以最悲痛的心情悼念我的朋友——美国杰出的学者 John King Fairbanks。他的一生为东西方文化交流作出了伟大的贡献，人们将永远怀念他，感谢他。

林洙

1991 年 9 月 14 日[1]

1　费正清去世。

——

亲爱的林洙：

自从费正清于9月中旬逝世后，我连续收到了您的信、电报和电话。您在信中不断流露出他对您的影响，“他改变了您的生活”，给我留下了深刻的印象。如您所述，他的智慧和幽默，为我、劳拉、霍利的生活带来了多少的乐趣。

9月12日，他完成了书稿China: A New History的写作，这本书占据了这几年里他大部分的时间。那天早晨，我们把书稿交给了哈佛大学出版社。似乎是他已经完成了使命，“如今我可以离开”一样，中午他的心脏病再次复发。随后被救护车拉往医院，被诊断为12年前的心脏病复发。两天之后他没有任何痛苦的挣扎，离开了人世。

伤心的　费慰梅

1991年10月

*这封信我发给了很多从远方来信或者电报慰问的朋友。希望这封信能告诉您一些您可能不了解的信息。费正清是在什么情况下发病的。我本该单独写信给您，感谢您对我的关心，但是您一定理解现在我既没有时间，也没有力气去这样做了。

深爱您的　慰梅

——

亲爱的慰梅：

看来语言在现在是没有用的，没有任何语言能解脱你的悲哀。我只有一个希望，注意自己的健康。这对你的朋友，对正清来说都是重要的。

我是多么希望现在能在你身旁，能为你做任何一点小事。但是我却离你这样远，我只能在这个遥远的东方望着你。亲爱的Wilma，珍惜自己！珍惜自己！还有很多事等着你去做。

你最忠实的朋友　林洙

——

亲爱的林洙：

非常感谢您的来信。您一定理解自从上一封回信，我是多么地忙。值得庆幸的是，知道您能够理解我。

我从费正清的崇拜者那里收到了很多信件，起初是他在哈佛的学生，随后是其他地区的，再后来收到有来自中国、日本、韩国、泰国和亚洲其他国家的来信。我必须对所有的来信给予回复，告诉他们费正清去世的原因。附件中我也发给您一份。

如今我正在忙于为费正清的新书选择插图，并配以图注。这本书始于史前史的北京人，直到今日！书名为 China: A New History，因为这本书中的史料都是近 20 年间中国、日本、美国以及欧洲其他国家的学者的最新研究成果。在过去的两三年中，他一直专注于这本书的写作，在去世前终于完成了。

您不必担心我的身体状况。我仍旧住在您知道的这栋房子里，我的女儿都非常爱我，给予了我很多关爱。也非常高兴，如今我有一位研究人类学的女研究生在这里与我同住，她住在楼上的两间，您知道的。和我的许多朋友一样，她曾经在中国待过，在成都教书。

我希望您能写信告诉我您的近况。不知现在您是否还需要在建筑系上班。您的儿子是否已经结婚，并且有了自己的家？您去加利福尼亚的外甥如今怎样了？仍旧在那里么？更重要的是，您现在身体如何？在做什么呢？希望从诫告诉您，他那里有两份我写的关于思成和徽因书的复印件。如今在美国还没有付梓印刷，但是仍在一家很有名的出版社手中，希望最终能够同意出版。您仍旧在忙于思成传记的写作么？

非常高兴您如此牵挂费正清。请写信告诉我您的近况。

爱您的　慰梅

1991 年 11 月 21 日

——

亲爱的慰梅：

我很高兴收到你的信，知道了你最近的情况，也高兴地知道了有一位年轻女子住在你的房子里陪伴你。我非常庆幸自己能在1987年到波士顿去和你、正清一起度过了有趣的三个月，给我永远地留下了可贵和美好的回忆。使这里的朋友们感到万分惊讶的是，正清竟一直工作到他生命的最后一刻，直到他停止呼吸。我认为不管人们多么高地评价他都不过分，而且将随着时间的向前推移，人们会越来越认识他的价值。我很高兴你在为John的书的出版而忙碌，希望你注意休息。

我还没有开始“梁思成传”的写作，因为尽管我收到很多读者来信，但是这些信多半是对我的赞扬，实际给我提供材料的很少很少，因此我目前还没有条件动手写“传”。

我最近准备做两件事。

第一件是准备出版《梁思成文集》第五卷，你当然知道梁的文集出了四卷，但在出版前四卷时没有编入“西南古建筑调查报告”，因为当时刘敦桢文集中已有了这一内容，思成生前曾说西南部分的调查报告让给刘写。但等刘的文集出版以后我才发现，梁、刘的内容大不一样，因此我给出版社写了一个报告，希望补充梁集出一本五卷。如果出版社同意，我就要着手梁文集五卷的工作。

第二件事是我和思成的一个学生共同向学校申请了一个研究课题“中国营造学社”。想对过去营造学社的工作作出公正而应有的全面的评价。这项研究包括：①营造学社的创办；②经费来源；③每年大事记；④社内外社员名单，对重要的成员写出简单的介绍；⑤写出《中国营造学社》一书；⑥整理出版营造学社尚未发表过的古建筑照片（当然这要花很多钱，这书能不能出版，要看我们能否找到赞助单位）。

谢谢你对我儿子的关心，他已于今年9月份向政府登记结婚，他的妻子是北京大学的一个工作人员。

这里我将向你提出一些问题：

你是哪一年参加营造学社的？你参加过学社的哪些活动？

你除营造学社外参加过哪些重要的学术活动？

你的重要学术论文，每篇的写作年代？

你的出生日期及地点？

你的简单学历？

你的任职情况？

我的问题是否太多了，但是我想，除了我的问题以外，你认为重要的也请告诉我。

林洙

1991.12.9

* 从诫从没有告诉我你给了他两份《梁思成与林徽因》的稿件。

——

亲爱的林洙：

收到了您 12 月 9 日的来信，得知您最近很忙。非常高兴如今你们已经在准备思成文集第五卷的出版工作了。也很高兴听到您开始从事营造学社的研究工作。早期学社曾经作出了重要的贡献，将来应该有建筑史学家好好记述这样一段历史。

我几乎在这个组织中没有发挥太大的作用。如果我没有记错的话，是 1946 年，我收到了一封思成从李庄的来信，是在王世襄帮助我翻译我的文章 “The Offering Shrines of Wu Liang Tzu”，这篇文章后来发表在战后的两期《营造学社汇刊》上。当我寄给他文章的复印件时，他很高兴我为汉代建筑研究所作出的贡献。所以 1946 年，他很慷慨地邀请我加入学社，成为那里的成员。我为此感到很荣幸，也欣然接受了邀请。但是我于 1947 年离开了美国驻中国大使馆，回美国了，因此工作很快就结束了。

我对学社的活动非常感兴趣，尤其是思成在那里的工作，还有徽因的……正如我第一年认识他们的时候，1932 年在北京，在他们去西部之前，我有他们所有《汇刊》的合集。思成寄给我两份在李庄的《汇刊》，但是我把它们借给了 Soper 教授，他至今没有归还给我。

我想我唯一为学社作的贡献就是为思成的《图像中国建筑史》寻找到合适的出版社，并且编辑了我自己的出版物：*Adventures in Retrieval*，由哈佛大学出版社出版。书中收录了我在《汇刊》上发表的那篇文章，及中国汉朝的壁画和早期石器的历史。此外，还有 *America's Cultural Experiment in China 1942~1949*（1976）由 U.S. Dept. of State 出版。

我没有个人简历，但是可以分享给您一些经历。我于 1909 年生于马萨诸塞州，剑桥，并且在那里长大，于 1931 年毕业于 Radaliffe College。1932 年我去中国嫁给了费正清，他在哈佛读书的时候，我们就已经认识，他在中国，未去牛津大学之前，我们于 1932 年结的婚。我们在北京待到 1935 年，与思成一家和他的一些朋友是邻居。我们共同去旅行，一年夏天，他们来我们在离汾阳不远的 Yu Dao Ho 租的房子做客，就是那时，我们就一起沿着汾河去旅行。这个早在几年前我就跟您反复提到过。直到 1945 年 6 月我被美国大使馆派往重庆做文化随员，才再次来到中国。我到李庄看望了梁的一家人，他们也来过重庆。徽因希望去昆明，我安排和她的老朋友一起去那里，1946 年我们在那里度过了一段愉快的时光，尽管那里的气候对她的身体很不利。就在那年夏天，家庭的所有成员回到了北京。1947 年春天，在我回美国之前，曾去看过徽因，这是我与我亲爱的朋友最后一次见面。我们回到家后，思成已经到达了美国，尽管他忙于耶鲁的工作和纽约的联合国大楼的设计，我和费正清也曾与他见过几次面。

这些内容大部分在我的书中都写到了。我给从诫写信，告诉他在您写思成生平时如果用到，可以把书的复印件拿给您参考，如果您有朋友能够帮您把需要的内容翻译成中文，那就更好了。我至今还没有找到出版社，但是仍旧在耐心等待。

这些或许并不能很好地回答您的问题，但是希望对您有所帮助。

您的朋友　慰梅

1992 年 1 月 1 日

——

亲爱的林洙：

我这里有两份思成于1956年写给我的信的复印件。一封寄给从诫，一封给您。我发现它是在整理书房的旧资料时。我感到很吃惊，居然对1949年之后他给我的来信没有一点印象。我也不记得是否给他回信，但是他提到看到我的来信简直是一个“意外的惊喜”。

对我而言，感到最吃惊的是，在信的最后的请求。我想你们都应该知道，我没有一点印象接到他的信，让我把那些手绘图片和照片寄给英格兰的刘·C。在我的书中，我想这只是在一个不知名的宴会上的一个口讯。但是这封信显然是证据，是思成亲自让我这么做的，尽管我希望他能够说明这个人是谁，为什么他会那么信任她，把所有的资料寄给她。简直太令人吃惊了。他最终没有机会参与他的书稿的修订和增补是件多么遗憾的事情。

当然，现在看，整封信充满了悲情。自从我们知道他的城市规划构想受挫和他在“文革”期间遭受的那些迫害。

尽管如此，我还是很高兴在时隔那么多年找到了一封我亲爱的朋友的来信，看到他清秀的笔迹，阅读他流畅的英文。希望这封信也能给您同样的惊喜。

新年快乐！

慰梅

1992年1月4日

——

亲爱的慰梅：

我惊讶地发现，我已经近半年没有给你写信了，其实我每天都在想着你。我简直都回忆不起来这半年我都干了些什么！在春天我被高血压困扰了些日子，现在已恢复正常，但还要吃药。其实这段时间我只做了一件没有完成的事，就是整天都在想怎样写《梁思成和他的学生们》。虽然我已收集到一些材料，但怎样写还没有想好，我几乎每天都在为它烦恼。在写作方面，我的才华远不如缝纫。它变成了我的一个负担，似乎没有写完它，我就不能去做别的事。

现在我决心把它先放一放，过些时候再去考虑它吧！你的书找到出版商了吗？每到春夏之交，我就仿佛闻到了 Franklin 的树林、鲜花和草地的气味，还有那间古老的大屋子，可以坐在凉台上欣赏周围的景色。我多么想回到那里去陪伴你啊！亲爱的慰梅！有时我在电视中看到美国的乡村农舍，似乎从电视中放出了 Franklin 的芳香。

你还记得哈佛研究生黄铭崇吗？他有没有再来看你？如果你能和他通电话，请你告诉他把他的地址写给我，因为他有一点稿费在我这里，需要交给他。关于学社的研究计划，上半年未立项，希望下半年获准。

林洙

1992.5.7

——

亲爱的林洙：

很久没有听到您的消息了。在我收到从诫翻译的《图像中国建筑史》之后，曾与他通过电话，是一本装订很漂亮的书。最近，在麻省理工学院，有一个清华学生和教授的会议。我将这本蓝色封面的中文版带给他们看，他们对此都很感兴趣。

正如我写信给您，我寄给从诫两份我写的书稿：思成和徽因的生平故事。一份是我的原始稿件，引述了很多信中的内容，特别是徽因的信；另一份是经过删减的，引述信中的内容大大减少。但是它们区别不大。从诫把他们带到北京，并且通读了书的内容。他建议可以将文字内容翻译成中文。但是这需要花费很长的时间，我知道他还要忙于其他的事情。我告诉他给您一份手稿，希望能有懂英文的朋友帮助您了解在您尚不认识思成时的一些关于他的信息。我知道您正计划写一本关于思成的生平传记。当然在北京您也可以找到很多我不曾拥有的有价值的信息。但是如果可以，我希望能够帮助您，哪怕是一点小忙。

上周我去了纽约，在霍利家里做客。自从我们俩同去之后，这是第一次。Kundstater 女士召集了一些朋友与我会面，就像我俩去那里一样。她说在北京见到了您（去年秋天？），但是并没有给我更多关于您的消息。

还有消息要告诉您，在经过一年痛苦的跛行，我决定于六月中旬做手术置换我右腿膝盖。我身体很健康，除了疼痛的膝盖，希望它能够尽快回复正常。

请写信给我。

爱您的 慰梅

1992 年 5 月 18 日

——

亲爱的慰梅：

收到你五月份的信使我非常高兴。因为我听说正清去世后你的健康不如以前了，我当然能够理解正清的去世对你的打击。但是亲爱的慰梅，我希望你健康地精力充沛地生活，为了一切爱你的人。你的来信使我很快乐，因为从你的信中得知你很健康，而且充满活力。

你几次来信都提到给从诫两份稿件并请他转交我一份，但是我见到过从诫多次，他从来没有提这件事，我想这么重要的事，不管他有多忙，都没有理由忘记。这事使我很不愉快，我没有主动去问他，因为我想这会使他难堪，如果你愿意，还是你和他说要好些。虽然我还没有得到这份稿子，我仍十分感谢你，因为这表明了你给予我的深厚的友谊。

北京的夏天是炎热的，我什么事都没有做。你呢？到富兰克林去了吗？你的书怎样了？记得我曾告诉过你有关营造学社的研究计划吗？前一阶段因为没有经费，所以没有开始。最近有一位美国建筑师（华人）Chen David Mi A.I.A. 他可能为我们提供一部分经费。如果能得到这笔经费，那我们的研究工作就能开始了。你看我想做的事太多了，但还都没有开始。

林洙

1992.8.26

——

亲爱的慰梅：

从诫已经告诉我你给他稿子的事，他说可以借给我看，我很高兴，虽然我现在不一定要看，但是我重视的是他告诉我这件事。

最近常有人来问我知不知道思成保护了日本古都免遭轰炸的事，我查阅了“文化大革命”时期（1969 年）思成写给建筑系革委会的材料中，承认他于 1944 年或 1945 年，总之在日本投降前几个月，会见了美军第 14 航空队的“目标官”Sickman，战前他是研究中国文物艺术的专家。Sickman 要求思成开一份敌占区文物建筑的名单，也就是 1987 年你送给我的《战区文物保存委员会文物目录》，为了完成这件工作，重庆政府特别任命思成为“战区文物保存委员会”的副主任。思成的这份材料中没有谈到保护日本古都的事，因为在“文革”时期，这件事披露出来，会被认为是一个最大的罪人。最近罗哲文向报界谈到这件事。北京大学考古系宿白教授说他曾亲耳听到思成谈到他向美军指挥部提出免炸日本古都的建议。记得 1987 年时你曾告诉我，免炸日本古都是听取了美国国务院远东文化专家提出的，奈良市为了感谢他，还为他立了纪念像。你可以告诉我他的姓名和当时他在国务院的任职情况吗？以及他的雕像所在的位置。我想免炸日本古都的建议，思成肯定是提过的，但是美国政府自然更重视自己专家的意见，也许在 14 航空队的档案中还能找到思成当年的建议。

你的信中关于你自己的简历写得太少了，我记得你曾在国务院工作过一段时间。关于你的作品，你只写了 *The offering Shrines of Wu Liang Tzo*。而且我记得你写了很多篇关于远东古代艺术的论文，这些都很重要，希望你能补充一些材料给我。

林洙

1992.9

——

亲爱的林洙：

非常高兴近日收到了您的两封来信。特别是看到您第二封来信告诉我从诫告诉您关于思成和徽因生平手稿的事情。我意识到这本文稿是用英文写的，未必对您有很大的帮助。但是我想您应该有懂英文的朋友，能帮助您把您需要的部分翻译成中文。我正在努力寻找另一家出版社，希望幸运之神降临。

关于战争临近结束时美国向日本投放的原子弹，请不必担忧思成与这件事情的关系。我之前给过您一个清单，那是思成提前列出的不能损毁的中国宝贵建筑，但是在他罗列这些建筑物期间，与日本没有任何联系。那时美国的原子弹来自太平洋群岛，而非中国。其实众所周知，京都和奈良不能炸毁，在奈良有纪念碑，我相信，感谢拯救这两座城市的美国人。我不记得他的名字，但是一定是一个美国高级官员，他深知这两座城市中的古迹的重要艺术价值。我希望能从别人那里打听到他的名字，但是同时不要担心思成会卷入这件事中。

我正在从膝盖手术中康复。骨骼彼此摩擦，走起路来很痛。不过经过数月，已经基本恢复正常。

我想您儿子已经结婚了。希望听到您女儿和外孙女的消息。当然希望听到更多您的消息。

您忠实的朋友　慰梅

1992年10月4日

——

亲爱的林洙：

现在我可以答复您前几次写信询问的问题。我从刚从日本回美国的一位杰出的教授那里得知，正是美国战时秘书，Henry Stimson，命令京都和奈良不得摧毁。我想您一定猜到了这个答案，可以肯定的是，只有身居美国政府的高级官员才能作出这样的决定。

所以不必担忧思成与这件事情的关系。我们都为在战乱的年代思成保护中国古建筑的行为而感到骄傲。

我仍在为我写的书寻找出版社，或许这是最后的机会。

您的朋友 慰梅

1992年10月22日

——

亲爱的林洙：

非常谢谢您寄给我印有思成头像的邮票，也十分高兴在他遭受了多年不公正的待遇和挫折之后，政府终于开始纪念他了。他的脸庞布满了这几年遭遇烙下的沧桑。在我们初识他的年轻时代，他是那么的机警、快乐、幽默。

我的一位美国朋友今年夏天在北京，为我带了一本书，她刚寄给我。书名为*Historic Chinese Architecture*，由清华大学出版社于1985年首次印刷，1990年重印。书中有简短的英文，和许多漂亮的建筑照片。我相信您一定知道这本书。照片是由清华大学的三名教师拍摄，他们是：楼庆西、Zou Chan和徐伯安。这本书首印是在《图像中国建筑史》在美出版后的一年。我惊奇于为何之前没有听到这本书。

我写这封信给您的原因是，清华大学出版这样一本书，竟然没有提到思成的名字，正是他的发现和研究使这本书成为可能。这一点我感到很生气。您一定认识这三个人。您是否知道他们为什么不提及思成，至少是在参考文献中有所提呢？

从诫甜甜的女儿，沿用了她奶奶的英文名，Phyllis。她如今在美国，并要来我这里过圣诞假。我与她见过几次。她就读于她爷爷奶奶的母校，宾夕法尼亚大学，看起来收获不小，并且乐在其中。

请写信告诉我关于那本书的事情。

新年快乐！

您永远的朋友 费慰梅

1993年1月7日

——

亲爱的慰梅：

你知道当收到你 1 月 7 日给我写信的时候，北京下了一场大雪，那天我正好去访问朱海北（他是朱启钤的儿子），回来的路上因为下雪，我滑了一跤，于是我的左膝受伤，直到现在才好。关于这本 *Historic Chinese Architecture* 是这样的，在80年代初中国开始了频繁的国际交往，很多外国学者到清华访问，带来了他们的新建筑图片，或古建筑书籍。而我们却没有礼物回赠。于是决定编两本书，一本是你看到的 *Historic Chinese Architecture*，另一本是 *The Summer Palace*（北京颐和园）。这两本书都是以图片为主，加以简单的说明。实际上它只是作为国际交往的礼品，或者给一般的旅游者阅读的。它并不是一本学术性的著作。所以作者的精力主要放在建筑摄影方面，而并没有对建筑物本身进行更多的探讨。他的著者楼庆西，他是思成的学生，思成撰写《营造法式注释》的助手，现在已经是个中国建筑史家，而他更大的成就在他的建筑摄影方面，其他两个人 Xu Boan 和 Zou Chan，并不是作者，只是用了他们各一张图片。因此我想你可以理解为什么书中没有提到思成。

我现在正在收集营造学社的资料，我已查出它曾拥有 87 个社员，你是最后加入的一员。我准备查考每个社员的情况。你是否知道 Exking（艾克）（英）和 Boerschmann（包希曼）（德），他们都是早期的社员。你知道他们的情况吗？

林洙

1993.2.14

——

亲爱的林洙：

非常高兴收到了您的来信，告诉了我清华大学建筑系出版的那本书的事情。我想您一定和我一样生气，思成的名字竟然连提及都没有提及。您的解释使这件事更加清楚。但是我想这本书的出版一定借助了很多思成的发现，他的手绘图以及研究成果。至少有一个简短的介绍把他介绍给来清华建筑系的国外来访者。如果您对此还满意的话，我也没有什么可抱怨的了。

那些照片真的非常漂亮，希望您转告楼庆西，我是多么羡慕他们。

关于营造学社的事情（非常抱歉，我仍旧在用威氏拼音），您写信告诉我了您关于德国和英国人的问题。德国的是 Ernst Boerschmann，他在 20 世纪 20 年代访问过中国，或者更早一些时候。他写过两本与中国建筑相关的书，思成于 1927 年在美国时读到过，一本是 *Picturesque China*（纽约，1923），另一本是 *Chinesische Architektur*（两卷，柏林，1925）。同时，他读过两本瑞典学者喜仁龙的书，一本是 *The Walls and Gates of Peking*（伦敦，1924），另一本是 *The Imperial Palaces of Peking*（巴黎，1926）。思成曾于 1947 年给我提到过这几本书，他说两位学者都没有读懂中国古代建筑的营造章法，他们都用外行的语言描述中国建筑。但是两者相比较，喜仁龙要好很多。他引用了《营造法式》，但是显然缺乏深入研究。难道喜仁龙是营造学社的一员？

关于那个英国人，我想我需要从你那里了解更多的信息。您给我他的名字是 Exking，名字看起来很奇怪。或许是"Ersking"，我向哈佛建筑系的图书馆咨询了一下，是否有一位英国建筑师叫这个名字。他们告诉我有一位建筑师 Ralph Erskine 于 1914 年生于伦敦，在英国完成了建筑专业训练之后，他去了瑞典，对寒冷的北方气候下的建筑产生了浓厚的兴趣。他们告诉我，Erskine 于 1944~1945 年间在斯德哥尔摩。我想还有其他一些时间。思成是否会在欧洲旅行途中遇到了他？他出版了许多书。请告诉我更多您了解到的关于他的信息。

希望得到更多关于您的消息。

您永远忠诚的朋友　慰梅

1993 年 2 月 24 日

注：我在写学社史略时，有三位社员的情况不了解，因此向慰梅询问，他们即是慰梅信中所说的三个人。

——

亲爱的慰梅：

谢谢你告诉我许多关于 Ernst Boerschmann 的情况，另外一个 Exking，对不起，我把他的名字搞错了，他的中文名字叫艾克，他不是英国人，他是德国人，一切都是我弄错了，所以给你带来了很多麻烦。

Ecke 于 1928~1933 在清华大学任教，我想你和正清一定认识他。我已在名人录中查到了他的全部材料，所以你不必再去找了。

我从去年到现在一共调查了 80 名社员的简历，虽然经过很多困难，但是我很高兴。现在还有 7 名社员的情况没有查清，也许因为他们不是知名人物。关于学社社员的调查，我准备告一段落。下一阶段将开始整理营造学社的工作。首先我准备写出一份大事年表。

亲爱的 Wilma，你近来做些什么呢？夏天快要到了，你准备到 Franklin 去吗？祝你有一个愉快的夏天！

林洙

1993.5.29

——

亲爱的林洙：

我十分后悔向您抱怨了那本建筑画册中没有提及思成的名字之后，又将此事向吴良镛抱怨，而引起了这些麻烦。请代我向关于这件事的人表示歉意。

最终宾夕法尼亚大学出版社同意出版我的那本关于思成、徽因和您的书稿（思成和徽因曾在宾大读书，您我也去那里参观过），书或许会于明年出版。他们希望书中能有更多有趣的插图。我这里有一些可以用在书上。但是您那里有您和思成合影（你们结婚后）的副本么？以及佛光寺的照片？如果您有的话，希望能够寄给我。随后我会归还给您。

我正忙于修改书稿的内容，但是有霍利和她的小儿子相伴，在山顶上，阳光沐浴，很是惬意。

希望您一切顺利。

爱您的 费慰梅

1993 年 7 月 30 日

——

亲爱的慰梅：

I have your letter July 30.I am So glad that your book has been accepted for publication at last. Here tow pictures to you, and don't return to me. I'm sorrily that the picture SiCheng and me was not clear. But ti's the only. All the summer vacation I sat down to write He biographical（写传记）sketch of 朱启钤（Zhu Qi Qian），It is difficulty of me.

Lin Zhu[1]

——

亲爱的林洙：

非常非常感谢，我亲爱的朋友，那么快的就把照片寄给了我。您寄给我的这两张照片都十分重要。很高兴出版社希望在书中配以插图，包括思成的手绘图和他亲自拍摄的建筑照片。

您用英文给我写信了！而我仍旧不能用中文给您回信，真的很难为情。即使是我说中文，有时您也不明白我的意思。

朱启钤[2]的传记？他是谁？我很好奇。

我将于 9 月 12 日回到 41 Winthrop Street。很不舍得离开那样美丽的村庄，但是我必须完善书稿的内容了。

爱您的 慰梅

1993 年 9 月 4 日

1 原信如此。

2 朱启钤，中国营造学社的创办人，在拙著《中国营造学社史略》中，对他作了详细的介绍。

——

亲爱的林洙：

自从收到了思成手绘的唐朝建筑制成的卡片之后，已经很久没有给您写信了。我在好奇，这是否是您自己做的？

但是我时常想念您。正如您所知道的，思成和徽因的传记将于1994年秋季出版，我正忙于为这本书选择插图，并根据宾夕法尼亚大学出版社的要求做微调，写图注。很高兴在这本书中，收录了您写的关于思成最后的岁月的文章，并由吴宏和他的美国妻子Judy将其翻译成了英文。吴在哈佛从事中国艺术的研究已经很多年了，但是年末，他就要调到芝加哥大学去。这对于哈佛大学是一个很大的损失。

今年冬季，下了几场暴风雪。如今已经有七尺厚了，到处堆积着小雪山。地上结冰了，走起路来感觉湿滑。我已经跌倒过一次，伤到了右股骨头，所以很害怕再摔跤。我现在已经是一个不堪一击的老太太了，待在家中，等待着春天的到来。

希望您一切都好，天天开心！

爱您的　慰梅

1994年2月12日

非常感谢，亲爱的，您寄来的印有思成亲手绘制的唐朝建筑的贺卡已经收到。我想您应该知道，当看到这张卡片时，我感觉与思成、徽因和您是那么地近，我们为了书在一起工作的时光。出版社认为明年秋季我的书就可以出版。他们对插图的要求非常慷慨，可以插入20张照片和10张思成的手绘图。我仍旧认为您写的那一章内容最精彩。

和平、快乐、友谊！

爱您的　慰梅

——

亲爱的慰梅：

I am sorry so long never write to you, for it is no news happen. Though I'm still busy just writing the history of Chong-Kuo Ying-tsao hsuch-she.（中国营造学社）I must know about 80 member of it. So I offen stay in library to find out them. Now this work is finished.Then I begin to statistics how many Citys, Villages, and small towns.they had been to. And how many buildings them had been drawing. I plan this work may be finished at the end of the year.

Now this is a funny letter for my poor English, but you can understand, aren't you ?

Lin Zhu

——

亲爱的林洙：

今天才收到您的来信。您整篇用英文为我写信，给我留下了深刻的印象。这也让我为自己不能用中文回信给您感到无比难为情。我甚至不敢确认我用疯狂的中文口语能否与您交流，正如您在美国，同我和费正清在一起的那些日子。在您的世界中，是怎样理解我与您的沟通的呢？

您正在从事中国营造学社历史的研究，我想，这些研究很有意义。思成为中国历史作出的贡献，及他的同事和学生的研究著述应该被中国乃至其他地方的人了解、牢记、赏识。对此，我比您知道的少很多，但是，我仍旧为促成思成的英文书在麻省理工学院出版社的出版、发行而感到自豪，这本书（印量：5000 册），销售遍布美国、加拿大、欧洲甚至亚洲。尽管这本书直到 1984 年才最终出版，但是销量远远超过了 1900 本。

如今我热切期盼我所写的思成和徽因的传记能够在今年秋季由宾夕法尼亚大学出版社顺利出版，更希望它能够有与《图像中国建筑史》同样的印量。从诚的双语版在北京是否仍旧很有价值?

希望您的生活轻松、快乐。您的外孙女快快成长。现在她几岁了?您儿子是否已经结婚,并搬出去住了?他是否已经有了自己的孩子?将最真诚的祝福送给您,希望有一日我们能再见面。

您的　慰梅

1994年3月14日

——

亲爱的林洙:

我是否寄给过您书的预告?我不记得了。您应该有了吧。

书名有些奇怪,但是它告诉了西方读者这本书是关于两位中国建筑学家的故事(书名确实有些长)。

这封信写于富兰克林,在这里我与霍利和劳拉及她们的孩子度过了一个愉快的暑假。下周我将回到剑桥。

希望您一切都好,希望收到您的来信告诉我您近日的生活。

时常想念您的　慰梅

1994年9月3日

——

亲爱的慰梅:

今天我终于完成了《营造学社史略》一书的文稿,第一件事就是把这个消息告诉你。我从三月份到现在,已经收到你两封信,但始终还没有回信,当然我每天都想着你,而且感到非常的抱歉。可是因为我必须在11月前完成那本书的初稿,因为十二月会有一个小生命来到我们家,可能我就没有很多时间来写书了。

今年北京的夏天热得可怕,我的心脏病也因天气太热而发作了多次。从诚告诉我他已收到你的书 *Liang and Lin*. 我还没有收到,但我同样非常高兴,因为这本书终于出版了。我当然知道你为这本书付出了多么大的心血和精力。我非常感谢你写了这本好书，记录了他们的生活和业绩。

虽然我的书写完了，但是我还要为这本书找到出版单位，和愿意出钱赞助出版的人。

一个韩国的留学生翻译我写的《大匠的困惑》，他要把思成介绍给韩国建筑界。为此我还要补充和修改那本书。所以现在还是很紧张。因为这本书计划在1996年4月以前（思成诞辰95周年）出版。

林洙

1994.11.7

亲爱的林洙：

希望您仍旧记得我们一同游览云冈石窟的经历，但是我想，我从来没有把我于1933年为云冈作的画给您看。现在您应该知道为什么所有的卡车、火车和煤炭困扰着我。

费正清和我与旅途的商贩和他们的驴同住在一间很简陋的小屋子里。当然菩萨似乎看到了我们所做的一切。

我希望您已经拿到了我的书，并且在朋友的帮助下阅读了此书。我收到了您的来信，祝贺您完成了《营造学社史略》的写作。如今我希望能有一位懂中文的朋友帮助我阅读您的书。我想Feng Yen-tsai能够帮我这个忙。您是否仍旧记得她？一位我多年的朋友。

从诫和方晶在我这里，忙于他们的会议。眉毛（从诫的女儿）的学校放圣诞假时，也会过来。随后她的父母将回中国。

将我最真诚的祝福送给您！

一直爱着您的　慰梅

1994年12月7日

——

亲爱的林洙：

非常感谢您关于我的书的回信。您十分喜欢它，这让我感到很开心。也谢谢您能够用英文给我回信。也很抱歉我不能用中文给您回复。

许多读过这本书的朋友都时常谈论起您写的那段故事。您讲述得太生动了，以至于美国读者不能忘记在那段特殊的岁月里，您和思成的遭遇。但是，正如我在195页上方写的，您爱思成，并在他最后的岁月中给予了他无微不至的照顾。

很高兴陈植在他生日前收到了这本书。希望他能写信告诉我读后的感受。

一直爱着您的 慰梅

1994年12月10日

——

亲爱的林洙：

这是我那本书的第一篇书评，找一位懂英文的朋友帮您读一读它。您将会对内容很感兴趣的。非常感谢您的圣诞贺卡。

爱您的 慰梅

1995年1月9日

——

亲爱的林洙：

你们系的系主任助理孙凤岐今天早上来我这里做客。非常高兴见到他，并向他询问了您的近况。

他告诉我出版社答应为您的书支付2/3的费用，但是仍旧需要大约1000美金。附件中是一张1000美金的支票，您所写的那一章在我这本书中占有很重要的分量，因此这笔钱是您应该得到的。

爱您的 慰梅

1995年1月27日

——

亲爱的慰梅：

由于学校放假，所以你的信和支票前几天才收到[1]。我太高兴了，于是立刻和出版社联系，告诉他们经费已全部解决了，并且立刻把书稿送去和他们签订了合同。这本书今年就可以出版了，我高兴极了，当然我非常非常地感谢你。

为了准备思成诞辰 95 周年的纪念，这几年我准备了三本书。第一本是思成的建筑画，大部分是他在宾大学习建筑史课时的作业。他和徽因的建筑画，全部在“文化大革命”中毁掉了，实在太可惜了。

第二本是你现在赞助的这本《营造学社史略》。

第三本是我把 1990 年出版的《大匠的困惑》一书重写了，补充了他的学术观点，及他的教育思想。还增加了一章“梁思成与他的学生们”，大多是他的学生对他的回忆。内容比原来要丰富得多，图片也多了不少。书名改为《建筑师梁思成》。这三本书都准备在今年出版，所以去年我工作得非常辛苦。

从诫回来告诉我，你的书收到广大读者的欢迎。他还说你看起来比以前年轻了，非常健康。我听了特别高兴。我想等过些时候，我的工作轻松一点时，我要像一个小学生似的借助字典来慢慢地读你的书。我没有请别人帮助我，因为我怕他们拿去互相传阅，会把我的这本宝书弄丢，或污损了。

最近我的工作非常地忙，因为我们学院要搬到新盖的系馆里去，要做很多准备工作，我虽已老眼昏花，可是还要为新的资料室布置画图。

谢谢你那张美丽的云冈画片，我会很珍惜它的。那天我拆开信，这张画片立刻把我带回到云冈去。我正在想这是谁的画？为什么这么像云冈？等我翻转来看你的信时，才知道它真的是云冈，而且是你 60 年前的画，它似乎有一种魔力在吸引我。中国人有一句成语“文如其人”，当然画也同样如其人。是的，它太像你了。

林洙

1995.2.15

1　慰梅为《中国营造史略》的出版汇来赞助费。

——

亲爱的林洙：

1995年1月27日，我寄给您一张1000美金的支票，用以资助您的新书的出版。

我没有收到您的回信告诉我支票已经收到了。也没有像之前那样，收到银行核实您支取现金的通知。

希望您能赶紧写信告诉我您已经支取了这笔钱，书马上就可以出版了。

您忠实的朋友　慰梅

1995年2月11日

——

亲爱的林洙：

收到您的信真的好开心，您的书今年将要出版了。会对其他两本书有帮助么？

我想第一本关于思成手绘图的书将包含1980年从新加坡刘·C那里重新找到的图片。思成认为它们是在“文化大革命”期间被毁掉了，但是您和我都知道1957年到1980年，这部分图片一直在刘·C的手里。但是，1943年在重庆期间，费正清的助手帮助他把这些手绘图片存储成两卷微缩胶卷。看我的书中133页写到了：“一卷寄到华盛顿，另一卷他自己保存在中国”。

希望您能够读一读那一页的内容。

爱您的慰梅

1995年3月11日

* 我喜欢您云冈的想法！您写到你们学院搬迁了，我是否需要一个新的通信地址？

——

亲爱的慰梅：

孙凤岐是否已告诉你，今年是他们年级毕业 30 周年纪念。为了庆祝这个纪念活动，他们班的全体同学集资雕塑一个梁思成头像送给母校，这个雕像准备放在新系馆的门厅，雕塑家是中央美术学院很有名的司徒兆光教授。为了这个头像，我已到司徒的工作室去了三五次。他是一个很好的人，他做这个头像很不容易，因为他仅在 30 年前见过思成一次，现在完全靠照片来创作。我第一次去看时完全不像，经过一次又一次的修改已经比较接近了。我想在资料较少的情况下做到这样已经是不容易了。司徒先生非常努力，我非常感谢他。像将在 4 月 30 日清华校庆那天揭幕。我会把铜像的照片寄给你的。

我们的新系馆仍在清华校园内，在我们原来的办公楼南面 50 米，所以我的地址不变。我的书《营造学社史略》的初步工作进行得很顺利，这里你的帮助起了重要作用。其他两本书，不需要我筹集资金，因为那两本书出版社可以从中获得利益。

近一个月来我忙极了，为了迁入新馆，要更新我们原有的家具，我几乎走访北京所有的各大家具公司。这些事在美国办起来很简单，在中国却很麻烦。

我们资料室还有很多明代和清代的家具，所以新的家具不能太现代化，为了和明清家具取得统一的风格，不能使用现成的产品，得另外设计，这样老板们就要抬高价格。近一个月来，就和这些老板们争吵不休，你当然知道，办这种事绝对不是我的长项。可怜的林洙！

林洙

1995.3.22

——

亲爱的林洙：

很高兴收到您的来信，得知在今年的 4 月 30 日，将会特意举办一场纪念思成的活动。

我希望这封信能够在4月30日之前到达您的手中，希望您或者从诫能够写信告诉我那天的情况。

爱您的慰梅

* 您是否认出了1933年的云冈？

——

亲爱的林洙：

我十分迫切地与您分享这篇发表在《纽约时报》（New York Times）上的关于我的书的书评。我希望孙凤岐能将这篇文章翻译给您，但是他告诉我，您周围都是家人和朋友，他们可以为您翻译。

他告诉我，吴良镛现在在美国，在华盛顿开会，今天与他的儿子在纽约。所以，在他明天来我这里之前，我们通了一个电话。

您告诉我思成的雕像将会于今天在清华揭幕。十分想念你们俩。

爱您的慰梅

1995年4月30日

——

亲爱的林洙：

我收到了"建筑史国际研讨会"的会议计划，会议将于今年夏天8月7日至10日在香港中文大学举行。

其中一位参会人高亦兰将会作题目为"梁思成早期建筑思想和设计研究"的演讲。您一定认识他吧。我希望他已经给您看了所有参会人名单和他们的演讲题目。

您是否计划参会？在中国建筑史方面，您比参会的大多数人都有着更深入的研究。如果您打算参加，我很乐意为您支付一部分费用。

总是牵挂您的 慰梅

1995年6月1日

费慰梅画的云冈石窟（1933 年）

雕塑家司徒兆光先生在为梁思成塑像

塑像落成， 林洙与雕塑师司徒兆光在塑像前合影

梁思成与陈植在宾夕法尼亚大学合影（20 世纪 20 年代）

林洙同志：

接到了尊著《大匠的困惑》，谨致谢你。这一经月痛你的选题立即引起我无限的感叹，因此函谢之前，急于拜读，以便作复，务希谅解。我先是吞噬式地翻阅，然后几次反复细读。对思成的卓越才华，惊人毅力，杰出贡献钦佩不已，对他一度经历的坎坷岁月，叹息不已，对他暮年所受冲击、冤曲、侮辱迄今仍是愤愤不平。这是你这一著作在我心中再一次涌现的感慨。

困惑、苦闷、摧残、悲哀，一切如在眼前。不检讨，不认罪，就是"死不改悔"，检讨了仍是"假检讨，真反扑"、"哗众取宠，蒙混过关"。那时思成是何等的悲愤。提倡民族传统、民族特色是"复古"，吸取西方先进技术、教学内容是"反动透顶"——我本人被称为民族败类。思成如尚在人间，该已从困惑中解放出来，见到了曙光，受到了鼓舞。

这一传记完整、细腻，从思成的童年到生命的终点，其中对徽音尔后的赞扬，对他俩为调查、研究我国古建筑，及后设计国徽及人民英雄纪念碑时置生命于不顾的奋斗竭尽生命了——描述得如此动人，使我泣然泪下。只有你才能把传记一直写到1972年1月9日"最后旅程中的煎熬与痛苦的挣扎"，思成随黄鹤而飞往西天！那时，再冰回国还不久，从诫在四川。

你与思成结婚后的十年中，六年蒙受意外的、人为的灾难。没有你这忠诚忘我的伴侣，思成将是多么孤单、凄凉，不但病体无人照料，更重要的是在教学、写作方面，无人协助——收集、整理资料等等——而最最重要的是你成了他精神上最大的支柱。《大匠的困惑》歌颂了思成的伟大业绩、坚韧的斗志，刻划了他的高大形象，深入地描绘了他那炽热的爱国主义精神。

对我来说，良师益友凋零殆尽，你当孤寂。思成若在，我真想向他请教我国建筑师设计的方向应否概括为『继承民族传统的精华，突出地方固有的风貌，表达建筑性质的特点，反映技术先进的内容，显示时代前进的步伐』。切忌唯洋独尊，抄袭模仿，争先恐后，以奇制胜，民族气息荡然无存。再次表示谢意。陈植

十月2日

林洙与陈植几封书信原件

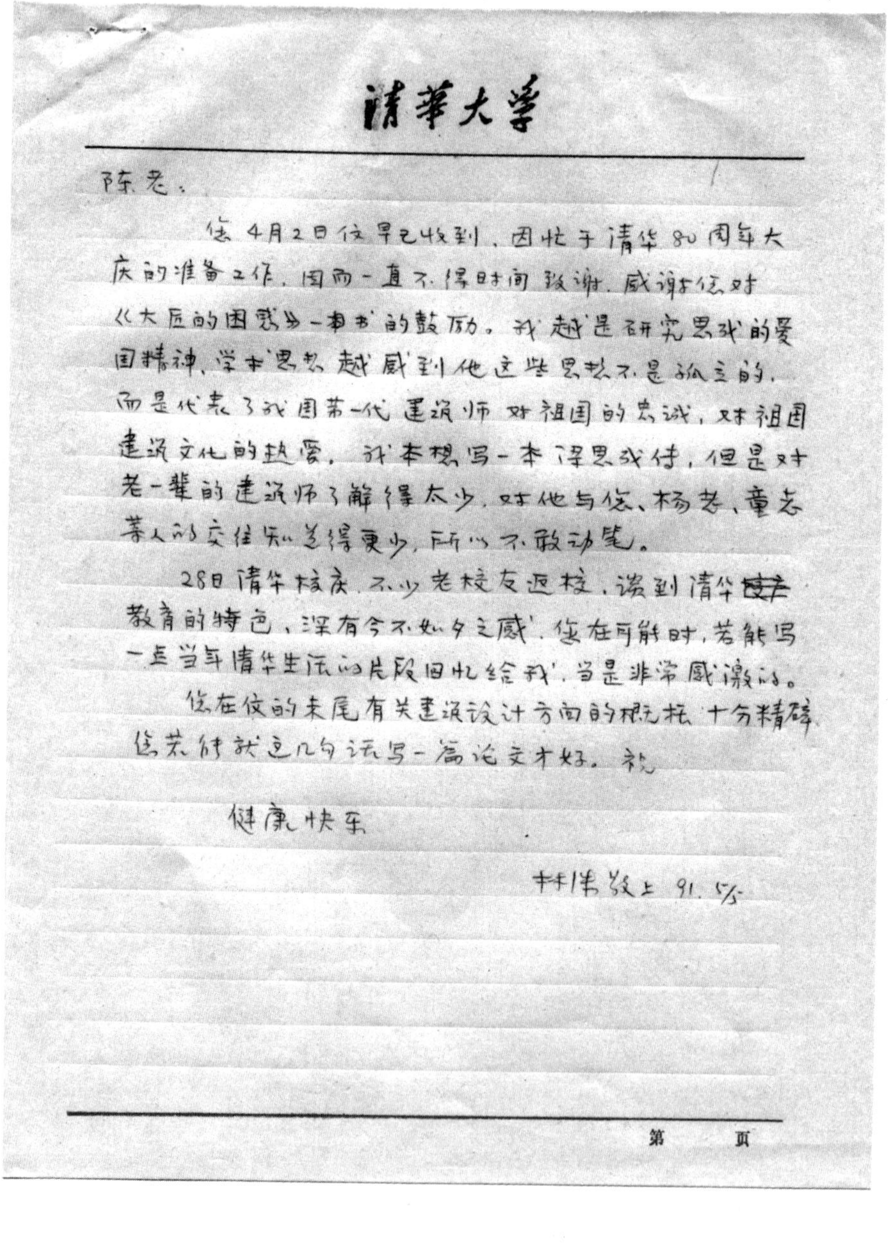

清華大學

陈老：

您4月2日信早已收到，因忙于清华80周年大庆的准备工作，因而一直不得时间致谢。感谢您对《大匠的困惑》一书的鼓励。我越是研究思成的爱国精神、学术思想，越感到他这些思想不是孤立的，而是代表了我国第一代建筑师对祖国的忠诚，对祖国建筑文化的热爱。我本想写一本梁思成传，但是对老一辈的建筑师了解得太少，对他与您、杨老、童老等人的交往知道得更少，所以不敢动笔。

28日清华校庆，不少老校友返校，谈到清华教育的特色，深有今不如夕之感。您在可能时，若能写一点当年清华生活的片段回忆给我，当是非常感激的。

您在信的末尾有关建筑设计方面的概括十分精辟，您若能就这几句话写一篇论文才好。祝

健康快乐

林洙敬上 91.5/5

第 页

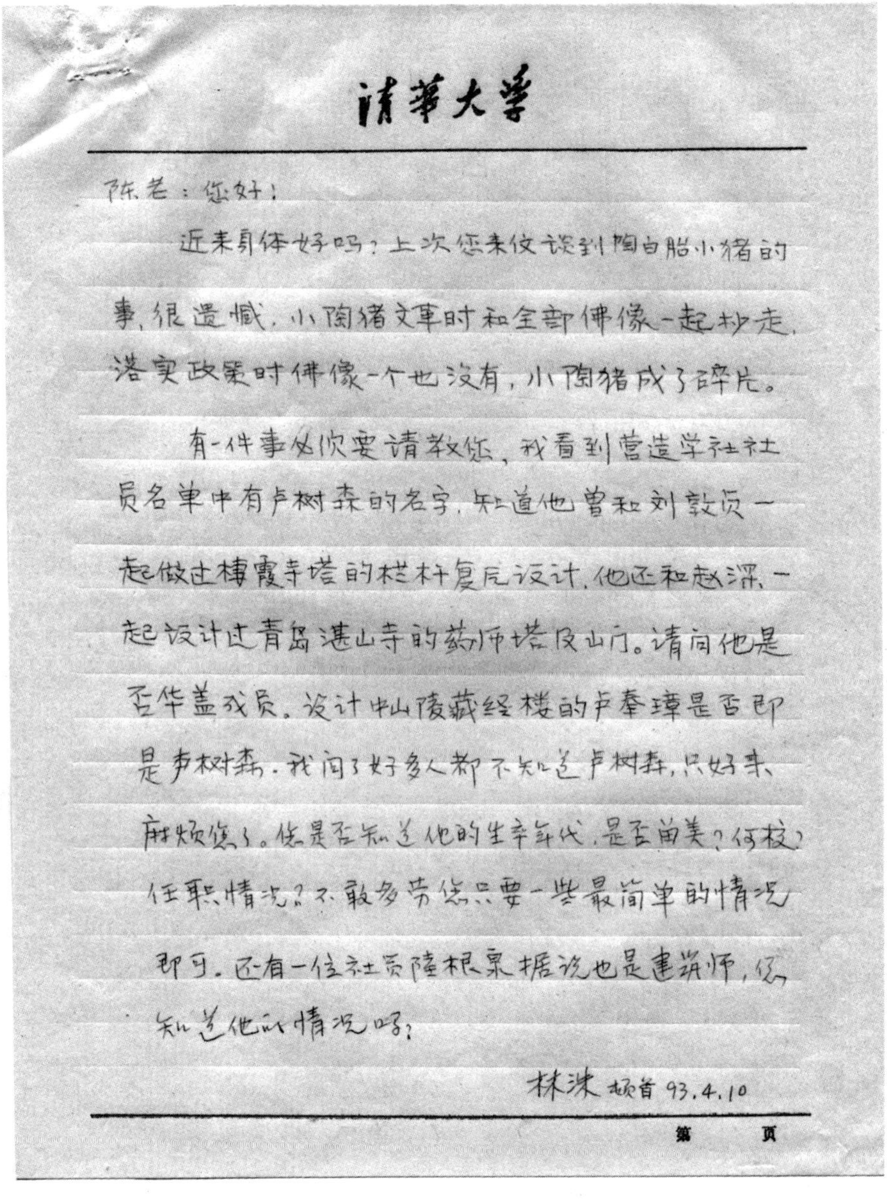
清華大學

陈老：您好！

近来身体好吗？上次您来校谈到陶白胎小猪的事，很遗憾，小陶猪文革时和全部佛像一起抄走，落实政策时佛像一个也没有，小陶猪成了碎片。

有一件事必须要请教您，我看到营造学社社员名单中有卢树森的名字，知道他曾和刘敦桢一起做过栖霞寺塔的栏杆复原设计，他还和赵深一起设计过青岛湛山寺的药师塔及山门。请问他是否华盖成员。设计中山陵藏经楼的卢奉璋是否即是卢树森。我问了好多人都不知道卢树森，只好来麻烦您了。您是否知道他的生卒年代，是否留美？何校？任职情况？不敢多劳您只要一些最简单的情况即可。还有一位社员陆根泉据说也是建筑师，您知道他的情况吗？

林洙 顿首 93.4.10

第 页

创

19 年 月 日 第1页共 页

林洙：4/10日函悉，署名"林洙顿首"，则我应称你为"仁嫂"矣，你太客气。但我之所送佛像及汉陶猪，前者不知去向，后者已粉碎，闻后心痛。

来函所提卢树森（字奉璋）及陆根泉（泥水匠出生的营造厂老板）史料，兹分别奉复如下：

（1）卢树森（字奉璋），我与他相识在1924年—1926年，他在宾夕法尼亚美术学院建筑系当时为一年级生。约在肄业两年后即离去。他父是银行家，富裕，不知为何他中途不告而别。

回国后则专心研究我国古建筑。此君甚聪颖，与刘老士能颇有学术交流，（与赵老深及我相契很久）。他从未参加任何建筑师事务所。

中山陵是经他设计，栖霞寺栏杆及青岛崂山寺的塔及山门我不能肯定是他的作品，应去与赵老去谈。我和函

根据我的16个字，我很乐意提供资料。

16个字是：根据实据，去伪存真，无愧于史，传诸后人。

装 订 线

902123(50)16开30克白打 上海凯达纸箱厂出品

询)士能之子钦夫，俟复后再复。卢的生年年代当向其本证实

(2) 关于陆根泉究系什么(其曾至澳门)建筑师，已如上述。《上海地方志》的刊外调查中有一文"从泥水匠到军统少将"，特约略摘录如下：

1/1903年生，上海南汇人，自幼家境贫寒，……来上海久记营造厂一个小包处做泥水匠……仅将这一小包老板一脚踢开，亮出了陆根记的招牌……"公共租界巡捕房"督察长"陆连奎(青帮人物)的"老头子"，并承包当时号称"远东第一乐府"的百乐门舞厅工程。设计人为杨锡镠名建筑师。杨为华东设计院总建筑师之一

2/1935年以后承包南京褚民谊(汪精卫之亲信，后成汉奸)与汪精卫住宅及国民党政府若干工程如南京国民大会堂……

3/1937年到昆明承包一些大工程，其中有「华盖」设计的两个大戏院中之一(南屏··大[illegible])

4/1945年在后方走私发财中，与人组织"谊安公司"，被军统查出，但戴笠看中了他，他亦因此

望参阅《建筑师》第46期张钦楠一文

装 订 线

揽了很多特务工程，最终参加了特工总部，被戴笠授予"少将"名义。抗战胜利承包大量军事（死后的军统首脑毛人凤）工程。

5/1949年4月如袁家之犬逃往台湾，1988年在台死去，时年85。

关于李璋的情况均由有关人士核实，如同济大学建筑系谭垣教授，他与我均和李璋同在宾校，该校毕业的健在者只有谭老与我了。

李璋的生平在何年（待探询）设计山寺塔、山门恐刘敦桢亦不甚详，因工程在南京而那时敦桢还是在幼年。

正写到此，谭老又来电话说李璋当宾校返国是奉他父亲之命回来结婚，足见当时封建的（急于促使长子结婚的"早生贵子"）作风尚未衰退，可叹。

余不多赘……　　陈植 手启

（书写潦草尚见谅）　　4/15日

装　订　线

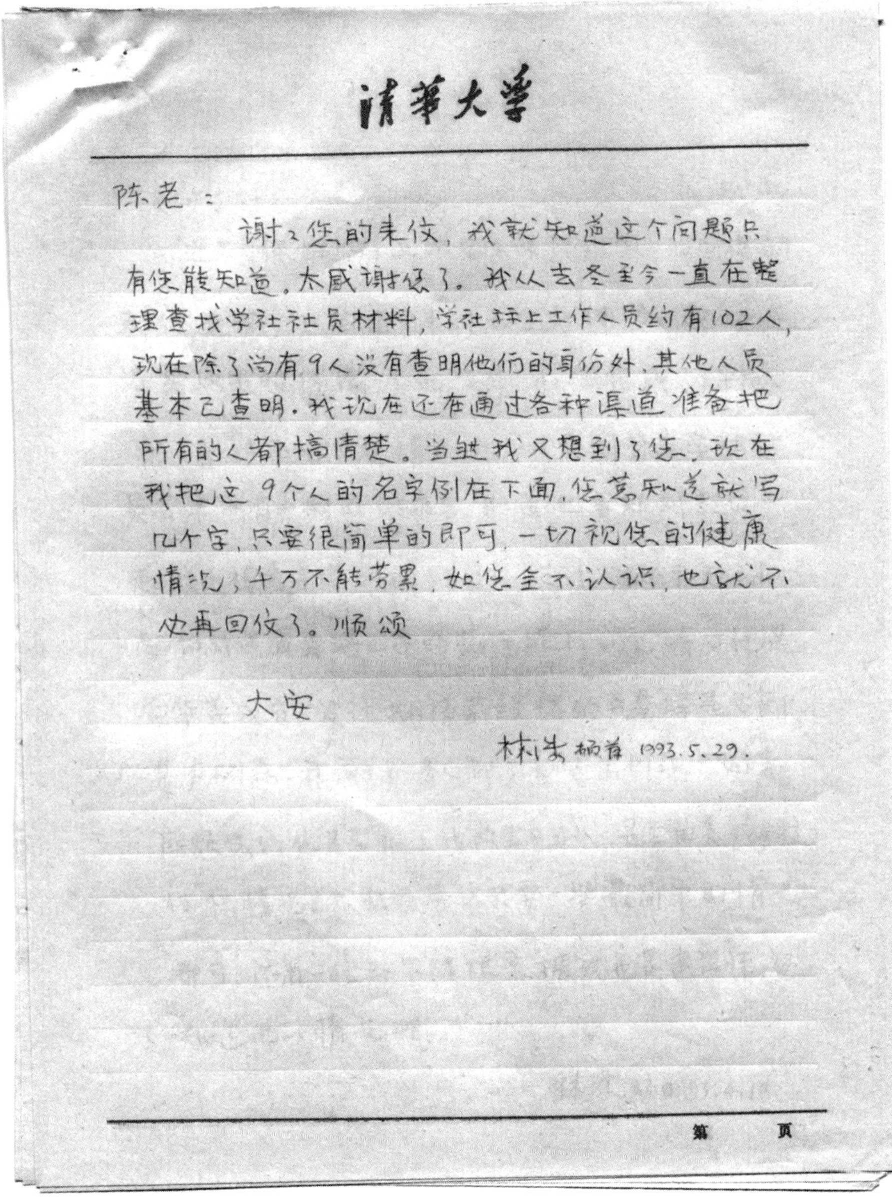

清華大學

陈老：

谢谢您的来信，我就知道这个问题只有您能知道，太感谢您了。我从去冬至今一直在整理查找学社社员材料，学社社上工作人员约有102人，现在除了尚有9人没有查明他们的身份外，其他人员基本已查明。我现在还在通过各种渠道准备把所有的人都搞清楚。当然我又想到了您。现在我把这9个人的名字例在下面，您若知道就写几个字，只要很简单的即可，一切视您的健康情况，千万不能劳累，如您全不认识，也就不必再回信了。顺颂

大安

林洙 顿首 1993.5.29.

第　　页

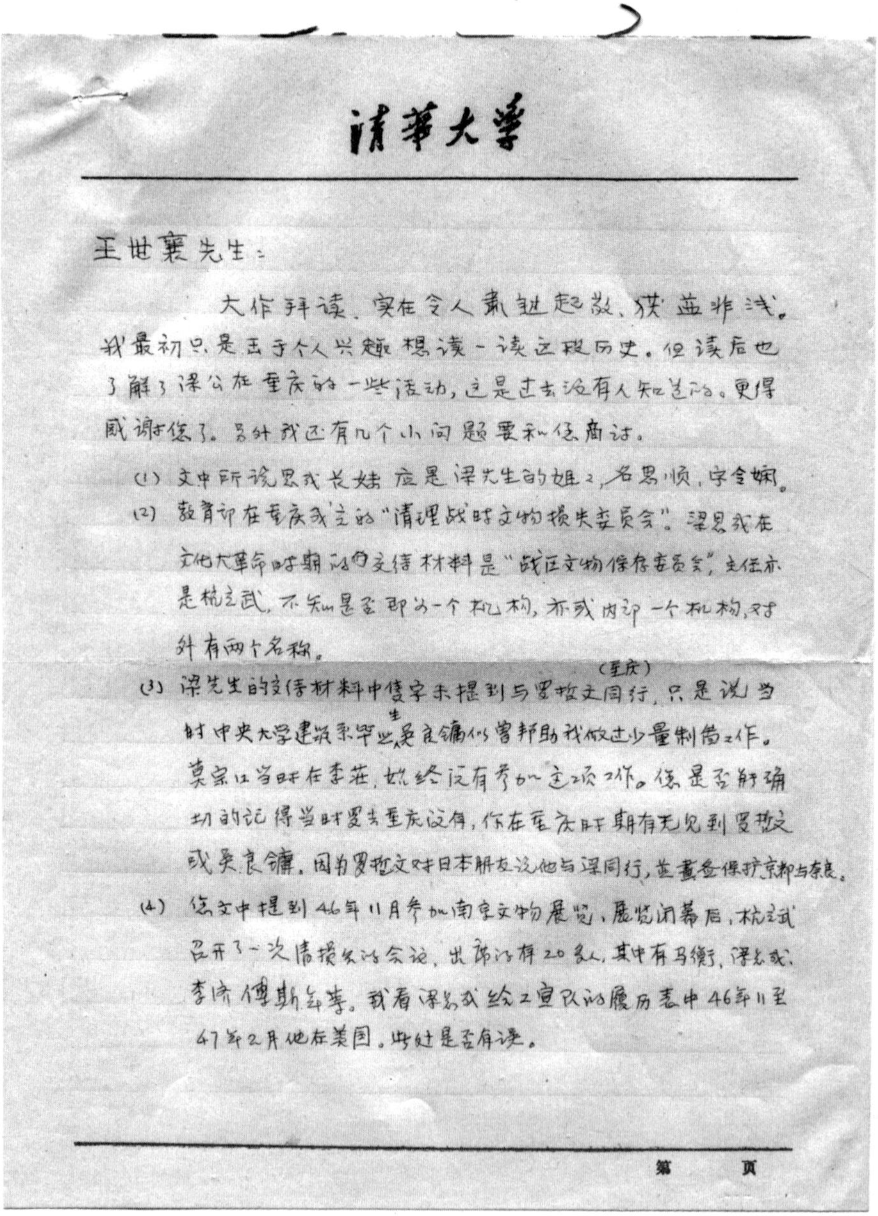
清華大學

王世襄先生：

大作拜读，实在令人肃然起敬，获益非浅。我最初只是出于个人兴趣想读一读这段历史，但读后也了解了梁公在重庆的一些活动，这是过去没有人知道的。更得感谢您了。另外我还有几个小问题要和您商讨。

(1) 文中所说思成长姊应是梁先生的姐姐，名思顺，字令娴。

(2) 教育部在重庆成立的"清理战时文物损失委员会"。梁思成在文化大革命时期的交待材料是"战区文物保存委员会"，主任亦是杭立武，不知是否即为一个机构，亦或内部一个机构，对外有两个名称。

(3) 梁先生的交待材料中只字未提到与罗哲文同行（重庆），只是说当时中央大学建筑系毕业生吴良镛们曾帮助我做过少量制图工作。莫宗江当时在李庄，始终没有参加这项工作。您是否能确切的记得当时罗去重庆没有，你在重庆时期有无见到罗哲文或吴良镛，因为罗哲文对日本朋友说他与梁同行，并画图保护京都与奈良。

(4) 您文中提到46年11月参加南京文物展览，展览闭幕后，杭立武召开了一次清损会议，出席的有20多人，其中有马衡、梁思成、李济、傅斯年等。我看梁思成给工宣队的履历表中46年11至47年2月他在美国。此处是否有误。

第　　页

林洙与王世襄的书信原件

林洙先生：

来信及寄还杂志收到，谢谢。

您提出的问题，答复如下：

1. 长妹是印排错误，没有校出来。我一直知道徽因先生比思成先生年岁大。

2. "战区文物保存委员会"应是"清理战时文物损失委员会"的前身，我看是两个衔接的机构。前者成立时日寇尚未投降，只能用"保存"两字，谈不上"清理"。后者是在日寇投降后才成立的。成立后不久前者随即撤销了。

3. 我已记不清罗哲文是否曾随思成先生去重庆。如果他去了，也是我去李庄参加学社工作的时候，而不会在重庆见到罗哲文或吴良镛。我没有参加"文物目录"的中译英工作。目录我确实曾见过。是中华民国三十四年五月(1945.5)编，那时我在李庄。日本投降后我才去重庆。

4. 46年11月在南京开会议，参加人员是我凭记忆写的。我觉得思成先生应该参加，所以写上了。如果那时思成先生确实在美国，那就是我写得不确实的地方。如复并致

敬礼！

王世襄 93/3/23日

亲爱的慰梅：

感谢你的慷慨，但是我不去香港，因为我并不是研究中国建筑的专家，清华派了两个研究中国建筑的教师——郭黛姮和徐伯安，他们都是思成研究《营造法式》的助手。郭曾和你见过面，大约在 1980 年。

不久前我刚从昆明回来，去参加我的母校成立 55 周年的庆祝。我很失望，过去那个美丽的城市不见了，她变得和其他商业城市一样，到处是现代化的商业楼，失去了昆明原有的特色，而且翠湖和滇池也被工业废水污染了。我在昆明停留的日子几乎没有去游玩，因为那些名胜古迹的周围环境都被破坏了。

大约三周以前 John Israel 到清华来参加一个会议，我请他来和我们一起吃晚饭，我们过了一个愉快的晚上。但是我很遗憾 John 和 Mary 已经离婚了，因为 John 爱上了另一位中国女子。John 走后很长时间我都在想 Mary，那个不爱多说话的善良女子。我不知道她将如何度过她的晚年。

最近我发现了思成 1947 年 6 月 22 日至 8 月 1 日的日记，也就是在他离开美国前一个月，非常有趣，他写了在富兰克林的大树下和你一起整理《图像中国建筑史》的图版，还描写 Aunt Aida 的山脉，他非常爱富兰克林很想把全家都接到美国去，但是舍不得他的祖国。他记述了和那些朋友告别，还去拜访了 Saarinen 和 F.L.Wright[1] 真是有趣。他的日记使我回忆起在美国的日子，深深地想念美丽的富兰克林。

林洙

1995.7.30

亲爱的林洙：

非常高兴收到您的新书《中国营造学社史略》。可以看出您从事了大量深

1 Saarinen 和 F.L.Wright 两人都是国际闻名的大建筑师。

入细致的研究，收集了所有活动和每一位会员的资料。

自上一次我写信给您，哈佛大学来了一位新的中国教授，我们称他为 Leo Lee，中文名字叫李欧梵。他从事中国当代文学研究，很受学生欢迎。费正清在世期间，他自己在哈佛也是一名学生，也是我们多年的好朋友。他还主动帮助我将一些信件翻译成中文。

我现在十分急于给谷守女寄去一封中文信。一个月前，她写信给我商讨《梁思成与林徽因》一书翻译的事情。我赞成她的提议，应该把逝去的两位中国学者的梦想和困惑介绍给更多的读者。

尽管我是作者，但是我也不能给予她满意的答复。她一定理解，这个决定需要由她所在的出版社与宾夕法尼亚大学出版社共同商讨决定。据我所知，宾大出版社给她回复了一封信。如果她仍旧没有收到，希望她能告诉我。

这段时间比较难作决定。12 月 25 日圣诞节，一周后是新年，许多地方都关门休息。或许这段时间过后，我将给她更详细的信息。

您是否认识一个说英文的人 Chen！他在圣诞夜晚上 11 点打电话给我（我已经入睡），询问我是否收到了谷的来信。我不知道他是谁，在哪儿？当我问他时，他告诉我，他在北京，姓陈。我在奇怪是否我仍旧在梦中。

如果有什么新的信息，我将再写信给您。

再次感谢您，我亲爱的朋友和您的新书。

预祝 1996 年新年快乐！

爱您的慰梅

1995 年 10 月 27 日

——

亲爱的慰梅：

I am glad received your letter, Gu-Shounu（谷守女）had a letter to you, her's important may be make some trouble for you. I'm sorry.

Here are two pictures, one is our new office hours, the other one is the entrance hall.

Lin Zhu

1995.12.8

——

亲爱的慰梅：

我非常高兴得知哈佛新聘的李欧梵教授是你的老朋友。因此他可以为你翻译我们的信。

12月27日的信我收到了，谷守女（Gu Shounu）一直没有收到宾大出版社的回信，因为谷不会说英语，所以她请陈先生，他叫陈砾（Chen Li）打电话给你，询问宾大出版社是否同意Gu的请求。陈砾实际上是《梁与林》一书的主要译者，徐是他的合作者，谷信中没有提他的名字，是因为谷认为徐曾译过《布什传》，可能美国读者知道徐。陈砾曾长期担任人民日报英文版主编，他的英语是第一流的，知识面也广，他担任此书的翻译是没有问题的。他和梁再冰是北大外语系的同学，从诫也认识他，他之所以愿意译这本书，是因为现在他已经退休了，可以随便做点自己爱做的事，此外书中提到的人物都是过去的名人，他对此很感兴趣。我相信你一定认识他的父亲——陈布雷，陈布雷是国民党政府的高级官员，直接服务于蒋介石，他为人正直，学识渊博，后因政治的原因被迫自杀。你知道陈布雷吗？

赖德霖是我系毕业的博士，他是当今青年中的佼佼者，因为他始终努力于学术研究。我和他很熟悉，而且非常喜欢他，他常常和我讨论对梁思成学术思想的看法。不久前他来信告诉我，他去拜访了您，并说愿意翻译《梁与林》，问我能否在大陆找到出版社。这就又是一个同样的问题，当今大陆的出版社，认为要同时支付宾大出版社和译者的版税，将使他们不胜负担。俗话说“在商言商”，商人是不干赔钱的买卖的，他们的目的是盈利。按谷守女的计划，如宾大出版社同意免税，他们至少可以不受损失，这就是为什么一直向宾大出版社请求免税的原因。

我认为赖的英语水平与陈砾相比，那将差很远，我也不知道从诫是否愿意帮助赖，因为赖只懂国际音标，不懂过去用过的威氏音标，书中出现的人物对赖来说也是比较生疏的，没有从诫的帮助是不可能译对的，从诫已同意帮助陈做些工作。当然如果我能为赖找到出版的赞助费，就像我那本书那样，只要有了钱出版社是不成问题的。这些情况我一直没有和你详细说，是因为受到语言的障碍，同时也担心你很难理解中国出版社的困难。

林洙

1996.1.13

——

一和：

去年 12 月我曾寄你一书《叩开鲁班的大门》，因为航寄邮资实昂贵，只好海运邮出，不知你收到没有。今年十月将举行 50 周年系庆，你和棠仙能回来吗？我现在有件急事要通知 Wilma，但实在没有其他办法，不得已只好请你帮忙。请你将此信交给 Wilma，或打电话把信的内容告诉她好吗？谢谢你了！Wilma 电话 ×××-×××-×××

林洙

1996.3.5

——

亲爱的慰梅：

关于《Liang and Lin》的翻译工作，赖德霖建议由 Lai、Chan、Qu 三人合作，Lai 负责技术问题较多的 Part 2，其他由 Chan Qu 分担。这样的安排不知你同意不。如你同意请你出一个书面证明，说明你同意由 Lai、Chan、Qu 三人合译你的书。因为出版社需持原著者的信件向编译局申请翻译出版。当然还需要原出版社的同意。谷守女刚刚收到 U.Penn Press 的回信，他们通过进一步协商将签订正式的协议书。如果这一切定下来，就要加紧翻译工作了。因为我们希望在50周年和思成诞辰90周年的庆祝活动中，这本书能和读者见面。翻译工作必须在5月底完成。北京的两位译者是不成问题的，因为他们已经做了很长时间的准备工作，但是赖德霖我找不到他，听说他离开纽约去华盛顿了，我不知道他是否能在5月份按时交稿。我现在正在通过他的家人和他尽快取得联系，如果你知道他的行踪，请他即刻与谷守女联系。谷的 Fax ××××××××××××××

林洙

1996.3.5

——

林洙同志：

按梁陈两家攀交而言我应称你梁大嫂。久未通信，想阖家康适，事事如意。

月前在沪美籍友人（女，系赖德霖所介绍）Tese Johus Hon 送我你所著《建筑师梁思成》，令我极度兴奋，先后详阅三次，内容详尽－真实－周密－深刻，很多情节，非我所知，读后益增我对思成之崇敬与怀念。对他在“文化大革命”中所受的摧残致死，再次引起我的强烈愤怒。思成在世的最后十年中，你作为他生活中的亲密伴侣、精神上的强大支柱，是他的极大幸运。

随函附 Wilma 2月11号来信。他对《Liang and Lin》迄未译成中文发行，两次向我询问，我无从致答，可否请你据实告她。她今已88岁，在期盼该书的中文问世。她来函（不必还我）所提纽约一华人团体拟将《梁与林》编成电影剧，她表示“I can't imagine the result.”

不多赘，祝健康如意。

陈植

3月12日

——

亲爱的慰梅：

我于3月7日收到殷一和的 E-mail，他告诉我，已将我的传真交给你了。3月8日谷守女也收到了李欧梵先生的传真，但是3月8日、9日两天殷连续给我的三个朋友发来 E-mail，请他们转告我，谷的传真不通，李欧梵无法和谷取得联系。3月10日我又收到殷的传真，说他通过很多人转告我，你无法和谷取得联系，但没有得到我的回答，他很着急。我非常感谢殷的热情帮助，并对我没有及时回传真感到非常抱歉，给殷找来了不少麻烦，并使你焦急。因为我以为只要谷收到传真，对方就会知道传真 OK 了。

现在文联出版社已持 Lee 的传真向编译局申报出版手续，但是最终批准还得有你的委托书（可以用英文写），和 U. Penn Press 的正式合同。U. Penn 给谷的两封信，谷已收到，并完全同意，只是在合约内容中有一个小问题，还要征得你的同意。U. Penn 的合约中有一条要求译稿忠实于原文一个字都不能改动。忠于原文这无疑是极重要的，如果一个字都不改动就只能直译，但是翻译文章有时是不能直译的，因为有一个语言艺术的问题。Lee 是研究中国文学的，不知他是否同意我的看法。中国最杰出的现代文学家傅雷先生，他翻译了大量的西方经典文学作品介绍给中国读者，但他的译文从来都不采用直译的方式。我相信聪明的陈砾会尽他最大的努力，在忠于原文的情况下，圆满地选择用词。其中还包括某些政治上的敏感的问题，在个别的词句给一定的宽容，你同意吗？陈砾是一个非常有才华的人。

谷有一个请求，希望你能对中国的读者说几句话，也就是写一个简短的中译版的前言，我想你会乐意的。谷已向 U. Penn 提出这个请求，请他们转告你。请代我谢谢 Lee，他做了这么多的工作。

林洙

1996.3.14

——

亲爱的林洙：

我刚接到从诫的来电，他已经到达宾夕法尼亚，准备参加她女儿的毕业典礼，并且将会去华盛顿和纽约对一些非政府的环保组织作一些调研（他自己所做的一项保护环境的工作）。他计划7月15日回中国，但是在离开加利福尼亚州之后，将会到新罕布什尔州待两三天。

宾夕法尼亚大学出版社已经为我的图书的输出作好了一切准备。我将书的原始照片都给了它们。希望它们能安全到达编辑的手中，并对中文版的编加有所帮助。当然我很高兴能用到那些照片，但是让您帮助确认用完之后，这些照片会归还给我，通过宾夕法尼亚大学出版社转交给我。

从诫告诉我，他的一位兄弟读了我的书并且非常喜欢。从诫曾经疑惑我会如何写他的家庭（他的那一部分已经删除），如今看到书后打消了这个疑惑。与宾夕法尼亚大学出版社联系，它们不允许对原稿有任何删减，我也很高兴得知他不再希望有任何的改动。

很久没有听到您的消息了。请写信给我，我将于6月10日到富兰克林去住，地址是：

80 New Boston Road

Franklin，N. H. 03235

时常想念您的慰梅

1996年5月19日

——

亲爱的慰梅：

收到你的信已经很久了。的确我有很长时间没有给你写信了，前些时因为忙于《建筑师梁思成》和《梁思成建筑画集》的工作，一直很忙。近来一切都忙完了。可是我的心情却十分恶劣，你知道我一直和女儿林彤一家人住在一起，这是中国人的习惯，现在他们要搬到新的房子里去了，这本是一件高兴的事，但是由于种种原因，我总摆脱不开一种凄凉、孤独、悲哀的心情。

美国人子女长到 18 岁就离开家庭，那时父母都还年轻，也就容易接受，但中国人习惯于几代人生活在一起。我现在已经接近 70 岁了，他们离开我，的确使我感到孤独和悲哀。当然我也很清楚地知道，儿女们有他们自己的生活，老年人也要适应自己的新环境，重建自己的生活，这本没有什么可伤心的，从道理上我完全明白，但感情上总接受不了这个新的变化。

林洙

1996.7.14

——

我最亲爱的朋友，林洙：

多年一起居住后，您女儿和家人搬出了您的住所。我的好朋友李欧梵先生帮助我翻译了那封信。他和我都十分理解，这对于您而言，一生都在为别人付出辛劳，为他人化解困难，实在无法忍受晚年的这份孤独。

哈佛大学的图书馆员，Y. I. Feng，您在美国期间，我带您见过她。她将要于 8 月（到 9 月）去北京参加一个图书馆学的国际研讨会，计划前去看望您。她 8 月 23 日至 9 月 1 日在北京期间，将会前去拜访。希望能够从她那里听到更多您的消息。

她的地址是：××× ××× ×××

如果在她离开美国前需要，请通过这个地址与她联系。

我亲爱的朋友，我的心已经飞到了您那里去。

爱您的 慰梅

1996 年 7 月 26 日

——

亲爱的林洙：

我仍旧在耐心等待我的书中文版。出版社告诉我这本书已经被翻译成了中文，在您和从诫的应允下，我可以得到一本（您也许会认为我早在一年前就已经拿到了吧）。我也非常期待着拿回我寄给他们的照片。这里的编辑希望我借给他们用以图书出版。

希望您一切都好，并乐意写封信告诉我您的近况。

爱您的朋友 慰梅

1997年5月28日

——

亲爱的慰梅：

我已经有一年没有给你写信了，这一年的确非常忙，而且健康也很不好，除了心脏病外，糖尿病也加重了。

去年冬季，我应香港中文大学的邀请去港访问，该校建筑系的主任 Yok-Shiu Lee（但愿我没有记错他的名字），我在1987年曾在 MIT 见过他，他的妻子是犹太人，他们都认识你，而且有一本 *Liang and Lin*. 这次在香港，我曾到他家去做客，他的妻子因为我是你的朋友非常高兴，我和他们一起度过了一个非常愉快的夜晚。我们提到了你，和你的那本书，这次访问我花了不少时间来准备，注意对梁思成的学术思想作了系统的介绍。

今年初我用了很多时间来读陈砾的译稿（*Liang and Lin*），因为他对古建筑不熟悉，所以很多建筑名称和地点不准确，还有你的书中引用了很多梁启超和思成的原文，我也逐一帮他找到了出处。当然我希望他的译文能尽善尽美，因为这是你的书。但是有些词句读起来仍不理想，因为他坚持遵守合同，合同上规定不能改动一字，因此读起来有很重的译文味，也许这是译文的不足之处。

我相信这本书会受到中国读者的欢迎，因为它的著者是知名度很高的美国朋友。

昨天出版社的总编到我这里来了，为了核实一个人名，她告诉我这本书将在八月份推出，她会首先把书寄给你的。

林洙

1997.6.18

——

亲爱的林洙：

非常高兴收到了您的来信。自从上次收到您的信之后，又得知您最近身体状况欠佳的消息。这让我感到十分担忧。但是您去了香港拜访了麻省理工学院的李欧梵。我想香港的变化，他们也已经回到了麻省理工学院。我敢肯定，那里需要他们。

您告诉我的《梁思成与林徽因》一书中文翻译的改动非常有趣。很高兴您为该书翻译的锦上添花所做的工作。您对我而言，是一个多年忠实的好朋友。我希望能够收到一份该书中文翻译的完整版。希望能在本月末之前收到。

我与我的女儿和外孙们在新罕布什尔州度暑假。李欧梵已经从香港回来，告诉了我开会的情况。我在想是否您在那里，有什么变化么？

在记忆深处思念您的费慰梅

1997 年 8 月 11 日[1]

——

亲爱的 Holly：

惊悉我亲爱的朋友 Wilma 去世的消息，使我悲痛万分。我想不出用什么语言来安慰你。望你节哀。

我相信人民永远不会忘记您的父母为中美两国人民的友谊，为东西方文化交流所作出的巨大贡献。

林洙

2002.4.9

1 我与 Wilma 从 1979~1997 年从未间断过通信，直到 1997 年下半年 Wilma 患了老年痴呆症，渐渐不能阅读与书写，但我仍然常常托清华访美的教授去看望她，直到有一天傅熹年先生从美国回来后告诉我，Wilma 已经不认识人了。我凄然地流下了眼泪。

林洙（右三）与常沙娜（左三）、梁再冰（左一）等人在梁思成塑像前合影

2011 年，林洙与子女重游云冈石窟

林洙近照

林洙近照

（京）新登字083号

图书在版编目（CIP）数据
他没有等到这一天：林洙与费正清、费慰梅20年书信往来/ 林洙，（美）费慰梅著；张昊媛译. -北京：中国青年出版社，2016.4
ISBN 978-7-5153-4131-6

I. ①他… II. ①林… ②费… ③张… III. ①林洙－书信集②费正清－书信集③费慰梅－书信集 IV. ①K825.46②K837.125.4
中国版本图书馆 CIP数据核字（2016）第061889号

责任编辑：王飞宁
装帧设计：瞿中华
出版发行：中国青年出版社
社　　址：北京东四十二条21号
邮　　编：100708
网　　址：www.cyp.com.cn
营销中心：010-57350370
印　　刷：北京中科印刷有限公司
经　　销：新华书店
规　　格：700×1000 1/16
印　　张：24.5
字　　数：200千字
印　　数：1-4000册
版　　次：2016年4月北京第1版
印　　次：2016年4月北京第1次印刷
定　　价：45.00元

本书为书信集，此部分书信延续时间跨度近 20 年，保存至今，再度整理，发现有部分信件不存。当时中美之间通信邮寄所需时间比较长，常常这边还没收到信，那边另一封信已发出。多种原因可能会使读者在阅读的时候有不够连贯或者费解的感觉，请读者朋友谅解。

责任编辑